Un père pour ses triplés

---

Mariage à Thunder Ridge

JANICE MAYNARD

# Un père pour ses triplés

*Traduction française de*
MURIEL LEVET

Passions

HARLEQUIN

*Collection :* PASSIONS

*Titre original :*
TRIPLETS FOR THE TEXAN



**HARPERCOLLINS FRANCE**
83-85, boulevard Vincent-Auriol, 75646 PARIS CEDEX 13
Service Lectrices — Tél. : 01 45 82 47 47

www.harlequin.fr

ISBN 978-2-2803-8342-4 — ISSN 1950-2761

# - 1 -

Royal était une ville texane où il faisait bon vivre. Occupée par son agence de publicité et une vie sociale très active, Simone Parker n'avait pas le temps de s'ennuyer. Et certainement pas de songer à ses amours passées.

Mais il semblait bien que les temps avaient changé.

Cinq ans. Cela faisait cinq années qu'elle n'avait pas posé les yeux sur Troy Hutchinson. Et il avait fallu qu'elle se trouve là, assise sur cette glaciale table d'examen, uniquement vêtue d'une fine chemise d'hôpital, pour que l'homme qui lui avait brisé le cœur apparaisse devant elle. Stupéfaite, elle sortit la première chose qui lui vint à l'esprit :

— Où est le Dr Markman ?

Hutch (presque personne ne l'appelait Troy) resta totalement impassible.

— Il a été nommé à Houston. Je suis le nouveau responsable du service de gynécologie-obstétrique de l'hôpital.

Cela paraissait cohérent. L'hôpital de Royal s'était toujours targué de n'embaucher que les meilleurs médecins.

Soudain, il lui vint à l'esprit qu'il ne semblait pas le moins du monde surpris de la voir. De fait, il avait dû consulter son dossier avant d'entrer. Il était aussi beau que dans ses souvenirs : yeux brun chocolat, cheveux noirs courts et peau couleur ambrée. Ne manquait que son irrésistible sourire.

Grand, mince, musclé, il était déjà doté d'un physique impressionnant. Mais avec sa blouse de médecin, il était l'incarnation même de l'autorité et de la virilité. Face à lui, elle se sentit tout à coup petite et stupide.

Un haut-le-cœur la fit frissonner. La situation était déjà suffisamment compliquée sans qu'elle se replonge dans de douloureux souvenirs. Elle était une jeune vierge de vingt-deux ans quand elle avait débuté sa relation avec lui. À cette époque, elle se cachait derrière une réputation de fille fêtarde et superficielle. C'était ainsi que tout le monde la voyait, y compris Hutch. Jusqu'à ce qu'il se rende compte qu'il était le premier. Et puis les choses avaient mal tourné. Très mal tourné.

— Tu ne peux pas être mon gynéco.

— Non. Mais le Dr Markman a quitté ses fonctions sans préavis. Nous n'avons pas encore eu le temps d'en informer toutes ses patientes. Cependant, le Dr Janine Fetter a accepté de reprendre ton dossier… Avec ta permission, naturellement.

— Elle l'a, répondit-elle impatiemment. Mais ça ne m'explique toujours pas pourquoi c'est toi qui es là.

Un léger sourire se dessina sur son visage.

— Le planning du Dr Fetter est déjà très chargé. Elle ne pourra pas te recevoir avant la semaine prochaine.

*Génial.* Il connaissait chaque centimètre de son corps. Mais elle ne s'imaginait pas une seule seconde le laisser procéder sur elle à un examen physique. Cela aurait été beaucoup trop… étrange.

— Alors, que fait-on ?

— Tu peux prendre un rendez-vous pour la semaine prochaine et rentrer chez toi…

— Ou ?

— Ou rester avec moi pour que je te commente les résultats de ton échographie. Mais je ne pratiquerai pas d'examen, ajouta-t-il.

— Ah.

Elle avait essayé de convaincre l'infirmière de lui expliquer les images granuleuses qu'elle avait vues s'afficher à l'écran, mais la jeune femme était restée très évasive. Une fois l'échographie terminée, elle l'avait accompagnée dans cette autre salle d'examen, où elle l'avait laissée seule pendant trois quarts d'heure. Simone avait donc eu tout le temps de réfléchir. Et de regretter la décision impulsive qui l'avait mise dans cette situation.

La curiosité finit par prendre le dessus.

— Très bien. Je t'écoute. Je ne suis pas enceinte, c'est ça ? Ne t'inquiète pas : je ne vais pas fondre en larmes. Je connaissais le pourcentage de réussite quand je me suis lancée là-dedans.

Les traitements de fertilité et l'insémination artificielle avaient été bien plus contraignants qu'elle ne l'avait imaginé. S'il lui annonçait que la procédure avait échoué, elle ne serait pas excessivement déçue. Le choix du donneur et les injections d'hormones avaient été des tâches prenantes, stressantes et coûteuses. Qui lui avaient par ailleurs fourni de nombreuses occasions de reconsidérer sa décision hâtive.

Dans son testament, feu son grand-père avait laissé pour instruction de lui octroyer la moitié de son patrimoine (soit cinq millions de dollars, ainsi que la maison de famille, qui valait infiniment plus à ses yeux). Mais à la condition sine qua non qu'elle donne naissance à un enfant permettant de perpétuer la lignée. N'ayant aucune intention de se marier dans un avenir proche, elle avait donc décidé de se lancer seule dans l'aventure de la maternité.

Avec le recul, il lui apparaissait qu'en essayant d'accomplir les dernières volontés de son grand-père, sans en avoir au préalable évalué les conséquences, elle avait sans doute commis une erreur.

Soudain, elle remarqua que le regard de Hutch n'était plus aussi impénétrable. Pour la première fois depuis le début de l'entretien, il paraissait… troublé.

— J'ignorais que tu étais mariée, Simone. Mais te connaissant comme je te connais, je ne suis pas étonné que tu aies gardé ton nom de naissance. Tu ne préférerais pas que le père soit là pour entendre mon commentaire sur les résultats ? Tu ne peux pas le contacter ? Si tu veux, on peut reporter cet entretien à un peu plus tard dans l'après-midi ?

Elle lui jeta un regard glacial.

— Tu n'as pas lu mon dossier ?

— Pas encore. Mais je vais le faire, naturellement. Je n'ai eu que le temps de consulter l'échographie. Je ne suis officiellement en poste que depuis hier. Et pour être honnête, je suis encore un peu sous le coup du décalage horaire.

Il était vrai qu'il avait passé les cinq dernières années au Soudan, avec Médecins sans frontières. Il était presque trop parfait pour être vrai, fort, sensible et, quand il déployait tout son charme, il pouvait se montrer littéralement irrésistible.

Ils avaient rompu avant son départ pour l'Afrique, ce qui n'avait pas empêché Simone de se faire du souci pour lui dans les mois et les années qui avaient suivi. Entre le paludisme, les fièvres hémorragiques virales et les bouleversements politiques, il savait qu'il allait devoir braver de nombreux dangers, et pourtant, il n'avait pas hésité. Elle avait appris que grâce à lui un nombre incalculable de femmes et de bébés avaient été sauvés.

Il avait effectué deux séjours au Soudan. Quand il était revenu, après le premier, elle avait immédiatement compris qu'il n'avait aucune intention de reprendre leur relation. Leur aventure avait été comme un feu de paille : vive, brûlante et intense, elle s'était achevée beaucoup trop vite.

Alors qu'elle ressassait ce douloureux passé, il avait repris son air impassible. La froideur professionnelle avec laquelle il la regardait désormais la faisait souffrir. Atrocement.

Par réaction, elle chercha à se remémorer des raisons de s'indigner. Il n'avait pas à se mêler de sa vie.

— Il n'y a pas de père, répondit-elle sèchement. Je t'en prie, poursuis. Dis-moi ce que tu as à me dire.

L'espace d'une brève seconde, il lui sembla voir passer quelque chose sur son visage. De l'étonnement ? Sans doute. Du soulagement ? Peu probable.

— Je suis navré de l'apprendre, dit-il d'une voix glaciale. Tu es divorcée ? Veuve ?

— Vous n'avez pas à me poser ce genre de question, docteur Hutchinson.

Elle était furieuse, désormais. Contre elle-même, pour s'être mise dans une situation si compliquée. Contre lui, pour avoir eu l'audace de revenir, si merveilleusement beau. Contre la vie en général.

Enfin, il prit un air embarrassé.

— Toutes mes excuses. Tu as raison. C'était déplacé.

Elle prit le temps de réfléchir. Qu'est-ce qui l'empêchait de lui révéler la vérité ? De toute façon, il pourrait consulter son dossier. Tôt ou tard, il finirait par l'apprendre. Mieux valait que ce soit de sa bouche.

— Je voulais avoir un bébé, déclara-t-elle.

Peut-être pas pour de bonnes raisons, mais tout de même.

— Comme je n'avais personne dans ma vie, j'ai choisi de recourir à un donneur anonyme. Il y a des tas de mères célibataires qui s'en sortent très bien. Je suis à même de devenir mère, Hutch. Pas la peine de me regarder comme ça.

Ses décisions concernant son enfant et le testament de son grand-père étaient strictement personnelles. Elle ne voulait pas être jugée, d'autant moins que les faits pouvaient être mal interprétés et la présenter sous un très mauvais jour.

C'était un réel souci, notamment depuis que le mystérieux Maverick avait découvert la vérité et menacé de révéler son secret. Mais elle ne devait pas songer à cela. La présence de Hutch était déjà suffisamment déstabilisante.

Il la regardait désormais avec une telle intensité qu'elle avait peur de s'évanouir. Son visage reflétait un mélange d'incrédulité, de pitié et de désapprobation. C'était en tout cas ainsi qu'elle l'interprétait. Il y avait eu une époque où elle n'avait aucun mal à lire dans ses pensées. Mais cette époque était depuis longtemps révolue.

Après avoir nerveusement remué des papiers sur son bureau, il glissa les mains dans ses poches.

— Je n'ai jamais douté de tes capacités à t'occuper d'un bébé.

— Alors pourquoi tout ce suspense ? Pourquoi te comportes-tu comme si tu allais m'annoncer une mauvaise nouvelle ? Qu'est-ce que j'ai ? Une tumeur, un cancer ? Je vais mourir, c'est ça ?

L'air embarrassé, il baissa les yeux.

— Non. Tu vas avoir des triplés.

Hutch laissa échapper un juron quand Simone devint blanche comme un linge et commença à vaciller. Il la rattrapa juste avant qu'elle percute le sol. Il aurait dû réfléchir davantage. Il savait bien que ce n'était pas le genre de nouvelle qu'on annonçait comme ça. Mais elle avait toujours eu le don de le déstabiliser. Les choses, sur ce point, n'avaient pas changé.

Tout en serrant son corps doux et chaud contre le sien, il se tourna vers la table d'examen. Son instinct lui dictait de la garder dans ses bras jusqu'à ce qu'elle se réveille. Mais cela serait allé à l'encontre de l'éthique la plus élémentaire. Aussi l'allongea-t-il doucement sur la table avant d'aller lui chercher une couverture. Elle avait un parfum qu'il aurait reconnu entre mille. Un jus floral et boisé qui collait à sa personnalité.

Petit à petit, elle revint à elle, et ses cils incroyablement longs se relevèrent pour révéler ses beaux yeux.

— Que s'est-il passé ?

Comme elle essayait de se redresser, il plaça une main sur son épaule pour l'en empêcher.

— Attends une minute. Tu viens de recevoir un choc.

Malgré sa pâleur de mort, malgré sa couverture d'hôpital, elle était époustouflante de beauté. Ses yeux avaient une teinte électrique, à mi-chemin entre le bleu roi et le turquoise. Et ses cheveux étaient tout aussi exceptionnels. Soyeux, naturellement ondulés, si noirs qu'ils prenaient de légers reflets bleus à la lumière du soleil. Il essaya de ne pas trop songer aux sensations qu'il avait jadis éprouvées en passant les mains dans cette douce chevelure.

Pendant qu'il la contemplait, le regard de Simone était devenu plus net, moins brumeux.

— Ce n'était donc pas un rêve.

— Non.

— Je veux m'asseoir.

Il l'aida, bien qu'il lui soit difficile de la toucher. Au simple contact de sa peau, il se sentait comme un adolescent surexcité. Ce qui était assez gênant, pour un homme censé être le responsable du service de gynécologie-obstétrique d'un hôpital réputé.

— Excuse-moi de t'avoir annoncé la nouvelle comme ça ; j'aurais sans doute dû prendre des gants. Mais à ma décharge, je suis très étonné que tu aies choisi cette voie.

— Je ne suis plus toute jeune, répondit-elle d'un air buté.

Il n'avait aucun mal à se souvenir de l'entêtement dont elle pouvait faire preuve quand elle avait décidé quelque chose.

— Tu n'as même pas trente ans. Tu n'aurais pas pu attendre un peu et utiliser la méthode traditionnelle ?

Son visage avait brusquement repris des couleurs. Et la lueur qu'il voyait désormais briller dans ses yeux pouvait être aussi bien de la colère que de la vexation.

— J'ai déjà essayé une ou deux fois. Mais je n'apprécie pas vraiment. Les hommes tendent à compliquer les choses.

Cette réponse glaciale était dirigée contre lui. Manifestement, elle le tenait toujours pour responsable de leur rupture. Il eut envie de répliquer, mais réflexion faite, cela n'en valait pas la peine. Il ne cherchait pas à être son ami ou son petit ami. Il était là pour veiller sur sa santé… et celle de ses enfants.

— De toute façon, maintenant, c'est trop tard, dit-il, à la fois las et découragé. À moins bien sûr que tu ne changes d'avis. Tu as toujours la possibilité de mettre un terme à cette grossesse, tu sais ?

L'air surpris, elle cligna plusieurs fois des yeux.

— Tu penses que c'est ce que je devrais faire.

Il prit le temps de réfléchir à la réponse qu'il allait apporter.

— Des triplés, c'est une énorme responsabilité, tu sais, même pour une famille biparentale. Et toi, tu seras seule.

Elle lui jeta un regard noir. Il remarqua par ailleurs qu'elle triturait nerveusement sa couverture.

— Je veux ces bébés.

Inclinant légèrement la tête sur le côté, il essaya de décrypter ses émotions.

— Tu voulais *un* bébé, Simone. Je pense que tu devrais reconsidérer sérieusement la situation. Pendant qu'il est encore temps.

— Il n'y a rien à reconsidérer. J'ai fait un choix. Je dois en assumer les conséquences.

— Pour le restant de tes jours ?

Ses joues étaient devenues plus rouges encore.

— Je sais que tu me prends pour une fille irresponsable, impulsive et superficielle. Ce que tu ignores, c'est que j'ai beaucoup évolué depuis ton départ. Je suis parfaitement à même de le faire.

— Mais pourquoi le ferais-tu ?

C'était cela qu'il trouvait étrange. Ce n'était tout même pas comme s'il y avait urgence pour elle. Et puis elle ne lui était jamais apparue comme particulièrement maternelle.

— Ça, ce sont mes affaires, docteur Hutchinson. Puis-je partir, maintenant ?

Il y avait des secrets dans ses yeux et dans son cœur. Il le percevait. Autrefois, il connaissait tout d'elle. Chacune de ses pensées. Chacun de ses sentiments. Chaque battement de son cœur vibrant d'enthousiasme et de passion.

La Simone qu'il avait aimée était intrépide et audacieuse. Royal étant une petite ville, dont les habitants avaient la mémoire longue, les frasques de sa jeunesse lui avaient coûté cher. La réputation était une chose fragile et difficile à réparer. Mais lui, qui la connaissait, savait qu'elle avait bon cœur.

— J'aurais encore quelques mots à te dire : une grossesse multiple est une grossesse à risque, or j'ai été embauché pour mon expertise en la matière. Je veillerai donc sur toi indirectement. Si le moindre problème survenait, le Dr Fetter me préviendrait aussitôt. D'accord ?

Elle cligna plusieurs fois des yeux.

— Tu aurais des biscuits salés ?

— Je te demande pardon ? balbutia-t-il, médusé.

— Il faut que je mange quelque chose de salé. J'ai envie de vomir.

Ah.

— Une minute, dit-il en se précipitant vers la porte.

Il répéta la requête à une aide-soignante, qui revint quelques secondes plus tard avec des crackers et un verre d'eau.

Quand il se retourna vers Simone, son teint n'était plus rouge, mais d'une couleur qui oscillait entre le vert et le gris. Alarmé, il lui posa une bassine sur les genoux avant d'ouvrir le paquet de biscuits.

— Doucement, dit-il en lui en tendant un.

— Je ne risque pas de me jeter dessus. J'ose à peine bouger.

Il voyait des femmes enceintes presque tous les jours dans le cadre de son activité professionnelle, mais jamais aucune ne l'avait touché comme elle. Instinctivement, il passa un bras derrière son dos pour la soutenir.

— Je vais tenir le biscuit. Toi, tu grignotes.

Elle était au plus mal puisqu'elle ne chercha pas à protester en prétendant qu'elle pouvait manger seule. Et à sa grande surprise, elle alla même jusqu'à s'appuyer contre lui. Quand son corps chaud vint se nicher contre le sien, il sentit les battements de son cœur s'accélérer. Il fallait vraiment qu'il fasse attention et se tienne sur ses gardes.

Il avait beau savoir qu'il ne pouvait plus s'approcher d'elle, son corps le trahissait. Elle était tellement belle, tellement féminine. Ses instincts les plus primaires le poussaient à la protéger. Les femmes étaient fortes, parfois beaucoup plus que les hommes. Mais aujourd'hui, elle était dans une position de faiblesse. Et il avait envie de l'aider.

Sauf qu'il devait garder ses distances avec elle. Il avait

beaucoup trop souffert pour prendre le risque de s'attacher à nouveau.

Alors qu'il songeait à tout cela, elle avait terminé le premier biscuit et entamé le deuxième. Entre deux bouchées, il lui proposait de l'eau.

— Merci, dit-elle après avoir terminé le troisième biscuit. Ça va mieux, maintenant.

Elle ne paraissait pas beaucoup plus en forme, mais il décida de respecter son opinion.

— Bien, dit-il à contrecœur. J'ai d'autres patientes à voir.

— Vas-y. Ne t'inquiète pas pour moi. Je suis contente que tu ne sois pas mort en Afrique.

— C'est tout ce que tu as à me dire ? demanda-t-il en riant.

— Je ne voudrais pas que tu prennes la grosse tête. Je ne serais pas étonnée si la ville faisait de toi son saint patron. Saint Hutch. Ça sonne bien, tu ne trouves pas ?

— Tu es une vraie chipie.

— Il y a des choses qui ne changent pas, répondit-elle en lui jetant un regard effronté.

— Mais d'autres si. Écoute, Simone, ni toi ni moi ne sommes restés celui qu'il était il y a cinq ans. Je ne suis plus le même, en tout cas.

— Serait-ce là une façon polie de me dire que je n'ai aucune chance ? demanda-t-elle en dégageant une mèche rebelle de son visage.

Le regard en coin qu'elle lui adressa avait vraiment quelque chose de malicieux. Elle était toujours aussi surprenante. Alors qu'il avait décidé d'éviter le sujet de leur douloureux passé, elle avait plongé droit dans ses profondeurs obscures.

— Je ne voyais pas les choses comme ça, mais j'aurais probablement dû, répliqua-t-il avant de marquer une pause, le temps de réfléchir. Écoute, reprit-il, je savais que nous nous reverrions si je rentrais à Royal. Mais…

— Mais tu as évolué.

— Oui, répondit-il simplement, faute de pouvoir lui confier le reste.

— Je comprends, Hutch. Et comme tu peux le constater, je ne suis moi-même pas très disponible. Peut-être pourrions-nous être amis, cela dit ?

— Peut-être.

Il laissa ce mensonge résonner dans la pièce. Bien qu'il ait très envie de l'aider, il ne pouvait pas se rapprocher d'elle. Pas une nouvelle fois.

— Ça va mieux ? La nausée est passée ?

— Fausse alerte, répondit-elle en lui tendant la bassine. Tu es vraiment très doué pour ce genre de choses. Tu aurais dû faire médecine.

Tout en souriant, il tira une carte de visite de sa poche, sur laquelle il inscrivit son numéro de portable.

— Je voudrais que tu me fasses une promesse, dit-il en la lui tendant.

Elle avait pris sa carte avec prudence et réticence, comme si elle craignait de se brûler.

— Je voudrais que tu me promettes de m'appeler si le moindre problème survenait.

— Et pourquoi pas le Dr Fetter ?

Il glissa les mains dans les poches de sa blouse.

— Le Dr Fetter est très occupée.

— Mais pas toi ?

Ils restèrent quelques instants à se dévisager en silence.

— On ne peut pas dire que tu rends les choses faciles.

— Je ne te comprends pas.

— Nous avons un passé en commun. Je voudrais m'assurer que toi et ces bébés alliez bien.

— Saint Hutch.

Si c'était ce qu'elle pensait, il ne chercherait pas à la contredire, mais elle enjolivait la réalité.

— J'ai de l'affection pour toi, répliqua-t-il doucement. Tu peux m'appeler à n'importe quelle heure du jour ou de la nuit. Ce n'est pas une grossesse classique, Simone. Alors promets-moi que tu le feras.

Avec élégance et désinvolture, elle haussa les épaules.
— Très bien. Je te le promets. Tu es content ?
Cela faisait bien longtemps qu'il n'avait pas été content.
— Oui. Je suis à tes côtés, Simone. Fais attention à toi.

# - 2 -

Après la consultation avec Hutch, celle avec le Dr Fetter, la semaine suivante, parut bien banale à Simone. Les recommandations, pour une grossesse multiple, étaient en substance les mêmes que pour n'importe quelle grossesse. Prendre des vitamines. Bien dormir et se reposer. Faire de l'exercice tous les jours. Consulter au moindre saignement.

Ce dernier point, cependant, lui parut un peu inquiétant.

— Ces saignements, c'est fréquent ? demanda-t-elle à la gynécologue.

Le Dr Fetter la regarda par-dessus ses lunettes.

— Dix à vingt pour cent des grossesses se terminent en fausses couches, mademoiselle Parker. Et dans le cas des grossesses multiples, les risques sont plus élevés. Mais vous savez, vous n'avez pas à vous inquiéter. Votre échographie ne révèle aucun problème, et nous allons vous surveiller étroitement, bien plus étroitement encore que si vous ne portiez qu'un enfant.

Il était facile pour cette femme de lui dire de ne pas s'inquiéter. Ce n'était pas elle qui portait trois petites vies dans son ventre.

Quelques minutes après cette conversation, elle sortait de l'hôpital et regardait sans le voir le joli jardin qui bordait le bâtiment. Des triplés. Elle avait beau se répéter et se répéter encore le mot, elle n'arrivait pas à y croire. Elle s'était souvent imaginé se promener avec un joli landau abritant un bébé vêtu de rose ou de bleu. Mais un triple landau et trois bébés ? Elle ne parvenait pas à le concevoir.

Une fois assise dans sa voiture, elle essaya de se convaincre que tout allait bien se passer. Ses motivations premières étaient tout sauf pures. L'univers avait-il cherché à la punir de sa vénalité ?

Ce qu'elle trouvait le plus étonnant, c'était que ces bébés, elle les désirait maintenant. Tous. Elle ne regrettait pas qu'ils soient trois. Plaçant une main sur son ventre encore plat, elle essaya d'imaginer à quoi elle ressemblerait dans quelques mois. Elle allait sûrement devenir énorme. Mais curieusement, encore une fois, cette idée ne lui paraissait plus aussi horrible. Elle avait évolué.

En tout cas, il lui semblait.

Il commençait à se faire tard. Il fallait qu'elle soit chez Naomi dans moins d'une heure. Naomi et Cecelia devaient préparer leur spécialité : la pizza au bœuf et piments jalapeños. En temps normal, Simone en aurait englouti au moins trois parts. Comment allait-elle tenir toute la soirée alors que la simple idée de manger lui donnait envie de hurler ?

En traversant la ville dans les embouteillages, elle essaya de préparer son discours : « Au fait, je n'ai pas eu de rapports depuis des mois, mais j'attends des triplés. » Ou encore : « Je suis tombée par hasard sur Hutch la semaine dernière. Je ne pense pas que je pourrai l'oublier. »

Elle regrettait de n'avoir rien révélé à Naomi et Cecelia. C'était trop dur toute seule. Elle avait besoin de quelqu'un à qui parler… Quelqu'un qui la soutienne. Si elle ne pouvait pas se confier à ses deux meilleures amies, elle ne pouvait se confier à personne. Naomi et Cecelia, qu'elle avait rencontrées au lycée, étaient devenues au fil des années de véritables sœurs pour elle. Et pourtant, elle ne se sentait pas prête à leur révéler tous ses secrets d'un coup. Elle avait besoin de temps pour assimiler les choses. Tout s'était passé beaucoup trop vite.

Après avoir tapé le code sur le clavier, elle attendit que s'ouvre le lourd portail de fer forgé de l'élégant domaine où résidait Naomi. Depuis que son amie était devenue célèbre, elle cherchait à préserver son intimité. Son émission de télé, au départ diffusée sur le câble, remportait un véritable succès national, lui permettant de dispenser ses conseils de style aux femmes et aux hommes de tout le pays.

Une fois descendue de sa voiture, elle alla sonner.

— Il était temps, lança Cecelia en lui ouvrant. Qu'est-ce que tu fabriquais ?

Cette question était de toute évidence rhétorique, car Cecelia disparut aussitôt dans la cuisine, laissant Simone seule pour affronter l'odeur de pizza qui imprégnait déjà les lieux. Écœurée, elle sortit une petite bouteille d'eau de son sac et but une gorgée. Comme elle n'était pas décidée à parler des bébés, mieux valait qu'elle dompte son estomac. Sans quoi son secret ne le resterait pas bien longtemps.

D'un pas hésitant, elle finit par gagner à son tour la cuisine. La pièce était immense, mais pas aussi élégante que la femme aux fourneaux. Naomi avait des yeux marron et de longs cheveux cuivrés. Elle était charmante et extrêmement jolie, pourtant Simone soupçonnait qu'elle n'avait pas totalement conscience de sa beauté.

Cecelia était tout aussi jolie, mais pour sa part, elle savait jouer de son pouvoir de séduction. Ses cheveux platine et ses longues jambes faisaient tourner la tête des hommes. To The Moon, la société qu'elle avait fondée, produisait de luxueux objets destinés aux enfants et envisageait de s'étendre au marché général de la décoration. Simone travaillait d'ailleurs sur une campagne publicitaire destinée au lancement de cette nouvelle filiale.

Dans un premier temps, ses deux amies, occupées à doser la viande et le piment, semblèrent à peine remarquer sa présence. Ce fut Naomi qui leva les yeux la première.

— Salut, ma belle. Qu'est-ce qui t'arrive ? J'ai vu des fantômes qui avaient plus de couleurs que toi.

— Mon estomac me travaille un peu. J'ai dû trop manger à midi.

Fort heureusement, les préparatifs du repas redevinrent le centre des préoccupations, et personne ne creusa la question.

En temps normal, elle aurait proposé son aide, mais cette

fois-ci, elle resta aussi loin que possible de la nourriture. Une fois l'immense pizza enfournée, elles prirent la direction du séjour. Simone enviait le sens inné du style qu'avait Naomi. Sa maison était aussi élégante que confortable.

Elle prit place dans un fauteuil. Comme tout le monde, elle avait entendu parler des nausées matinales, mais jamais elle n'aurait imaginé que cela puisse être aussi pénible. Repliant les jambes, elle essaya de se mettre à l'aise.

Cecelia était restée debout près de la croisée. Elle avait toujours été très énergique. Mais ce soir, on pouvait presque la sentir vibrer d'enthousiasme.

Naomi, qui s'était servi un verre de chardonnay, fit un petit signe de la main dans sa direction.

— Alors, Cecelia, qu'est-ce qui se passe ? Tu as dit qu'on devait attendre Simone. Elle est là, maintenant. Tu n'as plus aucune raison de faire durer le suspense.

Brusquement, leur amie se retourna, tendant la main gauche.

— Deacon m'a demandée en mariage ! Et… Je suis enceinte !

Cette double annonce fut accueillie par de véritables cris de joie. Après avoir serré leur amie dans leurs bras, Simone et Naomi admirèrent la bague. Deacon Chase était ce que l'on pouvait appeler un bon parti. Il avait vécu dix ans en Europe avant de revenir à Royal pour acheter un charmant domaine en bordure de la ville. Le bel hôtelier millionnaire avait de l'assurance, du charisme et un irrésistible sourire. De l'avis de Simone, il devait être l'un des rares hommes sur Terre à ne pas être intimidé par la beauté et la personnalité de Cecelia.

Elle était ravie pour son amie. Mais à l'évidence, le moment aurait été mal choisi pour qu'elle fasse part de son annonce à elle. Elle ne voulait pas voler la vedette à Cecelia.

Quand l'ambiance finit par s'apaiser, elles retournèrent dans la cuisine pour découper la pizza. L'estomac de Simone se montra assez coopératif pour lui permettre d'en manger une part, mais par mesure de précaution, elle fit discrètement disparaître les piments dans une serviette en papier. Inutile de tenter le diable.

Au bout d'un certain temps, elle finit par poser à Cecelia la question qui lui brûlait les lèvres.

— Au fait, quel gynéco tu as choisi ?

*S'il vous plaît, faites que ce ne soit pas Hutch.*

— Janine Fetter. Elle n'est ni très bavarde ni très aimable, mais ce n'est pas ce que je recherche chez un médecin. Je veux quelqu'un en qui je puisse avoir confiance pour veiller sur mon bébé et moi.

Naomi secoua la tête.

— Je n'arrive toujours pas à y croire. Ça veut dire qu'il va falloir qu'on organise une *baby shower.*

— On a bien le temps, répondit Cecelia en riant. Je n'en suis qu'au premier trimestre. Et puis Deacon et moi préférons garder la nouvelle pour nous pendant quelque temps. Cela étant, il savait bien que je ne pourrais pas m'empêcher de vous en parler.

— On n'a jamais eu aucun secret les unes pour les autres, murmura pensivement Naomi.

Simone dut se retenir de grimacer.

Un peu plus tard ce soir-là, en regagnant son domicile, elle se sentit légèrement envieuse. Cecelia était enceinte et allait se marier. Elle était au cœur d'événements dignes d'être fêtés. Simone, de son côté, attendait des triplés dont le père biologique était un donneur anonyme.

Souvent, les gens faisaient appel à un donneur dans des situations d'infertilité. Mais il s'agissait généralement de couples aimants qui prenaient une décision conjointe et attendaient avec impatience l'arrivée d'un enfant dans leur foyer.

Simone avait agi par pur égoïsme, à cause du testament stupide et archaïque de son grand-père. Les larmes aux yeux, elle serra le volant en s'excusant auprès des trois petits êtres qu'elle portait en son sein.

— Je vous jure que je serai une super maman, chuchota-t-elle. Si c'était à refaire, je m'abstiendrais, mais maintenant que vous êtes là, je veux vous garder. Les adultes commettent souvent des erreurs, vous savez ? Moi la première.

Elle aurait vraiment aimé que quelqu'un soit là pour lui répondre : « Allons, Simone, ne sois pas si dure avec toi-même. Tout finira par s'arranger. Tu verras. » Mais elle ne voyait pas qui aurait pu s'en charger, puisqu'elle n'avait rien avoué à ses deux meilleures amies. Il allait donc falloir qu'elle s'occupe toute seule d'elle-même. Et pour commencer, elle allait passer une bonne soirée de détente et de cocooning.

Sa maison était chaleureuse et accueillante, mais très différente de celle de Naomi. Quand son agence de publicité avait connu ses premiers succès, elle avait quitté son appartement pour acheter un vaste domaine à Pine Valley. La villa était beaucoup trop grande pour elle toute seule, mais elle l'adorait.

Au moins aurait-elle suffisamment de place pour embaucher une nourrice à demeure. Mais peut-être en faudrait-il deux. Des triplés… Comment allait-elle gérer ?

À l'approche de sa maison, elle admira les cerisiers en fleur qui bordaient l'allée. Un léger souffle de vent charriait de petits pétales blancs qui évoquaient des flocons de neige. Le printemps était vraiment sa saison préférée.

Mais son sourire ne tarda pas à disparaître quand elle aperçut une berline noire devant sa porte d'entrée. Et elle se raidit encore quand elle reconnut l'homme qui en descendit.

— Qu'est-ce que tu fais là, Hutch ?

Elle en voulait à son cœur de s'être mis à battre à tout rompre. Même si elle n'avait pas été enceinte, elle n'aurait pas pu reprendre sa relation avec lui. Alors dans sa situation, imaginer qu'elle avait une chance avec le beau médecin relevait du suicide émotionnel.

Elle remarqua soudain qu'il tenait un carton.

— Je t'ai apporté des livres de ma bibliothèque médicale. Je me suis rappellé que tu aimais faire des recherches sur les sujets qui te passionnent. J'ai donc pensé que ça pourrait t'intéresser. Il y a plein de pages là-dedans sur les grossesses multiples, concernant aussi bien l'aspect médical que l'aspect purement pratique.

— C'est très gentil de ta part. Est-ce que tu proposes ce genre de service à toutes tes patientes ?

Il eut un petit sourire crispé.

— Je te rappelle que tu n'es pas ma patiente.

Et maintenant, que devait-elle faire ? Elle ne pouvait tout de même pas le laisser sur le pas de sa porte.

— Puis-je te proposer un thé glacé ou un coca ?

— Ça ne me dit rien. Mais si tu as du déca…

— J'ai.

— Alors d'accord.

Une fois à l'intérieur, il posa le carton sur une chaise et se mit à regarder autour de lui.

— J'aime beaucoup ta maison. Elle est à ton image.

— Comment ça ? demanda-t-elle en ouvrant le réfrigérateur pour rafraîchir ses joues brûlantes et dissimuler son embarras.

— Moderne. Stylée. Simple. Sophistiquée.

Waouh ! Était-ce vraiment ainsi qu'il la voyait ? Tandis qu'elle allumait la machine à café, il s'était assis sur l'un des tabourets du bar.

— Merci, marmonna-t-elle.

Songeait-il à tout l'argent qu'elle avait gaspillé pendant qu'il s'occupait de femmes et de bébés vivant dans une extrême pauvreté ? Son compliment était-il en réalité une sorte de critique voilée ? Mieux valait ne pas s'attarder là-dessus, de toute façon. Il ne s'agissait certainement que d'un commentaire anodin.

— Où habites-tu depuis ton retour ? demanda-t-elle. Près de l'hôpital, j'imagine.

— Pour tout te dire, répondit-il en souriant, nous allons bientôt être voisins. Je viens d'acheter la maison coloniale en brique qui se trouve à l'autre bout de la rue.

— Ah oui ?

Elle connaissait bien cette maison qui ne se trouvait

qu'à deux cents mètres de la sienne. Était-ce vraiment une coïncidence ?

— J'ai passé l'âge des emplois temporaires, répliqua-t-il en haussant les épaules. Il est temps de me poser un peu.

— Tu as donc tiré un trait sur Médecins sans frontières ?

— Oui. C'est bien quand on est jeune. J'y ai consacré cinq ans de ma vie. C'est la meilleure chose que j'aie jamais faite, mais j'ai besoin de retrouver mes racines, désormais.

— Tes parents doivent être contents.

Son père et sa mère étaient tous deux avocats. Ils avaient toujours encouragé leur fils à réaliser ses rêves.

— Ils étaient aux anges quand je le leur ai annoncé.

— Tu as de la chance. Mon père et ma mère ne viennent me voir que quand ils ont quelque chose à me reprocher. Mais tu dois certainement te le rappeler.

Ses parents n'avaient pas vraiment été contents d'apprendre qu'elle fréquentait un garçon qu'ils n'avaient pas eux-mêmes choisi. Mais ni lui ni elle ne s'étaient laissé décourager par cette désapprobation à peine voilée. En règle générale, elle parvenait sans trop de peine à ne pas songer à cette aventure passionnée et à sa fin prématurée. Mais en sa présence, les souvenirs ne cessaient de refaire surface.

Ils s'étaient rencontrés à l'occasion d'une soirée organisée par un ami commun. Elle avait alors à peine vingt-deux ans. La ville la pensait volage, mais c'était là une façade derrière laquelle elle se cachait. Un moyen pour elle de surmonter la timidité de sa jeunesse.

Ils avaient été présentés par une connaissance commune, et cela avait été un véritable coup de foudre. À l'instant où elle avait posé les yeux sur lui, elle avait compris que c'était l'homme de sa vie. Malgré sa beauté virile, c'étaient son esprit aiguisé et son calme qui l'avaient en premier lieu attirée.

Il avait discuté avec elle, écouté ses opinions, ri à ses plaisanteries. Ils avaient dansé. Et dans un recoin isolé du jardin, il l'avait embrassée. Elle se souvenait encore de chaque détail de cet instant magique. Son parfum viril et boisé. L'impression d'être petite et protégée.

— Simone ? Simone ? Il y a quelqu'un ? fit soudain sa voix, la ramenant brusquement à la réalité du temps présent.

Il était là, devant elle, et lui souriait d'un air interrogateur.

— Ça fait au moins deux minutes que tu remues mon café.

Elle sentit le feu lui monter aux joues. Savait-il à quoi elle avait songé ? Pouvait-il lire dans ses pensées ?

— Tiens, dit-elle en lui tendant la tasse.

Après l'avoir portée à ses lèvres, il ferma les yeux.

— Ça, c'est du bon café, constata-t-il, l'air ravi. Il pourrait même concurrencer celui qu'on avait en Afrique.

— J'imagine que tout n'était pas aussi fantastique, cependant. De mémoire, tu étais un grand amateur de viande rouge. Il ne doit pas y avoir beaucoup de bœuf, là-bas…

— C'est vrai. D'ailleurs, j'ai perdu dix kilos pendant mon séjour au Soudan, que je n'ai pas repris entièrement.

— Et si on allait dans le séjour ?

Emportant un paquet de cookies, elle passa avec lui dans la pièce d'à côté. Il s'installa sur la bergère qui se trouvait près de la cheminée. Elle s'assit en face de lui, au bout du canapé.

— Tu as vraiment bien réussi, Simone. Je suis fier de toi. En ville, tout le monde chante tes louanges. Enfin, plutôt celles de ton agence de pub.

— Merci. Disons que ça a été beaucoup de travail et beaucoup de chance.

— J'ai toujours su que tu marquerais la ville de ton empreinte.

Déstabilisée par ce commentaire, elle resta quelques instants songeuse. Manifestement, il pensait que ses ambitions professionnelles avaient été la cause de leur rupture. Mais elle ne voyait pas les choses ainsi. Le problème, c'était qu'elle n'avait pas voulu s'interposer entre ses rêves et lui. Quand il lui avait proposé de différer son départ en Afrique pour qu'elle ait le temps de monter son agence, elle avait insisté pour qu'il parte. Mais il avait interprété cet encouragement comme un rejet. Il avait pensé qu'elle se souciait moins de lui que de son entreprise et de son argent. Qu'il était bête !

Pendant plusieurs longues minutes, ils sirotèrent leur café en silence. Elle se sentait triste et fatiguée. Sa présence ne faisait que lui rappeler le nombre d'erreurs qu'elle avait commises dans sa vie.

Finirait-elle un jour par en tirer les leçons ?

Au bout d'un certain temps, le silence lui parut insupportable. D'un geste vif, elle reposa sa tasse sur la table.

— Je pense que tu devrais partir, maintenant, affirma-t-elle. Je ne me sens pas très bien, j'aimerais me reposer. Et pour être honnête, je préférerais que les gens ne voient pas ta voiture devant ma maison.

# - 3 -

Hutch ne put s'empêcher de grimacer. Les mots de Simone l'avaient blessé.

Il avait pensé qu'elle lui était indifférente désormais, mais à l'instant même où il avait posé son regard sur elle dans son cabinet, il avait ressenti le délicieux élan de désir qui lui avait toujours traversé le corps quand il la voyait.

Un sentiment de panique s'empara de lui. Il ne pouvait pas recommencer. Pas après ce qui s'était passé au Soudan. Il valait mieux qu'il se montre clair avec elle.

Comme il ne répondait pas, elle le regarda, irritée.

— Si tu as quelque chose à me dire, vas-y. La journée a été longue. J'aimerais prendre un bain et aller me coucher.

*J'adorerais me joindre à toi*, fut-il tenté de répondre. Mais les ombres pourpres qui cernaient ses beaux yeux lui rappelèrent que cette grossesse la rendait fragile, aussi bien sur le plan physique qu'émotionnel. Il eut alors envie de la serrer dans ses bras, pourtant il se retint. Il fallait qu'il garde ses distances.

Embarrassé, il finit par se lever.

— Je comprends pourquoi tu veux que je déplace ma voiture. Comme je suis de retour et qu'on est tous les deux célibataires, tôt ou tard, les gens vont prétendre que nous nous sommes remis ensemble. J'en connais même qui pourraient prétendre que ces triplés sont de moi.

— C'est tout le problème des rumeurs, marmonna-t-elle.

— Quoi qu'il en soit, je dois être franc avec toi : je n'ai aucune envie d'une relation amoureuse.

Elle resta pâle et silencieuse pendant un moment, le jaugeant de ses yeux de saphir.

— Il ne me semble pas t'avoir demandé ça. Mais pour que les choses soient tout à fait claires, ce dégoût soudain des relations amoureuses vient-il de ton passé récent ?

— Oui et non. Je suis tombé amoureux d'une collègue quand j'étais au Soudan. Elle s'appelait Bethany.

L'espace d'une seconde, il crut voir de la colère briller dans ses yeux. Mais elle se reprit rapidement.

— Elle « s'appelait », répéta-t-elle. Tu en parles au passé.

— Elle est morte il y a deux ans. Elle s'était coupé le pied sur un rocher. Ce sont les médecins qui font les pires patients, tu sais ? Elle nous a caché la gravité de son état. Et ça a fini en septicémie. Je n'ai rien pu faire.

Il avait le cœur serré. Le souvenir était toujours aussi douloureux.

Simone leva la tête vers lui.

— Je suis désolée, Hutch, dit-elle doucement.

Sa compassion aurait dû l'apaiser. Et pourtant, il se sentait désormais plus coupable encore.

— J'ai toujours été attiré par toi, Simone. Mais ça ne peut pas recommencer.

— Je comprends, fit-elle en le regardant intensément.

— Tu dois me trouver bien présomptueux de présumer que tu pourrais encore t'intéresser à moi après tout ce temps.

— Pas du tout. Tu es un homme très séduisant. Avec un grand cœur. Et je ne pense pas être la seule femme de Royal à apprécier tes innombrables qualités.

— Tu te moques de moi, c'est ça ?

— Un petit peu, répondit-elle avec un sourire gentil. En tout cas, il y a six mois de ça, je ne dis pas, ta vertu aurait peut-être été en danger. Mais désormais, il faut que je pense à mes trois bébés. Leur bien-être passe avant toute chose.

— Même l'amour ?

— Surtout l'amour.

— Bien. Alors je crois que les choses sont claires entre nous.

— Je le crois aussi.

— J'y vais, alors, déclara-t-il sans bouger pour autant.

Elle se leva et vacilla un peu avant de s'accrocher au dossier d'une chaise.

— Vas-y.

Carrant les épaules, il hocha la tête. Le désir de l'embrasser était tel qu'il en était presque irrésistible.

Soudain, il remarqua qu'elle serrait toujours la chaise dans ses mains. En avait-elle besoin pour se soutenir ou pour se protéger de lui ? Il n'aurait su le dire. Peu importait, de toute façon. Il avait envie de goûter ses lèvres plus que de respirer.

N'y tenant plus, il plaça les mains sur ses épaules. Comme elle était pieds nus, leur différence de taille était accentuée. Passant une main dans ses cheveux soyeux, il soupira.

— Si seulement j'étais rentré un an plus tôt, j'aurais peut-être réussi à te dissuader de te lancer là-dedans.

— Occupe-toi de tes affaires.

Ce fut aussi simple que de se glisser dans un rêve. Il avait aimé Bethany, fort et sincèrement. Il avait souffert de sa mort. Mais ce qu'il y avait entre Simone et lui était différent. Oserait-il explorer les possibilités que cela pouvait lui ouvrir ?

Lentement, il approcha les lèvres des siennes, attendant une protestation qui ne vint pas. Elle avait un goût de café qui lui était familier. Mais cette familiarité n'avait rien de confortable. Il y avait entre eux beaucoup trop de passion. Quand elle se hissa sur la pointe des pieds pour passer les bras autour de son cou, il laissa échapper un grognement de satisfaction. Cinq ans. Presque six. Partis en un éclair.

Sensuellement, il glissa les mains le long de son dos jusqu'à atteindre ses fesses si parfaites. Elle était plus mince, mais tout aussi douce et féminine que dans ses souvenirs. Quand il l'avait rencontrée, elle était encore vierge… Un véritable paradoxe pour une femme au tempérament aussi volcanique.

Chaque battement de son cœur était magnifié. Ivre

de passion, il embrassa la peau sensible qui se trouvait sous son oreille, dont il finit par mordiller le lobe avec gourmandise. Elle ne fit rien pour l'en empêcher. Elle ne chercha d'ailleurs pas non plus à lui cacher qu'elle avait envie de lui. La tentation était devenue irrésistible, et son sexe dur comme du bois. Le canapé était tout proche. Mais il fallait qu'il se reprenne. Maintenant.

Rassemblant le peu de courage qui lui restait, il s'écarta d'elle et s'essuya la bouche d'un revers de main.

— Tu es contente de savoir que j'ai toujours envie de toi ? demanda-t-il froidement.

Pendant une seconde ou deux, elle le regarda en étrécissant les yeux.

— Contente, non. Mais j'ai compris le message. Tu n'as rien à craindre de moi. Maintenant, si tu voulais bien sortir…

Simone attendit que la porte d'entrée se soit refermée sur lui pour fondre en larmes. À bout de nerfs, elle se laissa glisser contre le mur du hall et se recroquevilla pour s'abandonner à de douloureux sanglots.

La faute aux hormones, sans doute. Mais il n'y avait pas que ça. Hutch aurait tout aussi bien pu être resté en Afrique. Le fossé qu'il y avait entre eux était si large et si profond qu'elle doutait qu'ils puissent ne serait-ce que devenir amis un jour. Et pourtant, la brûlante passion qui les avait dès le départ attirés l'un vers l'autre était toujours présente.

Les sensations qu'elle avait ressenties dans la chaleur de ses bras musclés, celles qu'elle avait éprouvées en écoutant les battements de son cœur contre ses pectoraux fermes et bien dessinés, la certitude qu'il avait envie d'elle autant qu'elle avait envie de lui… Tout cela avait fait renaître le souvenir d'un bonheur infini. Jamais elle ne s'était sentie aussi libre et heureuse qu'en couple avec lui.

Il ne s'était pas trompé. S'il était revenu six mois plus tôt, elle ne se serait certainement pas engagée sur ce chemin insensé. Elle l'avait fait parce qu'elle était en colère contre son défunt grand-père et déterminée à prouver qu'elle était digne de porter le nom de la famille. Cela n'avait pas été une question d'argent, mais de légitimité.

Il était cependant trop tard pour faire machine arrière. Les bébés étaient une réalité.

Après avoir lutté pour se relever, elle tituba jusqu'à sa chambre et s'effondra sur le lit. Il lui semblait avoir faim, à présent, mais c'était une sensation étrange. À l'impression de vide s'ajoutait un sentiment d'écœurement.

Vers minuit, elle finit par s'extirper du lit pour aller se chercher quelque chose à manger. Après avoir brièvement inspecté les placards de la cuisine, elle finit par tomber sur un paquet de chips, dont elle avala deux poignées.

Une fois rassasiée, elle retourna se coucher, mais dut se relever vingt minutes plus tard pour se précipiter dans la salle de bains. Les vomissements furent si violents qu'elle en ressortit le corps tout endolori.

Or ce n'était que le début. Le constat ne manqua pas de lui rappeler à quel point elle s'était montrée stupide. *Je suis désolée*, dit-elle silencieusement aux trois petits êtres qu'elle portait. *Mais ne vous inquiétez pas, je vais tout faire pour m'assurer que vous soyez en bonne santé.*

Le lendemain matin ne fut pas beaucoup plus glorieux. Les céréales et le verre d'eau qu'elle avala ressortirent immédiatement par où ils étaient entrés. Éreintée, elle se força à boire par minuscules gorgées. Elle ne pouvait pas rester chez elle sous prétexte qu'elle ne se sentait pas bien ; elle avait une entreprise à diriger, qui devrait bientôt subvenir aux besoins de trois petits bébés.

Quand elle arriva à ses locaux, Candace, la réceptionniste, la regarda d'un air consterné. Mais Simone ne chercha pas à engager la conversation. Elle se dirigea droit vers son bureau, dont elle referma la porte avant de s'effondrer dans son fauteuil. À cet instant, elle sentit quelque chose s'enfoncer dans le creux de son aine. Machinalement, elle fouilla sa poche, dont elle extirpa la carte de visite de Hutch. Le Dr Hutch. Saint Hutch. S'il pensait qu'elle allait l'appeler, il pouvait toujours rêver.

Avec son habituelle détermination, elle passa sa journée à travailler. La campagne pour Luna Fine Furnishings, la nouvelle filiale de la société de Cecelia, commençait à prendre forme. La phase des images et des spots publicitaires était terminée. Dans deux semaines, elle pourrait commencer à travailler sur les réseaux sociaux.

L'heure du déjeuner arriva et passa. Elle n'essaya même pas de manger. À 17 heures, elle ramassa ses affaires et quitta les lieux. Mais une fois dans sa voiture, elle hésita à partir. Elle avait la tête qui tournait, les mains qui tremblaient. Et surtout, elle avait la nausée. Faisant appel à son légendaire courage, elle finit par mettre le contact. Une demi-heure plus tard, elle se garait devant sa maison avec un soupir de soulagement. Elle ne savait même pas comment elle avait réalisé cette prouesse.

Il fallait qu'elle mange. Elle ne pouvait pas rester comme ça. Le mieux était de trouver quelque chose qui lui fasse envie. Partant de cette idée, elle se prépara une tartine de beurre de cacahuètes. Ce petit en-cas régressif lui parut délicieusement réconfortant. Mais malheureusement, il ne lui fit pas le plaisir de rester dans son estomac. Il fut éjecté au bout de quelques minutes.

La nuit passa lentement. Couchée sous ses couvertures, elle dut plusieurs fois se lever pour aller vomir. Ce ne fut qu'aux alentours de 4 heures du matin qu'elle parvint enfin à trouver le sommeil.

Trois heures plus tard, quand son réveil sonna, elle poussa un petit cri d'incrédulité. Mais comment pouvaient bien faire les autres femmes enceintes qui travaillaient ?

Marchant au radar, elle se doucha, s'habilla et s'apprêta à partir. L'idée de manger lui était devenue presque étrangère.

Le trajet jusqu'à ses bureaux lui sembla particulièrement long et pénible. Cette fois-ci, en arrivant, elle ne regarda même pas Candace. Sa bouche était si sèche qu'elle en était devenue douloureuse. Mais elle ne pouvait pas se risquer à prendre une gorgée d'eau. Si quelqu'un la voyait se précipiter aux toilettes, cela pourrait éveiller des soupçons. Or, en dehors de Hutch et du Dr Fetter, personne à Royal ne savait qu'elle était enceinte. Il était encore bien trop tôt pour ébruiter la nouvelle.

Fort heureusement, ses deux employées à temps plein (dont Tess, son exceptionnel bras droit) participaient ce jour-là à une conférence. Et la réceptionniste, qui n'avait pris ses fonctions que trois mois plus tôt, n'aurait pas la témérité de s'introduire dans son bureau sans y avoir été invitée.

Le temps passa donc.

Vers 13 heures, elle comprit qu'elle devait manger quelque chose. Son mal de tête avait atteint des proportions vertigineuses. Elle eut alors l'idée d'envoyer Candace lui chercher une soupe de poulet.

Les jambes chancelantes, elle se leva. Elle n'avait pas l'habitude d'envoyer ses employés faire des courses pour elle, mais elle était littéralement incapable de traverser la rue.

— Puis-je vous voir une minute, Candace ?

La jeune femme leva les yeux et pâlit. L'air alarmé, elle se précipita à sa rencontre.

— En quoi puis-je vous aider, mademoiselle Parker ?

— Pourriez-vous aller me chercher une soupe de poulet, s'il vous plaît ?

— Avec plaisir. Voulez-vous quelque chose à boire, avec ? Limonade, thé glacé ?

Elle n'avait pas pensé au thé, mais l'idée lui parut soudain alléchante. Et puis elle avait la bouche tellement sèche.

— Du thé, oui. Dépêchez-vous, s'il vous plaît. Je crois que je ne…

Sentant la nausée lui remonter le long de la gorge, elle s'interrompit brusquement.

— Oh ! mon Dieu. Je vais…

*
**

Quand elle se réveilla, Simone avait le vague souvenir d'avoir vu une ambulance et des hommes en blouse blanche. Ce qui était sûr, c'était qu'elle se trouvait désormais dans son propre lit.

Au moment où elle essayait de se redresser, elle entendit la voix de Hutch :

— Ne t'inquiète pas, Simone. Tout va bien.

— J'ai mal à la tête, marmonna-t-elle en essayant de rassembler ses souvenirs.

Affichant un sourire hésitant, il se pencha au-dessus d'elle.

— Pas étonnant. Tu t'es cogné contre le bord de ton bureau quand tu t'es évanouie.

Prise de panique, elle essaya de nouveau de se redresser.

— Et les bébés ?

— Du calme, ma belle. Ils vont bien.

— Qu'est-ce qui m'est arrivée ?

— *Hyperemesis gravidarum.*

— Waouh. Est-ce aussi grave que ça en a l'air ?

— Oui et non. Tu étais extrêmement déshydratée, Simone, et désorientée. Tu fais partie de ces femmes enceintes malchanceuses qui souffrent de formes sévères de nausée et de vomissements. C'est plus fréquent dans le cas des grossesses multiples.

— Pas de chance, comme tu dis, marmonna-t-elle.

— Le Dr Fetter voulait t'hospitaliser, mais tu t'y es formellement opposée. Tu as insisté pour rentrer chez toi. Elle n'a accepté qu'à la condition que je reste avec toi.

Ce fut à ce moment-là seulement qu'elle se rendit compte de la perfusion à laquelle elle était reliée.

— C'est toi qui m'as mis ça ?

— Oui, répondit-il en lui jetant un regard perplexe. Mais si tu changes d'avis, je peux te ramener à l'hôpital.

— Comment as-tu su que je m'étais évanouie ? Pourquoi étais-tu avec les ambulanciers ? Candace ne te connaît même pas…

— Elle était sur le point d'appeler les secours quand elle a trouvé ma carte sur ton bureau.

— Je savais que j'aurais dû la mettre à la poubelle.

Il eut l'audace de rire. Et l'espace d'un bref instant, elle revit le jeune médecin insouciant dont elle était tombée amoureuse tant d'années auparavant. Quand il riait ainsi, il était tout simplement irrésistible.

Tandis qu'elle se faisait cette réflexion, il se mit à manipuler l'écran de contrôle qui se trouvait à côté d'elle.

— Il faudra au minimum vingt-quatre heures pour corriger le déséquilibre hydroélectrique. Après ça, on verra si tu es capable de manger et de boire toute seule. Dans le cas contraire, il faudra te nourrir par perfusion.

— Pendant combien de temps ?

— Plusieurs jours, voire plusieurs semaines.

Il fit une petite grimace.

— Pour certaines femmes, reprit-il, c'est nécessaire jusqu'à la fin de la grossesse. Mais ne t'en fais pas, ton corps va certainement finir par s'adapter aux changements hormonaux. Avec un peu de chance, les choses s'arrangeront rapidement.

— Merci pour ces encouragements, répondit-elle sèchement. Mais tu ne peux pas rester ici. Je te rappelle que tu as un métier.

— C'est bien que tu en parles, car j'allais y venir. J'ai une amie infirmière qui fait de l'aide à domicile. Elle a beaucoup d'expérience en ce domaine.

— Elle resterait la nuit ?

— Non, répondit-il en se passant les mains sur les tempes. Mais je pourrais la remplacer le soir après le travail.

Fermant les yeux, elle essaya de refouler la colère qu'elle sentait monter en elle. Ce n'était pas bon pour les bébés.

— Tu sais très bien que c'est impossible, chuchota-t-elle.

Sans répondre, il s'assit sur le bord du lit et lui prit la main.

— Mon travail consiste à protéger les mères et les enfants. Ce qui t'est arrivé est grave, Simone. Tu ne peux pas rester seule.

— J'ai des amis, tu sais ? Et de la famille.

— Ne fais pas l'enfant. Je viens d'apprendre que Cecelia s'était fiancée et était enceinte. Quant à Naomi, elle tourne dans tout le pays. Tes parents, eux, n'ont jamais su prendre soin de toi. Bref, je suis ta seule solution si tu veux éviter l'hôpital.

L'idée de passer ses journées à l'hôpital lui donnait en effet la chair de poule.

— Tu pourrais peut-être m'apprendre à changer la perfusion ? demanda-t-elle d'une petite voix enjôleuse.

— Bien essayé, mais c'est non. Même Kate Middleton a dû passer quelques nuits à l'hôpital quand elle était dans le même état que toi. Alors qu'elle a tout un tas de domestiques à sa disposition. Bref, tu peux t'estimer chanceuse que le Dr Fetter ait confiance en moi.

— Encore heureux, puisque tu es son chef.

— Bref, tu vois très bien ce que je veux dire.

— Je regrette que Candace t'ait embringué là-dedans.

Il se pencha vers elle pour dégager doucement une mèche de cheveux de son visage.

— Pas moi. Tu as fait très peur à tout le monde, Simone. Je préfère veiller sur toi personnellement.

# - 4 -

Hutch avait du mal à continuer de sourire. Jamais il n'avait imaginé qu'il verrait un jour Simone dans l'état où il l'avait trouvée après son évanouissement. Il s'était beaucoup inquiété pour elle et pour les bébés. Et naturellement, il avait songé encore une fois à la mort de Beth. Même s'il ne voulait pas d'une nouvelle relation amoureuse avec Simone, il était hors de question qu'il laisse quoi que ce soit lui arriver.

Mais têtue comme elle était, elle semblait déterminée à se débrouiller seule. Elle avait repris un peu de couleurs, certes, mais elle était très affaiblie. Elle avait déjà dû perdre six ou sept kilos. Ses pommettes étaient très saillantes, de même que ses clavicules.

— Ils t'ont mis des patchs antivomitifs à l'hôpital. Je te les changerai si nécessaire.

— Ce n'est pas dangereux ? demanda-t-elle en triturant nerveusement le drap.

— Bien moins dangereux que de s'évanouir à cause d'une déshydratation. Tu étais vraiment dans un sale état, Simone.

— Je pensais pouvoir m'en sortir.

— Tu détestes dépendre des autres, c'est ça ?

— Je déteste dépendre de toi.

Ses beaux yeux bleus étaient désormais brillants de larmes.

Mal à l'aise, il se rassit sur le bord du lit.

— Je te dois bien ça, tu ne crois pas ?

— Pourquoi ? demanda-t-elle en évitant de croiser son regard.

— Pour m'avoir encouragé à partir en Afrique.

Sans le vouloir, il avait employé un ton accusateur. Manifestement, il avait encore de la rancune. Et pour cause !

Quand il était devenu évident qu'ils étaient fous l'un de l'autre, il lui avait proposé de rester quelques années à Royal en attendant qu'elle monte son agence de publicité. Il avait présumé qu'elle accepterait sa proposition avec joie. En réalité, elle avait non seulement refusé, mais aussi rompu avec lui sous prétexte qu'elle ne voulait pas l'empêcher d'accomplir une aussi noble action.

Avec beaucoup d'amertume et de déception, il avait alors compris qu'elle ne l'aimait pas autant que lui.

— Je ne regrette pas ma décision, affirma-t-elle. Tu avais une mission à accomplir.

— Et toi, qu'avais-tu à accomplir, Simone ?

Il s'interrompit. Il était en train de la harceler. Le moment était mal choisi pour lui demander des explications. Elle paraissait fragile au point de pouvoir être brisée.

— Oublie ça, marmonna-t-il. Excuse-moi. Ce n'est pas important.

Un bruit, à l'avant de la maison, lui fit brusquement tourner la tête. Un instant plus tard, la porte de la chambre s'ouvrait sur Naomi.

— Simone ! s'écria-t-elle sans même jeter un coup d'œil dans la direction de Hutch. Qu'est-ce qui t'arrive ?

— Je vais vous laisser entre filles, dit-il en se levant.

— Non, dit Simone en l'attrapant par le bras. Reste, s'il te plaît.

Naomi s'était tournée vers lui en fronçant les sourcils.

— J'ignorais que tu étais revenu à Royal. C'est ton droit le plus strict. En revanche, je ne comprends pas ce que tu fabriques là. Tu lui as fait assez de mal comme ça la première fois. Je suis là, maintenant. Tu peux partir.

— Du calme, Naomi, intervint Simone en essayant de

se redresser. Tu ne sais pas de quoi tu parles. Ignore-la, Hutch. Tu sais comment elle est…

Après avoir adressé à Hutch un sourire crispé, qui laissait clairement entendre qu'elle réglerait ses comptes plus tard, Naomi s'assit prudemment sur le bord du lit.

— Très bien. Maintenant, dis-moi ce que tu me caches.

Inquiet pour Simone, il alla se poster de l'autre côté du lit.

— Tu n'es pas obligée de faire ça maintenant, Simone. Tu n'es pas en état. Tu es faible et malade.

L'air furibond, elle le foudroya du regard.

— Je ne suis pas handicapée, rétorqua-t-elle avant de se retourner vers Naomi pour prendre sa main. J'espère que tu ne m'en voudras pas, mais je ne voulais pas voler la vedette à Cecelia l'autre soir. Je suis enceinte, moi aussi.

— Enceinte ? répéta Naomi d'un air sidéré avant de se tourner vers lui pour lui jeter un regard glacial.

— Je n'y suis pour rien ! précisa-t-il très vite.

— Alors, qui ? demanda Naomi, qui semblait désormais complètement décontenancée.

— Écoute, je voulais avoir un bébé. Et je ne voulais pas attendre. Alors j'ai eu recours à un donneur.

— Un donneur de sperme ? demanda Naomi d'une toute petite voix.

— Pas la peine de faire cette tête-là. Ce sont des choses qui se font, tu sais ?

— Mais ce ne sont pas des choses que la Simone de ma connaissance aurait faites.

À ces mots, il remarqua que les lèvres pulpeuses de Simone s'étaient mises à trembler.

— Ça suffit, Naomi, intervint-il. La journée a été très dure pour elle.

— Pardon, marmonna-t-elle. Mais qu'est-ce qui lui arrive, au juste ?

— Elle souffre de nausées matinales extrêmes.

— Je vous rappelle que je suis là ! protesta Simone. Par ailleurs, je ne vois pas pourquoi on appelle ça des nausées matinales, alors que ça dure toute la sainte journée.

Naomi et lui échangèrent un regard amusé.

— Il faut vraiment que j'y aille, dit-il enfin. J'ai des appels urgents à passer. Reste allongée, Simone.

Une fois dans la cuisine, il se mit à faire les cent pas. Aucun des coups de téléphone qu'il avait à passer n'était urgent, mais il avait besoin d'être seul pour s'éclaircir les idées. Il regrettait déjà sa décision impulsive. Généralement, c'était Simone qui prenait des risques, pas lui. À une époque, d'ailleurs, il admirait sa joie de vivre et son impétuosité.

Dans leur relation, il était l'aîné, celui qui avait les deux pieds sur terre. Il s'était d'ailleurs souvent demandé si c'était pour cette raison qu'elle avait rompu avec lui. Elle avait peut-être fini par se lasser de son approche trop rationnelle de l'existence.

Peu importait, de toute façon. S'ils n'avaient rien en commun cinq ans plus tôt, c'était encore plus vrai aujourd'hui. Restait à espérer que ses nausées s'apaisent rapidement pour qu'il puisse se remettre à faire comme si elle n'était qu'une patiente parmi les autres.

— Aide-moi à m'asseoir, s'il te plaît, demanda Simone à Naomi.

— Hutch t'a dit de rester allongée, répliqua son amie en fronçant les sourcils.

— Tu te moques de moi ? Depuis quand est-ce que tu fais partie du fan-club de Troy Hutchinson ?

— Je n'ai jamais dit que j'étais une fan, mais je reconnais que c'est un brillant médecin, alors que toi, mon amie, tu sembles tout droit sortie d'un film de zombies.

— Merci.

En dépit de ses protestations, Naomi finit par se lever pour coincer un oreiller derrière le dos de Simone.

— Tu es contente ?

— Je serai contente quand je pourrai avaler un milk-shake et un cheese-burger sans vomir.

— Je peux faire quelque chose pour t'aider ?

Contre toute attente, Simone sentit des larmes lui monter aux yeux.

— Non, merci. Je me sens tellement bête.

Naomi se mit à rire.

— Tu peux. Si quelqu'un avait dû te mettre enceinte, c'était ton beau médecin.

— Ce n'est pas « mon » médecin. Et en plus, nous ne sommes rien l'un pour l'autre.

— Ce qui explique pourquoi je l'ai trouvé dans ton lit.

— N'exagère pas, Naomi. Il n'était pas dans mon lit. Il était assis sur mon lit. Ce n'est pas la même chose.

— De là où je me trouvais, ça y ressemblait, en tout cas.

— Allez, arrête. Cela fait des années que nous ne sommes plus ensemble. Et de toute façon, si j'avais la moindre intention de raviver la flamme — ce qui n'est pas le cas —, tu penses vraiment qu'il voudrait devenir le père des triplés d'un autre ?

Naomi ouvrit grand la bouche. Simone ne se serait pas sentie aussi faible, elle aurait certainement ri de l'expression de consternation peinte sur le visage de son amie.

— Des triplés ? répéta-t-elle d'un air choqué.

— J'avais oublié de préciser ce détail. Je vais avoir trois bébés.

Naomi se leva d'un bond.

— Je ne comprends pas comment tu fais pour rester aussi calme. Mais qu'est-ce qui t'a pris, Simone ? Tu possèdes et diriges une agence de pub prospère. Tu n'as pas de mari. Comment as-tu pu décider de faire un truc aussi fou ?

Malheureusement, Simone était incapable de répondre honnêtement à cette question.

— Je voulais un bébé, répéta-t-elle. Au beau milieu du processus, j'ai commencé à avoir des doutes. Mais je n'ai pas fait marche arrière. J'aurais certainement dû.

— Tu crois ? demanda ironiquement Naomi.

— J'ai commis une erreur, mais je ne pensais pas que je serais malade à ce point. Et en plus…

— En plus, quoi ?

— Ces bébés, je les aime déjà. Tous les trois. Hutch m'a dit que, d'un point de vue médical, il n'était pas trop tard pour revenir sur ma décision, mais je ne pourrais jamais faire ça. Maintenant que j'ai commencé, je suis bien décidée à finir.

Ce fut à ce moment-là que Hutch revint.

— Tu pourrais m'apporter un verre d'eau, s'il te plaît ? lui demanda-t-elle.

— On peut toujours essayer.

Elle n'avait pas envie de se donner en spectacle, mais elle ne pouvait tout de même pas éviter de boire indéfiniment. Il tourna les talons et revint une minute plus tard avec un verre à moitié plein.

— Allez, courage, s'intima-t-elle.

Sous le regard pesant de ses deux observateurs, elle porta le verre à ses lèvres. Sur le coup, l'eau fraîche eut un effet merveilleusement apaisant sur sa gorge desséchée. Mais aussitôt après, elle sentit son estomac se rebeller.

— Hutch ! cria-t-elle, paniquée.

Il lui tendit immédiatement une bassine tandis que Naomi accourait pour lui retenir les cheveux. Pas une seule fois dans sa vie elle ne s'était sentie aussi mal et aussi humiliée.

Quand elle eut terminé, Hutch l'aida à s'allonger.

— Ça va mieux ? lui demanda-t-il.

Incapable de le regarder en face, elle hocha la tête.

— Je suis désolée de vous imposer ça.

Naomi eut un petit rire qui parut presque naturel.

— Allez, ma belle. Depuis le temps qu'on se connaît, on en a affronté, des épreuves, ensemble. Cecelia et moi, on sera toujours là pour t'aider.

Hutch prit alors la parole et, pour la première fois depuis l'arrivée de Naomi, il lui parla comme un médecin et non comme un ami.

— Je suis content que tu sois venue, Naomi, mais Simone a besoin de se reposer, maintenant. Je te tiendrai au courant s'il y a le moindre changement.

Simone eut envie de répliquer qu'il n'était pas chez lui, mais il avait raison. Elle était exténuée.

— Est-ce que je peux te charger de l'annoncer à Cecelia ? demanda-t-elle à son amie.

— Pas de problème, répondit Naomi en reprenant son sac. Ne t'en fais pas, elle comprendra.

Elle ne comprendrait pas, non. Personne ne comprendrait tant qu'elle n'aurait pas trouvé le courage de révéler sa motivation première.

— Merci, Naomi.

— De rien, répondit celle-ci.

Et après lui avoir adressé un dernier sourire, son amie partit. Dans le silence qui suivit son départ, Simone essaya de faire comme si Hutch avait disparu, lui aussi. Mais malheureusement, il lui était impossible de l'ignorer.

Elle avait toujours adoré sa chambre, qu'elle trouvait particulièrement apaisante, avec ses nuances de jaune pâle et de bleu marine. Mais depuis que Hutch s'y trouvait, elle avait l'impression qu'elle étouffait.

— Combien de temps vais-je devoir garder la perfusion ?

— Jusqu'à ce que tu puisses à nouveau te nourrir par toi-même. Je vais te montrer comment la retirer pour aller aux toilettes. Mais il faut que tu me promettes d'être prudente et de t'asseoir immédiatement si tu sens que tu as la tête qui tourne. De toute façon, si tu ne le fais pas, je reste avec toi.

— Dans ce cas, juré, répondit-elle aussitôt.

Mais il ne releva pas.

— Tu as l'air fatigué, remarqua-t-elle alors.

Il se tourna à moitié vers elle, lui exposant son si beau profil.

— La journée a été dure.

— Certainement pas aussi dure que celles que tu as vécues au Soudan ?

— Aussi dure, mais pas pour les mêmes raisons. Il faut que tu dormes, maintenant, Simone.

— Il n'est que 19 heures. Tu as mangé ?

— Je le ferai tout à l'heure.

— Vas-y maintenant. Je te jure que je ne bougerai pas avant ton retour.

L'air méfiant, il secoua la tête.

— Je ne suis pas sûr de pouvoir te faire confiance. Pendant les prochaines soixante-douze heures, tu es sous mon entière responsabilité.

— Mais qu'est-ce que je peux faire si je n'ai le droit ni de manger, ni de boire, ni de quitter mon lit ?

— Pourquoi pas regarder un film ?

— Tu restes avec moi ?

Malgré sa fatigue, le regard sombre qu'il lui adressa la fit frissonner de désir. Fermant les yeux, il laissa son menton retomber contre sa poitrine. Mais quand il releva la tête vers elle, l'expression de son visage était méfiante.

— Si ça peut te faire plaisir… Dans ce cas, je vais me préparer un sandwich. Tiens, la télécommande. Choisis quelque chose. Je reviens.

Perdue dans ses pensées, elle commença à zapper sans conviction. Elle n'arrivait pas à se faire totalement à l'idée d'être enceinte. Était-ce normal ? N'aurait-elle pas dû ressentir quelque chose ? Ce qui était sûr, c'était qu'elle se sentait déjà liée à ses enfants. Elle savait que ces trois êtres grandissaient en son sein. Mais les petites silhouettes qu'elle avait distinguées à l'écran n'avaient encore ni visage ni personnalité.

Sur une chaîne à la demande, elle finit par tomber sur une comédie romantique des années 1980. Pourquoi pas ? Hutch allait certainement rire des dialogues sirupeux. Mais tant pis, elle rirait avec lui. Hors de question qu'elle lui avoue à quel point elle aimait ce genre d'histoires.

Quand il revint de la cuisine, il inspecta attentivement la pièce, comme s'il craignait qu'elle ait désobéi à ses ordres. Amusée, elle lui adressa un sourire innocent.

— J'ai été sage comme une image.

— Il va neiger.

Son lit étant très grand, quand il s'y fut installé, un large fossé les séparait encore. Peu importait, de toute façon. Il ne fallait pas se leurrer. Dans l'état où elle était, elle ne devait pas vraiment faire envie.

En démarrant le film, elle remarqua qu'il paraissait vraiment à l'aise dans son lit. À l'époque où ils étaient ensemble, ils vivaient chacun dans leur appartement respectif. Et ils partageaient leur temps entre deux lits.

Leurs ébats étaient merveilleusement voluptueux, mais ce qui l'avait le plus marquée, c'était le sentiment de justesse. Une chose qu'elle avait encore du mal à s'expliquer.

Au cours de leurs longues discussions, elle avait appris qu'il avait choisi médecine après la grossesse difficile de l'une de ses cousines. La mère et l'enfant étaient morts tous les deux, ce qui l'avait profondément marqué.

Pour sa part, cela faisait à peine un an qu'elle avait terminé ses études quand elle l'avait rencontré. Elle travaillait comme acheteuse dans un magasin de vêtements de luxe. Le marketing ayant cependant toujours été sa passion, elle avait passé bien des heures à lui parler de son intention de monter sa propre agence de publicité.

En dehors de cela, ils avaient naturellement discuté de leurs familles. Les parents de Hutch étaient chaleureux et encourageants, tandis que les siens étaient froids et stricts. Son père aurait voulu un garçon. Mais à la suite de complications liées à sa naissance, sa mère était devenue stérile. Malgré tous ses efforts, Simone avait toujours eu l'impression d'être une source de déception pour ses parents.

Peut-être était-ce pour cette raison qu'elle s'était épanouie devant les attentions de Hutch. Cependant, elle ne le percevait pas comme une figure paternelle. Loin de là. La différence d'âge était trop ténue pour cela. Mais quand il lui parlait, il la prenait au sérieux. Leurs discussions étaient toujours très intéressantes et cérébrales.

Du coin de l'œil, elle pouvait voir qu'il était concentré sur l'écran. Était-il vraiment passionné par le film ? Elle en doutait. Il était plus probable qu'il réfléchissait à quelque problème médical.

Contrairement à la sienne, sa profession touchait à des questions de vie et de mort. Elle le taquinait toujours en le comparant à un saint, mais elle n'avait jamais connu un homme aussi probe et altruiste.

S'il était resté, ils auraient certainement fini par se marier. Et dans ce cas, il ne se serait pas engagé auprès de Médecins sans frontières. Dans sa jeunesse, nombre de personnes l'avaient qualifiée d'égocentrique. Et c'était malheureusement tout à fait vrai. Mais elle se réconfortait en se disant que, dans ce cas précis, elle avait fait le bon choix.

Elle avait aimé Hutch passionnément, mais elle l'avait laissé partir. Ces souvenirs lui faisaient mal. Trop mal. D'un geste brusque, elle reprit la télécommande pour couper le son de la télévision.

— J'ai dû le voir une dizaine de fois, expliqua-t-elle. Ce que je préférerais, c'est que tu me parles de Bethany. Et du Soudan.

# - 5 -

Hutch resta figé. La requête de Simone l'avait profondément ébranlé. Mais malheureusement, il ne parvenait pas à trouver une excuse pour refuser.

— Pourquoi ? demanda-t-il enfin.

Elle se tourna vers lui. Elle était fatiguée. Il l'entendait dans sa voix, le voyait dans ses yeux.

— Tu es parti longtemps. Deux séjours... Pourquoi n'es-tu pas resté ici après le premier ?

La question paraissait logique. Il avait d'ailleurs envisagé de rester. Mais la perspective de la retrouver lui avait paru bien plus dangereuse que l'hostile environnement du Soudan. Aussi était-il reparti.

Et un mois plus tard, il avait rencontré Bethany.

Sentant que Simone ne se laisserait pas dissuader, il s'extirpa de la souffrance et des remords qui menaçaient de l'étouffer chaque fois qu'il s'autorisait à se rappeler.

— On m'a présenté Bethany au début de mon second séjour. Tous les membres du corps médical avec qui j'avais travaillé la première fois étaient rentrés chez eux. Bethany faisait partie des nouveaux.

— Elle était infirmière ?

— Non, médecin. Pédiatre. Elle adorait les enfants. Elle rêvait d'en avoir cinq ou six. Mais en attendant, son objectif était d'en sauver un maximum au Soudan.

— Admirable.

— Tu l'aurais aimée, j'en suis sûr. Elle était toute petite, un mètre cinquante, mais ça ne se remarquait pas, parce qu'elle avait une personnalité magnétique. Elle se passionnait pour son travail et pensait qu'elle avait une mission à accomplir.

— Tu m'as dit que tu étais tombé amoureux, affirma-t-elle avec une expression indéchiffrable.

Las, il étira les bras au-dessus de sa tête. Il n'avait aucune envie de ressasser son passé devant elle. Et encore moins d'évoquer cette autre femme. Mais quand Simone voulait quelque chose, elle ne se laissait pas décourager.

— Oui, je suis tombé amoureux, répondit-il d'une voix plate. Ça s'est fait lentement. Au départ, nous n'étions qu'amis. Mais je me sentais seul. Cela faisait longtemps que j'étais au Soudan.

— Et elle ?

— J'ignore ce qu'elle a vu en moi. La situation ne se prêtait certainement pas au romantisme. Mais les choses se sont faites d'elles-mêmes.

Elle s'était mise à gigoter nerveusement.

— Tu n'es pas obligé de me raconter la suite, Hutch. J'ai compris que c'était une femme bien. Je suis désolée que tu l'aies perdue. J'aimerais aussi que tu me parles de ton travail, mais pas ce soir, je suis fatiguée. Je crois que je vais dormir.

Il hocha la tête.

— Je vais m'allonger sur le canapé. Appelle-moi si tu as besoin de te lever.

— J'ai quatre chambres d'amis, Hutch. Tu es beaucoup trop grand pour le canapé.

— Après les cinq années que je viens de passer, je t'assure que je peux dormir n'importe où.

— Mais pourquoi le ferais-tu ? demanda-t-elle en fronçant les sourcils.

Il lui semblait cruel de se montrer trop franc alors qu'elle était malade, mais d'un autre côté, mieux valait énoncer les choses clairement.

— Tu l'as dit toi-même, Simone. Tu sais comment vont les rumeurs à Royal. Il est important pour moi de ne pas donner l'impression que je me suis installé chez toi, même sur le court terme.

— Je comprends.

Ses belles lèvres se mirent à trembler, et il s'en voulut de lui avoir parlé ainsi. Elle lui paraissait petite et sans défense dans le grand lit, même si ce n'était qu'une illusion.

— Je ne veux pas te faire du mal, soupira-t-il, embarrassé.

Et il ne voulait pas non plus se faire du mal.

Les yeux brillant de larmes, elle lui sourit.

— Votre honnêteté me touche, docteur Hutchinson. Mais ne vous inquiétez pas. Attendez juste que je reprenne le contrôle de mon estomac, et je vous assure que nos chemins ne se croiseront plus jamais.

Pas besoin d'avoir fait médecine pour comprendre quand une femme avait été blessée. Machinalement, il réajusta un peu les couvertures autour d'elle. Dans ce genre de situation, il devait y avoir quelque chose à dire pour détendre l'atmosphère. Mais par malheur, rien ne lui venait à l'esprit.

— Tu veux réessayer de boire un peu d'eau ? lui demanda-t-il finalement.

— Surtout pas, répondit-elle en frissonnant.

— Tôt ou tard, il faudra bien que tu le fasses.

— Tu en as d'autres, des évidences à m'annoncer ?

— J'avais oublié à quel point tu pouvais être agaçante.

— J'avais oublié à quel point tu pouvais être hypocrite.

— Hypocrite ? Pourquoi dis-tu ça ? demanda-t-il, sidéré.

— J'ai bien compris que ta relation avec Bethany t'avait brisé le cœur. Alors je vais respecter ton vœu de célibat. Mais je tiens à te rappeler que c'est toi qui m'as embrassée, l'autre soir. Et je sais reconnaître un homme qui a envie de moi.

— Arrête, Simone.

— Tu nies ?

Il ne pouvait pas nier, non. Et il se sentait à deux doigts de l'étrangler.

— Bonne nuit, chipie. Je viendrai régulièrement voir si

tout va bien, mais n'hésite pas à m'appeler si tu as besoin de quoi que ce soit. Je suis à côté.

Elle eut le culot de lui tirer la langue.

— Saint Hutch.

Hutch ne prit pas la peine d'allumer la lumière. En Afrique, il avait appris à se débrouiller dans le noir en toutes circonstances.

Le canapé était loin d'être aussi petit que Simone l'avait laissé entendre. Las, il s'allongea sur le côté et replia les genoux. Mais si son corps aspirait au repos, son esprit, lui, fonctionnait à toute allure. Et tournait en rond.

Simone le faisait souffrir, sur un plan à la fois physique et émotionnel. S'il avait pu revenir en arrière, jamais il ne lui aurait proposé cette première danse. C'était ce faux pas qui les avait menés sur cette pente dangereuse qui ne pouvait les conduire que dans une impasse.

On affirmait que le temps guérissait les blessures. Avec le recul, il aurait dû pouvoir regarder en arrière sans éprouver de regrets. Mais ce n'était pas le cas. Il se sentait vide. Il avait l'impression d'avoir menti à tout le monde et de s'être menti également.

Contrairement à Bethany, qui était sûre d'elle et de ses objectifs, il était parti au Soudan en homme brisé. Il avait fait bon usage de sa formation, œuvré pour un monde meilleur. Mais cela n'avait pas suffi.

Il se sentait… perdu. Sa rupture avec Simone l'avait fait douter de lui-même et de la place qu'il occupait dans le monde. Au bout du compte, sa relation avec Bethany l'avait aidé à panser ses plaies et à atténuer son sentiment de solitude. Mais même avant sa mort, il lui était bien souvent arrivé de se demander s'il ne se servait pas d'elle comme d'un substitut de la femme qu'il désirait réellement.

Fermant les yeux, il mit en œuvre une technique de relaxation qu'il avait apprise à la fac de médecine. Mais il ne parvenait pas à trouver la paix de l'esprit. Beaucoup de médecins avaient le sommeil léger, leur corps étant toujours sur le qui-vive, prêt à agir quand la situation le requérait. Une idée qui lui rappela brusquement la véritable raison de sa présence en ces lieux.

Il consulta son téléphone : 1 heure du matin. Discrètement, il traversa le hall pour entrer dans la chambre de sa patiente.

— Simone ? chuchota-t-il.

— Entre, répondit-elle d'une voix légèrement anxieuse.

— Pourquoi ne dors-tu pas ?

— J'ai dormi.

— Et maintenant ?

— J'ai faim.

— Mais tu as toujours des nausées ?

— C'est ça.

Il hésita.

— Simone…

— Oui ?

— Je connais une technique d'acupression qui fonctionne vraiment très bien dans ce genre de situation. L'un des médecins avec qui j'ai travaillé au Darfour était chinois. Il me l'a apprise et j'ai eu l'occasion de la pratiquer sur une dizaine de femmes depuis.

— Y a-t-il des effets secondaires ?

— Il faut que je te tienne la main pendant trois minutes, répondit-il.

Un long silence s'ensuivit.

— Ça m'a l'air plutôt risqué, marmonna-t-elle enfin.

Tout en riant, il s'assit sur le bord du lit. Malgré son état, elle n'avait pas perdu son sens de l'humour. Ce qui en disait long sur sa personnalité.

— Alors, qu'est-ce que tu en penses ?

— Je marcherais sur des charbons ardents si tu me garantissais que ça pouvait me guérir.

— Quel enthousiasme ! Écoute, tu peux le faire soit assise soit allongée, la position qui te paraîtra la plus confortable.

— Je préfère rester allongée. J'ai peur de faire empirer les choses en bougeant.

Il aurait été plus logique qu'il reste assis sur le lit, mais instinctivement, il alla chercher une petite chaise qu'il plaça à son chevet. Il avait besoin d'une illusion de distance. Pour les mêmes raisons, il n'alluma pas la lumière. La faible lueur de la veilleuse lui suffisait.

— On va commencer doucement, dit-il.

Sa main gauche reposait sur le bord du lit. En la prenant dans la sienne, il remarqua que ses doigts étaient glacés.

— Ça fait mal ? demanda-t-elle nerveusement.

— Normalement, non. Mais si j'appuie trop fort, dis-le-moi.

D'un geste ferme, il posa le pouce sur la peau douce de sa paume.

— C'est le point P6, expliqua-t-il. Environ trois doigts au-dessus du creux du poignet, entre les deux tendons.

Il appuya.

— Ça va ? demanda-t-il.

Trois minutes, c'était une véritable éternité quand on tenait la main d'une femme en sachant parfaitement qu'on ne pouvait pas et qu'on ne devait pas céder à son attirance pour elle. Afin de penser à autre chose, il compta les secondes dans sa tête.

— L'autre main, s'il te plaît, dit-il après s'être éclairci la gorge.

Il se sentait déchiré entre son professionnalisme et le désir intense qu'elle lui inspirait. Ses longs cheveux noirs étaient répandus sur l'oreiller. Sa nuisette en soie était beaucoup trop fine, beaucoup trop courte. Et quand elle finit par lui tendre la main droite, il ne put s'empêcher de regarder son décolleté, qui révélait la naissance de deux seins ronds et fermes.

Résistant à l'envie de remonter les doigts le long de son bras, il se remit à appuyer fermement le pouce sur sa paume. À l'époque où ils étaient en couple, il lui arrivait souvent de l'embrasser au creux du coude. Elle riait alors, mais soupirait aussi. Des soupirs brûlants, et délicieusement encourageants.

— C'est encore long ? demanda-t-elle d'une petite voix mal assurée, coupant court à ses pensées.

Clignant des yeux, il se rendit compte qu'il avait perdu le compte des secondes.

— C'est fini, marmonna-t-il en lâchant sa main. Comment te sens-tu ?

— Mieux, me semble-t-il, répondit-elle en se frottant les mains l'une contre l'autre. Je ne voudrais pas tenter le diable, mais je mangerais bien quelque chose.

— Bonne nouvelle. Les effets ne sont pas permanents, naturellement, mais il faut que tu profites au maximum des intervalles que ça te laisse. Qu'est-ce qui te ferait plaisir ?

— On va commencer doucement. Pourquoi pas du pain grillé avec un peu de gelée de pomme ? Ça ne t'ennuie pas ?

— Bien sûr que non.

Dans la cuisine, il appuya son front contre l'acier froid du réfrigérateur. Ça ne pourrait pas fonctionner. Il fallait qu'il trouve quelqu'un d'autre pour l'aider.

Le désir était désormais tel qu'il en était presque douloureux. Et il ne s'agissait pas que de sexe. Il avait envie de se glisser dans son lit et de la serrer dans ses bras. Bien trop souvent, au cours des années passées, il avait invoqué son souvenir pour endurer la solitude et la chaleur infernale. Il avait le mal du pays. Ses amis et ses collègues lui manquaient. Même l'imprévisible temps texan lui manquait.

Mais désormais, il était de retour, et tout était revenu à la normale. Tout, ou presque.

Marchant au radar, il fit griller une unique tranche de pain. Mieux valait qu'elle commence doucement. Son estomac avait été mis à rude épreuve ces derniers jours.

Quand il revint dans la chambre, au bout d'une dizaine de minutes, il s'aperçut qu'elle s'était assise.

— Tu aurais dû me laisser t'aider, gronda-t-il.

Elle lui adressa un sourire radieux.

— J'ai faim. Vous êtes un médecin de génie, docteur Hutchinson.

— Ne t'emballe pas. Les nausées pourraient revenir.

— Ça ne me dérange pas. Du moment que je peux manger normalement entre deux accès.

— Une bouchée à la fois, conseilla-t-il en lui présentant le petit plateau. Rien ne presse.

Prudemment, elle mordit dans la tartine. Elle était à l'évidence si ravie de manger qu'elle en avait oublié sa tenue. Petite tenue. Grand décolleté. Pour éviter de trop regarder, il décida de se concentrer sur les objets dont elle s'était entourée.

Entre deux fenêtres, une immense bibliothèque emplie de livres de voyage, de romans populaires et de livres d'enfant. Dans un autre coin, un fauteuil et un pouf assorti composaient un espace de lecture cosy. Les livres n'étaient que l'une des passions qu'ils partageaient.

Il se souvenait d'un pique-nique à la campagne quelques années plus tôt. Ils avaient ri, fait l'amour et fini par se reposer à l'ombre d'un grand chêne. La tête confortablement appuyée sur ses cuisses, il l'avait écoutée lire des poèmes à haute voix. C'était sans doute à cet instant qu'il avait pris conscience qu'il était amoureux d'elle. À ses yeux, elle était tellement plus qu'une belle femme ou une riche héritière.

Simone Parker était un esprit libre, qui croquait la vie à pleines dents. Elle était chaleureuse, charmeuse, spirituelle. Quand ils étaient en public, les autres hommes le regardaient avec des yeux envieux. Elle était le genre de femme que d'aucuns considéraient comme un trophée.

Mais pour lui, elle était le cœur de sa vie. Il avait vingt-huit ans quand il l'avait rencontrée. Suffisamment âgé pour savoir ce qu'il voulait. Mais quand il s'était mis à songer à partir en Afrique, elle avait coupé les liens, affirmant qu'il était très doué pour la médecine et qu'elle ne voulait pas se mettre en travers de son chemin.

Sa jolie voix le ramena au présent.

— Hutch !

Écartant ces douloureuses pensées, il se tourna vers elle, alarmé.

— Qu'est-ce qu'il y a ?

Elle paraissait radieuse.

— Je l'ai mangée. Et j'ai l'impression que mon estomac l'a acceptée. Tu pourrais me donner de l'eau ?

Il lui tendit aussitôt un verre, qu'elle se mit à boire lentement.

— C'est bon, dit-elle ensuite.

— Comment te sens-tu ?

— Fatiguée. Bizarre. Mais pas enceinte. C'est normal ? demanda-t-elle en se mordillant la lèvre d'un air anxieux.

— Tout à fait, oui. Il faudra un certain temps pour que ton ventre s'arrondisse, et ce sera d'autant plus long que tu as déjà perdu beaucoup de poids. Quant à sentir les bébés bouger, ce ne sera pas avant plusieurs semaines. Rien d'étonnant, donc, à ce que tu ne te sentes pas enceinte. Ce n'est pas pour rien que la nature vous a donné trois trimestres pour vous faire à cette idée.

— Si tu le dis…

— Tu crois que tu vas pouvoir te rendormir, maintenant ?

Elle glissa sur le lit pour s'allonger, avant de réajuster les couvertures autour d'elle.

— Je crois, oui.

— Des nausées ?

— Presque pas, non. Merci, Hutch.

— Content que l'acupression ait fonctionné, répondit-il en haussant les épaules. Parfois, la médecine moderne recherche des réponses très loin, alors qu'elle en a juste sous la main.

— Ou juste dans la main, répliqua-t-elle en riant.

— Si je ne te connaissais pas mieux, je dirais que tu as bu.

— Moi, jamais, répondit-elle d'un air faussement innocent, avant de reprendre son sérieux. En tout cas, je suis contente que tu aies fait disparaître ces nausées, même si ce n'est que pour une heure ou deux. Y a-t-il d'autres personnes à Royal qui connaissent ta technique ?

Ses arrière-pensées étaient évidentes. Elle pensait,

comme lui, qu'il n'était pas le mieux placé pour l'aider à affronter le mal qui résultait de sa grossesse. Mais il n'eut pas d'autre choix que de lui dire la vérité :

— Je ne pense pas, non. Royal est une trop petite ville. On ne peut pas vraiment considérer que c'est un haut lieu de la médecine chinoise traditionnelle.

— Je comprends.

Elle comprenait peut-être, mais elle paraissait vraiment déçue et embarrassée.

— On trouvera une solution, promit-il. La nuit porte conseil.

À ces mots, elle se mit à s'agiter nerveusement.

— Je n'aurais pas dû te laisser m'embrasser, l'autre jour. C'était une erreur de ma part. Je te demande pardon.

— Oublie ça. C'est moi qui n'aurais pas dû commencer.

— Mais pourquoi l'as-tu fait ? murmura-t-elle.

C'était une bonne question, qu'il s'était lui-même beaucoup posée. Il était intelligent. Assez, en tout cas, pour savoir qu'il ne valait mieux pas lui révéler ses faiblesses.

— J'imagine qu'une part de moi avait envie de se souvenir. Mais maintenant, la seule chose que je veux, c'est oublier.

# - 6 -

Quand Simone se réveilla le lendemain, elle se rendit compte qu'elle avait dormi six heures d'affilée. Elle avait les idées au clair, et ses nausées, quoique toujours présentes, s'étaient considérablement atténuées.

Elle était en train de s'étirer quand une femme en tailleur bleu marine apparut sur le seuil de la porte.

— Mademoiselle Parker ? Je vois que vous êtes réveillée. Je suis Barb Kellum, infirmière. Le Dr Hutchinson m'a appelée pour me dire que vous aviez besoin d'aide.

— En effet, oui. J'aimerais beaucoup aller prendre une douche.

L'infirmière sourit.

— Une chose après l'autre, jeune fille. Il vaudrait mieux déjeuner, avant. J'ai apporté du bouillon de poule maison. Qu'est-ce que vous en dites ?

La dame, qui devait avoir une cinquantaine d'années, était grande et large d'épaules. Elle avait un regard doux, mais le ton de sa voix évoquait moins une nounou qu'un général.

Simone lui adressa un sourire hésitant.

— Je veux bien essayer, mais je ne peux rien vous promettre.

La dame déposa un plateau sur ses genoux. Et en inhalant l'odeur du bouillon, Simone sentit aussitôt la faim s'emparer de son estomac.

Il lui fallut près d'une demi-heure, mais elle parvint à terminer le bol. Après la dernière cuillerée, elle se laissa retomber sur le lit et resta immobile, terrorisée à l'idée de bouger.

— À votre avis, dans combien de temps pourrai-je me lever sans danger ?

— Le plus tôt sera le mieux.

Les quelques heures qui suivirent furent une épreuve de patience. Après lui avoir retiré sa perfusion, l'infirmière l'accompagna jusqu'à la salle de bains, où elle l'aida à prendre une douche. Simone vomit deux fois au cours du processus, mais ces épisodes ne furent pas aussi violents que les précédents.

— Vous vous êtes très bien débrouillée, mademoiselle Parker, la félicita l'infirmière quand tout fut terminé.

— Je vous en prie, appelez-moi Simone.

— Alors appelez-moi Barb. Maintenant, asseyez-vous dans ce fauteuil pendant que je refais le lit. Rien de mieux après une douche que des draps frais.

Les paupières lourdes, Simone finit par se recoucher.

— Combien de temps vais-je devoir rester sous perfusion ?

— Cela dépend de ce que vous pourrez manger par vous-même. Je vous ferai une prise de sang après le déjeuner et avant le dîner. Le Dr Hutchinson aura les résultats demain. Il vous indiquera la marche à suivre.

Barb avait raison au sujet des draps. Simone se sentait sur le point de sombrer dans un sommeil bien mérité.

— Est-ce que je peux me rendormir ?

— Absolument. Tout à l'heure, on essaiera de faire le tour de la maison. Ne vous inquiétez pas, Simone. Vous survivrez, je vous le promets.

Elle passa l'heure qui suivit à somnoler, le regard rivé sur les ombres du plafond. Elle se souvenait vaguement d'avoir vu Hutch passer dans sa chambre au cours de la nuit, après l'épisode de l'acupression, mais ils ne s'étaient pas reparlé.

Tout à coup, elle se rendit compte qu'elle n'avait pas consulté ses messages depuis près de quarante-huit heures. Discrètement, pour ne pas s'attirer les foudres de Barb, elle ouvrit le tiroir de sa table de chevet et en sortit son ordinateur.

Elle commença par ouvrir sa boîte mail. Quelques publicités, et deux messages urgents auxquels elle répondit. Puis, d'une main tremblante, elle ouvrit Facebook. Un message. C'était mauvais signe. La plupart de ses amis communiquaient avec elle par textos. Le seul message qu'elle avait reçu récemment via Facebook provenait du mystérieux Maverick, cette sombre présence anonyme qui avait menacé tant de citoyens de Royal.

Elle avait reçu le premier message deux semaines plus tôt. N'ayant pas eu de nouvelles depuis, elle avait espéré que le corbeau était passé à quelqu'un d'autre. Malheureusement, elle s'était de toute évidence trompée.

Le nouveau message était bref et menaçant.

Simone Parker, tu es une garce vénale. Je te conseille de profiter de la vie maintenant, parce que bientôt toute la ville saura ce que tu as fait et pourquoi tu l'as fait. Maverick.

Elle referma l'ordinateur d'un coup sec et le cacha sous son oreiller. Une immense angoisse montait. Elle n'arrivait plus à penser qu'à l'expression de dégoût affichée par Hutch quand il découvrirait la vérité.

Un instant plus tard, Barb revenait dans la chambre.

— Vous êtes toute rouge. Ça ne va pas ? demanda-t-elle en fronçant les sourcils.

Simone ne répondit pas. Elle avait trop peur de pleurer. L'idée que quelqu'un, à Royal, la haïsse au point de la menacer lui paraissait horrible. Elle n'était pas une sainte, loin de là. Mais elle avait toujours essayé de tirer les leçons de ses erreurs.

L'air toujours aussi inquiet, Barb prit son pouls.

— Il faut vous calmer, jeune fille. Le stress n'est pas bon pour les bébés. Qu'est-ce qui vous a mise dans cet état-là ?

Simone essaya de trouver un mensonge convaincant.

— J'ai tellement de choses à faire au travail. Le retard

s'accumule déjà. Je ne sais pas comment je vais gérer tout ça, avec trois bébés.

Tout en hochant la tête, Barb lui adressa un sourire plein de compassion.

— Je comprends. Mais un voyage de mille lieues commence toujours par un pas. Un pas après l'autre, souvenez-vous. D'abord, il faut que vous retrouviez la santé. Après, vous aurez tout le temps de réfléchir à vos projets d'avenir.

Mollement, Simone hocha la tête.

Le déjeuner ne fut pas une aussi belle réussite que le petit déjeuner. Elle ne parvint à ingurgiter que deux cuillerées de marmelade de citron avant sa prise de sang.

Après sa sieste, Barb revint pour l'encourager à faire le tour de la maison. Simone dut s'appuyer lourdement sur elle, incapable de faire autrement : on aurait dit que ses muscles s'étaient déjà affaiblis.

Enfin, elle put de nouveau s'effondrer dans son lit. Tandis qu'elle somnolait, Barb changea sa perfusion, rangea la chambre et lui fit une nouvelle prise de sang. Quand elle eut terminé, elle se tourna vers elle d'un air hésitant.

— Vous pensez que vous pourrez vous débrouiller seule pendant quelques heures ? Ça m'ennuie de vous laisser, mais j'ai promis à une amie de la remplacer à l'hôpital ce soir.

— Ça va aller. Le Dr Hutchinson m'a montré comment débrancher la perfusion pour aller aux toilettes. Et je me sens relativement en forme. Ne vous inquiétez pas pour moi.

— Il reste de la marmelade et du bouillon dans le frigo.

— Merci beaucoup. Vous reviendrez demain ?

Barb acquiesça.

— Le Dr Hutchinson a dit au moins trois jours.

Une fois Barb partie, la maison lui parut horriblement silencieuse. Plus la lumière déclinait, plus elle sentait le poids de ses problèmes peser sur ses épaules. Quoi qu'il puisse arriver, elle allait prendre soin de ces petits êtres innocents. Si elle finissait par se juger incapable d'endosser le rôle de mère célibataire, elle s'arrangerait pour qu'ils soient adoptés. Il y avait certainement à Royal des dizaines de couples infertiles qui seraient ravis d'accueillir ces trois petits bébés chez eux. Mais elle ne tarda pas à s'apercevoir que cette idée laissait en elle un horrible sentiment de vide. Ces enfants, elle les aimait déjà.

Vers 18 h 30, elle commença à avoir faim. Vraiment faim. Hutch avait dit qu'il reviendrait, mais il avait dû être retenu par une urgence.

Prudemment, elle se leva pour se rendre dans la cuisine, où elle réussit à avaler quelques cuillerées de marmelade et quelques gorgées de limonade. Après quoi elle se sentit un peu plus forte et confiante.

Mais quand la nuit tomba, son mal-être revint. Hutch lui avait donné son numéro de portable. Devait-elle l'appeler ?

Elle hésitait encore quand elle vit les phares d'une voiture approcher. Paniquée, elle se hâta de regagner sa chambre, de brancher sa perfusion et de se recoucher. Elle ne voulait pas qu'il la pense imprudente. Il devait savoir qu'elle prenait sa grossesse très au sérieux.

Quand il finit par apparaître sur le pas de sa porte, il semblait fatigué, mais il était comme toujours d'une beauté à couper le souffle.

— Coucou, lança-t-il en souriant. Barb m'a dit que la journée ne s'était pas trop mal passée.

Elle acquiesça.

— Je dirais sept et demi sur dix. Merci de me l'avoir envoyée. Elle est très gentille et très compétente.

— Comment va ton estomac ? demanda-t-il en s'asseyant sur le bord du lit.

Il avait dû prendre une douche avant de quitter l'hôpital car il émanait de lui un agréable parfum de fraîcheur et de virilité.

— On s'est réconciliés. Mais on est loin de s'entendre aussi bien qu'avant.

— C'est déjà ça.

— Et toi, tu as mangé ?

— J'ai pris un hamburger à la cafétéria.

— Ce n'est pas ce qu'il y a de meilleur pour la santé, me semble-t-il. Mais je ne suis pas médecin.

— Ça, c'est mon problème, pas le tien. Et toi, qu'est-ce que tu as mangé au dîner ?

— De la marmelade. J'ai envisagé de reprendre du bouillon de poule maison de Barb, mais comme je me sens relativement bien, je n'ai pas envie de tenter le diable.

— Tu as l'air mieux, en effet.

Sous son regard appuyé, elle sentit ses joues rougir.

— Merci.

— Et si je te faisais réchauffer le bouillon ?

— Bon, répondit-elle avec réticence, si tu insistes.

— J'insiste.

Quand il eut quitté la pièce, elle prit son miroir de poche dans son sac à main et examina son reflet. Malgré ses pommettes un peu trop saillantes, elle n'était pas si mal. Pour se redonner un peu de couleurs, elle se pinça les joues.

Il ne tarda pas à revenir avec le plateau, sur lequel il avait placé le bol de bouillon, une assiette de biscuits salés et un verre d'eau glacée.

— Barb est une bonne cuisinière, constata-t-elle en s'asseyant de nouveau.

— Oui, répondit-il.

Il y eut ensuite un silence gêné.

— Écoute, tu n'es pas obligé de me regarder manger, dit-elle. Et tu n'es pas obligé de passer la nuit ici. Je vais beaucoup mieux.

— Maintenant que je suis là, autant que je reste, répliqua-t-il en haussant les épaules. Et puis, c'est plus prudent. J'aurai les résultats de tes analyses de sang demain matin. Si tout est normal, le Dr Fetter pourra prendre le relais en te voyant régulièrement en consultation.

— Et tu repartiras dans le soleil couchant pour secourir une autre demoiselle en détresse ?

L'air furieux, il la regarda en plissant les yeux.

— Tu m'en veux d'être parti en Afrique, c'est ça ? Mais si tu te souviens bien, je t'ai proposé de rester ici jusqu'à ce que tu montes ton agence. Et c'est toi qui as insisté pour que je parte. Tu ne peux pas me tenir pour responsable des erreurs que tu as toi-même commises.

Elle ravala sa salive avec peine. La nausée était revenue, et elle n'avait même pas encore avalé une bouchée. L'ancien Hutch ne se serait jamais montré aussi blessant. Autrefois, il riait à chacun de ses traits d'esprit et trouvait ses sarcasmes amusants. Ce qui n'était à l'évidence plus le cas.

Luttant pour retrouver sa dignité, elle leva fièrement le menton.

— Tu as raison. Excuse-moi. Maintenant, si ça ne te fait rien, je crois que j'aurais plus de chances de garder ça dans mon estomac si je le mangeais seule. Mais que les choses soient claires entre nous, je ne te reproche rien. Je suis à cran, et tu es une cible facile. C'est tout.

Tout en marmonnant, Hutch quitta la chambre. Comment Simone s'y prenait-elle pour le faire culpabiliser à ce point ? Jamais personne dans sa vie ne lui avait donné autant de fil à retordre. Pas même Bethany.

Il fit les cent pas dans la maison, passant de pièce en pièce, tandis que la rancœur et la déception continuaient de grandir en lui. Après quoi il réussit à grappiller quelques heures de sommeil, mais il se réveilla à 3 heures du matin. Et au cœur de la nuit, il finit alors par s'avouer les raisons de sa colère.

De façon aussi stupide qu'illogique, il s'était laissé aller à espérer que Simone et lui puissent recoller les morceaux. Malgré l'état d'esprit où l'avait plongé la mort de Bethany, une faible lueur d'espoir s'était allumée en lui, au moment où il avait retrouvé Simone.

Mais c'était complètement idiot. Ils n'étaient pas plus compatibles qu'ils ne l'avaient été jadis. Avec le temps, le fossé s'était même creusé. Les enfants qu'elle attendait n'étaient pas de lui. Elle ne voulait pas se marier. Ni avec lui, ni avec personne.

La fatigue finit par atténuer sa colère. Discrètement, il se rendit dans la chambre de Simone pour vérifier sa perfusion. Mais quand il arriva devant la porte, il s'immobilisa.

Il pouvait l'entendre pleurer. Et même sangloter. La Simone si forte et si confiante qu'il connaissait paraissait totalement brisée. Ne voulant pas l'embarrasser, il se hâta de tourner les talons. Mais aussitôt, il se ravisa. Il ne pouvait tout de même pas la laisser seule dans cet état.

Doucement, il s'approcha donc du lit et s'accroupit à son chevet. Allongée sur le dos dans le noir, elle avait les yeux cachés par son bras.

— Simone, chuchota-t-il pour ne pas lui faire peur. Arrête de pleurer, ma belle. Ça ne fait qu'aggraver les choses.

S'étant assis sur le bord du lit, il la prit tendrement sur ses genoux et se mit à lui caresser les cheveux.

— Parle-moi, ma petite chipie. Qu'est-ce qui se passe dans ta tête ?

Soupirant et protestant, elle chercha brièvement à résister. Mais soudain, il sentit son corps se détendre entre ses bras. Comme un enfant effrayé, elle enfouit la tête dans sa poitrine. Bien vite, des larmes mouillèrent sa chemise. Les sanglots n'étaient plus aussi violents, mais elle continuait de pleurer.

Quelque chose n'allait pas. Elle n'était pas du genre à jeter l'éponge facilement. Il ne l'avait jamais vue comme ça. Sans réfléchir, il serra plus fort son corps chaud et doux contre le sien, ce qui eut bien entendu pour effet de déclencher un élan de désir en lui.

Les minutes s'écoulaient. Plus le temps passait, plus la sensation de son corps contre le sien lui semblait agréable et naturelle. Bien qu'elle soit un peu trop maigre, elle avait conservé son époustouflante beauté. Soudain, il se prit à imaginer comment elle serait quand sa grossesse aurait commencé à lui donner des formes plus pulpeuses. Et au même moment, il sentit son sexe durcir de désir.

À une époque, il aurait envisagé ce scénario avec impatience et fierté. Mais désormais, tout lui semblait faux. Et il ne savait pas comment rétablir l'ordre des choses.

# - 7 -

— Ça suffit, Simone, déclara-t-il fermement. Ça suffit.

Peu à peu, elle se calma. Quelques larmes coulaient encore sur ses joues, mais le gros de la tempête était passé.

Du bout des doigts, il jouait avec ses longs cheveux. Mais il devait lutter pour se retenir de caresser ses seins doux et fermes, si proches et si tentants.

— Ça va mieux ?

Tout en hochant la tête, elle se redressa. Ses yeux humides étaient des saphirs dans l'écrin velouté de ses longs cils noirs.

— Hutch.

Son nom était une caresse sur ses lèvres, une douce invitation. Irrésistible. N'y tenant plus, il prit son beau visage entre les mains pour le rapprocher du sien. Il aurait voulu qu'elle l'arrête, qu'elle se montre scandalisée par son geste. Mais malheureusement, elle se pencha vers lui.

Leurs bouches finirent donc par se fondre l'une dans l'autre. Celle de Simone avait un goût de paradis.

— Ma douce, murmura-t-il en l'allongeant sur le dos.

Ivre de désir, il se hissa au-dessus d'elle. Poussant un soupir brûlant, elle écarta un peu les cuisses pour l'accueillir, légèrement entravée par le fin tissu de sa nuisette.

Cédant à son instinct, il lui embrassa le front, les paupières, la courbe gracieuse de sa gorge. À sa grande satisfaction, il la sentit se cambrer contre lui. Mais quand le chemin de baisers passionnés finit par atteindre son appétissant décolleté, elle se crispa sous sa caresse.

Immédiatement, il s'écarta. Il s'était laissé emporter par le désir, mais il savait reconnaître une femme qui disait « non ». Avec sa bouche ou avec son corps, peu importait.

— Pourquoi t'es-tu arrêté ? demanda-t-elle, sourcils froncés.

— Je t'ai sentie te crisper.

— Ce n'est pas à cause de toi, mais je ne veux pas faire de mal aux bébés.

Contre toute attente, cette remarque lui arracha un sourire.

— Rien de ce qu'un homme et une femme peuvent faire dans ce genre de situation ne constitue un danger pour des enfants à naître, je peux te le jurer.

Une main sur son épaule, elle passa l'autre dans ses cheveux, et il sentit un délicieux frisson le traverser.

— Hutch ?

— Oui.

— Nous avons tous les deux envie de ça, c'est évident. Mais ce sera juste pour ce soir, d'accord ?

— Tu as envie de moi ?

— Tellement que j'en ai mal. Tu crois que c'est normal ?

— Beaucoup de femmes enceintes voient leur libido augmenter.

Elle se mit à rire.

— Tu es marrant quand tu fais le garçon sérieux.

— En général, on respecte mes opinions et mon expérience.

— C'est parce qu'on ne t'a jamais vu nu.

Elle eut un petit sourire espiègle. Avec elle, il ne pouvait avoir la grosse tête.

— Tu te sens malade ? Ne serait-ce qu'un peu ?

Avant de répondre, elle enroula ses jambes longues et fuselées autour des siennes.

— Je suis prête à partir.

Il était sur le point de commettre une erreur. Et elle le savait aussi. Mais le feu entre eux était bien trop brûlant pour être ignoré.

— J'ai fait des examens sanguins récemment, affirma-t-il. Pas de problème de mon côté.

— Tu es bien placé pour savoir que de mon côté non plus. Et puis, ce n'est pas comme si tu pouvais me mettre enceinte.

Cette remarque aurait dû les faire rire, mais aucun d'eux ne perdit son sérieux.

Très lentement, afin de leur laisser à tous deux la possibilité de changer d'avis, il commença à se déshabiller sous son regard redevenu brûlant de désir. Une fois nu, il l'aida à s'asseoir et, ensemble, ils lui retirèrent sa nuisette.

Mais quand son magnifique corps fut enfin exposé à son regard, il posa une main hésitante sur son ventre.

— C'est bizarre, hein, que tu ne puisses pas ressentir grand-chose, alors qu'il se passe de telles merveilles en toi ?

Doucement, elle couvrit sa main de la sienne.

— J'ai peur, Hutch.

— De quoi as-tu peur ?

Il avait la tête qui tournait. Sans doute parce que son sang s'était concentré en bas de son corps, dans son sexe durci.

— De tout. L'accouchement. La naissance. Ramener trois bébés à la maison. Essayer de les allaiter.

— Les femmes font ça depuis la nuit des temps. Tu es intelligente et organisée. Je suis convaincu que tu réussiras comme tu as réussi dans tant d'autres aspects de ta vie.

— Fais-moi l'amour, Hutch.

Son regard était brumeux. Mais elle paraissait moins excitée que triste. Cependant, il ne pouvait pas refuser. Plus maintenant.

Doucement, il lui écarta les cuisses et vérifia l'intensité de son désir en passant les doigts sur son sexe. Il était humide et brûlant.

— Simone, murmura-t-il.

Et il s'enfonça en elle d'un coup. Les sensations qu'il ressentit alors furent indescriptibles dans leur puissance voluptueuse. Après s'être immobilisé pour la laisser s'habituer aux siennes, il appuya doucement le front sur son épaule. Il la sentit enfoncer ses ongles dans son dos.

— Continue, murmura-t-elle. Continue, Hutch.

Alors il perdit la tête. Les fantasmes qui lui avaient permis de survivre aux infernales nuits africaines venaient de se réaliser dans une explosion euphorique qui le conduisit au bord de l'orgasme en quelques secondes à peine. Il dut lutter de toutes ses forces pour se maîtriser.

Lentement, il passa une main entre leurs deux corps brûlants pour trouver son clitoris qu'il se mit à masser. Ils étaient accrochés l'un à l'autre comme s'ils étaient les uniques survivants d'une catastrophe.

La chambre était sombre et silencieuse. S'appuyant sur un coude, il lui prit le visage dans le creux de la main.

— Encore ? demanda-t-il d'une voix rauque.

— Oui, murmura-t-elle. Encore…

Simone passa le reste de la nuit enveloppée dans les bras de Hutch. Contre son dos, elle pouvait presque deviner les contours si nets de ses pectoraux. Elle sentait aussi son sexe contre ses fesses, dur et ferme. Et pourtant, ils ne refirent pas l'amour.

Ce fut la nuit de sommeil la plus reposante depuis deux semaines. Mais au matin, les nausées et les vomissements reprirent. Il la serra tendrement contre lui et lui tint les cheveux. Puis il l'aida à enfiler sa nuisette et s'assit à côté d'elle tandis qu'elle grignotait quelques biscuits salés.

Mais quand Barb arriva, Hutch redevint le Dr Hutchinson.

— Je vais demander tes résultats au labo, déclara-t-il d'une voix froide et distante.

Elle sentit son cœur se serrer.

— Merci, dit-elle faiblement.

Barb, qui n'avait apparemment pas conscience de la tension, avait déjà commencé à s'activer.

— Bien, fit-il. Je vais à l'hôpital. Passez une bonne journée, mesdames.

Comme Simone ne répondait pas, il tourna les talons et partit.

La journée fut une épreuve d'endurance. Manger. Vomir. Manger à nouveau. Mais les épisodes étaient désormais plus espacés et elle parvenait à garder la nourriture assez longtemps pour en tirer les bénéfices.

Quand il finit par appeler sur sa ligne fixe pour lui communiquer ses résultats d'analyses, ce fut Barb qui répondit. Elle nota quelques chiffres, puis se tourna vers Simone en levant les deux pouces.

— Vos analyses sont parfaites, jeune fille. On va pouvoir retirer cette aiguille de votre main.

Elle s'en alla aux alentours de 17 heures, et son départ fut presque immédiatement suivi de l'arrivée de Cecelia, qui avait apporté un immense plat de lasagnes et une baguette française bien croustillante. En la voyant arriver, Simone sentit les larmes lui monter aux yeux.

— Qu'est-ce que j'ai fait ? demanda Cecelia d'un air paniqué. Qu'est-ce qu'il y a ? Tu as mal ?

Simone la serra fort dans ses bras.

— Ne t'inquiète pas. C'est juste que je suis vraiment contente de te voir.

La jolie blonde posa ses affaires dans la cuisine.

— Pas d'ail dans le pain et pas trop d'épices dans les lasagnes. Je vais te remplumer. Tu as une mine horrible, tu sais ?

Simone se contenta de secouer la tête. Elle savait, oui.

— Si je m'écoutais, je mangerais tout le pain. Mais mon estomac et moi sommes en très mauvais termes en ce moment.

Cecelia hocha la tête.

— Mets-le au congélateur. Quand pourras-tu reprendre le travail ?

— Je sais que tu t'inquiètes pour ta campagne de pub, mais je ne laisserai pas tomber, je te le promets. Je retourne au bureau dès demain.

Cecelia haussa ses sourcils parfaitement épilés.

— Je te demande pardon ? Je ne m'inquiète pas pour ma campagne, Simone, Mais pour toi. Pourrais-tu m'expliquer pourquoi tu as voulu tomber enceinte ? C'est fou.

— Je croyais que Naomi te l'avait dit, répondit Simone en se hissant sur l'un des tabourets du bar.

Elle n'avait pas vraiment envie de recommencer ses explications, d'autant moins qu'elle ne s'était pas montrée très convaincante la première fois.

Cecelia agita la main, exposant ainsi sa magnifique bague de fiançailles.

— Naomi a essayé de présenter ça sous un jour positif, mais je n'ai pas mordu à l'hameçon. Depuis quand envisages-tu de devenir maman ?

Le scepticisme de Cecelia avait quelque chose de blessant.

— Cela paraît si incroyable que ça ?

— Tu as mis tout ce que tu avais dans ton agence de pub. Et depuis le départ de Hutch en Afrique, tu as dû sortir avec un ou deux garçons, pas plus. Or, jamais une fois au cours de tout ce temps tu ne m'as laissée penser que ton horloge biologique était plus en avance que la mienne ou celle de Naomi. Je te connais, ma fille. Il se passe quelque chose.

Tôt ou tard, la vérité finirait par éclater au grand jour. Tôt ou tard, Simone devrait se confier à ses deux meilleures amies. Mais elle se sentait toujours coupable. Elle avait besoin de temps pour intégrer les conséquences de ses choix avant de les expliquer clairement.

— Tu as raison. Je ne vous ai pas tout dit. Je le ferai très bientôt, ne t'inquiète pas. Mais entre-temps, j'aimerais juste que tu restes mon amie et que tu continues de me soutenir.

— Ton silence serait-il dû au beau docteur ? Tu penses qu'il pourrait faire de toi une honnête femme, c'est ça ?

— Certainement pas, rétorqua Simone.

— Pourquoi pas ?

— Et si on mangeait ? Tes lasagnes sentent délicieusement bon. Si ça ne te dérange pas, je préférerais éviter de parler de Hutch, de mes bébés et de mes secrets sordides. Le Dr Fetter dit que le stress tend à aggraver les nausées.

— « Sordides » ? répéta Cecelia. Tu m'intrigues…

Tout en se coupant une minuscule part de lasagnes, Simone essaya de trouver un moyen de changer de sujet.

— En tout cas, tu as l'air radieuse. J'ai vraiment l'impression que tu as trouvé l'homme parfait pour toi.

Cecelia eut un sourire plein de fierté.

— Deacon est vraiment génial. Et on est tous les deux ravis d'attendre ce bébé.

— Je suis vraiment très heureuse pour toi.

Cecelia garda le silence pendant un moment.

— C'est vrai que tu vas avoir des triplés ?

Simone acquiesça.

— J'espère que je pourrai garder les trois. Parfois, l'un des fœtus ne se développe pas. Mais il est encore trop tôt pour le savoir.

— Tu serais soulagée si tu n'en avais qu'un ou deux ?

Cecelia n'avait jamais été du genre à y aller par quatre chemins.

— Eh bien, ça va peut-être te paraître curieux, mais maintenant que je sais qu'il y en a trois, je les veux tous les trois. Ce n'est pas logique, et je serais incapable de t'apporter des explications rationnelles. Tout ce que je sais, c'est que j'aurais le cœur brisé s'il arrivait quoi que ce soit à l'un d'entre eux. J'ai déjà l'impression d'être leur mère.

Cecelia se pencha vers elle pour la serrer dans ses bras.

— Je comprends, ma belle. Une grossesse, ça change complètement la vision du monde. Et ton beau docteur, demanda-t-elle après une courte pause, quel rôle joue-t-il dans tout ça ? Naomi m'a dit qu'il était là l'autre soir quand elle est venue.

— C'est le nouveau responsable du service maternité de l'hôpital. Ce n'est pas mon gynéco. Je suis suivie par le Dr Fetter. Mais comme elle est multiple, ma grossesse est considérée comme à haut risque. Hutch supervise le travail de l'équipe.

— D'accord. Mais rend-il des visites à domicile à chacune de ses patientes ?

— Bien sûr que non.

L'air excédé, Cecelia leva les yeux au ciel.

— OK, tu sembles si déterminée à nier l'évidence.

Simone sentit le feu lui monter aux joues. Qu'auraient pensé Cecelia et Naomi si elles avaient su ce qui s'était passé au cours de la nuit ?

— Je ne pense pas que je le reverrai souvent. S'il est venu, c'est juste parce que j'ai préféré rester chez moi plutôt qu'à l'hôpital. Il voulait s'assurer que j'allais bien. Rien de plus.

— Si tu le dis… Bon, je ne vais pas t'embêter quand tu es malade. Mais tu ne pourras pas éviter le sujet éternellement.

C'était bien le problème. Avec ce Maverick qui la menaçait, Simone avait une épée de Damoclès suspendue au-dessus de la tête. Il allait lui être difficile d'annoncer sa grossesse à ses parents, mais il ne fallait pas qu'elle traîne. S'ils l'apprenaient par quelqu'un d'autre, ils risquaient de faire pression pour qu'elle épouse le père des enfants. Comment leur expliquer que le géniteur en question était un numéro dans un dossier ?

Agitant les mains, Cecelia la ramena brusquement à la réalité.

— Coucou ! Il y a quelqu'un ?

Simone prit une bouchée de lasagnes, qu'elle fit passer avec une petite gorgée d'eau.

— Excuse-moi. Je réfléchissais.

— À quoi ?

Manifestement, la grossesse de son amie se déroulait sans problème. Cecelia mangeait en effet avec un solide appétit.

— Je n'ai pas envie d'en parler. D'autant plus qu'il est encore tôt et que les risques de fausse couche sont élevés.

— Beaucoup de personnes attendent la fin du premier trimestre pour l'annoncer.

— C'est vrai. Mais tu sais comment vont les rumeurs en ville. Tout le monde est déjà au courant qu'une ambulance est venue me chercher à mes bureaux.

— Tu trouveras bien quelque chose, répondit Cecelia en reprenant son sac. Il faut que j'y aille. J'ai promis à Deacon que je prendrais le dessert avec lui.

— Pourquoi ne me l'as-tu pas dit ? Tu aurais dû me laisser les lasagnes et aller dîner avec ton fiancé.

— Ne dis pas de bêtises, protesta Cecelia. Ce petit chanceux va dîner tous les soirs avec moi pour le reste de sa vie. Il ne va tout de même pas m'en vouloir d'avoir passé une soirée avec une amie malade.

— Je vais beaucoup mieux, tu sais ?

— Et tu m'en vois ravie. Car pour tout te dire, Naomi m'a fait un peu peur quand elle m'a décrit ton état l'autre soir.

— Dis-lui que ça va mieux.

— Promis, répondit son amie en la serrant dans ses bras. Je t'appelle demain. Ne t'inquiète pas pour la publicité. Tu es bien plus importante à mes yeux. Je t'adore, ma belle.

Sur ces mots, Cecelia quitta les lieux.

Devant la croisée, Simone regarda la voiture disparaître au loin. Et soudain, le silence lui parut oppressant. Plus de Cecelia. Plus de Barb. Plus de Hutch.

Il avait dit qu'il resterait trois nuits, mais elle allait mieux, désormais. Ses examens sanguins étaient bons. Barb lui avait retiré sa perfusion et avait remballé tout son bazar médical. Il n'y avait plus aucune raison qu'il revienne.

La vie avait repris son cours normal. Ou presque.

Tâchant de se convaincre qu'elle n'était pas triste, elle prit une douche et enfila un vieux pantalon de yoga ainsi qu'un T-shirt ample. Elle avait passé beaucoup trop de temps au lit. Elle avait envie de sortir respirer le bon air frais du printemps.

Sans prendre la peine d'enfiler des chaussures, elle sortit par la porte de derrière et descendit les marches du perron.

Le Dr Fetter lui avait affirmé qu'un exercice physique modéré lui serait très bénéfique. Elle n'avait donc pas de souci à se faire pour les bébés. Plus elle serait en bonne santé, plus ils le seraient eux-mêmes.

Une fois dehors, elle resta immobile quelques instants. Son jardinier était un véritable génie. Les fleurs et les arbustes d'ornement se côtoyaient et se mêlaient dans un tableau qui était charmant sans être régulier. Au milieu, une pelouse nette et verdoyante. Ce spectacle lui rappela soudain ses années d'université où, à cette époque de l'année, ses amies et elle passaient leur temps à jouer au frisbee et à se prélasser au soleil.

Tout cela lui semblait appartenir à un lointain passé.

L'air du soir était plus frais que de coutume. Passant les bras autour de sa taille, elle commença à marcher dans le jardin. Au fond, à droite, elle n'avait aucun mal à imaginer une aire de jeux. Une balançoire, un toboggan et peut-être même une maisonnette, avec de véritables fenêtres et des meubles miniatures.

Elle avait vraiment envie d'être une super maman. Elle voulait que ses enfants grandissent en se sentant aimés et soutenus. Si son garçon voulait devenir danseur de ballet ou sa fille pompier, elle les encouragerait et les aiderait à réaliser leurs rêves.

Mais que se passerait-il quand les enfants seraient en âge de s'interroger sur leur père ? Qu'allait-elle leur dire ? Frappée par son égoïsme et son manque de prévoyance, elle se laissa tomber à genoux et se couvrit le visage des deux mains. La portée et les ramifications de son erreur ne cessaient de s'étendre. Comment allait-elle la réparer ?

Dans le vaste jardin entouré de hautes et impénétrables haies, elle se sentit soudain confrontée à l'énormité de ce qu'elle aurait à affronter. Les larmes coulaient entre ses doigts, mouillaient son T-shirt. Fort heureusement, personne ne pouvait assister à sa chute. Personne ne serait témoin du moment où elle avait touché le fond.

Plus tard, elle se demanderait combien de temps elle

était restée à genoux dans l'herbe. La seule chose dont elle se souviendrait, c'était qu'elle tremblait, les genoux mouillés, quand une voix qu'elle ne connaissait que trop bien avait prononcé son nom.

— Simone ?

# - 8 -

Hutch n'avait pas eu l'intention de venir. Sa journée avait été longue et pénible. Il avait vraiment besoin de dormir sept ou huit heures d'affilée. Mais instinctivement, il avait pris le chemin de la maison de Simone. Encore une fois.

S'étant accroupi à côté d'elle, il lui toucha brièvement l'épaule.

— Qu'est-ce qui se passe, Simone ? Tu as mal quelque part ?

Bondissant, elle s'écarta de lui en s'essuyant le visage d'un revers de main. Puis elle lui sourit, sans que son sourire illumine pour autant son regard.

— Les hormones, répondit-elle d'une voix légère. J'imagine que tu sais ce que c'est.

Après ce qui s'était passé la nuit précédente, il s'était demandé si elle avait besoin de lui pour autre chose que ses conseils médicaux. Manifestement non.

Il lui fallut un moment pour se faire à l'idée qu'elle n'était pas contente de le voir. Sa réaction l'avait surpris et blessé. Mais c'était sans doute mieux ainsi. Il n'était pas prêt à risquer son cœur une troisième fois.

— Barb m'a dit que tu te remettais doucement.

— Oui. Ça va mieux. Cecelia m'a apporté des lasagnes. J'ai réussi à en manger un peu, avec du pain.

— C'est bien.

Quatorze heures plus tôt, ils étaient dans son lit. Et désormais, elle ne voulait plus le regarder dans les yeux.

— Je ne reste pas ce soir ?

Dans son esprit, il s'agissait d'une affirmation, et pourtant, il avait prononcé ces mots comme une interrogation. Comme s'il espérait au fond de lui qu'elle essaie de le retenir.

— Je sais, répondit-elle en le regardant d'un air de défi. C'est inutile.

Déstabilisé, il marmonna un juron. Elle était beaucoup trop pâle.

— Simone, je…

Elle leva une main pour l'interrompre.

— Nous savons l'un comme l'autre que nous avons fait cela par curiosité, par nostalgie du passé. Mais sache que si tu avais envie de recommencer je refuserais. J'ai besoin de commencer à planifier ma nouvelle vie de famille. Si je passe trop de temps avec toi, je serai toujours tentée de me reposer sur ton soutien. Je ne peux pas faire ça.

— On a tous besoin de soutien de temps en temps.

— Tu vois très bien ce que je veux dire.

En effet. Elle essayait d'ériger des murs entre eux. De se couper de lui.

Il aurait dû se sentir soulagé. Et pourtant…

— Si tu reprends le travail, vas-y doucement. En forçant trop, tu risques de te retrouver dans le même état qu'avant.

— Je comprends. Tu peux me faire confiance, Hutch. Je veux que mes bébés soient bien et en bonne santé. Je ne ferai pas l'idiote, je te le promets.

— Je vais y aller, alors, dit-il en hochant la tête.

— Une dernière chose.

Comme si elle cherchait les mots justes, elle s'interrompit quelques instants.

— Je te remercie pour tout ce que tu as fait pour moi, Hutch. Plus tard, quand j'aurai complètement retrouvé la forme, je t'inviterai à dîner. Sans arrière-pensées. Juste entre amis.

— D'accord. Mais ne te sens pas obligée.

— Ça me fait plaisir.

— Très bien. Alors…

Pour quelque obscure raison, il n'arrivait pas à partir.

— Tu as toujours ma carte ? Mon numéro ?

Il y avait entre eux tellement de non-dits.

— Oui, répondit-elle d'une voix triste.

— Bonne chance, Simone.

— Merci.

Simone regarda Hutch contourner la maison. Et quand il eut disparu, elle éprouva un immense sentiment de vide. Il allait falloir qu'elle le comble. Et vite. Elle avait déjà suffisamment pleuré pour aujourd'hui.

En rentrant, elle s'aperçut qu'elle n'avait pas encore sommeil. Sur un coup de tête, elle décida de prendre les mesures d'une des chambres d'amis. Il y en avait quatre à l'étage. Elle n'avait que l'embarras du choix pour la chambre des bébés.

Mais tandis qu'elle s'activait, des questions commencèrent à se multiplier dans son esprit. Devait-elle leur octroyer une chambre à chacun ? Non, mieux valait sans doute ne pas les séparer. Les pièces étaient grandes, elle n'aurait aucun mal à y caser trois berceaux. Mais si l'un des bébés se réveillait au milieu de la nuit et se mettait à pleurer ? Ne risquait-il pas de déranger les autres ?

Abandonnant son mètre et son carnet, elle partit à la recherche du carton de livres que Hutch avait déposé un peu plus tôt dans la semaine. Elle avait besoin d'informations et de conseils de base et ne se sentait absolument pas préparée.

À la fin du premier chapitre, elle referma le livre qu'elle avait choisi et regarda par la fenêtre. Il faisait noir désormais, l'heure où les problèmes semblaient augmentés et l'optimisme diminué. Que se serait-il passé si Hutch était rentré un an plus tôt ? Se serait-elle lancée dans cette aventure risquée ?

La mort de son grand-père l'avait durement ébranlée. De même que ses dernières volontés, naturellement. Mais le contenu de ce testament était privé. Comment le nommé Maverick avait-il pu en avoir connaissance ?

Peut-être aurait-elle dû prévenir la police. Mais, en le faisant, il faudrait qu'elle révèle ses secrets. Comment Hutch la regarderait-il quand il découvrirait la vérité ?

Il ne s'agissait pas d'une question d'argent. Elle voulait simplement être reconnue comme un membre à part entière de sa famille. Son père et son grand-père n'avaient jamais cherché à cacher la déception qu'elle leur inspirait. Malgré ses réussites et ses ambitions, elle n'avait jamais été qu'un pâle substitut de l'héritier mâle dont ils avaient rêvé.

Ses relations avec les deux hommes avaient laissé en elle des marques contre lesquelles elle s'était longtemps battue. Malheureusement, ce faisant, elle avait commis une erreur. Une immense erreur dont elle devrait assumer les conséquences durant tout le reste de sa vie.

Le lendemain matin, elle arriva à son travail à l'heure, et s'estima heureuse de n'avoir dû se précipiter aux toilettes que deux fois. Avec un peu de chance, les nausées allaient finir par disparaître totalement.

Ses deux employées étant de retour de la conférence, elle put se plonger avec elles dans la campagne publicitaire de Cecelia. Candace avait dû leur parler du problème qui était survenu, mais elles étaient trop professionnelles et discrètes pour soulever le sujet devant elle.

Elle espérait pouvoir garder le secret de sa grossesse le plus longtemps possible. Malheureusement, même si les nausées n'étaient plus aussi importantes, elle se sentait très fatiguée. Ces trois petits bébés avaient déjà un impact fort sur sa vie.

Pendant dix jours, elle n'eut absolument aucun contact avec Hutch. Même lors de sa consultation avec le Dr Fetter à la maternité. Aucun signe de l'homme qui était revenu d'Afrique et avec qui elle avait tout récemment passé une incroyable nuit d'amour. Elle se disait que son absence était une bonne chose, et elle arrivait presque à le croire.

Fort heureusement, elle parvint à peaufiner les derniers détails de la campagne de Luna Fine Furnishings juste à temps. Pour fêter l'événement, Deacon invita les trois amies à dîner. Au cours du repas, Simone bavarda joyeusement, mais elle ne parvint pas à se détendre. Bien qu'elle soit heureuse pour Cecelia, elle se sentait un peu jalouse de sa relation avec Deacon. Pour sa part, elle avait perdu toutes ses chances de connaître un jour un tel bonheur.

Pour ne pas révéler son manque d'appétit à ses amies, elle repoussa son saumon sur le bord de son assiette. Malgré tous ses efforts, elle continuait de perdre du poids.

Le mois d'avril s'acheva. Mai apporta ses ciels bleus et ses douces températures. Hutch lui manquait terriblement. Le savoir tout près, à Royal, était en quelque sorte pire que de l'imaginer à l'autre bout de la planète.

Le travail devint pour elle une forme de salut. Elle parvint à dissimuler sa grossesse à la plupart des habitants de Royal, mais elle décida d'en informer ses parents.

Au cours du désagréable après-midi qu'elle passa chez eux, elle s'en tint à l'explication donnée à Hutch et à ses amies : elle avait envie de devenir maman. Mais elle soupçonna son père et sa mère d'avoir compris que cette envie n'était pas sans lien avec les exigences de son grand-père.

Et si les trois bébés étaient des filles ? Dans ce cas de figure, elle aurait rempli les conditions contractuelles du testament, mais son père serait-il tout de même déçu ? Si oui, elle ne savait si elle pourrait le supporter.

Après les premiers jours du mois, le printemps prit des allures d'été. Les températures plus chaudes semblèrent réveiller les nausées. Elle vivait de thé glacé et de jus de citron fraîchement pressé. Les jours les plus chauds, la simple idée de manger la rendait malade.

Malgré tous ses efforts, elle n'arrivait pas à reprendre le dessus. Elle devint de plus en plus faible, et un matin, elle ne trouva pas la force de se sortir du lit. Naomi assistait à une conférence sur la côte Ouest. Cecelia et Deacon étaient partis en vacances aux Bermudes.

Elle était donc seule dans son malheur.

Vers midi, elle se dit qu'elle devait manger quelque chose. Mais quand elle se redressa pour s'asseoir au bord du lit, elle eut un vertige. Le numéro de Hutch était enregistré dans son téléphone. La seule chose qu'elle avait à faire, c'était de l'appeler. Lui-même le lui avait intimé.

Mais se souciait-il vraiment d'elle ? Était-ce le médecin ou l'amant qui avait fait cette proposition ? En l'ignorant, l'avait-elle définitivement fait sortir de sa vie ? Si elle ne l'avait pas encore invité à dîner, c'était surtout parce qu'elle ne s'était jamais sentie assez en forme pour cuisiner.

Elle marcha d'un pas chancelant jusqu'à la cuisine, se soutenant aux murs. Elle se sentait horriblement mal. C'était plus que de simples nausées. Elle avait des douleurs sur tout le côté gauche et un horrible pressentiment. Quand elle commença à ressentir des crampes au niveau du ventre, elle paniqua.

Elle avait oublié d'emporter son téléphone dans la cuisine. Le retour jusqu'à sa chambre fut un véritable calvaire. Les mains tremblantes, elle finit par trouver le nom de Hutch dans son répertoire.

Une sonnerie. Deux.

*S'il te plaît, décroche.*

Il répondit au bout de la quatrième.

— Simone, comment vas-tu ?

Au simple son de sa voix, elle se sentit légèrement apaisée.

— Excuse-moi de te déranger, Hutch. Tu pourrais passer après ton travail ? Je ne me sens pas très bien.

— Tu peux conduire jusqu'à la maternité ? demanda-t-il d'une voix anxieuse.

— Non… Je…

Elle avait la gorge serrée par les larmes.

— Ce n'est pas grave, murmura-t-elle. Ce n'est pas grave.

*
* *

Hutch entendit un fracas à l'autre bout de la ligne, comme si le téléphone était tombé. Son cœur battait désormais à tout rompre. D'un geste brusque, il tendit à une infirmière le dossier qu'il tenait.

— Il faut que je parte. Demandez au Dr Henry de me remplacer en consultation jusqu'à nouvel ordre.

— Tout va bien, docteur ?

— Je l'espère.

Il courut jusqu'à sa voiture et prit la direction de la villa de Simone. Sur le trajet, il appela Janine Fetter pour l'informer de la situation. C'était son jour de congé. Mais comme ils étaient bons amis, elle accepta de le retrouver au domicile de Simone.

Ce fut Hutch qui arriva le premier. Sachant que Simone cachait toujours ses clés au même endroit, il les prit sous le pot de fleurs, ouvrit la porte et la laissa entrouverte pour Janine.

En entrant dans la chambre, il la trouva allongée sur le tapis, le visage blême. Son pouls était faible, sa peau moite. Elle n'avait presque aucune réaction.

— Simone ! l'appela-t-il d'une voix forte.

Ses longs cils noirs frémirent.

— Hutch ? Tu es venu ?

— Bien sûr que oui, répondit-il en la prenant dans ses bras. Mais pourquoi es-tu aussi têtue ?

Janine arriva à ce moment-là et les surprit. Mais il se moquait bien qu'elle ait compris.

— Allonge-la sur le lit, lui ordonna sa collègue. Je vais l'examiner. Toi, tu restes dans le séjour.

Surpris, il se tourna vers elle.

— Mais…

— Je ne pense pas que tu puisses te montrer impartial.

Le ton de sa voix était ferme, mais son regard plein de compassion.

— Laisse-moi m'occuper de ça, reprit-elle, et prends quelques minutes pour te remettre. Ces enfants sont de toi ?

La question le surprit. Et il fut plus étonné encore de découvrir qu'il avait envie de répondre « oui », bien qu'il sache parfaitement que ce n'était pas le cas.

— Bien sûr que non. Tu sais bien qu'elle a eu recours à un donneur.

— J'ai vu des médecins falsifier des dossiers pour des amis, répondit-elle en haussant les épaules. Je ne te juge pas.

— En tout cas, ils ne sont pas de moi, marmonna-t-il en portant Simone sur le lit. Tu crois qu'on appelle une ambulance ?

— Qu'est-ce que tu en penses ? répondit Janine avec un sourire espiègle, comme si elle s'adressait à un étudiant.

— OK, excuse-moi. Son état est stable, donc, non.

— Allez, sors, Hutch. Va te chercher un verre. Je t'appellerai dans quelques minutes.

Il finit donc par quitter les lieux pour gagner la cuisine. C'était un véritable désastre. Il aurait dû comprendre dès le départ qu'elle allait avoir besoin d'une aide à domicile. Ce genre de grossesse était hautement risqué.

Janine mit ce qui lui sembla être une éternité à le rappeler, bien que, à en croire sa montre, vingt minutes seulement se soient écoulées. En entrant, il trouva Simone éveillée. Sa consœur était assise au pied du lit.

— J'ai fait un petit sermon à notre patiente, expliqua-t-elle.

— Il était temps que quelqu'un s'y colle, grommela-t-il.

— Mais je ne peux tout de même pas rester chez moi pendant des mois, geignit Simone.

— Bien sûr que si, répliqua Janine d'une voix ferme. Réfléchissez, mademoiselle Parker. Vous avez de la chance : vous êtes votre propre patronne, vous avez des employées sur lesquelles vous appuyer et vous pouvez travailler à distance. Maintenant, il ne nous reste plus qu'à trouver quelqu'un pour veiller sur vous.

Déterminé, il croisa les bras.

— C'est moi qui vais m'en charger, affirma-t-il.

Il se moquait bien de l'opinion de Janine. Simone était toujours beaucoup trop pâle. Une pâleur que ses cheveux noir de jais ne faisaient que souligner.

— Certainement pas, répondit la principale intéressée, qui semblait avoir retrouvé un peu de son énergie vindicative. Tu as un travail important à accomplir.

— Je peux le faire à distance, moi aussi.

Ses priorités étaient claires. Simone et lui étaient liés par des liens invisibles. C'était à lui de veiller sur elle.

Pendant qu'il se faisait ces réflexions, Janine s'était mise à les regarder d'un air perplexe.

— Tu veux toujours que ce soit moi qui la suive ? lui demanda-t-elle.

— Évidemment, répondit-il avant de se tourner vers Simone. Tu es d'accord ?

— Tu me demandes mon avis, maintenant ? rétorqua-t-elle en lui jetant un regard noir. Je croyais que tu envisageais de prendre en charge l'intégralité de ma vie…

Sûr de sa décision, il préféra ne pas relever.

Janine prit une dernière fois le pouls de Simone.

— Écoutez-le, lui dit-elle en passant doucement une main sur son front pâle. Il est peut-être arrogant, mais il sait ce qu'il fait. Je me sentirais beaucoup plus rassurée si vous n'étiez pas seule.

— Il ne peut pas emménager ici.

— Si, affirma-t-il.

Janine sourit, mais elle ne fit pas de commentaire.

— Et les rumeurs ? lança Simone.

Ses beaux yeux bleus étaient désormais humides de larmes. Et face à ce signe de vulnérabilité, il sentit quelque chose se serrer dans sa poitrine.

— Je me moque des rumeurs. Nous faisons simplement ce que nous avons à faire. Mon emploi consiste à veiller sur les mères et les bébés. Or, à ce jour, tu es ma priorité. Tu es en danger, Simone.

Janine hocha la tête.

— Ce raisonnement me paraît juste. Tu as mon numéro,

Hutch. Si tu as besoin de moi en dehors des horaires de travail, n'hésite pas à m'appeler.

Impulsivement, il l'embrassa sur la joue.

— Merci.

Elle lui fit signe de la raccompagner et, quand ils furent dehors, il referma la porte derrière eux pour que Simone ne puisse entendre leur conversation.

— Honnêtement, qu'est-ce que tu en penses ? demanda-t-il.

— Je suis inquiète qu'elle continue de perdre du poids. À ce stade, le ventre doit commencer à s'arrondir, même en cas d'*hyperemesis*. Le sien est aussi plat que le premier jour où je l'ai examinée. Essaie de la faire manger au maximum, en fractionnant les repas. Si nous voulons donner à ces bébés une chance de vivre, nous devons requinquer leur mère.

Il acquiesça.

— Quand doit-elle passer sa prochaine échographie ?

— Normalement, pas avant un mois. Mais au vu des circonstances, je vais avancer la date. Je veux m'assurer que les choses se déroulent bien.

— Et si ce n'est pas le cas ?

— Tu connais les statistiques, répondit-elle en haussant les épaules. Ne l'inquiète pas outre mesure. Mais fais-la manger.

— Tu peux compter sur moi.

— Tu es sûr de ce que tu fais ?

— Non. Mais je n'ai pas vraiment le choix.

# - 9 -

Simone n'entendit que la dernière phrase prononcée par Hutch, et cette phrase la blessa. *Je n'ai pas vraiment le choix.* Il n'avait pas envie de rester avec elle, mais il agissait par obligation morale. Saint Hutch.

Quand il revint dans la chambre, elle dut se mordre la lèvre pour s'empêcher de pleurer. Il portait toujours sa blouse blanche avec son nom brodé sur sa poitrine.

— Pourquoi fais-tu ça ? demanda-t-elle agressivement. Je pourrais très bien demander à Barb de revenir.

— Barb est débordée. Et de plus, je te connais, Simone. Tu ne te sentirais pas à l'aise avec une étrangère chez toi.

— Mais tu es presque un étranger. Tu es parti cinq ans. Nous avons changé, Hutch. C'est toi-même qui l'as dit.

— Et c'est une bonne chose. Nous avons évolué. En tout cas, je l'espère.

Comme elle fermait les yeux et ne répondait pas, il comprit qu'elle essayait de l'ignorer. Peu importait, de toute façon. Quelle que soit la nature de leur relation, il était bien décidé à les protéger, ses bébés et elle.

Après avoir retiré sa blouse, il défit le deuxième bouton de sa chemise, dont il roula les manches. Il faisait chaud. Un peu d'air frais ne ferait pas de mal à Simone. Il enclencha la climatisation.

Quand il revint dans la chambre, elle avait toujours les yeux fermés. Tout en se demandant si elle se reposait vraiment ou si elle boudait toujours, il s'assit sur le bord du lit pour lui caresser le bras.

— Ça te dirait si je te faisais des œufs brouillés au bacon ? Si mes souvenirs sont bons, tu adorais ça.

Jadis, il leur arrivait de passer tout le week-end au lit. Et de prendre leur petit déjeuner très tard.

Elle ouvrit un œil.

— Avec des toasts à la cannelle ?

— Vos désirs sont des ordres.

— Ce serait super, répondit-elle en souriant enfin. Merci.

— Mais tu restes au lit pendant que je m'en occupe.

— Promis.

Il s'activa dans la cuisine, espérant que ce plat l'encouragerait à manger un peu.

Mais quand il revint dans la chambre avec le plateau, elle s'était assoupie. Avait-elle du mal à dormir la nuit ou était-ce son état de santé qui la rendait somnolente ?

— Réveillez-vous, Belle au bois dormant, murmura-t-il en lui touchant doucement le bras. Le dîner est servi.

— Tu as fait vite.

Quand elle se fut assise sur le lit, il prit place à côté d'elle.

— Je vais t'aider à manger.

— Je ne suis pas un bébé.

— Non. Mais tu n'es pas au meilleur de ta forme. On va y aller doucement.

Elle paraissait hésitante, tout en reluquant l'assiette avec envie.

— Si je m'écoutais, je dévorerais tout ça en deux minutes, gémit-elle. Mais ce serait un désastre.

— Ton estomac a dû rétrécir. Je ne pense pas que tu puisses manger un repas normal dès maintenant. On va augmenter peu à peu les quantités, au cours des semaines qui viennent. Par quoi veux-tu commencer ?

— Les œufs, je crois. J'ai besoin de protéines.

Il lui présenta une cuillerée et hocha la tête quand il la vit mâcher.

— Alors, c'est bon ?

Elle acquiesça.

— Tu as toujours été meilleur cuisinier que moi.

— Mais tu as d'autres talents.

À ces mots, ses joues rosirent. Sous ses longs cils noirs, elle lui jeta un regard en biais, un regard de braise qui changea son sang en lave.

— Docteur Hutchinson, vous essayez de faire remonter ma tension ?

— Tous les moyens sont bons, ma belle.

Son comportement séducteur le rassura. Elle paraissait désormais beaucoup plus en forme qu'à son arrivée.

Sa jolie patiente réussit à manger la moitié des œufs, une tranche de bacon et tout un toast à la cannelle. C'était probablement trop, mais il n'eut pas le courage de le lui dire alors qu'il était évident qu'elle mourait de faim.

— C'était merveilleux, Hutch, constata-t-elle quand elle eut terminé. J'ai l'impression que ça passe mieux quand ce n'est pas moi qui cuisine.

— Ça me paraît logique. Je fais la vaisselle, et je reviens.

Il ne lui fallut pas beaucoup de temps pour tout nettoyer, mais une fois encore, à son retour, il la trouva assoupie. Après quelques secondes d'hésitation, il décida de la laisser se reposer un peu. S'il voulait rester ici de façon semi-permanente, il lui fallait de toute façon passer quelques coups de fil.

Au bout d'une demi-heure, tout était réglé. Il assurait principalement des tâches de direction et de consultation. Et comme il avait accès à distance aux dossiers de la maternité, il pourrait assumer ainsi la plupart de ses responsabilités.

Quand il revint dans la chambre, elle était réveillée. Il constata avec satisfaction qu'elle avait repris des couleurs et que son regard était plus vif.

— Tu as encore faim ?

— Non, je te remercie. J'ai bien mangé.

— Je sais que tu es épuisée, mais que dirais-tu d'un petit tour dans le jardin ? Un peu d'exercice te fera du bien.

— D'accord.

Elle quitta son lit seule, refusant son aide.

— Arrête de me traiter comme une handicapée.

Il sourit. Sa fierté et son indépendance risquaient vraiment d'entrer en conflit avec le besoin qu'il avait de la dorloter.

Quand ils arrivèrent dehors, l'air était doux. Son jardin était magnifique, un véritable enchantement.

— Appuie-toi sur moi, proposa-t-il en passant un bras autour de sa taille. Et n'hésite pas à faire une halte.

Ils parcoururent les allées sans parler. Elle avait les jambes chancelantes, il le voyait bien. Mais également de la volonté. Quand ils revinrent au point de départ, elle était agrippée à lui, la respiration rapide et saccadée. Il la hissa dans ses bras pour gravir les quelques marches du perron.

— Bravo, la félicita-t-il. Je suis fier de toi. Tu as mangé et fait de l'exercice. C'est super.

— Mon héros, ironisa-t-elle.

Tout en souriant, il ouvrit la porte d'entrée.

— Tu veux poursuivre sur ta lancée en prenant une douche, ou tu préfères te reposer un peu avant ?

Elle le regarda en ouvrant de grands yeux.

— Me proposez-vous de vous joindre à moi, docteur ?

— Avez-vous besoin d'une assistance médicale ?

— Absolument.

Elle connaissait le pouvoir qu'elle exerçait sur lui et n'avait pas peur de l'utiliser. Elle essayait de l'émoustiller, mais hors de question qu'ils fassent l'amour ce soir.

Après l'avoir doucement déposée sur le lit, il inspecta la salle de bains. S'il mettait le petit tabouret en plastique dans la douche, elle n'aurait pas à rester debout tout le temps.

— On y va ? demanda-t-il.

— Si mes souvenirs sont bons, tu as toujours des vêtements de rechange, dans ta voiture, affirma-t-elle en se redressant sur les coudes.

C'était le cas, en effet, mais…

— Pourquoi cette question ?

— Eh bien, si tu m'aides à me doucher, tu risques de te mouiller. Tu devrais aller les chercher avant.

— Bien vu. À quoi est-ce que tu penses, Simone ?

ajouta-t-il en voyant qu'elle le dévisageait intensément. Je n'aime pas cette tête.

— Je crois qu'il vaudrait mieux que tu te déshabilles, toi aussi.

À ces mots, il sentit un puissant élan de désir lui traverser le corps, chaud et délicieusement sensuel. Pour ne pas révéler son trouble physique, il se composa un air sérieux.

— Je retirerai mes vêtements mouillés quand on aura terminé. Ne bouge pas. Je reviens.

Une fois à l'extérieur, il posa les mains sur le toit de sa voiture et appuya le front contre le métal froid. Le jeu auquel il jouait était dangereux, et il était en train de perdre. Tout en saisissant son sac de sport, il tâcha de se convaincre qu'il pouvait se comporter en gentleman.

Malgré son penchant pour les répliques suggestives, elle était fragile. Et même si elle voulait faire l'amour avec lui, elle n'était pas en état. Il allait l'aider à se laver puis à se remettre au lit. Point.

Leur première dispute porta sur qui devait la déshabiller.

— Je peux très bien le faire toute seule, Hutch, affirma-t-elle en s'accrochant au lavabo.

— Mais si tu tombes, tu risques de te cogner la tête. Si j'étais toi, je ne prendrais pas le risque.

— Tu ne pourrais pas me traiter en adulte ? Allez, laisse-moi faire. Mais si je me déshabille, tu te déshabilles aussi.

Quel homme aurait pu résister à cet audacieux défi ? S'étant un peu éloigné, il ôta ses vêtements en luttant de toutes ses forces pour ne pas regarder dans le miroir. Il serait déjà assez difficile comme ça de la voir nue. Il ne voulait pas être entouré d'images de ce corps si désirable.

Mais au moment où son regard se posa sur elle, il laissa échapper un juron. La seule et unique fois où ils avaient fait l'amour depuis son retour du Soudan, la pièce était plongée dans le noir. Sous la vive lumière de la salle de bains, il pouvait désormais voir chaque courbe de son corps.

— Qu'est-ce qu'il y a ? demanda-t-elle en croisant les bras.

— On peut compter tes côtes. Je n'arrive pas à croire que tu aies perdu autant de poids.

— C'est un nouveau régime : le régime triplés.

— Ce n'est pas drôle.

Il avait à la fois envie de la gifler et de l'embrasser. Luttant pour se calmer, il ouvrit les robinets de la douche et plaça le tabouret sous le jet.

— Entre, ordonna-t-il alors en la prenant par le bras.

Poussant un petit soupir, elle se laissa tomber sur le tabouret et appuya la tête contre sa cuisse.

— Merci, Hutch, murmura-t-elle. Pour tout.

Un sentiment de tendresse déferla sur lui, le submergeant et lui faisant oublier une seconde tout le désir qu'elle lui inspirait.

— De rien. Ferme les yeux et laisse-moi m'occuper de toi.

Il commença par ses longs et beaux cheveux, qu'il lava longuement avant de les rincer. Après quoi il se mit à la savonner avec un gant, en commençant par ses délicates épaules et son dos. Pour essayer de se maîtriser, il se récitait les tables de multiplication.

Ses seins étaient toujours aussi ronds et fermes. Quand il se mit à les savonner, leurs mamelons roses devinrent durs et particulièrement tentants. Luttant de toutes ses forces pour y résister, il acheva la toilette à sa portée.

— Tu pourrais te lever une minute ? marmonna-t-il.

Elle hocha la tête, sans bouger pour autant.

— Tu veux faire le reste toute seule ?

Sans répondre, elle ouvrit les yeux. Son regard était brumeux, ses pupilles dilatées. Sous ses longs cils noirs, il ne restait qu'un mince anneau de l'azur de ses yeux.

— Tu fais ça très bien. Ne t'arrête pas, dit-elle.

Et, lentement, elle se leva.

Son visage était désormais à la hauteur de sa poitrine. Il avait envie de la hisser dans ses bras, de la prendre contre le mur de la douche, de s'enfoncer en elle encore et encore, jusqu'à ce que le désir qu'il sentait palpiter dans son sexe explose en un véritable feu d'artifice de sensations.

Il lui en coûta beaucoup d'efforts, mais il résista. S'étant agenouillé devant elle, il lava ses petits pieds, ses mollets graciles, ses cuisses fermes. Et quand elle s'accrocha à ses épaules, il passa à son sexe.

Au moment où il posa le gant dessus, il l'entendit reprendre son souffle.

— J'ai envie de toi, murmura-t-elle.

Il ferma les yeux, serra les dents.

— On ne peut pas, ma belle. Pas aujourd'hui.

Leurs corps étaient humides, brûlants, prêts à l'action. Mais elle était aussi faible qu'un chaton. Elle poussa un soupir de déception au moment où il ferma les robinets et l'aida à sortir de la douche. Une fois qu'il eut terminé de la sécher, il la hissa sur le plan de travail de marbre et prit une autre serviette pour s'essuyer.

Il voyait son dos dans le miroir, ses longs cheveux humides retombant en gracieuses cascades sur ses épaules.

— Tu ne peux pas aller te coucher avec les cheveux mouillés. Je vais les sécher.

Il trouva dans l'un des tiroirs un peigne à larges dents et un sèche-cheveux.

— Tu aurais dû te faire coiffeur, plaisanta-t-elle en s'appuyant contre lui quand il eut terminé.

Tout en souriant, il la porta jusqu'au lit.

— Pyjama ?

— Pas ce soir, répondit-elle avec un sourire espiègle.

Les mains tremblantes, il rabattit le drap jusqu'à son cou.

— Dors, Simone. J'ai à faire, mais je reviendrai plus tard. Je prendrai l'autre côté du lit.

— Tu seras là quand je me réveillerai ?

Son regard était devenu triste, et l'espace d'une seconde, sa façade courageuse se fissura, révélant sa solitude.

— Bien sûr, répondit-il d'une voix assurée.

Il enfila un boxer et un pantalon propre, mais pas de chemise. Même s'il faisait plus frais à présent, il avait chaud.

Il passa l'heure qui suivit à répondre à ses mails. Puis il se servit du vélo d'appartement de Simone, sur lequel il parcourut au moins quinze kilomètres. Sa fatigue était désormais intense, mais il lui fallut quelque temps encore pour se convaincre de pouvoir dormir avec elle sans la toucher et surtout sans perdre la tête.

Au cours de la soirée, il était parvenu à contrôler son érection pendant de brefs intervalles de temps. Mais chaque fois qu'il relâchait un peu son attention, sa libido reprenait le dessus.

Il était perturbé, c'était incontestable. Pour commencer, il y avait le fantôme de Bethany. Son sentiment de culpabilité était peut-être injustifié, mais il était bien présent. Et puis il y avait la grossesse si peu conventionnelle de Simone. Elle lui cachait quelque chose, c'était certain.

Il y avait à Royal des dizaines d'hommes qui auraient été ravis de faire office de donneurs en utilisant la méthode traditionnelle. Quelles raisons avaient pu la pousser à emprunter ce chemin ?

Pourvu que ses trois bébés s'en sortent bien. S'il arrivait quoi que ce soit à l'un d'eux, il ne s'en remettrait pas. Et s'il lui arrivait quelque chose à elle ? Il n'osait même pas l'imaginer. Les femmes ne mouraient plus guère en couches, mais cela arrivait encore parfois. Elle n'était peut-être pas sa femme, mais il serait le premier à la pleurer.

Vers 23 heures, il finit par se convaincre qu'il était assez fatigué pour résister à la tentation. En parcourant le chemin désormais familier qui menait à sa chambre, il éteignit les lumières. Et après s'être brossé les dents dans la salle de bains, il se regarda longuement dans le miroir.

— Ne fais pas l'idiot, Hutch, chuchota-t-il. Elle subit assez de stress comme ça, et tu as déjà trop de problèmes à gérer. Elle t'a laissé tomber une fois. Et elle est encore plus mal placée aujourd'hui pour avoir une relation avec toi. Passe à autre chose. Oublie-la.

C'était un bon sermon. Un très bon sermon. Mais quand il s'approcha du lit et discerna la forme de son corps sous le drap, il sentit son cœur se serrer.

Il avait toujours envisagé de fonder une famille, mais

pas comme ça. Même si elle souhaitait qu'ils reprennent une relation — ce qui n'était sans doute pas le cas —, il ne pourrait s'empêcher de se demander si elle l'aimait vraiment ou si elle avait juste besoin d'un père pour ses enfants.

Malgré sa tristesse, il parvint à trouver le sommeil. Et à rester de son côté du lit.

Mais aux premières lueurs de l'aube, il fut réveillé par un bruit. Elle s'était levée. Il discernait les contours de son corps nu, ses courbes féminines qui se détachaient dans le noir.

— Ça va ? demanda-t-il d'une voix encore ensommeillée.

— Oui.

Elle prit la direction de la salle de bains, dont elle revint rapidement.

— Hutch ? chuchota-t-elle quand elle fut à nouveau allongée. Tu peux me prendre dans tes bras ?

Il prit une profonde inspiration.

— Je ne crois pas, non.

— Pourquoi ?

Faisait-elle l'idiote ou n'avait-elle vraiment aucune idée du désir qu'elle lui inspirait ?

— Je suis nu, toi aussi. Forcément, il risque de se passer des choses.

Contre toute attente, elle se mit à rire.

— Est-ce si terrible que ça ?

Il était à deux doigts de céder.

— Tu n'es pas à cent pour cent de ta forme.

— Alors, fais l'amour à ce qu'il reste de moi.

Simone savait qu'elle se montrait injuste. Quelle était la sentence encourue pour avoir tenté un saint ? La damnation éternelle ? Elle avait déjà goûté aux flammes de l'enfer. Quand Hutch était parti pour le Soudan, elle avait bien failli s'effondrer. Il lui avait fallu beaucoup de volonté pour trouver la force de se lever tous les matins.

Pourtant, peu à peu, la douleur s'était émoussée. Son

travail et ses amies l'avaient tenue occupée. Au bout d'un an, elle s'était remise à fréquenter des hommes. Mais rien de bien concret. Car elle ne pouvait s'empêcher de songer à ce qui se passerait quand Hutch rentrerait.

Mais il n'était pas rentré.

Quand il était revenu après son premier séjour, elle avait dû accepter cette triste vérité. En l'encourageant à accomplir son destin, elle avait anéanti toutes ses chances de bonheur avec lui. Et désormais, elle ne se faisait plus aucune illusion. Demeurait entre eux une puissante attirance sexuelle, c'était incontestable. Mais elle était enceinte d'un autre.

Beaucoup de couples adoptaient des enfants. Mais là, c'était un cas de figure différent. Même s'il parvenait à lui pardonner l'énorme erreur qu'elle avait commise, il préférerait certainement avoir un enfant à lui.

Et si elle retombait enceinte et que sa seconde grossesse se déroule aussi mal que la première ? L'idée de passer neuf autres mois à revivre une telle souffrance ne lui paraissait même pas envisageable. Sans parler de celle d'un quatrième enfant, alors qu'elle doutait déjà de pouvoir s'occuper des trois premiers.

Ne restaient donc que des ébats passionnés, sans attache. Et même cela finirait par cesser quand son corps prendrait des proportions embarrassantes.

Les larmes aux yeux, elle roula sur le côté pour se rapprocher de lui.

— Je ne suis pas une fille bien, tu sais ? murmura-t-elle. Je devrais te laisser tranquille.

Sensuellement, il fit glisser une main le long de son bras.

— Je suis un grand garçon, tu ne me fais pas peur. Et je préférerais que tu ne me laisses pas tranquille.

# - 10 -

Dans la pénombre, Simone tendit la main pour prendre son sexe dur. Aussitôt, elle le sentit tressaillir. Se souvenant des caresses qu'il appréciait, elle se mit à le masser fermement de haut en bas. Et en un éclair, ils redevinrent le jeune couple fou de passion qu'ils avaient jadis été.

Mais son corps à elle ne se montrait pas très coopératif. Elle se sentait faible et à peine capable de bouger. Et pourtant, elle avait envie de lui. Avec l'empathie qui caractérisait tout ce qu'il faisait, il la serra fort contre lui et passa les doigts dans ses cheveux.

— Tu n'es pas en mesure de faire ça, Simone. Admets-le.

Elle sentait son corps chaud, dur, viril contre le sien. Les contours bien nets de ses pectoraux lui rappelaient qu'il était un homme dans la force de l'âge. Le contraste saisissant entre sa rudesse virile et sa douceur féminine fit courir un frisson de plaisir le long de son dos. Entre ses bras musclés, elle se sentait aimée et en sécurité. Il avait raison. Elle n'avait pas suffisamment d'énergie pour le sexe. Mais tout en elle la poussait à s'accrocher à lui. Elle ne voulait pas le perdre à nouveau, ni se contenter de sa tendresse. Elle voulait son amour.

À cette idée, elle crut que son cœur allait s'arrêter. Elle était toujours amoureuse de Troy Hutchinson. Contre toute attente et toute logique. Elle était donc destinée à souffrir plus encore que par le passé. Le trou béant qu'elle sentait s'ouvrir dans sa poitrine était terrifiant. Elle ne pourrait survivre à cela une seconde fois. Surtout si elle devait en même temps s'occuper des bébés.

Il dut percevoir son changement d'humeur. Elle s'était de toute façon mise à trembler. L'ayant aidée à se remettre sur le dos, il se mit à caresser en soupirant son ventre ferme et plat.

— Parle-moi, ma belle. Je ne suis pas devin.

— Je n'aurais pas dû tomber enceinte.

Elle avait envie de lui avouer la vérité. Elle avait envie de lui expliquer pourquoi, mais elle avait peur de le décevoir, de le dégoûter, redoutant le regard qu'il porterait ensuite sur elle.

— Le moment était peut-être mal choisi. Mais il n'y a rien de mal à vouloir devenir maman.

Sauf quand il s'agissait d'un moyen pour parvenir à ses fins.

— Es-tu toujours amoureux de Bethany ?

Les mots étaient sortis tout seuls. Sa douleur et sa confusion étaient telles qu'elle avait perdu sa retenue.

Il retira la main de son ventre.

— Bethany n'a rien à voir avec toi et moi, répondit-il d'une voix plate.

— Tu n'as pas répondu à ma question, Hutch. Es-tu toujours amoureux d'elle ?

Pourquoi se torturait-elle ainsi ?

— J'aimerai toujours Bethany, marmonna-t-il comme s'il était choqué par son comportement. Elle était altruiste et totalement dévouée à ses patients. Elle a passé sa vie à agir pour le bien de l'humanité. Elle a fait de moi un meilleur médecin. Et un homme meilleur. Donc, oui, j'aime Bethany. Mais elle n'est plus là, alors que moi, oui. Si c'est un problème pour toi, dis-le-moi maintenant.

Elle avait la gorge si serrée qu'elle peinait à respirer. Elle ne pouvait pas parler. Pourquoi avait-elle voulu connaître la vérité ?

— Excuse-moi, dit-elle enfin. Tu as raison. Elle n'a rien à voir avec toi et moi.

Lentement, elle se hissa au-dessus de lui et enfouit le visage dans le creux de son cou. Son érection était toujours là, dure et bien présente. Elle la sentait parfaitement contre ses cuisses.

D'un geste sensuel, il souleva ses hanches et s'enfonça en elle, lui tirant un gémissement de plaisir dont le son fut étouffé par son épaule. Puis il lui fit l'amour avec une telle tendresse qu'elle se crut à deux doigts de pleurer. On aurait dit qu'il essayait de lui prouver qu'elle pouvait lui faire confiance.

Ce qu'il ignorait, c'était qu'elle avait déjà confiance en lui. Elle lui aurait confié sa vie les yeux fermés, ainsi que celles de ses bébés. Ce n'était pas le problème. Le problème, c'était le pétrin dans lequel elle s'était mise pour accomplir les dernières volontés de son grand-père et répondre aux exigences de sa famille.

Il était trop tard, désormais.

Son corps musclé et viril était brûlant et humide de sueur. Il tenait toujours fermement ses hanches.

— Ça va ? lui demanda-t-il.

Doucement, elle lui caressa le visage.

— Je suis contente que tu sois rentré, Hutch. Tu m'as manqué.

Ça n'allait pas, non, pas du tout. Elle avait esquivé sa question. Mais comment aurait-elle pu lui expliquer que c'était en réalité toute une part d'elle-même qui lui avait manqué pendant ces cinq longues années ?

À vingt-deux ans, elle n'avait pas compris à quel point il était exceptionnel de trouver quelqu'un comme lui. Elle avait honte de le reconnaître, mais elle regrettait de ne pas l'avoir supplié de rester. Dans la naïveté de sa jeunesse, elle avait eu ce raisonnement erroné : quand il reviendrait après ces deux années et demie passées à l'étranger, soit ils reprendraient les choses là où ils les avaient laissées, soit elle aurait entre-temps trouvé quelqu'un d'autre à aimer.

Aucun de ces deux scénarios ne s'était produit.

Au moment où elle en arrivait à cette conclusion, il se

tourna sur le côté, l'entraînant avec lui. Instinctivement, elle enroula les jambes autour de sa taille, lui passa les bras autour du cou. Sa passion semblait s'être débridée, ses assauts devenant plus puissants, plus saccadés.

— Simone ! cria-t-il.

Et dans un grognement qui évoquait moins le plaisir que la douleur, il explosa en elle.

Elle était loin de le suivre. Elle avait beau se délecter de ses caresses, elle n'avait pas assez d'énergie pour jouir. Mais elle se satisfaisait de l'idée qu'il ait envie d'elle.

Après s'être effondré sur le lit, il la prit dans ses bras et se mit à lui caresser les cheveux en couvrant ses paupières et ses joues de baisers.

— Tu sais, murmura-t-il alors, quand j'étais au Soudan, il arrivait parfois des catastrophes. On perdait des bébés qui auraient dû vivre. Des mamans aussi. J'étais complètement dévasté. Et quand je n'arrivais pas à m'endormir le soir, je t'imaginais au lit avec moi. Ça m'aidait. Ça m'apaisait.

— Mais tu n'es pas resté la première fois que tu es revenu, répliqua-t-elle d'une voix à laquelle elle ne put s'empêcher de donner des accents accusateurs. J'ai l'air en colère, ajouta-t-elle très vite, mais ce n'est pas le cas, je t'assure.

En réalité, elle était complètement bouleversée.

Il poussa un lourd soupir, et elle sentit son souffle dans ses cheveux.

— Je voulais le faire. J'étais décidé à rentrer à Royal après mon premier séjour, mais…

— Mais quoi ?

— Entre toi et moi, les choses s'étaient mal terminées. Je n'étais pas certain d'avoir une véritable raison de rentrer, alors qu'au Darfour, des personnes avaient vraiment besoin de moi. Tu étais si jeune quand nous avons rompu. Je me suis dit que tu avais peut-être simplement cherché à faire une expérience. Ou alors que tu me voyais comme un trophée à présenter à tes parents pour leur prouver que tu étais une femme adulte.

Blessée par ces propos, elle ne put s'empêcher de grimacer.

— Je n'étais pas comme ça. Je n'ai jamais été comme ça, Hutch. Je t'adorais.

— Mais pas assez pour me demander de rester.

— J'ai fait ce qui m'a semblé être le plus juste, objecta-t-elle. Pour une fois dans ma vie, j'ai agi de façon désintéressée.

*Et regarde où ça m'a menée.*

Une fois encore, il soupira.

— Pourquoi ne pas laisser le passé derrière nous ? Nous avons tous les deux commis des erreurs.

— Et maintenant ?

— Comment ça, « maintenant » ? demanda-t-il d'un air méfiant.

— Ne sommes-nous pas en train d'en commettre de nouvelles ?

— Comment veux-tu que je le sache ? Je suis gynécologue, pas devin.

Sous son regard médusé, il s'écarta.

— Pourquoi te lèves-tu ? Il fait encore noir.

— J'ai besoin de m'éclaircir les idées, grommela-t-il. Rendors-toi.

Hutch n'attendit pas de voir si Simone avait exécuté son ordre. Il sentait son odeur sur sa peau. Il entendait sa voix résonner dans sa tête. Son cœur battait à tout rompre, des décharges d'adrénaline lui parcouraient les veines. Il avait envie de courir, de mettre des coups de poing dans les murs, de remonter dans ce lit pour réclamer son dû.

Il lui était facile de prétendre qu'elle était la femme qu'il avait laissée derrière lui. Elle l'était pour le moment. Mais quand sa grossesse commencerait à se voir, les choses seraient certainement différentes. Chaque fois qu'il poserait le regard sur elle, il se rappellerait qu'elle avait fait le choix de devenir mère célibataire. Il n'arrivait d'ailleurs toujours pas à comprendre sa décision. Elle était l'incarnation même de la femme ambitieuse. Et elle était beaucoup trop jeune pour se soucier de son horloge biologique.

Silencieusement, il sortit de la maison pour gagner le jardin. L'air de la nuit était frais. Janine Fetter n'était pas du genre à répandre des rumeurs, mais tôt ou tard, la nouvelle finirait bien par filtrer à travers la ville. Simone Parker était enceinte. Et le Dr Troy Hutchinson vivait chez elle.

Se sentirait-il gêné ? Telle était la question. Les gens allaient émettre des hypothèses concernant la grossesse de Simone. C'était tout naturel. Et d'aucuns finiraient par penser qu'il était rentré d'Afrique pour reprendre avec elle là où il s'était arrêté. Mais en faisant le calcul, ils s'apercevraient qu'il n'était pas le père des triplés.

Pendant quelques instants, il envisagea de proposer à Simone de renouer, mais de façon différente. Pas amoureuse. C'était impossible. Cependant, elle allait avoir besoin d'aide. Et sur le plan sexuel, ils s'entendaient toujours aussi bien.

On avait déjà vu de plus mauvaises raisons de se remettre ensemble.

Rien ne pressait, cela dit. Il était là pour veiller sur sa santé. Mais il allait en profiter pour évaluer la situation. C'était une femme insouciante et intrépide. Il était un homme prudent, qui avait l'habitude de tout planifier.

Cela pouvait fonctionner. Ou pas. Il prendrait le temps d'en décider.

Après cette première nuit, ils trouvèrent chacun leur rythme et leur place. C'était le matin que Simone était le plus mal. Mais comme Hutch était bon cuisinier, il essayait de l'appâter avec des plats à la fois alléchants, légers et digestes.

Petit à petit, elle retrouva des couleurs et devint plus forte. Suffisamment forte pour envisager de reprendre le travail.

Ils se disputèrent des dizaines de fois à ce sujet, lui insistant pour lui faire comprendre qu'elle avait encore de longs mois de grossesse à gérer, et elle maintenant qu'il la surprotégeait. Au bout du compte, ils trouvèrent un compromis.

Cela faisait une semaine qu'il dormait sous son toit quand elle finit par lui révéler pourquoi elle tenait tant à reprendre le travail. Dans la cuisine, il préparait de la soupe à la tomate et des sandwichs au poulet grillé. Elle était assise à la table, face à son ordinateur.

— Je me suis engagée à organiser une soirée caritative, expliqua-t-elle. Si je retarde encore les préparatifs, l'association se retrouvera contrainte d'annuler.

Le regard rivé sur la fenêtre, il se demandait si le mauvais temps ne risquait pas de tourner à l'orage.

— Tu m'écoutes ? dit-elle avec impatience.

Il haussa les épaules avec un sourire penaud. Depuis qu'elle allait un peu mieux, elle n'arrêtait pas de parler.

— Excuse-moi, j'étais ailleurs.

Elle recommença donc ses explications. Peu de temps avant qu'elle tombe malade, l'association caritative la plus active de la ville, Homes and Hearts, avait fait appel à elle pour promouvoir l'une de ses soirées, un grand bal masqué dont les profits seraient utilisés pour la construction d'un foyer destiné aux sans-abri.

Plutôt que d'organiser la soirée au country club, Cecelia et elle avaient eu l'idée de retenir la grande salle de bal du nouvel hôtel cinq étoiles de Deacon, le Bellamy, un magnifique bâtiment de style colonial, entièrement restauré et entouré de somptueux jardins.

Elle s'était donc engagée à assurer non seulement la promotion de l'événement, mais aussi son organisation.

Tandis qu'elle se remettait à pianoter sur son clavier, il glissa une assiette à côté d'elle.

— Le déjeuner est servi.

— J'essaierai tout à l'heure, répliqua-t-elle distraitement.

— Maintenant ! ordonna-t-il en refermant le clapet de l'ordinateur. Sur ordre du médecin.

Il n'allait pas se laisser décourager comme ça. Il était heureux de la voir heureuse, mais elle pouvait très facilement replonger si elle ne prenait pas le temps de manger quand son estomac se montrait coopératif.

Elle lui tira la langue.

— Dictateur !

— Chipie ! répliqua-t-il en souriant.

Ils étaient de plus en plus à l'aise ensemble. Et c'était plutôt bon signe. Mais au fond de lui, il avait le sentiment que cette trêve serait de courte durée.

Elle prit soudain un air morose.

— Qu'est-ce qui ne va pas ? lui demanda-t-il en tirant un peu sur sa queue-de-cheval.

— J'en suis à quasiment trois mois de grossesse. Quand les sentirai-je bouger ?

Tout à coup, il se rendit compte qu'elle se faisait toujours du souci pour sa grossesse. Comment la rassurer sans lui faire de fausses promesses ?

— Chaque jour qui passe te rapproche de la réussite. Dans le cadre d'une grossesse normale, on commence généralement à sentir le bébé bouger au cinquième mois.

— Et pour des triplés ?

— Ça peut être plus tôt. Ou plus tard.

— On voit que tu as fait médecine, ironisa-t-elle.

Vaguement amusé, il lui sourit.

— Ne t'inquiète pas, tout va bien, dit-il pour la tranquilliser.

Mais elle paraissait toujours aussi anxieuse.

— Le Dr Fetter m'a demandé de passer une échographie demain, avoua-t-elle d'une voix mal assurée.

— Je sais.

— Et si… ?

Il lui intima le silence en plaçant une main sur sa bouche et en l'embrassant sur le bout du nez.

— Après cette échographie, tu seras rassurée.

— Ou pas, marmonna-t-elle entre ses doigts.

— C'est l'histoire du verre à moitié vide ou à moitié plein.

Les yeux de Simone devinrent brillants de larmes.

Comme des bleuets sous la pluie. Nerveusement, elle croisa les bras sur son ventre.

— Tu ne comprends pas. Tant que je suis là, dans ma cuisine, ces trois bébés sont vivants et se développent normalement en moi. Je n'ai pas envie d'aller à la maternité pour qu'on m'annonce quelque chose de différent.

D'autres que lui savaient-ils que, sous cette carapace de confiance, voire d'arrogance, se cachait une femme sensible et vulnérable ?

— Je vais venir avec toi. Je suis sûr que ça va aller. Mais si ce n'était pas le cas, je serais là pour te soutenir.

— Je dois le faire seule, affirma-t-elle en levant fièrement le menton.

— Pourquoi ? C'est ridicule.

— Je ne plaisante pas, Hutch. C'est une chose que tu restes ici pour t'assurer que je mange correctement, mais c'en serait une tout autre si tu t'affichais avec moi à l'hôpital, où tout le monde sait qui tu es. Tu peux m'accompagner, si tu insistes, mais je ne veux pas que tu passes les portes du bâtiment avec moi.

À ces mots, il sentit son sang bouillir dans ses veines.

— C'est complètement absurde.

— Tu n'as pas à me dire ce que j'ai à faire, répliqua-t-elle, des larmes commençant à couler de ses yeux. Laisse-moi tranquille. Je vais dans ma chambre.

Les femmes enceintes étaient à la merci des fluctuations hormonales. Elle avait sans doute besoin d'un peu de temps pour elle.

Mais il n'y avait pas que cela. La situation artificielle dans laquelle ils se trouvaient commençait à révéler ses limites. Après la première nuit de son séjour, il ne lui avait pas refait l'amour. Il en avait eu envie, naturellement, mais il avait aussi ressenti le besoin de prendre du recul. Il dormait depuis dans une des chambres d'amis. Seul.

Si elle avait vu en lui plus qu'un médecin et un ami, elle aurait fait le premier pas. Mais elle n'avait pas cherché à le séduire.

Un grondement de tonnerre, juste à côté de la maison, le fit sursauter. Il était excité, frustré, et il s'en voulait de s'intéresser à une femme qui était à ce point synonyme de problèmes.

Qu'elle ne veuille pas de sa présence à l'échographie était un signal clair. Il tenait à la protéger et à lui épargner toute douleur, physique ou mentale, mais ce qu'elle cherchait, elle, demeurait un mystère.

Son sandwich et sa soupe étaient toujours sur la table. Après les avoir réchauffés au micro-ondes, il décida de les lui apporter comme un symbole de paix.

Il trouva la porte de sa chambre entrouverte. Elle était assise sur le tapis, au milieu de la pièce, une expression étrange peinte sur le visage. Après avoir posé le plateau sur la commode, il s'accroupit à côté d'elle.

— Serait-ce une nouvelle position de yoga que je ne connaîtrais pas ? demanda-t-il d'une voix badine.

Sans répondre, elle releva le bas de son T-shirt et prit sa main dans la sienne pour la poser sur son ventre.

— J'ai pris du ventre, Hutch. Ça y est !

# - 11 -

Et c'était vrai. Le changement était infime, mais il connaissait assez bien son corps pour le percevoir. Ému, il caressa doucement son ventre.

— Tu as raison. Un vrai petit ventre. Félicitations.

Tendrement, elle appuya la tête contre son genou.

— Je sais que ce n'est pas logique, mais j'avais peur qu'il n'y ait rien là-dedans.

— Pourquoi pensais-tu que tu étais si malade ? demanda-t-il en haussant les sourcils.

— J'ai dit que ce n'était pas logique.

Une légère tension s'était emparée de son corps, qui semblait ravi de retrouver le contact du sien après cette semaine de célibat forcé. De mauvaise grâce, il se leva.

— Tu n'as toujours pas mangé. Ça m'ennuie d'insister, mais je n'ai pas envie de te retrouver dans le même état que la semaine dernière, la houspilla-t-il en lui tendant la main pour l'encourager à se relever.

— Je vais manger, je te le jure. Mais…

Elle releva la tête vers lui, les yeux brûlant de passion.

— Quoi ?

— Je me sens beaucoup mieux.

L'expression de son visage le dérangeait. D'autant plus qu'il n'avait toujours pas déterminé ce qu'il voulait d'elle, et surtout, ce qu'elle voulait de lui.

— Tant mieux, dit-il en feignant d'ignorer cette subtile invitation.

— Tu veux que je te supplie, c'est ça ? demanda-t-elle en lui passant les bras autour de la taille.

Elle appuya la tête contre son cœur. Ou ce qu'il en restait.

Il avait passé des heures à se demander pourquoi cette femme le touchait autant. Il y avait naturellement leur passé commun. Mais il ressentait aussi un farouche besoin de protéger cette future mère dont la grossesse était à risque.

Cependant, il avait toujours du mal à nommer l'émotion qui le poussait à la serrer dans ses bras. Ce n'était pas un simple désir, mais il ne pouvait affirmer qu'il s'agissait d'amour. Il avait aimé deux femmes dans sa vie, et ces deux histoires d'amour s'étaient mal terminées. Peut-être se servait-il de Simone. Peut-être se servait-elle de lui. Peu importait, de toute façon. Ils étaient liés sur un plan à la fois physique et émotionnel, pour le meilleur et pour le pire.

— Je présume que tu parles de sexe.

Elle s'écarta doucement pour le regarder, les yeux plissés.

— Ne soyez pas si terre à terre, docteur.

— Tu n'as toujours pas déjeuné.

Il essayait de différer l'inévitable, mais son sexe était déjà dur. Il avait envie d'elle, et il était certain qu'elle le savait.

— Apporte-moi cette saleté de sandwich, consentit-elle.

— Et la soupe.

— Oh ! mon Dieu ! Tu vas me rendre folle.

Alors il la hissa dans ses bras pour la déposer doucement sur le lit. Puis il repartit chercher le plateau. Mais quand il revint, il resta figé. Ayant retiré son haut et son soutien-gorge, elle entreprenait déjà d'ôter le reste.

— Tu m'as dit que tu allais manger…

— Mais je n'ai pas précisé quand.

Sa formation professionnelle et son expérience, pourtant très complètes, avaient néanmoins leurs limites. Il abandonna le plateau si vite qu'il fut étonné que le bol ne se renverse pas sur le tapis.

*
* *

Simone se sentait euphorique. Pour la première fois depuis des semaines, elle avait presque l'impression d'être elle-même. Et plus important encore, elle avait désormais une preuve tangible de sa grossesse. Le changement qui s'était opéré dans son corps était infime, mais néanmoins bien présent. Sans les attentions de Hutch, son état de santé aurait sans doute engendré une fausse couche. Mais il avait veillé sur elle nuit et jour, malgré les circonstances de sa grossesse.

Son cœur débordait d'amour pour lui. Tout ce qui l'avait attirée vers lui six ans plus tôt était encore là : sa patience, son sens de l'humour, son sens de l'engagement. En définitive, c'était elle qui avait le plus changé. Et dans cette perspective nouvelle, elle avait l'impression d'être tombée encore plus amoureuse de lui que par le passé.

Pendant qu'il avait séjourné en Afrique, elle avait évolué et mûri. Elle avait tiré les leçons de ses erreurs, y compris sa grossesse. Et elle considérait les enfants qu'elle portait en son sein comme une responsabilité sacrée.

Si elle s'était écoutée, elle se serait agenouillée devant lui et lui aurait demandé sa main. *Épouse-moi. Fondons une famille*. Mais cela aurait été injuste. Aussi décida-t-elle de faire la deuxième chose bien qui lui vint à l'esprit : de se donner à lui sans rien demander en retour.

Elle n'avait pas pris la mesure des efforts que cela lui avait coûtés pour se tenir à l'écart de son lit au cours des quelques jours passés. Jusqu'à cet instant où, le souffle haletant, il s'allongea au-dessus d'elle et enfonça les dents dans son cou. Mais sa passion n'était que le reflet de la sienne.

À ce moment-là, aucune force sur terre n'aurait pu les séparer.

Ils s'embrassèrent sauvagement. Ivre de désir, elle se débattit un peu sous son corps, pour le seul plaisir de se sentir soumise à sa puissance virile. Enserrant ses poignets dans l'une de ses grandes mains, il essaya de la chevaucher. Encore une fois, elle lutta un peu pour le jeu. Ils roulaient d'un côté à l'autre du lit, froissant les draps à coups de pied. De temps en temps, il murmurait son nom, qu'il assortissait de qualificatifs sensuels et coquins.

Tout en riant de bonheur, elle lui mordilla le lobe de l'oreille.

— C'est comme ça que je t'aime. Profite de moi. Soumets-moi, Hutch.

Aussitôt, il se glissa entre ses cuisses et la pénétra profondément, lui tirant un petit cri de volupté.

— Ne t'arrête pas. Encore.

Il la prit au mot. Elle avait agité l'étoffe rouge devant le taureau, et désormais, il était fou. Jamais elle ne l'avait vu aussi excité, aussi dangereusement viril. Le désir qu'il éprouvait pour elle était à l'évidence intense. Et le plaisir qu'elle en tirait l'était tout autant.

Ce plaisir, elle le sentait grimper en elle à une vitesse vertigineuse. Et il finit par déferler sur elle en vagues de sensations aussi intenses que voluptueuses. Un instant plus tard, elle le sentit tressaillir. Le visage enfoncé dans son cou, il poussa un grognement bestial. Son corps se crispa, et il finit par s'effondrer sur elle.

Le temps, alors, sembla s'arrêter. Les stores vénitiens étant ouverts, le brillant soleil de l'après-midi inondait la pièce de sa lumière. Il avait dû s'endormir. Elle n'en était pas certaine. Et elle se demandait si elle devait crier de joie ou fondre en larmes.

Comme il ne bougeait toujours pas, elle présuma qu'il s'était bel et bien assoupi. Rien d'étonnant. Il avait passé la semaine à veiller sur elle pour s'assurer qu'elle allait bien. Il devait être épuisé.

Tout doucement, elle se dégagea de son étreinte pour aller à la salle de bains. Quand elle revint dans la chambre, son regard tomba sur le sandwich et la soupe froide. Ce repas simple lui apparut comme un véritable festin. S'étant assise à même le sol, elle en avala les trois quarts.

Et elle était sur le point de se relever quand il ouvrit les yeux. Une seconde plus tôt, il semblait plongé dans un sommeil profond. Il paraissait désormais totalement alerte.

— Tu as mangé ? demanda-t-il aussitôt.

Agacée par son obstination, elle soupira, mais désigna ce qui restait du repas.

— Comme promis.

— Bien, fit-il en hochant la tête.

Et sans rien ajouter, il se leva, ramassa ses affaires et disparut dans la salle de bains.

Ce n'était pas comme la fois précédente, quand ils avaient fait l'amour dans le noir. Là, dans la lumière crue de l'après-midi, il n'y avait aucun moyen de se cacher. De son côté, il n'avait pas à rougir de son corps. Mais pour sa part, elle était contente d'avoir eu le temps de se rhabiller.

Pourquoi éprouvait-elle ce besoin de disparaître ? Elle était tout de même dans sa propre maison, dans sa propre chambre.

N'y tenant plus, elle se réfugia dans la cuisine, où elle s'occupa en faisant la vaisselle. Mais quand elle eut terminé, il n'était toujours pas réapparu. Tout en se mordillant nerveusement la lèvre, elle s'installa face à son ordinateur. Le souvenir de la façon dont il l'avait refermé, sans lui demander son autorisation, aurait dû réveiller sa colère. Et pourtant, ce fut de la tristesse qu'elle ressentit.

Au fond de son cœur, elle avait envie qu'il soit son cavalier au bal. À condition, naturellement, qu'elle soit assez en forme pour assister à l'événement. Mais elle avait la sensation affligeante que leur relation nouvelle en était déjà à son crépuscule. Ils ne pouvaient pas continuer ainsi.

Après avoir relu une dernière fois le texte de l'invitation, elle l'envoya à l'imprimeur. Puis elle se rendit sur le site web de Neimann Marcus. Il s'agissait d'une soirée masquée, et non costumée. Une tenue correcte restait de rigueur.

Bien vite, une robe rouge retint son attention. Son style était parfait. Avec son décolleté en V dans le dos, qui plongeait jusqu'aux reins, elle était à la fois élégante et sexy. Et bien qu'elle soit dépourvue d'ornement, son tissu satiné chatoierait à chacun de ses pas.

Elle venait de terminer son achat quand elle entendit la voix de Hutch résonner derrière elle.

— On se fait plaisir, à ce que je vois.

— Je me demande bien comment tu fais pour te déplacer aussi silencieusement, murmura-t-elle en rangeant sa carte bleue.

— L'expérience, répondit-il avec un haussement d'épaules. Quand on travaille la nuit, on doit apprendre à ne réveiller les patients qu'en cas d'absolue nécessité.

S'étant assis en face d'elle, il se mit à la regarder fixement.

— Il faut qu'on parle.

Elle hocha la tête.

— Je sais.

— Je voudrais être là lors de ton échographie, demain.

Surprise, elle le dévisagea. Ce n'était pas du tout ce à quoi elle s'attendait.

— Je t'ai déjà expliqué pourquoi je n'y tenais pas, répondit-elle enfin en secouant la tête.

— Et je t'ai moi-même expliqué pourquoi je voulais quand même y être.

— Je t'en prie, ne rends pas les choses plus compliquées qu'elles ne le sont déjà.

L'air furieux, il la regarda en étrécissant les yeux.

— Je te signale que c'est toi qui as enfreint les règles. Alors si je comprends bien, ça ne te gêne pas qu'on couche ensemble, mais tu ne veux pas qu'on nous voie en public.

— Pas à l'hôpital.

Elle entretenait toujours l'espoir qu'il accepte d'être son cavalier au bal. Là, les choses seraient différentes. Comme tous les invités seraient masqués, personne ne remarquerait qu'ils étaient ensemble.

D'ordinaire, après la satisfaction sexuelle, les hommes paraissaient apaisés et radieux. Hutch était livide. La ligne de sa mâchoire était dure, son regard brillant de colère.

— Très bien. Dans ce cas…

Il prit son propre ordinateur, qu'il rangea dans la sacoche en cuir prévue à cet effet.

— Qu'est-ce que tu fais ? s'inquiéta-t-elle.

— Je m'en vais, répondit-il en continuant de rassembler ses affaires sans la regarder.

Un sentiment de panique s'empara d'elle.

— Pourquoi ?

— Ne sois pas naïve, Simone.

— Je ne comprends pas. Cette échographie… Ce n'est tout de même pas si important.

— Je suis médecin, répliqua-t-il d'une voix glaciale qu'elle n'avait jamais entendue dans sa bouche. Bien sûr que c'est important. Mais il ne s'agit pas uniquement d'un problème d'échographie. Tu ne veux pas qu'on sache ce qu'il y a entre nous. Moi, je voulais juste me lier d'amitié avec toi et ces bébés. Mais tu n'as pas besoin d'autres amis, n'est-ce pas ?

Elle l'attrapa par le bras tandis qu'il s'apprêtait à quitter la cuisine.

— Je ne veux pas que tu partes ! s'écria-t-elle, désespérée.

Impatiemment, il libéra son bras.

— Tu t'alimentes correctement, maintenant. Et tes nausées ont presque disparu. Je ne vois plus aucune raison de rester. À moins bien sûr que tu en aies une à me donner.

Son regard était impassible, mais elle voyait bien que, sous son calme glacial, il la mettait au défi.

Le problème était qu'elle n'était pas sûre de ce qu'elle devait faire à son égard. Supporterait-elle de renouer avec lui en sachant que sainte Bethany planerait toujours sur leur vie comme un fantôme ? Et même si elle parvenait à accepter l'idée d'être reléguée en seconde position, avait-il, de son côté, envie de vivre avec elle et d'endosser le rôle de beau-père pour les bébés ?

Pourquoi aurait-il fait ça ? Il avait le monde à ses pieds.

Il y eut quelques secondes de battement au cours desquelles son esprit, marchant à toute allure, eut le temps d'imaginer et d'échafauder une dizaine de scénarios possibles pour l'avenir. Mais elle ne parvint pas à lui trouver le moindre rôle où que ce soit.

Luttant pour ignorer sa peur et son désespoir, elle finit donc par lever fièrement le menton.

— Non. Je ne vois aucune raison à ce que tu restes.

Les quelques jours qui avaient précédé sa perte de connaissance avaient été horribles. Simone avait sincèrement pensé qu'elle ne tomberait jamais plus bas. Mais elle s'était trompée. En regardant Hutch quitter sa maison sans même se retourner, elle eut l'impression qu'on lui enfonçait un couteau dans le cœur.

La douleur fut si intense qu'elle crut s'évanouir de nouveau. Le souffle court, elle s'accrocha au plan de travail. La vie était vraiment injuste. Pourquoi était-il revenu à elle à un moment si mal choisi ? Pourquoi l'aimait-elle toujours alors que son cœur à lui était resté en Afrique ?

Ce soir-là, elle ne parvint pas à dormir dans son lit. Elle alla s'allonger dans la chambre d'amis et se recroquevilla à l'endroit où il avait lui-même dormi. Les draps étaient toujours imprégnés de son odeur boisée. Après avoir pleuré pendant plus d'une heure, elle s'obligea à arrêter pour réfléchir.

Dans un an, trois bébés vivraient sous son toit. Avec ou sans Hutch, ce serait sa réalité. Il lui aurait été facile de mettre tous ses problèmes sur le dos des triplés. Sans eux, Hutch et elle auraient sans doute renoué des liens qui leur auraient permis de rester ensemble pour de bon.

Mais elle était l'unique responsable de leur présence. Et puis Hutch était parti alors qu'eux allaient rester. Il faudrait donc qu'elle trouve un moyen de se battre et d'aller de l'avant. Pour eux.

Mais pas ce soir. Pour l'heure, elle allait juste continuer de pleurer.

# - 12 -

Quand vint le matin, Simone évita les miroirs. Elle savait que son visage était pâle et cerné. Son estomac semblait un peu irrité, mais cela avait sans doute moins trait à sa grossesse qu'à son chagrin et à la nuit sans sommeil qu'elle venait de passer.

Elle se doucha et se prépara mécaniquement. Le choix de sa tenue, naguère point culminant de sa routine quotidienne, ne lui procura aucun plaisir. La seule idée qui motiva sa décision fut de n'apitoyer personne.

Elle sélectionna donc une robe jaune vif, qu'elle assortit d'une paire de sandales compensées. Ayant la chance d'avoir une jolie peau, elle avait pour habitude de ne se servir de son fond de teint que pour les occasions particulières. Ce jour-là, cependant, elle avait besoin de dissimuler les ombres pourpres qui lui cernaient les yeux. Une touche de mascara et de rouge à lèvres lui rendit un semblant de bonne mine, mais elle savait bien qu'elle ne tromperait personne.

Elle était tout simplement terrifiée. L'échographie elle-même ne serait pas douloureuse, mais ses résultats demeuraient pour l'instant un mystère. Si elle avait demandé à Cecelia ou Naomi de l'accompagner, elles l'auraient fait volontiers. Mais par orgueil ou fierté, elle n'avait contacté aucune de ses amies. Elle devait de toute façon les voir un peu plus tard. Si les nouvelles se révélaient mauvaises, elle leur en parlerait. Elle n'aurait pas d'autre choix : elle ne parviendrait pas à dissimuler son chagrin.

Comme la première fois, l'infirmière se montra professionnelle, mais peu diserte sur la signification des images qui s'affichèrent à l'écran. Allongée sur la table d'examen, Simone priait, les yeux fermés.

Quand tout fut terminé, elle remit sa tenue radieuse et se força à sourire tandis que la jeune femme la conduisait dans l'autre salle d'examen. Vinrent alors les habituelles vérifications. Sa tension artérielle était un peu basse. Et il s'avéra qu'elle avait encore perdu un kilo depuis sa dernière visite. Malgré son professionnalisme, l'infirmière ne parvint pas à dissimuler sa consternation.

Ensuite il lui fallut attendre le Dr Fetter. Les mains croisées sur les genoux, elle se tortillait sur sa chaise, consultant sa montre à tout bout de champ.

Vingt-sept minutes s'écoulèrent. Une véritable torture.

— Excusez-moi, lança la gynécologue quand elle entra enfin dans la salle. J'ai deux bébés qui arrivent, dont un avec trois semaines d'avance. Mais j'ai un peu de temps devant moi. Bien, voyons ces images.

Après avoir pianoté quelques instants sur son ordinateur, elle passa d'interminables minutes à en regarder l'écran. Mais quand elle releva la tête, elle souriait.

— Félicitations, mademoiselle Parker. Pour ce que je peux en voir, les trois bébés sont en parfaite santé. Sauf circonstances imprévues, je pense que nous avons passé le cap du danger immédiat.

— Mais qu'en est-il du poids que j'ai perdu ? demanda Simone, qui avait peur de céder trop vite au soulagement.

— Ce qu'il y a de merveilleux avec les bébés, c'est qu'ils prennent tous les nutriments dont ils ont besoin. C'est vous qui êtes fragile en ce moment, pas eux. Mais comme vos nausées se sont beaucoup atténuées, je suis certaine que vous allez reprendre du poids dans les semaines à venir.

La gynécologue s'interrompit pour l'observer.

— Mademoiselle Parker ?

— Oui.

— Ma mission consiste à prendre soin de vous et de vos bébés, pas de m'immiscer dans votre vie privée. Mais…

Elle sembla hésiter.

— Mais quoi ?

— J'ai l'impression que vous n'avez pas conscience de ce qui vous attend.

Simone se sentit vexée par cette remarque.

— Je sais ce que je fais, répliqua-t-elle sèchement.

— Ce qui m'inquiète, reprit le médecin, impassible, c'est ce qui va se passer après votre accouchement. S'occuper de triplés est une tâche très difficile. Cela doit être un véritable travail d'équipe.

— Mes deux meilleures amies m'ont promis de m'aider.

— C'est très gentil de leur part, et je suis certaine qu'elles sont pleines de bonnes intentions, mais l'une d'entre elles a-t-elle des connaissances en matière de bébés ?

— Non. Cela dit, c'est le genre de chose qu'on apprend sur le tas, me semble-t-il.

— Oui et non. Après la naissance de ces enfants, vous allez devoir complètement modifier votre rythme de vie. Il faudra au moins trois adultes pour les bercer, les nourrir et les changer de jour comme de nuit. Vos parents sont-ils en mesure de vous aider ?

Simone secoua la tête.

— Physiquement, peut-être, mais ils ne le feront pas. Je ne les imagine pas du tout en grands-parents gagas.

— Pardonnez-moi de vous demander ça, mais qu'en est-il du Dr Hutchinson ?

À l'évocation de son nom, Simone eut un mouvement de recul.

— Pourquoi me parlez-vous de lui ?

Comme si elle réfléchissait à ce qu'elle allait répondre, la gynécologue baissa les yeux.

— S'il y a quelque chose entre vous et s'il est disposé à vous aider, je crois que vous auriez très intérêt à le laisser faire.

— Mais n'avez-vous pas l'impression que votre ami serait le grand perdant de cette histoire ?

— Hutch est un adulte responsable. C'est à lui d'en décider.

Simone sortit de l'hôpital, bouleversée. Des émotions contradictoires se bousculaient en elle. Elle était rassurée concernant la santé de ses bébés. Mais la confirmation qu'elle allait donner naissance à des triplés avait rendu les choses très concrètes. Beaucoup trop même.

Elle arriva chez elle au moment où Cecelia et Naomi se garaient. D'un revers de main, elle essuya ses larmes et les prit toutes deux dans ses bras.

— Merci d'être venues. Il faut vraiment que je termine les préparatifs du bal. Les nausées se sont un peu atténuées, mais elles pourraient très bien revenir. Je préférerais que tout soit prêt avant que ça recommence.

— Si ça recommence, corrigea Naomi en entrant avec elle dans la maison.

Naomi avait toujours été du genre optimiste. Et c'était la seule des trois qui n'allait pas devenir mère sous peu.

Tout à coup, Simone prit conscience d'une chose. Cecelia ne pourrait pas l'aider à s'occuper des triplés. Deacon et elle auraient leurs propres soucis avec leur bébé. Comment avait-elle pu ignorer cette vérité pourtant évidente ?

Tandis que ses deux amies disposaient leurs dossiers sur la table de la cuisine, elle prépara boissons et biscuits salés.

Planifier un événement de cette importance était une tâche amusante quoique ardue. Cecelia avait découpé de petits morceaux de papier coloré pour déterminer l'emplacement des tables dans la vaste salle. Naomi, qui avait toujours eu beaucoup de goût, avait travaillé sur trois palettes de couleurs possibles pour la décoration.

— J'aime bien argent et bleu marine, dit-elle. Mais ne faudrait-il pas une troisième couleur pour rehausser l'ensemble ?

Cecelia et Simone observèrent les deux autres palettes, après quoi Cecelia pointa du doigt la plus vive des deux.

— J'adore celle-ci, mais ça m'évoque davantage un pique-nique sur la plage.

— Je suis d'accord, acquiesça Simone. Et je trouve que bordeaux et gris, c'est un peu trop sombre.

— Alors on reste sur argent et bleu marine ?

— C'est ce qui me semble le mieux, répondit Cecelia. On pourra toujours ajouter quelques petites touches de rouge.

— Bonne idée, répondit Naomi.

Tout en prenant des notes sur son téléphone, Simone songea à la robe rouge qu'elle avait commandée. Avec la palette de couleurs choisie, elle serait parfaite.

Une heure plus tard, toutes les décisions urgentes avaient été prises. Naomi, qui devait souffrir du décalage horaire, se mit à bâiller. Cecelia s'éloigna pour téléphoner à Deacon. Embarrassée, Simone s'agita sur sa chaise.

— Naomi ? dit-elle d'une toute petite voix.

— Hum, fit son amie en se redressant sur sa chaise. Excuse-moi, je suis un peu fatiguée.

— Tu penses toujours que cette grossesse est une horrible erreur ?

Naomi haussa les épaules.

— Quelle importance, de toute façon ? Ce n'est pas comme si tu pouvais changer les choses.

— Ton opinion est importante à mes yeux.

— Bon. Écoute… Je ne comprends pas pourquoi tu as fait ça. Je ne sais pas comment tu vas t'en sortir. Je me fais du souci pour ta santé et je me sens un peu mise de côté, vu que je suis la seule des trois à ne pas être enceinte. J'ai très envie de t'aider, mais mon planning de tournage n'est pas très flexible en ce moment. Donc j'ai l'impression que la situation ne peut tourner qu'au désastre.

— Waouh…

Simone sentit une larme rouler sur sa joue.

— Mais laisse-moi terminer, lui dit son amie en se levant pour la prendre dans ses bras. Je te connais, Simone. Je t'ai vue commettre de grosses erreurs, mais j'ai aussi remarqué les efforts que tu as fournis pour les surmonter. Si tu veux ces bébés, tu peux compter sur moi pour t'aider et m'en occuper comme une vraie tatie. Et pour te défendre comme une lionne devant toute personne qui osera te critiquer.

Cecelia revint sur ces entrefaites, les yeux encore tout embrumés par sa conversation avec son fiancé.

— J'ai manqué quelque chose ? demanda-t-elle en les regardant à tour de rôle.

— Non, répondit Naomi. C'est juste Simone qui faisait l'idiote, alors je l'ai remise sur le droit chemin.

— Tu pourrais te montrer plus gentille avec elle. Je te rappelle qu'elle est enceinte. Il faut nous dorloter.

Simone secoua vivement la tête.

— Ça va, je t'assure.

La conversation revint sur l'organisation du bal. Simone commanda des pizzas. Quand elles leur furent livrées, les trois amies s'installèrent sur la terrasse pour les savourer.

Vers 20 heures, Simone tombait de fatigue.

— Je n'ai aucune envie de vous chasser, mais je me couche avec les poules en ce moment.

Elle trouva tout de même la force de raccompagner ses amies jusqu'à la voiture de Naomi, qui était passée chercher Cecelia.

— N'hésite pas à nous appeler si tu as besoin de quoi que ce soit.

— Je n'aime pas te savoir ici toute seule, ajouta Cecelia. Qu'est-il arrivé au séduisant Dr Hutchinson ?

— Il a un métier, je te rappelle, répondit Simone en se forçant à sourire. Mais je vais beaucoup mieux, de toute façon. Ne vous faites pas de souci pour moi.

En regardant la voiture s'éloigner, elle se mordit la lèvre pour se rappeler qu'elle était une femme fière, forte et indépendante. Elle n'avait pas besoin que Naomi, Cecelia ou Hutch lui tiennent la main pendant les six prochains mois.

Après s'être douchée, elle se blottit dans son lit avec sa

télécommande. Elle n'avait pas la force de lire. Hutch était parti. Il allait falloir qu'elle se fasse à cette idée.

Le problème, c'était que partout où elle regardait, elle le voyait. En train de rire avec elle dans la cuisine, de la dorloter dans la chambre, de la soutenir dans le jardin. C'était un médecin dans l'âme, qui aimait s'occuper des malades. Elle ne devait donc pas tirer de conclusions hâtives du fait qu'il ait tout arrêté pour s'occuper d'elle personnellement.

Très personnellement. Sentant une douce chaleur envahir son corps, elle se mit à remuer dans son lit. Il était particulièrement humiliant d'avoir toujours envie de lui, malgré son mépris, leur dispute et sa sortie glaciale.

En jetant un coup d'œil au réveil, elle s'aperçut qu'il n'était que 21 h 45. Deux heures plus tôt, elle était épuisée. Mais avec le désir et l'excitation qui palpitaient désormais dans ses veines, elle n'avait plus aucune envie de dormir. Tout en se maudissant pour sa stupidité, elle se leva pour enfiler un vieux jean et un pull en coton rayé bleu et gris.

Elle n'avait aucune idée de l'endroit où se situait le logement temporaire de Hutch. Mais elle savait très bien où se trouvait la maison qu'il avait achetée. C'était au bout de sa rue.

La pizza qu'elle avait mangée au dîner s'agitait dans son estomac, mais elle décida de l'ignorer. Elle allait enquêter. Bientôt, Hutch habiterait tout près de chez elle. Et s'il faisait venir de jolies femmes chez lui, comment allait-elle le supporter ?

Le panneau « À VENDRE » était toujours planté dans le jardin, mais l'agence immobilière l'avait barré d'un « VENDU ». Elle entra dans le jardin. Il était joli, même s'il n'avait pas été entretenu depuis plusieurs mois. Contrairement à sa villa, moderne, la vaste maison coloniale blanchie à la chaux datait probablement des tout premiers jours de Royal.

Naturellement, la porte d'entrée était verrouillée. Mais quelqu'un avait laissé une lumière allumée dans le hall. En regardant par la fenêtre, elle vit un plancher de chêne chatoyant. Devant la grande cheminée, un vaste escalier. Hutch envisageait-il de fonder une famille et de remplir cette maison d'enfants ?

La demeure était entourée d'un large porche sous lequel on n'avait aucun mal à imaginer une balancelle, des jardinières et peut-être même un hamac. D'humeur songeuse, elle s'assit sur la dernière marche. L'air étant devenu plus frais, elle frissonna.

À l'évidence, Hutch était revenu à Royal pour y rester. Il avait décroché un emploi prestigieux et avait de la famille en ville. Tout ce dont il avait besoin, en somme. Il lui faudrait donc apprendre à se montrer amicale avec lui sans trahir son secret. Il ne devait surtout pas savoir qu'elle l'aimait toujours.

D'humeur maussade, elle chassa du pied un criquet qui s'était approché d'elle.

— Va-t'en. Je n'aime pas la vermine.

— J'espère que tu ne dis pas ça pour moi.

Cette voix grave la fit sursauter. Elle se leva brusquement et se retourna. Son pied heurta le haut de la dernière marche et, lentement, comme au ralenti, elle tomba à genoux sur le plancher du porche.

Hutch chercha à la rattraper, mais elle avait déjà basculé vers l'avant. Dans un douloureux fracas, elle s'effondra sur le sol.

— Tu t'es cogné la tête ? demanda-t-il anxieusement en l'aidant à se rasseoir.

— Non.

— Tu en es sûre ?

Furieuse, elle se tourna vivement vers lui.

— Alors comme ça, tu ne me juges même pas capable d'évaluer mes propres blessures ?

— Tu as un diplôme de médecine ? répliqua-t-il d'une voix légère.

Refusant d'admettre qu'elle avait très mal à la jambe, elle secoua la tête.

— Non, docteur. Ce qui ne m'empêche pas d'affirmer avec certitude que je vais bien.

S'abstenant de tout commentaire, il l'aida à se relever.

— Qu'est-ce que tu fais chez moi ? s'enquit-il.

C'était là une question délicate. Il ne paraissait pas en colère, mais il ne semblait pas très cordial non plus.

— Je n'arrivais pas à dormir.

— Alors tu as jugé opportun de t'introduire chez moi par effraction ?

# - 13 -

Hutch ne pensait pas qu'il aurait été si content de la revoir. Les deux jours passés avaient été particulièrement durs. Il avait été contraint de reconsidérer tous ses projets de vie. Tout cela à cause d'une femme impétueuse et opiniâtre qui portait en son sein les enfants d'un autre.

— J'étais curieuse de voir ta maison, répondit-elle avec un sourire penaud.

— Tu veux faire le tour du propriétaire ?

— Avec plaisir.

En ouvrant la porte, il éprouva le même sentiment de satisfaction que lorsqu'il avait signé l'acte de vente. Cette vieille demeure lui semblait accueillante. Il n'avait jamais été du genre fantasque, mais il avait beaucoup de respect pour le passé. Il aimait se savoir appartenir à quelque chose de plus grand que lui.

Restant en retrait pour mieux observer ses réactions, il la conduisit de pièce en pièce.

Dans la salle à manger, elle finit par se tourner vers lui.

— Cette maison est magnifique, Hutch. J'imagine très bien un grand dîner de réveillon dans cette pièce.

La salle à manger était extrêmement vaste et comprenait une cheminée qui serait sans doute coûteuse à alimenter, mais dont il comptait bien faire usage dès l'hiver suivant.

— J'ai encore de la peinture à faire et quelques réparations. Mais avec un peu de chance, je pourrai m'installer d'ici deux semaines.

Lui tournant le dos, elle alla se poster à la fenêtre.

— Pourquoi une si grande maison, Hutch ?

Il y eut un long silence.

— Je suis comme tout le monde, répondit-il enfin. J'ai pour projet de fonder une famille. De mener une vie banale.

Elle lui jeta un regard par-dessus son épaule.

— Tu ne seras jamais banal, je te le garantis. Arrogant, peut-être. Autoritaire, agaçant, égoïste, mais banal, non.

— Prudence, Simone. Avec tous ces compliments, je vais finir par croire que tu m'aimes bien.

À ces mots, elle se tourna vivement vers lui.

— Ce n'étaient pas des compliments, docteur Hutchinson.

— Viens, s'esclaffa-t-il, je vais te montrer la cuisine.

C'était cette pièce qui avait achevé de le convaincre d'acquérir la maison. Elle disposait de tous les équipements modernes, mais les tomettes et les anciens placards en bois peint avaient été préservés et restaurés. Leur couleur bleue s'assortissait parfaitement aux plans de travail en granit, qui faisaient par ailleurs ressortir la teinte chaude du sol.

— C'est magnifique, Hutch, murmura-t-elle.

Sa réaction lui fit plaisir, bien plus qu'elle n'aurait dû.

— Content que ça te plaise. J'aime le mélange de l'ancien et du moderne. J'ai compris que cette maison était faite pour moi dès l'instant où je l'ai vue.

Sans même y réfléchir, il posa les mains sur sa taille fine et la hissa sur le plan de travail.

— Je te dois des excuses, dit-il.

— Pourquoi ? demanda-t-elle en le regardant d'un air méfiant.

— Pour avoir pensé que j'étais en droit de t'accompagner à cette échographie. Tu es une adulte responsable. Ces bébés relèvent de ta responsabilité. C'était déplacé de ma part.

Malheureusement, il n'avait pris conscience de son erreur qu'après avoir quitté sa maison. Il n'avait aucune envie de l'admettre, mais elle avait eu raison de suivre son idée.

— Ça s'est bien passé, lui dit-elle avec un sourire radieux. Le Dr Fetter m'a assuré que les trois fœtus étaient viables.

Trois bébés, Hutch, tu imagines ? Pas un, trois. Je ne sais pas si je dois être terrifiée ou extatique.

— Un peu des deux, me semble-t-il, répondit-il avant de l'embrasser sur le front. J'ai une question à te poser.

— Je t'écoute.

— Me ferais-tu l'honneur de me prendre pour cavalier au bal masqué ?

Il y avait souvent pensé depuis qu'ils s'étaient quittés. Et il en était arrivé à la conclusion qu'il ne voulait voir aucun autre homme à ses côtés. Rien que d'y penser, il sentait le goût amer de la jalousie se répandre dans sa bouche. Au fond, il savait qu'il courait à sa perte, mais il ne pouvait s'en empêcher. Entre savoir et agir en conséquence, le chemin était long.

Tandis qu'il se faisait ces réflexions, elle avait lentement hoché la tête.

— Très bonne idée. Pour tout te dire, j'allais te le proposer, mais tu m'as devancée.

Elle tira un peu sur le col de son pull en lui adressant un sourire aguicheur.

— Et si on scellait le marché ? ajouta-t-elle.

L'une des choses qu'il avait toujours appréciées chez elle, c'était son assurance en matière de sexe. Elle était sans fausse pudeur.

— L'idée me paraît intéressante, murmura-t-il.

Son sexe était déjà dur. Il était presque certain que tout ce qu'elle avait à l'esprit était un baiser. Mais il comptait la convaincre de ne pas s'arrêter là.

Avec un profond soupir de soulagement, il glissa les mains sous ses doux cheveux.

— Tu es tellement belle, Simone. La grossesse te va bien.

La légère lueur de vulnérabilité qu'il vit briller dans son regard le toucha. Elle avait toujours eu le don de l'émouvoir. Il l'embrassa lentement, prenant son temps pour évaluer sa réaction. Mais il reçut en retour bien plus qu'espéré.

— Et si on faisait une trêve ? lui demanda-t-elle entre deux baisers. Jusqu'à ce que les bébés soient nés.

— En quel honneur ?

Instinctivement, il se mit à mordiller sa lèvre inférieure. Depuis leur première séparation, elle lui avait fait vivre un véritable enfer, alors cette proposition, il allait l'accepter.

— En l'honneur de notre voisinage. De notre amitié. Du bon vieux temps.

— Ça me semble de bonnes raisons. Soulève un peu tes hanches.

Comme elle obéissait, une intense excitation s'empara de lui. Impatiemment, il lui arracha son jean et le jeta à terre. Sa culotte en coton blanc toute simple eut sur lui un effet incroyablement érotique. Ivre de passion, il appuya les doigts sur son clitoris, qu'il se mit à masser à travers le tissu.

Tout en poussant un petit gémissement de plaisir, elle se cambra contre lui. Fou de désir, il releva son pull mais ne prit pas le temps de le retirer. Et soudain, il s'immobilisa.

— Tu ne portes pas de soutien-gorge.

Il venait d'énoncer une évidence, il s'en rendait compte désormais, mais son cerveau était embrumé. Il n'arrivait pas à réfléchir.

— Tu ne portes pas de soutien-gorge, répéta-t-il, abasourdi.

Inclinant la tête sur le côté, elle lui adressa un sourire impertinent.

— Il est tard. J'étais seule. Je ne pensais pas que le maître des lieux avait l'intention de me séduire.

— Je n'avais aucune intention de quoi que ce soit. Mais quand on trouve un cadeau sous son porche, il faudrait être bête pour l'ignorer.

Lentement, très lentement, il baissa la braguette de son pantalon.

Les yeux rivés sur ce qu'il faisait, elle frissonna.

— Est-ce qu'il y a des lits, à l'étage ?

— Pas même un canapé. Mais ne t'inquiète pas, ma belle, on va se débrouiller.

— Vite.

Il accéléra le mouvement, malheureusement le bas de sa chemise se coinça dans la fermeture.

— Pour un médecin, tu es très maladroit, s'esclaffa-t-elle.

Elle faisait exprès de le titiller. Cela avait toujours été un jeu entre eux, qui avait pour effet de le rendre fou de désir. Enfin, il parvint à libérer son sexe bandé. Son sang s'était changé en lave et pourtant, un délicieux frisson lui parcourut le dos quand il regarda sa toute première invitée.

— On va se débrouiller, répéta-t-il.

Au même moment, elle se décala un peu sur sa droite.

— Ce frigo m'a l'air très costaud, murmura-t-elle.

— Bien vu.

N'y tenant plus, il la prit dans ses bras et laissa échapper un grognement quand il la sentit enrouler ses jambes autour de sa taille.

— Profites-en, lui dit-elle. Tu ne vas plus pouvoir faire ça bien longtemps.

— On peut avoir des relations sexuelles jusqu'au dernier mois de grossesse.

— Je te parle de me porter, imbécile. Mais j'aime le chemin que tes pensées ont emprunté.

Ce chemin allait le mener droit dans le mur s'il ne s'enfonçait pas immédiatement en elle.

— Accroche-toi, dit-il en la poussant contre le réfrigérateur.

Au moment où son dos entra en contact avec le métal froid, elle laissa échapper un petit cri. Il sourit.

— J'espère que tu n'es pas attachée à cette culotte.

Serrant sa proie dans son bras musclé, il se servit de sa main libre pour arracher le petit morceau de tissu qui était entre eux.

Et quand il joignit son corps au sien, elle enfonça la tête dans son cou en gémissant.

— Hutch.

Il adora la façon dont elle avait prononcé son nom, d'une voix sensuelle que le plaisir avait rendue plus grave. Elle était une rebelle, une guerrière, une battante. Mais entre ses bras, elle était une femme totalement différente.

— Accroche-toi, ma belle, murmura-t-il.

La position nécessitait un effort physique important, mais elle lui procurait une intense satisfaction. Lentement, régulièrement, il allait et venait en elle, la prenant encore et encore jusqu'à ce qu'il ne reste plus rien à prendre.

Dans cette position, elle était impuissante. Il la dominait complètement. S'il y avait eu un objet sur le réfrigérateur, il se serait écrasé sur le sol. À mesure que le plaisir montait en lui, il devenait de plus en plus sauvage, jusqu'à ce que les voluptueuses sensations arrivent à leur apogée dans une explosion si vive qu'il en eut la vision brouillée.

Durant tout ce temps, elle était restée accrochée à lui.

Enfin, l'orage passa. Il crut l'entendre et la sentir jouir. En tout cas, il l'espéra. Emporté par la passion, il n'avait pas été le plus attentionné des amants.

Doucement, il la reposa à terre et la soutint quand ses jambes vacillèrent. L'eau n'avait pas été coupée, mais il n'y avait dans la maison ni serviette ni gant. Pas même un paquet de mouchoirs en papier.

— Il faut que j'y aille, murmura-t-elle. Il est tard, et je dois encore me doucher.

Il hocha la tête.

— Tu veux que je t'accompagne ?

Elle releva les yeux vers lui. Elle paraissait plus petite et moins combative que dans la plupart de leurs confrontations. Un grand sourire se dessina sur son beau visage, et ses yeux bleus pétillèrent de joie.

— Quelle bonne idée, docteur Hutchinson.

Cette première soirée donna le ton des jours qui suivirent. Par un accord tacite, Simone et lui mirent leurs différends de côté. Souvent, il dormait chez elle. Parfois, il restait chez lui pour faire ses cartons jusqu'à ce que l'épuisement le gagne. Elle essaya de l'aider, mais il dut le lui interdire quand il la surprit en train de soulever un lourd carton de vaisselle. Elle bouda un peu, mais ne se mit pas en colère.

Ils vivaient dans un monde de rêve, refoulant le fait que la vie de Simone était sur le point de changer radicalement. Sans parler de la sienne.

Quand les triplés seraient nés, il n'aurait plus beaucoup d'occasions de la voir. Elle serait certainement débordée.

À l'idée de la perdre une nouvelle fois, il sentait son cœur se serrer. Il essaya de se dire qu'il n'était de retour à Royal que depuis peu. Il y avait en ville des dizaines de femmes disponibles, parmi lesquelles se trouvait peut-être son âme sœur. Il était dans la force de l'âge. Pendant ses études, il ne s'était pas beaucoup intéressé aux femmes. Il était déterminé à exceller dans son domaine et à réussir ses examens.

Le moment était donc bien choisi pour explorer les possibilités qui s'offraient à lui en ce domaine. Certes, il y avait peu d'espoir pour qu'il tombe sur une femme qui éveillerait en lui une passion semblable à celle que Simone avait déchaînée. Mais on pouvait toujours rêver.

Heureusement, elle était très occupée à terminer les préparatifs du bal. Il ne culpabilisa donc pas quand il dut la laisser de côté pour s'occuper d'un certain nombre d'urgences à la maternité. Avec l'arrivée de la pleine lune, le nombre de naissances avait sensiblement augmenté. Et bien qu'il n'ait lui-même que très peu de patientes, on faisait toujours appel à lui pour les cas particulièrement problématiques.

Une césarienne. Un bébé né d'une mère droguée. Un accouchement prématuré à sept mois de grossesse après un accident de voiture. Fort heureusement, dans cette dernière situation, l'état de la mère et de l'enfant s'était stabilisé, mais ils avaient tous deux frôlé la mort.

Pendant soixante-douze heures d'affilée, il n'eut pas même l'occasion de rentrer chez lui. Il grappilla quelques heures de sommeil dans la salle réservée aux médecins, mais son repos fut fragmenté et peu réparateur.

À plusieurs occasions, il envisagea d'envoyer un texto à Simone, mais à chaque fois qu'il prenait son téléphone, il était appelé dans une autre salle de travail.

La catastrophe se produisit le mercredi. Une jeune femme, enceinte d'à peine six mois, fut admise aux urgences dans un état critique. Il fallut des heures à l'équipe médicale pour le déterminer, mais ils finirent par découvrir qu'elle présentait une anormalité sanguine extrêmement rare, ayant engendré une hémorragie interne. Malgré tous leurs efforts, ils ne purent sauver ni la mère ni le bébé.

Malheureusement, ce fut sur cette triste note qu'il termina son service. Il avait désespérément envie de rester à l'hôpital et de se perdre dans le travail pour effacer ces images de son esprit. Mais dans son état de fatigue extrême, cela aurait été mettre en danger la vie de ses patientes.

À contrecœur, il prit donc la décision la plus responsable : rentrer chez lui pour aller se coucher.

Depuis quelques jours, Simone était sur un petit nuage. Ses problèmes étaient toujours là, à l'horizon, mais pour l'heure, la vie était belle.

La soirée masquée semblait s'annoncer comme un véritable succès. Plus de quatre-vingt-quinze pour cent des convives avaient répondu favorablement à l'invitation.

Grâce à son agence, l'événement était gratifié d'une publicité sans précédent dans les médias traditionnels, mais aussi sur les blogs et les réseaux sociaux. Naomi et Cecelia, quant à elles, avaient rassemblé une importante équipe de bénévoles qui devait commencer à décorer la salle le lendemain.

Quoique ravie que Hutch soit son cavalier, elle était cependant un peu inquiète. Même avec un masque, tout le monde allait le reconnaître et commencer à jaser.

Ce qui était sans doute déjà le cas. Elle était enceinte. Il était revenu d'Afrique. Il suffisait de peu pour que des rumeurs circulent.

Elle n'avait pas eu la moindre nouvelle de lui depuis presque quatre jours. Mais elle n'avait pas besoin de l'attention constante d'un homme. Au bout d'un certain temps, elle commença néanmoins à se demander si elle n'avait pas fait ou dit quelque chose qui lui avait déplu.

Le Dr Fetter ayant insisté pour qu'elle n'en fasse pas trop, elle décida de fermer ses bureaux tôt ce soir-là. En rentrant chez elle, elle remarqua qu'elle avait faim. Hutch accepterait-il de dîner avec elle dans un restaurant discret ? C'était la meilleure idée qu'elle avait eue depuis bien longtemps.

Elle lui envoya donc un texto avant d'aller se doucher. Mais quand elle fut habillée, il n'avait toujours pas répondu. Vaguement inquiète, elle essaya de se souvenir de son planning. Elle était presque certaine de l'avoir entendu dire qu'il serait en congé jeudi et vendredi. Il avait donc dû quitter son travail en fin de matinée.

Elle allait passer chez lui après une visite chez le traiteur chinois. S'il était fatigué, un peu d'exotisme et de compagnie lui ferait du bien. À une époque, elle aurait hésité à s'imposer ainsi. Mais ils étaient en bons termes, désormais.

Elle lui envoya un deuxième texto.

Toujours pas de réponse.

Petit à petit, son assurance commença à vaciller. Leur relation était temporaire. Ils le savaient l'un comme l'autre. Et s'il avait rencontré quelqu'un d'autre ? Ou bien regrettait de lui avoir proposé de l'accompagner au bal ? Peut-être était-il chez lui, occupé à inaugurer son nouveau lit.

Malgré ses doutes et son angoisse, elle monta dans sa voiture. Le détour par le traiteur chinois lui laissa le temps de réfléchir. Et de s'angoisser davantage. Quand elle arriva chez Hutch, la maison était plongée dans le noir, mais sa voiture garée devant. L'angoisse se fit plus forte encore. Et s'il était malade ?

C'était idiot. Il était médecin. Il était tout de même bien placé pour prendre soin de lui.

Une fois encore, elle se demanda s'il ne cherchait pas à la fuir. Peut-être avait-il fini par se rendre compte qu'elle n'était pas destinée à faire partie de sa vie.

Laissant le sac du traiteur dans sa voiture, elle sortit et s'approcha de la maison. D'une main hésitante, elle essaya de tourner la poignée. Fermée.

S'il était fatigué, il était peut-être allé se coucher. Mais à 18 h 45, cela paraissait tout de même peu probable. Cependant, comment expliquer que la maison soit plongée dans l'obscurité ? Une autre femme, ça ne pouvait être que ça. Il devait être au lit avec elle.

Le cœur serré, elle prit une profonde inspiration. Il ne coucherait jamais avec deux femmes en même temps. S'il avait rencontré quelqu'un d'autre, il aurait eu le courage de le lui dire en face. Mais elle avait un mauvais pressentiment. Quelque chose n'allait pas. Si ça se trouvait, le corbeau lui avait révélé son secret ? Hutch était-il en train de réfléchir à un moyen de l'expulser de sa vie ?

Elle dut se faire violence pour contourner la maison. La solution de facilité aurait consisté à fuir. Mais il fallait qu'elle s'assure qu'il allait bien.

Et soudain, elle le vit. Assis sur les marches du perron à l'arrière, ramassé sur lui-même, il se tenait la tête entre les mains.

Alarmée, elle se précipita vers lui. Quelque chose dans son langage corporel la dissuada de le toucher.

— Hutch ? Pourquoi tu ne réponds pas à mes messages ?

— Rentre chez toi, Simone.

Elle se figea. Le ton de sa voix était dur et monocorde.

— J'ai fait quelque chose qui t'a blessé ? Si c'est ça, explique-moi.

Sans répondre, il se leva, la contraignant à reculer. Ses

yeux étaient du même brun triste que les feuilles mortes à la fin de l'automne. Mais une lueur de colère brillait en eux.

— Écoute, Simone, le monde ne tourne pas autour de toi, il faudrait que tu le comprennes. J'ai une vie en dehors de toi. Maintenant, si tu voulais bien me laisser un peu tranquille.

# - 14 -

Choquée et profondément blessée, Simone sentit son cœur se serrer. Hutch ne lui avait jamais parlé ainsi. Il avait toujours été calme et posé. Et surtout, jamais cruel.

Manifestement, il avait changé.

Incapable de refouler ses larmes, elle recula pour mettre de la distance entre elle et le mâle agressif qui lui faisait face.

— Je n'aurais pas dû venir. Je regrette.

Il se contenta de la fixer du regard.

Tout était en train de s'effondrer lentement autour d'elle. Le faux sentiment de bonheur qui l'avait aidée à ignorer ses problèmes n'était qu'un mirage.

Maladroitement, elle essaya pourtant de se justifier.

— Je t'avais apporté à manger. Du chinois. Je sais que tu adores. J'ai laissé le sac dans la voiture.

— Je n'ai pas faim. Et j'ai besoin d'être seul.

— Je comprends.

Ce n'était pas vrai. Elle ne comprenait pas, mais elle n'était pas stupide. Humiliée et furieuse, elle lui adressa un bref hochement de tête, avant de tourner les talons.

Une fois retranchée dans sa voiture, elle se remit à pleurer. Lentement, elle commença à avancer dans l'allée. Mais au moment de tourner sur la route, elle s'arrêta. Elle pleurait si fort qu'elle n'y voyait plus rien. Appuyant le front sur le volant, elle se mit à sangloter.

*
* *

Hutch avait passé une mauvaise journée. Mais il avait aggravé les choses. En plus de la culpabilité et des regrets cuisants, il devait désormais composer avec le goût amer de la honte. Ce fut le souvenir du visage de Simone qui le poussa à agir.

Courant aussi vite qu'il le pouvait, il contourna la maison et soupira de soulagement en voyant que sa voiture était toujours là. Impulsivement, il ouvrit la portière conducteur : si elle s'était arrêtée, c'était parce qu'elle pleurait trop pour conduire.

— Viens, ma chérie, marmonna-t-il. Je regrette ce que je t'ai dit. Laisse-moi te prendre dans mes bras.

Elle ne chercha pas à lui résister. Ayant refermé la portière d'un coup de hanche, il repartit vers la maison.

Une fois à l'intérieur, il ne perdit pas de temps. Il la porta à l'étage et la déposa doucement sur son lit.

— Excuse-moi, Simone. Mon accès de mauvaise humeur n'a rien à voir avec toi. S'il te plaît, pardonne-moi.

Elle avait tellement pleuré que son teint était désormais rouge et brouillé. Et on aurait dit qu'elle ne pouvait plus s'arrêter. Il avait beau la serrer dans ses bras, impossible de tarir ce flot de larmes.

Et à ce moment-là, particulièrement mal venu, il se rendit compte qu'il était toujours amoureux d'elle.

Cette vérité le transperça comme un couteau lancé en plein dans son cœur. Était-ce entièrement nouveau ? Se pouvait-il que ses sentiments pour elle soient restés en veille pendant les années qu'il avait passées au Soudan ? Au fond, la culpabilité qu'il éprouvait à l'égard de la mort de Bethany était peut-être moins due à son incapacité à l'avoir sauvée qu'à l'idée de n'avoir jamais été amoureux d'elle.

Tendrement, il caressait les cheveux de Simone.

— Chut. Tu vas encore te rendre malade.

Il fallut un long moment, mais elle finit par s'apaiser.

Avec l'un des pans de sa chemise, il lui essuya le visage. En lui révélant les raisons de sa colère, il risquait de lui communiquer une partie de son angoisse, mais d'un autre côté, il fallait bien qu'il s'explique.

— J'ai perdu une mère et un enfant, aujourd'hui, marmonna-t-il, en butant sur le mot « enfant ».

Les yeux écarquillés, elle se redressa avec peine.

— Que s'est-il passé ?

Il lui exposa brièvement la situation.

— Je ne pense pas que la patiente avait une chance de s'en sortir, mais on a quand même tout essayé, conclut-il. C'est dur, tu sais ? On est censé maintenir une distance professionnelle... pour faire ce qu'on a à faire. Mais un décès est toujours difficile à accepter. C'est... C'est dévastateur.

— Le bébé n'a pas pu être sauvé ?

— Non. Elle était parfaite. Toute petite, mais parfaite. Mais c'était beaucoup trop tôt. Parfois, même avec notre technique et nos équipements sophistiqués, on n'arrive pas à braver la mort. Des prématurés, on en sauve des dizaines par an, alors qu'on n'a parfois aucune chance de notre côté. Mais aujourd'hui, on a perdu. Elle n'a vécu qu'une heure.

Simone, la belle et généreuse Simone, passa les bras autour de son cou et le serra si fort contre elle qu'il eut du mal à respirer. Cela dit, s'il avait le souffle haletant, était-ce vraiment à cause de cela ou parce qu'il se savait dans les bras de l'amour de sa vie ?

— Je n'arrive même pas à imaginer ce que ça a dû être pour vous tous, dit-elle en frissonnant. Comment peux-tu supporter ça ?

Il savait bien à quoi elle pensait.

— Ne t'inquiète pas pour ta grossesse, Simone. Ma patiente d'aujourd'hui avait un grave problème médical. Toi, tu es forte, en bonne santé, parfaitement normale.

— Je ne crois pas être normale, répliqua-t-elle avec un sourire espiègle, le visage toujours humide de larmes.

Il avait envie de l'allonger sur le lit et de lui faire l'amour pour effacer ses mauvais souvenirs de la journée. Mais cela aurait sans doute été déplacé. Il n'avait pas le droit de se servir d'elle pour calmer ses nerfs.

Se libérant doucement de son étreinte, il se leva.

— Tu ne m'avais pas parlé de dîner ? demanda-t-il pour alléger l'ambiance.

L'expression de son visage se fit indéchiffrable. S'étant levée à son tour, elle prit une posture défensive, les bras croisés. Rien d'étonnant. Il s'était montré si cruel avec elle.

— Ça a dû tourner, avec la chaleur, répondit-elle en haussant les épaules. Je préfère ne pas prendre le risque.

Dans sa situation, mieux valait en effet éviter une intoxication alimentaire.

— Et si on allait se chercher un milk-shake et des frites ? proposa-t-il.

L'air surpris, elle haussa les sourcils.

— Pour un médecin, on ne peut pas dire que tu donnes le bon exemple.

Il savait bien qu'elle le taquinait.

— Après la journée qu'on a passée, je crois qu'un peu de *junk food* ne nous ferait pas de mal. Qu'est-ce que tu en dis ?

Gardant le silence, elle sembla hésiter quelques secondes.

— Il faut que je rentre, dit-elle enfin.

— Tu es fâchée contre moi ?

— Non, fit-elle en secouant la tête avec véhémence. Je te pardonne. Mais avec la fête qui se prépare, les deux prochains jours vont être durs. Le Dr Fetter a dit qu'il fallait que je me ménage.

— Elle a raison.

Il n'avait pas envie de manger seul. Et encore moins de dormir seul. Mais son accès de colère sous le porche avait changé quelque chose. Peut-être avait-elle commencé à reconsidérer sa décision de renouer des liens avec lui.

Leur conversation maladroite se termina là. Elle redescendit l'escalier et quitta les lieux. Quand elle fut au volant de sa voiture, il se pencha par sa vitre ouverte.

— Tu es sûre que ça va aller pour conduire ?

— Ne t'inquiète pas.

Tout à coup, quelque chose lui revint à l'esprit. Et en se souvenant de ce qu'il devait encore lui dire, il grimaça.

— J'aurais aimé passer du temps avec toi demain, mais mon père a besoin de moi pour l'aider à jardiner. Il y a beaucoup à faire dans son potager, en ce moment.

— Ne t'en fais pas pour moi, Hutch, répliqua-t-elle d'un air légèrement agressif. Je vais avoir des tas de choses à faire, moi aussi, de toute façon. On se voit vendredi soir, pour le bal ?

— Comme convenu. À quelle heure veux-tu que je vienne te chercher ?

— À 17 h 30, ce serait bien. Il faut que j'y sois tôt pour achever les préparatifs. Mais tu peux me rejoindre plus tard, si tu veux…

— Je vais venir pour t'aider.

Elle prit un air renfrogné.

— On verra. Je te dis ça demain.

— Je viendrai te chercher, Simone. Fin de la discussion.

Son sang recommençait à bouillir dans ses veines. Quelque chose avait changé entre eux. Ses paroles de tantôt avaient-elles détérioré leur relation déjà fragile ? Ou y avait-il autre chose ?

— D'accord, répondit-elle en mettant le contact. Bonne nuit, Hutch.

Il fut forcé de reculer. Avec le comportement qu'il avait eu, il ne pouvait lui en vouloir.

Simone se refusait à penser à Hutch. Il ne pouvait la blesser que si elle lui permettait de le faire. Les trois petits êtres qui grandissaient en elle étaient tout ce dont elle avait besoin. Même si Hutch était disposé à rester après la naissance des bébés, elle n'aurait pas de temps à lui accorder.

Cette soirée lui avait révélé une importante vérité. Il ne l'aimait pas. C'était difficile à admettre. Très difficile. Mais elle ne voyait pas l'intérêt de se voiler la face.

Elle ne lui reprochait pas son accès de mauvaise humeur.

Dans sa situation, n'importe qui aurait été sur les nerfs. Ce qui l'avait peinée, c'était que, dans ce moment difficile, il ne s'était pas tourné vers elle pour lui demander son soutien. Plus elle réfléchissait à leur relation, mieux elle distinguait le fossé qui séparait ce qu'elle désirait de ce qu'il était disposé à lui donner.

De l'amitié ? Oui. Ils avaient réussi à surmonter leur première rupture et à aller de l'avant. Du sexe ? Leurs ébats étaient merveilleux, brûlants, intenses et profondément satisfaisants. Ils n'avaient aucun problème au lit.

Il lui semblait même qu'ils avaient tenté d'établir une relation de confiance. À l'évidence, elle s'en remettait à lui pour veiller à son bien-être physique. Par ailleurs, il s'était montré très honnête avec elle concernant sa relation avec Bethany. Ils n'avaient pas beaucoup de secrets l'un pour l'autre.

Mais celui qu'elle lui cachait était énorme.

L'épisode de la soirée lui avait ôté l'appétit ; la familière sensation de nausée était de retour. Après s'être préparé une tasse de thé, elle alla s'installer dans sa chambre et alluma son ordinateur.

En ouvrant sa page Facebook, elle vit qu'elle avait reçu un nouveau message.

L'heure de la vengeance est proche. Maverick.

C'était étrange. Et menaçant. Instinctivement, elle plaça une main sur son ventre. Elle était inquiète pour sa propre sécurité. Mais aussi, et surtout, pour celle des trois bébés qu'elle portait.

Ce secret, elle l'avait caché à tout le monde, y compris à ses meilleures amies. Ce Maverick ne pouvait savoir ce qu'elle avait fait. Ou du moins pourquoi elle l'avait fait.

Elle détestait se sentir impuissante. Une chose était sûre, elle ne chercherait pas à contacter ce sale individu. La meilleure conduite à suivre était de s'occuper de ses affaires, en faisant comme si tout était normal.

*
* *

Le jeudi matin, le ciel était lumineux, clair, dégagé. Après la nuit sans sommeil qu'elle avait passée, elle fut ravie que le soleil soit au rendez-vous. Vers 3 heures du matin, elle s'était réveillée et avait longuement réfléchi.

Cette aventure avec Hutch était très agréable, mais aussi, par certains aspects, très douloureuse. Après le bal, le mieux serait sans doute qu'elle y mette un terme. De cette façon, ce serait elle qui prendrait les devants, et non lui.

Sous le calme de la surface, son cœur était en train de se briser. Elle voulait tout. Les bébés. La société qu'elle avait bâtie à la sueur de son front. Le respect de ses parents. Et surtout, surtout, l'homme qu'elle aimait depuis l'âge de vingt-deux ans. Mais elle avait beau réfléchir et réfléchir encore, il lui semblait impossible de concilier les quatre.

Après s'être douchée, elle enfila une robe noire en maille et un cardigan fuchsia. Elle avait appelé Tess pour la prévenir qu'elle aurait un peu de retard. C'était une jeune femme brillante qui ne l'avait jamais déçue, jamais elle n'avait failli à sa mission. Simone était contente de pouvoir compter sur elle.

Quand elle arriva dans son bureau, elle lui demanda de la suivre et de refermer la porte derrière elle. Tess ne parut pas s'en inquiéter.

— Quoi de neuf, chef ?

Simone avait insisté pour que la jeune femme l'appelle par son prénom. Mais Tess avait obstinément refusé. Simone l'observa : entre ses cheveux courts rouges et ses trois piercings à l'oreille, on ne pouvait pas lui reprocher de manquer d'originalité.

Simone hésita quelques secondes. Elle ne savait pas vraiment comment lancer cette conversation.

— Tess, dit-elle enfin, vous êtes contente de travailler avec moi ?

— Très, répondit la jeune femme en hochant la tête.

— Vous n'avez pas envie de viser plus haut ? De partir pour Dallas ou Houston ?

Tess fronça légèrement les sourcils.

— Non. Pourquoi ? Vous voulez vous débarrasser de moi ?

— Oh ! non. Bien au contraire.

— Je ne comprends pas.

Simone réfléchit. Manifestement, elle s'était mal exprimée.

— Eh bien, je suppose que vous savez que je suis enceinte ?

Tess fit une petite grimace.

— Oui, madame.

— Ce que vous ne savez peut-être pas, c'est que j'attends des triplés.

— C'est vrai ? fit la jeune femme en ouvrant de grands yeux. J'espère que ce n'est pas contagieux. Je n'ai rien contre les bébés, mais trois…

— Je sais, répondit Simone avec un sourire ironique. C'est difficile à digérer. Mais comme je ne peux rien y changer, il faut que je prépare l'avenir en conséquence.

— Sans vouloir vous offenser, chef, je préfère vous dire tout de suite que je ne suis pas très à l'aise avec les enfants en bas âge. Ça doit avoir un lien avec mon père, qui m'a laissée tomber sur la tête quand j'avais six mois. Je crois que ça m'a traumatisée.

Vaguement amusée, Simone sourit.

— Pas de panique, Tess. Je ne vais pas vous demander de faire du baby-sitting. En revanche, j'aimerais savoir si vous accepteriez de me remplacer à la tête de la société pendant environ une année. Je continuerai de prendre les décisions importantes, mais c'est vous qui seriez aux commandes. Qu'en dites-vous ?

— Où serez-vous ?

— Chez moi. Je vais embaucher une ou plusieurs personnes pour m'aider à m'occuper des triplés. Je n'ai pas le choix. Mais je suis leur maman. Je veux m'y consacrer à cent pour cent après leur naissance, pendant au moins une année. Après cela, si les choses se passent bien, je reprendrai certainement le travail. Mais j'ai encore le temps de me décider.

— Je vous trouve très courageuse.

— Je ne suis pas courageuse, je suis juste déterminée. Écoutez, je comprends que vous ayez besoin de temps pour réfléchir…

— C'est inutile, répondit Tess avec un grand sourire. Je suis honorée. Et ravie. Vous pouvez compter sur moi, chef.

— Quand on aura conclu cet accord, vous pensez que vous pourrez m'appeler Simone ?

L'air penaud, la jeune femme haussa les épaules.

— Peut-être. Je vais essayer.

— Parfait. Autre chose…

— Oui, madame ?

— Cet accord doit rester entre vous et moi pour les mois à venir. Je ne veux pas qu'on sache que j'envisage de prendre un congé. C'est mon entreprise.

— Je comprends, dit Tess en faisant mine de tirer une fermeture Éclair sur sa bouche. Je serai muette comme une carpe.

— Merci.

Une fois Tess partie, Simone entreprit de répondre à ses mails, dont le nombre semblait augmenter à chaque mois qui passait. Elle devrait envisager l'embauche d'une autre personne. Mais si elle prenait un congé d'une année, elle ne pourrait pas superviser le travail de sa nouvelle recrue. Là encore, les choses s'annonçaient difficiles.

Pour le deuxième jour d'affilée, elle quitta ses bureaux à 17 heures. De retour chez elle, elle résista à l'envie d'appeler Hutch, qui ne chercha pas non plus à la contacter.

Et s'ils avaient tous les deux fini par admettre que leur relation n'aboutirait jamais à quelque chose de permanent ? Elle l'avait pour sa part compris dès le départ. En tombant enceinte d'un donneur anonyme, elle avait anéanti toutes ses chances de se marier un jour. Même fou amoureux, aucun homme n'accepterait de prendre pour épouse une jeune maman de trois enfants.

De toute façon, Hutch n'était pas fou amoureux. Elle ne se faisait aucune illusion à ce sujet. Il l'appréciait. Et il aimait faire l'amour avec elle. Mais aucune de ces deux choses ne suffisait à garantir la pérennité d'un couple.

Elle se prépara du porridge pour le dîner, mais parvint à peine à en manger la moitié. Après quoi, elle regarda la télé jusqu'à 22 heures. Comme une adolescente éperdue d'amour, elle consultait son téléphone toutes les dix secondes.

Mais l'écran restait muet.

L'incertitude était douloureuse et démoralisante. Elle était de plus en plus déterminée à rompre avec Hutch après le bal. Peu importait que son cœur soit pris de panique à cette simple idée. Ils avaient été heureux de se retrouver. Mais rien de ce qui s'était passé ensuite n'augurait un avenir radieux. D'autre part, il n'avait jamais prétendu vouloir jouer un rôle de père ou de beau-père pour les bébés. Il était trop honnête pour essayer de la berner.

Beaucoup plus honnête qu'elle.

Quand elle finit par se coucher, son cœur battait à tout rompre. La soirée du lendemain allait être un immense événement. Et si tout se passait comme prévu, d'importantes sommes seraient récoltées au bénéfice des plus démunis.

Mais malheureusement, tout ce qui l'intéressait sur le moment était de revoir Hutch et de passer la nuit à danser entre ses bras musclés. Même si ce moment de bonheur n'était que de courte durée.

# - 15 -

Hutch avait de grandes décisions à prendre. Il le savait, mais il n'arrivait pas à se faire à cette idée.

Il lui parut curieux de se revoir en smoking. Il avait été contraint d'en racheter un pour le bal. Son séjour en Afrique l'avait rendu plus mince, plus noueux. En vivant en marge de la civilisation, il avait appris à survivre en se passant du confort de la vie moderne. Son endurance physique s'en était trouvée renforcée.

Tout en se regardant dans le miroir, il réajusta son nœud papillon. Et soudain, sur un coup de tête, il prit ses clés de voiture et sortit. Il était encore trop tôt pour aller chercher Simone, mais il éprouvait un besoin soudain de voir ses parents. Après tout, il n'avait jamais voulu qu'une chose : qu'ils soient fiers de lui.

Il les trouva assis sous leur porche, à bavarder en sirotant une bière. Sa mère, comme à son habitude, était extrêmement soignée. Son père, en revanche, paraissait un peu négligé. Il avait dû de nouveau travailler dans son potager.

Quand Hutch prit place à côté d'eux, sa mère le regarda en inclinant la tête sur le côté.

— Aurais-je oublié que c'était mon anniversaire ? Tu es bien élégant, ce soir.

Son père acquiesça.

— J'imagine que tu n'es pas venu pour arracher les mauvaises herbes.

— Vous voulez que je vous laisse entre garçons ? demanda sa mère.

— Non, reste. Je voudrais que vous soyez tous les deux présents pour entendre ce que j'ai à vous dire.

Son père fronça les sourcils.

— Bon, ça ne sert à rien de tourner autour du pot quand on a une mauvaise nouvelle à annoncer, mon grand, vas-y.

— Qui t'a dit qu'il s'agissait d'une mauvaise nouvelle ? demanda-t-il en se passant une main nerveuse dans les cheveux.

Sa maman lui tapota gentiment le genou.

— Tu as l'air stressé. Allez, dis-nous.

— Vous vous souvenez de Simone Parker ? lâcha-t-il d'une voix mal assurée.

— Oui, répondit son père. Ta grand-mère ne s'est jamais remise de la façon dont elle t'avait traité. Heureusement que vous n'êtes plus ensemble.

— Vous m'avez élevé dans l'idée que tout le monde mérite une deuxième chance.

— C'est vrai, dit sa mère. Mais cette fille n'était pas pour toi.

— Pourquoi ? demanda Hutch, surpris. Je croyais que vous étiez contents qu'elle m'ait encouragé à partir au Soudan.

— Oui, admit son père après avoir pris une gorgée de bière. Et nous le sommes toujours. Ce séjour a été une formidable expérience professionnelle pour toi. Mais cette Simone… Eh bien, elle…

Il s'interrompit.

— Elle est égoïste et superficielle, acheva sa mère. Et elle a une réputation de fille unique snob. Avec des parents aisés.

— Je suis fils unique, moi aussi, protesta-t-il. Et je suis étonné de vous entendre parler d'elle de façon aussi négative. Elle était peut-être un peu trop centrée sur elle-même dans sa jeunesse, mais elle a changé.

Son père haussa les épaules.

— Si tu es venu pour nous demander notre bénédiction, je ne pense pas qu'on puisse te la donner. Mais tu es majeur et vacciné, ça fait bien longtemps que tu n'as plus besoin de notre bénédiction. Laisse-toi un peu de temps, mon grand. Profite d'elle, mais ne l'épouse pas.

— Je t'interdis de parler comme ça, Edward ! s'exclama sa mère. Qu'est-ce qui te prend ?

— Eh bien quoi ? Je croyais que tu ne l'aimais pas, toi non plus…

— Je ne la connais pas.

Hutch se leva. Qu'était-il venu chercher chez ses parents ? Peut-être avait-il simplement besoin que quelqu'un lui dise que ce qu'il envisageait de faire n'était pas si stupide.

— Je n'ai pas encore pris de décision, inutile de vous mettre dans cet état. Mais j'avais espéré… que vous me diriez que le véritable amour est éternel.

— Bien sûr qu'il est éternel, répondit son père. Encore faut-il le trouver.

Hutch n'était pas dans le bon état d'esprit pour aller à la soirée. Il se sentait nerveux, agité, désorienté. Chaque fois qu'il pensait avoir la situation sous contrôle, quelque chose se produisait. Soit Simone faisait marche arrière, soit c'était lui. Et désormais, par sa faute, ses parents étaient venus s'ajouter au tableau, en portant sur leur relation un regard des plus négatif.

En se garant devant chez Simone, il prit le temps d'observer sa maison. Elle était jolie et sophistiquée. À l'image de sa propriétaire. Les briques dorées et les huisseries en acajou lui conféraient un aspect à la fois moderne et classique.

De toute façon, le moment n'était pas aux grandes décisions. Ce qui comptait ce soir, c'était la réussite professionnelle de Simone. Il était son cavalier, pas son petit ami. D'ailleurs, il ne s'agissait pas d'une soirée romantique en tête à tête.

Tous les riches et puissants de Royal seraient là. Pour exposer leurs bijoux et leurs conjoints comme des trophées, ou parce qu'ils se souciaient vraiment de cette œuvre caritative ? Peu importait, de toute façon. Le maître mot de la soirée serait « argent ». Et il y en aurait beaucoup.

Elle lui ouvrit dès qu'il eut frappé. Ébloui, il fit un pas en arrière. Elle était époustouflante de beauté.

— Salut, Hutch. Entre. Je suis presque prête. J'ai été retardée par un coup de téléphone.

Instinctivement, il l'attrapa par le poignet.

— Tu es magnifique, Simone, murmura-t-il.

Et il l'embrassa, luttant pour maîtriser ses instincts les plus primaires. Les lèvres de Simone étaient douces contre les siennes. Elle posa une main sur son épaule, et pendant quelques instants de magie, il se perdit dans ce baiser.

Son cœur battait à tout rompre, tout son corps était devenu dur comme du fer. Il avait envie de prendre, de prendre et de prendre encore. La perspective d'avoir à la partager avec des dizaines d'autres personnes au cours de la soirée lui paraissait insupportable.

Elle portait une robe rouge vif, qu'on aurait pu qualifier d'« osée ». Dans ses bras, elle paraissait petite et fragile, mais il savait au fond de lui qu'elle ne l'était pas. Elle était intelligente, forte et déterminée. La naissance de triplés représentait un immense défi, mais il n'avait aucun doute sur sa capacité à le relever.

Au bout d'un certain temps, il dut se forcer à la libérer. Ses cheveux noirs et soyeux retombaient en vagues sur ses épaules. Ses yeux de saphir, encadrés de leurs longs cils noirs, étaient brillants de désir.

— Il faut vraiment que je finisse de me préparer, balbutia-t-elle.

— Vas-y, répondit-il en consultant sa montre. Mais tu ferais bien de te dépêcher.

Agacée, elle leva les yeux au ciel.

— Ce n'est pas moi qui ai pris l'initiative de ce baiser.

Sans lui laisser le temps de répliquer, elle disparut. Incapable de s'empêcher de sourire, il arpenta le hall de long en large. Il se sentait à la fois heureux et nerveux. Ils allaient devoir discuter de sujets importants, qui allaient changer leurs vies. Et avec un peu de chance, peut-être pourraient-ils récrire la fin de l'histoire, cette fois-ci.

Depuis sa conversation avec Tess, Simone avait l'impression d'avoir repris un semblant de contrôle sur la pagaille qu'était devenue sa vie. Mais quand Hutch arriva sur le pas de sa porte, si beau dans son smoking noir, elle sentit son assurance retomber. Pourquoi un homme comme lui aurait-il voulu se lier à une femme comme elle ? Elle l'ignorait, mais elle était bien décidée à tout faire pour le convaincre.

Elle avait bâti son entreprise en prenant des risques calculés. Hutch était attaché à elle. Et il avait envie d'elle, c'était indéniable. Restait à savoir comment il réagirait si elle lui en demandait davantage.

Un peu plus tôt, elle avait pris la décision de rompre, mais cela lui paraissait lâche désormais. Ce soir, après le bal, elle allait jouer franc jeu. Elle allait lui dire ce qu'elle ressentait, et surtout, lui avouer la vérité.

Après avoir appliqué un audacieux rouge à lèvres assorti à sa robe, elle jeta un dernier coup d'œil à son reflet dans le miroir. Tout était parfait. Sans réfléchir, elle posa la main sur son ventre, et le minuscule renflement qu'elle sentit la remplit d'émerveillement et d'humilité.

Après toutes les erreurs qu'elle avait commises dans sa vie, elle y voyait la chance d'un nouveau départ. Plus que tout au monde, elle désirait être une bonne maman pour ces trois bébés. Une maman tendre et aimante, à l'opposé de ce que la sienne avait été.

Machinalement, elle jeta un coup d'œil à l'horloge. Le temps était écoulé. Tenant le bas de sa robe, elle descendit prudemment l'escalier. Il l'attendait en bas des marches.

— Ne m'embrasse pas, le prévint-elle en lui tendant la main. J'ai mis un temps fou à me maquiller.

Il lui adressa un sourire espiègle.

— Je peux patienter. Enfin, je crois. Disons simplement que j'ai vraiment hâte de pouvoir te retirer cette robe.

— Hutch ! fit-elle d'un air de reproche.

— Si tu ne voulais pas que j'ouvre mon cadeau, il ne fallait pas l'envelopper si joliment, rétorqua-t-il en haussant les épaules.

Ils arrivèrent à l'hôtel en un temps record. Dans le parking, elle lui tendit une boîte rectangulaire.

— Voilà nos masques. Tu pourrais les garder pour le moment ?

Il fit une petite grimace, révélant les habituelles réticences que ce genre de choses inspirait aux hommes.

Elle le laissa au bar, tandis qu'elle rejoignait Naomi et Cecelia pour régler différents détails de dernière minute. Et quand le moment fut enfin venu de le retrouver, elle s'aperçut qu'il lui avait envoyé un texto lui signalant qu'il était retourné à la voiture pour y récupérer ses cartes de visite. Ce fut donc là qu'elle le rejoignit.

— Tu m'as manqué, mon beau docteur, lui susurra-t-elle, une fois confortablement installée à côté de lui.

Il avait été demandé aux hommes de porter le smoking. De cette façon, leur anonymat serait garanti. En revanche, les femmes devaient choisir une couleur, et leur masque devait être assorti à leur robe. Celui de Simone était rouge vif bordé d'une délicate dentelle noire.

Elle sentit son cœur s'emballer quand il ajusta le sien. Noir et beaucoup plus simple, il lui donnait un air distant, sombre et inquiétant.

— Tu m'aides à mettre le mien ? demanda-t-elle. Pour ne pas abîmer ma coiffure ?

Les mains tremblantes, elle lui tendit le masque, qu'il passa délicatement sur sa tête, avant de lisser les mèches qui avaient été déplacées. Sensuellement, il repoussa ses cheveux pour déposer un tendre baiser sous son oreille.

— Je pourrais te manger toute crue, murmura-t-il.

Ce souffle chaud contre sa peau et le subtil effleurement

de ses lèvres sur cette chair si délicate eurent pour effet immédiat de transformer son corps en brasier.

— Je pourrais dire la même chose. Jusqu'ici, j'avais toujours pensé que tu ne pouvais pas être plus sexy qu'avec ta blouse blanche. Mais dans ce smoking, tu es vraiment irrésistible. Je crois que je vais devoir me battre pour empêcher les autres femmes de s'approcher de toi.

Il lui prit les seins entre les mains et caressa les mamelons qui pointaient déjà à travers le tissu satiné.

— Dois-je en déduire que tu me veux pour toi toute seule ?

Elle frissonna de plaisir. L'excitation qui courait désormais dans ses veines était intense.

— J'interdirai à quiconque de poser une main sur toi. Pour ce soir, tu es à moi.

Tout en poussant un grognement viril, il appuya le front contre le sien.

— Mais qu'est-ce qu'on est en train de faire ? Je ne peux pas sortir avec une érection. Tu me rends fou, Simone.

Pour une fois, il ne semblait pas vraiment ravi à cette idée. S'adossant à son siège, elle essaya de reprendre son souffle.

— Je vais y aller toute seule. Tu me rejoindras quand tu seras prêt.

— Je suis prêt pour une tout autre chose, marmonna-t-il entre ses dents.

Incapable d'endiguer le flot de passion qui avait déferlé sur eux, elle toucha sa braguette du bout des doigts. Son sexe était dur comme du bois.

— Je donnerais n'importe quoi pour rentrer maintenant, murmura-t-elle. Je ne sais pas comment je vais attendre la fin de la soirée.

— On n'est pas obligés d'attendre.

Les vitres de sa berline étant teintées, personne ne put les voir quand il passa une main sous le satin de sa robe pour la caresser langoureusement depuis les chevilles jusqu'en haut des cuisses.

— Hutch ! protesta-t-elle en agrippant la poignée de la porte quand il atteignit sa culotte.

— Détends-toi.

C'était facile à dire. Tout son corps vibrait du plaisir de l'anticipation. Quand elle le sentit appuyer deux doigts sur son clitoris palpitant de désir, elle laissa échapper un petit gémissement. Lentement, il se mit à la caresser.

Elle aurait dû l'arrêter. Cecelia et Naomi l'attendaient. Mais rien de tout cela n'importait. Il l'avait déjà transportée dans ce monde de volupté et de magie où seule comptait la sensation de ses mains contre son corps.

Quand le plaisir éclata en elle dans une explosion de voluptueuses sensations, elle enfonça ses ongles dans le cuir des sièges. Le souffle court, elle finit par rouvrir les yeux.

— Tu es un vrai sorcier.

Sous son masque, il lui adressa un sourire éclatant.

Le cœur battant à tout rompre, elle hésita quelques instants.

— Tu veux que je… ?

— Non, répondit-il d'un ton ferme, bien que son corps semble indiquer le contraire. Ce que je veux, c'est être au fond de toi et t'entendre crier mon nom. Alors j'attendrai.

Incapable de trouver les mots pour lui dire ce qu'elle ressentait, elle se contenta d'acquiescer. Pourvu qu'il lui pardonne quand elle lui révélerait la vérité. Elle avait d'ailleurs envie de lui en parler sur-le-champ pour en finir définitivement. Mais ce n'était pas envisageable. Elle avait une soirée à superviser.

Ils n'échangèrent plus un mot. Tandis que, l'air maussade, il regardait par la vitre, elle tira le pare-soleil pour réarranger ses cheveux et son maquillage dans le miroir de courtoisie.

— Je suis prête, déclara-t-elle, quand elle fut certaine d'avoir recouvré un aspect normal.

*
* *

Le Bellamy était magnifique. De son vaste hall à l'entrée de la salle de bal en passant par les larges couloirs ornés de tapis d'Orient, l'hôtel était empli de fleurs, de minuscules lampes blanches et de rubans dorés. De pâles orchidées aux nuances de crème et de mauve dégageaient leurs subtils parfums. Un œil avisé aurait reconnu la patte de Cecelia dans la décoration. L'hôtel était destiné à devenir le point de rassemblement de la haute société de Royal.

Hutch était content de porter un masque. Il se sentait toujours aussi nerveux. S'il pensait jusqu'ici être amoureux de Simone, il en était désormais persuadé. Elle était merveilleusement belle. Et le désir physique qu'il éprouvait pour elle se trouvait renforcé par la certitude viscérale qu'elle était la seule femme susceptible de le contenter.

En sortant de la voiture, ils s'étaient aperçus qu'une file d'invités s'était déjà formée dans le hall, avançant lentement vers la salle de bal.

En dépit des masques, il était facile de reconnaître certaines personnes. Il identifia sans peine Harper Lake avec l'un des jumeaux Tate, ainsi que Clay Everett accompagné de sa ravissante secrétaire.

Une demi-heure après l'ouverture officielle du bal, la salle était pleine. On y voyait des octogénaires qui gardaient en eux la mémoire de Royal, de jeunes entrepreneurs audacieux qui avaient déjà laissé leur empreinte sur la ville. Et tout ce qu'il pouvait y avoir entre les deux.

Simone, qui papillonnait entre les invités, était pétillante d'enthousiasme.

— On va danser ? lui demanda-t-elle.

— J'ai cru que tu n'allais jamais me le proposer.

Ravi, il la conduisit jusqu'à la piste, où il la serra contre lui. Comme elle portait de hauts talons, leurs visages étaient tout proches l'un de l'autre. Il aurait facilement pu l'embrasser. Pour mieux percevoir son délicat parfum et l'odeur féminine et chaude de sa peau, il inhala profondément, la serrant contre lui avec fermeté et assurance. Et alors qu'ils virevoltaient dans la pièce, il remarqua que plusieurs personnes les observaient. Tous les hommes avaient les yeux rivés sur elle. Avec ses cheveux noirs et sa robe sexy, elle était tout simplement éblouissante. Instinctivement, il resserra son étreinte.

La musique, romantique, était du genre de celles qui encourageaint à danser joue contre joue. Pour sa part, il était satisfait de ce choix. Quand un homme devait se mettre en smoking pour sortir avec une femme, il voulait pouvoir la serrer contre lui. Verticalement, dans un premier temps. Et il avait hâte, vraiment hâte de passer au plan horizontal.

Au bout d'un certain temps, l'orchestre se mit à jouer un morceau plus rythmé, sans doute pour laisser aux bons danseurs l'occasion de briller sur la piste. Simone était douée et il se débrouillait plutôt bien, mais elle préféra quitter la piste à cause des bébés. Sa grossesse compliquée l'avait dépouillée d'une partie de son énergie. Elle semblait désormais fatiguée.

— Je meurs de soif, lança-t-elle. Et j'ai très envie de goûter au buffet.

# - 16 -

Tenant Simone par la main, Hutch se fraya un chemin à travers la foule pour atteindre le buffet. Les canapés paraissaient délicieusement appétissants.

— Y a-t-il quelque chose que tu préférerais éviter ? lui demanda-t-il.

Il était parfaitement conscient que la simple vision de certains aliments pouvait déclencher des nausées chez elle. C'était sa soirée. Il ne voulait prendre aucun risque.

Doucement, elle appuya la tête contre son épaule.

— C'est très gentil de ta part, mais ça va. Je ne tenterai pas le caviar, c'est tout.

Après avoir rempli leur assiette, ils s'assirent à une table que des vastes jardinières protégeaient des regards indiscrets.

Le buffet était excellent, mais il comprit qu'il était dans une position délicate quand, rien qu'à la regarder manger, il sentit son érection revenir. Ses lèvres pulpeuses et sensuelles. Ses petites dents blanches. Ignorant manifestement son état d'esprit, elle suivait du regard les couples qui se mouvaient sur la piste et qu'elle nomma un à un.

— Comment fais-tu ? lui demanda-t-il. Je sais que j'ai été absent longtemps, mais je n'ai réussi à repérer que deux ou trois personnes.

— J'ai triché. C'est moi qui ai dressé la liste des invités. Alors, malgré les masques, il m'est plus facile de les reconnaître.

— Mais j'imagine qu'il y a également quelques invités surprises.

— Oui. Et je pourrais te dire leurs noms, mais il faudrait ensuite que je te tue.

— Ne poussez-vous pas un peu trop loin le goût du secret, Mata Hari ?

— Tu peux toujours essayer de me torturer pour m'extirper des informations, murmura-t-elle en se léchant sensuellement les lèvres.

— Tu essaies de me provoquer, c'est ça ?

— Ce n'est pas mon genre.

— Au contraire, justement. Mais si tu penses être en sécurité parce qu'on est dans un endroit public, ajouta-t-il, tu te trompes, ma belle. Je pourrais très bien te prendre sur mon épaule et demander une chambre à la réception.

— Tu ne ferais pas ça, répondit-elle d'un air faussement outré.

— On parie ?

— Très bien, Hutch, dit-elle d'une voix soudain sérieuse. On va poser les règles pour le reste de la soirée. Pas de flirt. Pas de danse.

— Comment ça, pas de danse ? Si je ne peux même pas profiter de ce pâle substitut de ce que j'espère avoir plus tard…

Pendant de longues secondes, il plongea le regard dans le sien. Le pourtour de ses yeux était sombre, presque bleu marine, s'éclaircissant à mesure que l'on approchait de la pupille. Il était complètement hypnotisé par leur beauté.

— Hutch ?

Il l'entendit prononcer son nom, mais il était perdu dans l'un de ses fantasmes. Il la voyait étendue sur son lit, nue, totalement offerte.

— Hum ?

— Comme on a fini de manger, je pense qu'on devrait se lever. Je suis tout de même l'une des organisatrices.

— D'accord, murmura-t-il, toujours perdu dans le

rêve voluptueux qu'il espérait pouvoir réaliser quelques heures plus tard.

La femme de son rêve s'était levée.

— Dépêche-toi, le houspilla-t-elle. Je crois que Deacon est sur le point de faire une annonce.

Elle s'approcha de la scène. Derrière un micro, Deacon Chase, un grand sourire aux lèvres, semblait en effet s'apprêter à parler.

— Pour commencer, chers amis et voisins, Shane Delgado et moi-même aimerions vous souhaiter la bienvenue au Bellamy. Cet hôtel est pour nous un rêve devenu réalité. Nous sommes ravis que vous soyez tous ici ce soir. J'espère que vous passerez beaucoup de temps au Bellamy dans les années à venir, non seulement pour des soirées spéciales telles que celle-ci, mais aussi pour déguster de délicieux repas dans nos deux restaurants, le Silver Saddle et le Glass House. Nous serons également ravis de vous accueillir dans notre nouveau spa, baptisé Pure.

Il s'interrompit pour s'éclaircir la gorge.

— Je sais que vous avez tous hâte de vous remettre à danser, mais j'espère que j'aurai le privilège de discuter un peu avec chacun d'entre vous.

Il fit un signe à quelqu'un et, à la grande surprise de Hutch, Cecelia vint le rejoindre sur scène.

— Si vous appréciez la décoration de l'hôtel, sachez que c'est à cette femme que vous la devez. Je tenais à la remercier de nous avoir aidés à faire du Bellamy une réalité. Et surtout, je tenais à partager mon bonheur avec vous : je suis ravi de vous annoncer qu'elle a accepté de devenir ma femme.

Des cris de joie et des applaudissements retentirent. Médusé, Hutch se tourna vers Simone.

— Tu étais au courant ?

Affichant un sourire radieux, elle acquiesça.

— Ils se sont fiancés il y a déjà plusieurs semaines, mais ils ne l'ont annoncé qu'à leur famille et à leurs proches.

Les choses sont désormais officielles, j'imagine. Regarde comme ils sont mignons.

Elle avait raison. À en juger par l'expression peinte sur leur visage, Cecelia et Deacon étaient merveilleusement heureux ensemble. Il se perdit dans ses pensées tandis que Simone rejoignait la foule des personnes désireuses de féliciter les futurs mariés.

Deacon Chase avait bien choisi. L'hôtelier millionnaire et la jolie blonde platine avaient beaucoup en commun. Pour commencer, ils avaient transformé un rêve en réalité. Deacon bâtissait des hôtels. Cecelia savait comment les meubler.

Mais lui, Hutch, qu'avait-il en commun avec Simone ? Rien du tout.

Tout à coup, il eut l'impression que son nœud papillon l'étranglait, que la pièce était beaucoup trop chaude. Son cœur battait à un rythme irrégulier. Anxieux, il s'approcha de Simone et lui posa la main sur le bras.

— Je sors prendre l'air. Reste avec tes amis.

Écarquillant ses grands yeux bleus, elle étudia son visage.

— Tu vas bien ? demanda-t-elle.

Se forçant à sourire, il lui caressa la joue du bout des doigts.

— Très bien. Je reviens vite.

— Mais comment vas-tu faire pour me retrouver ?

Était-elle sérieuse ?

— Ma belle, avec cette robe rouge, il faudrait vraiment être aveugle pour ne pas te voir. Ne t'inquiète pas. Je ne partirai pas sans toi.

Sur quoi, il se fraya un chemin jusqu'à l'autre bout de la salle. Une fois dehors, il retira son nœud papillon et le rangea dans sa poche. Puis, ne sachant que faire pour atténuer son stress, il se dirigea vers le somptueux parc de l'hôtel.

La nuit était parfaite. Trop parfaite. Dans le clair de lune et la douce odeur des fleurs, il marchait, la tête baissée. S'il faisait sa demande à Simone et qu'elle accepte, il ne pourrait pas faire machine arrière, comme retourner au Soudan pour fuir l'emprise qu'elle avait sur lui.

Était-il capable d'aimer ces trois bébés qui n'étaient pas ses enfants biologiques ? Oui. Ce n'était pas un problème. Il adorait les enfants. Et puis ces triplés portaient en eux la moitié de l'ADN de leur mère. S'il aimait Simone, il aimerait aussi ses enfants.

Mais si elle lui disait « non » ? Pourquoi avait-il acheté une maison aussi proche de la sienne ? Il allait devoir passer devant chez elle tous les jours pour aller travailler. Ce serait horrible. Il ne pourrait le supporter.

Aimant contrôler chacun des aspects de sa vie, il n'avait jamais apprécié les jeux de hasard. Et pourtant il en était à imaginer des scénarios totalement imprévisibles. C'était absurde. Ses parents étaient d'ailleurs de cet avis. Pourquoi prendre un tel risque alors qu'il ignorait totalement si elle l'aimait ?

Une fois encore, il se demanda si elle ne s'était pas servie de lui, considérant qu'ils ne seraient pas trop de deux pour s'occuper des triplés. Mais cette hypothèse supposait un être froid et calculateur. Or la Simone qu'il connaissait n'était pas ainsi.

Quand il eut repris un semblant de contrôle sur ses émotions, il remit son nœud papillon. Il était temps pour lui de rentrer, de sourire, de danser et de faire tout ce qu'il faudrait pour la contenter. Une fois le bal terminé, il aurait sa récompense. Une nuit entière dans son lit. Ou le sien. Peu importait.

Mais au détour d'une allée, il tomba sur un homme grand et corpulent qui lui bloqua le passage. Se sentant menacé, il s'immobilisa. L'homme, d'un certain âge, portait un smoking et un masque. À bien y regarder, il n'avait pas l'air d'un individu dangereux.

— Que puis-je faire pour vous ? demanda Hutch poliment.

— Rien. C'est moi qui vais faire quelque chose pour vous, docteur Hutchinson.

— Qui êtes-vous ? Comment connaissez-vous mon nom ?

— Vous pouvez m'appeler Maverick. Et peu importe la façon dont j'ai appris votre nom. Je suis venu pour vous mettre en garde contre la femme en rouge.

— Simone ? demanda Hutch, intrigué.

— Évidemment. Vous n'avez aucune idée de sa véritable personnalité, je me trompe ?

— Bonne soirée, monsieur, lança Hutch d'une voix glaciale, pour mettre un terme à la conversation.

Il était furieux. De quoi se mêlait cet étranger ? Il commença à s'éloigner, mais de l'une de ses grosses mains, l'homme le retint.

— Ne fuyez pas, jeune homme. Je suis là pour vous sauver.

— Il me semble plutôt que vous êtes là pour calomnier Simone. Et je n'ai aucune intention de vous écouter.

— Cette petite traînée en robe rouge est tombée enceinte pour pouvoir hériter de la moitié de la fortune de son grand-père. Vous a-t-elle jamais mentionné ce détail ?

— Vous mentez !

La colère était telle désormais que Hutch en avait la vision brouillée. Il avait envie de traîner cet homme à la lumière et de lui arracher le masque derrière lequel il se cachait.

— Pas du tout. Demandez-lui. Et demandez-lui aussi si elle connaît Maverick. Je crois que vous allez être surpris.

— Allez vous faire voir !

Ne voulant déclencher ni scandale ni bagarre, Hutch le poussa pour le forcer à libérer son chemin.

Mais soudain, il sentit un poing percuter sa tempe. Quelque chose de dur, une bague sans doute, s'enfonça dans sa peau. Il s'effondra, et sa tête percuta le sol.

Au bout d'une demi-heure, Simone commença à s'inquiéter de ne pas voir réapparaître Hutch. Au bout de trois quarts d'heure, elle décida de partir à sa recherche. Elle ne perdit pas de temps à inspecter l'intérieur de l'hôtel : il lui avait clairement annoncé qu'il avait besoin de prendre l'air.

Une fois dehors, elle prit une profonde inspiration, se réjouissant de la sensation de calme. La fête était une véritable réussite. Ses amies et elle pouvaient être fières de ce qu'elles avaient accompli. L'argent collecté allait permettre de bâtir des logements pour non pas deux, mais trois familles dans le besoin.

Cette pensée ne parvint pourtant pas à effacer son mal-être.

— Hutch ! appela-t-elle en commençant à avancer vers le parking.

Le parc, très boisé, recelait de nombreuses zones d'ombre.

— Hutch !

En arrivant dans le parking, elle constata, légèrement soulagée, que la voiture était toujours là. Au moins n'était-il pas parti sur un coup de tête.

Mais toujours pas de réponse. Elle repartit vers le parc. Puis elle s'arrêta, indécise. Il faisait sombre. Mais c'était une propriété privée. Et en sa qualité d'organisatrice de la soirée, elle était bien placée pour savoir que de nombreux vigiles surveillaient les entrées et les sorties. Aucun danger, donc, de tomber sur un rôdeur au détour d'une allée.

En tout cas, elle l'espérait.

Elle continua à s'enfoncer dans le parc et finit par s'arrêter pour retirer ses escarpins. En relevant la tête, elle vit l'hôtel au loin, illuminé comme un château de conte de fées.

— Hutch !

Cette fois-ci, elle crut entendre un faible grognement. Instinctivement, elle avança dans cette direction. Et au bout de quelques pas, elle faillit trébucher sur lui.

— Hutch ! s'exclama-t-elle en s'agenouillant à côté de lui.

Il respirait, c'était déjà ça.

— Hutch, c'est Simone. Réveille-toi.

Paniquée, elle retira leurs masques. Manifestement, la fête était terminée.

Ne sachant que faire, elle passa un bras autour de ses épaules et le serra contre elle.

— Hutch, tu m'entends ? C'est Simone. Qu'est-ce qui s'est passé ?

Malgré la pénombre, elle parvenait à discerner quelque chose de foncé sur sa tempe. D'un geste mal assuré, elle posa les doigts dessus. Du sang.

En passant doucement les mains dans ses cheveux, elle découvrit une autre blessure : une énorme bosse. Il avait dû se cogner en tombant. Ce qui n'expliquait pas pour autant le sang sur sa tempe.

Pourquoi n'avait-elle pas demandé à quelqu'un de l'accompagner ? Elle n'avait aucune notion de secourisme.

Sans cesser de le serrer dans ses bras, elle se mit à lui murmurer des paroles de réconfort. Mais elle était totalement paralysée par la peur. Elle ne pouvait pas le perdre. Pas une deuxième fois.

D'un côté, elle avait envie de courir demander de l'aide. De l'autre, elle avait peur de le laisser seul dans le noir. Complètement écartelée, elle resta. Et pria.

Enfin, il ouvrit les yeux. Lentement. Avec son aide, il se redressa, se prit la tête entre les mains et finit par marmonner un juron.

— Qu'est-ce qui s'est passé ? demanda-t-elle.

— Tu me croirais si je te disais que je me suis pris un coin de porte ?

Il essayait désormais de se relever.

— Ce n'est pas drôle. Attends. Je vais t'aider.

— Je peux y arriver, dit-il en la repoussant.

Il lui fallut deux essais, mais il y parvint. Dans cette situation, sa farouche indépendance était une bonne chose, car elle ne voyait pas comment elle aurait pu le porter jusqu'à l'hôtel.

Mais voyant qu'il commençait à vaciller, elle essaya néanmoins de l'épauler. Encore une fois, il refusa son soutien, préférant s'adosser à un arbre.

— Tu peux marcher ? demanda-t-elle calmement.

Il s'était passé quelque chose d'horrible. Elle le sentait.

Un événement dont la portée allait bien au-delà de ses blessures. Il cherchait de toute évidence à la repousser.

— Oui, répondit-il.

Ils étaient plus loin de l'hôtel qu'elle ne l'avait pensé. Au bout de quelques centaines de mètres, il s'assit sur un banc pour se reposer.

— Ne bouge pas, lui intima-t-elle. Je vais chercher de l'aide.

— Non ! cria-t-il avant de se prendre la tête entre les mains, comme si cette explosion sonore avait accentué ses souffrances.

— Tu as peut-être un traumatisme crânien.

— Je suis médecin ; je n'ai pas besoin d'un diagnostic.

Quelque chose n'allait pas. Elle en était certaine. Le mépris, la colère dans sa voix. Hutch n'avait plus rien à voir avec l'homme qui brûlait d'envie de lui faire l'amour un peu plus tôt dans la soirée.

Elle sentit son cœur se serrer. Sans rien dire, elle attendit qu'il trouve la force de se lever. Mais cette fois-ci, elle ne se risqua pas à lui proposer son aide.

Quelques instants plus tard, ils arrivaient au parking. Sous la lumière des réverbères, elle put mieux observer sa blessure. Un hématome déjà très foncé au milieu duquel le sang continuait de couler.

— Dis-moi ce qui s'est passé, Hutch. Qui t'a fait ça ?

Ses pectoraux se soulevant au rythme de sa respiration saccadée, il s'adossa à la voiture.

— Le nom de Maverick t'évoque-t-il quelque chose, Simone ?

# - 17 -

Simone sentit son sang se glacer, sa gorge se serrer. Un sentiment de panique s'empara d'elle.

Le regard de Hutch était empli d'amertume.

— Je vois que oui. Ton visage parle de lui-même.

Des larmes lui brûlèrent les yeux, mais elle ne les laissa pas couler.

— Maverick, c'est l'inconnu qui envoie de mystérieux messages de menaces aux habitants de Royal. Il m'a fait parvenir des lettres haineuses, mais je ne suis pas la seule dans mon cas.

— Les autres ne m'intéressent pas, Simone. Ce qui m'intéresse, c'est de savoir ce qu'un corbeau pourrait avoir à te reprocher à toi.

Il avait prononcé ces mots d'une voix froide et détachée. Manifestement, il l'avait déjà jugée.

— Comment sais-tu qu'il a quelque chose à me reprocher ?

Il haussa les épaules et grimaça de douleur.

— Il est venu me trouver dans le parc. Il m'a parlé, nous nous sommes disputés. J'ai essayé de partir, et c'est à ce moment-là qu'il m'a frappé.

— Il faut que tu ailles à l'hôpital pour passer une radio.

— Chaque chose en son temps, Simone. Et tout d'abord…, a-t-il eu raison de me dire que tu étais tombée enceinte pour toucher l'héritage de ton grand-père ?

*
* *

Hutch observa le visage de Simone, devenu exsangue. Ses yeux étaient gonflés de larmes. Il avait sa réponse.

— C'est donc vrai, murmura-t-il.

Il avait l'impression que son cœur venait d'exploser en un millier de petits éclats tranchants.

— Tu voulais cet argent, alors tu as décidé d'avoir un bébé. Eh bien, tu sais quoi ? Je trouve ça égoïste et immoral. J'ai passé toute ma vie professionnelle à protéger des mères et des enfants. Ce que tu as fait est inconcevable.

— J'ai commis une erreur stupide. Je le reconnais. Mais il ne s'agissait pas d'une question d'argent, je te le jure.

— Ah oui ? persifla-t-il.

— Je te dis la vérité ! Viens, retournons à l'intérieur pour que tu puisses t'asseoir. Je vais tout t'expliquer.

Il secoua la tête, et une vive douleur le traversa.

— Je n'ai pas besoin d'explications. Je comprends tout, maintenant. C'est pour ça que tu m'as envoyé en Afrique. Tu pensais sortir avec un futur chirurgien fortuné, mais tu t'es aperçue que je m'intéressais moins à l'argent qu'au bien-être et à la santé des plus fragiles.

— Ce n'est pas le moment pour discuter de cela, objecta-t-elle doucement. Retourne à l'intérieur avec moi. Je vais te mettre de la glace sur le front.

Elle essaya de le prendre par le bras, mais il la repoussa. Elle eut l'air blessé, mais plus rien ne lui importait.

— Je suis sûr que tu trouveras là-dedans un homme qui sera ravi de te raccompagner chez toi, Simone. Pour ma part, je ne veux plus te revoir. Jamais.

Une larme se mit à rouler sur sa joue.

— Hutch, s'il te plaît… On t'a présenté une version déformée des faits, et tu en as tiré des conclusions erronées. Ce n'est pas aussi horrible que ça en a l'air.

Ignorant ses protestations, il ouvrit la portière et se glissa péniblement derrière le volant.

— Je n'ai pas envie de t'écouter, Simone. Au revoir.

Lui laissant à peine le temps de s'écarter de son chemin, il sortit du parking dans un crissement de pneus.

Heureusement qu'il ne lui avait pas dit qu'il l'aimait. Cela aurait été le comble de l'humiliation. Il se sentait déjà assez bête comme ça d'avoir laissé leurs ébats passionnés lui dissimuler sa véritable nature. C'était une calculatrice et une manipulatrice.

Il conduisait sans but dans la nuit. Au bout d'un certain temps, cependant, son mal de tête le contraignit à s'arrêter dans une petite ville de campagne qu'il ne connaissait que de nom et où il trouva rapidement une chambre d'hôtel.

Après avoir nettoyé sa blessure à l'eau et au savon, il s'effondra sur le lit et s'endormit.

Le lendemain matin, il se réveilla avec un horrible mal de tête. Des souvenirs de la soirée lui revinrent à l'esprit. Ce qui était certain, c'était qu'il avait perdu Simone. Un sentiment de vide s'empara de lui. Il avait faim, mais rien de ce qu'il avalerait ne comblerait le vide qu'il avait en lui.

Il avait aussi beaucoup de raisons d'être en colère, à commencer par le fait qu'elle lui avait menti. Par omission, mais tout de même. Elle avait invoqué un brûlant désir de maternité.

C'était peut-être en partie vrai. Mais sa véritable motivation était l'argent. Les gens étaient prêts à faire n'importe quoi pour de l'argent.

Sa colère finit par laisser place à une sombre résignation. Peut-être n'était-il pas destiné à se marier et à fonder sa propre famille. Peut-être sa mission consistait-elle simplement à aider les autres à mettre au monde des enfants.

Il resta toute la journée du samedi à l'hôtel. Le dimanche matin, il constata que ses deux blessures étaient en voie de guérison. Il devait remettre les clés de la chambre à 11 heures. Après avoir payé, il s'installa dans sa voiture et serra le volant dans ses mains. Une chose était certaine : il ne se réconcilierait pas avec Simone. Il n'était probablement même pas amoureux d'elle. Il s'était simplement laissé aveugler par la passion sexuelle qu'il y avait entre eux.

Lentement, il traversa la petite ville où il se trouvait. Trop tendu pour envisager de s'alimenter, il n'avait pas mangé depuis le petit déjeuner de la veille. Mais désormais, il avait faim.

Aussi s'arrêta-t-il au drive-in d'un fast-food. Pourquoi manger sainement ? Toute sa vie venait de s'effondrer.

Le repas calorique combla le vide de son estomac. Malheureusement, celui qu'il ressentait dans sa poitrine n'était pas aussi facile à éliminer. Il avait mal. Tout son corps lui faisait mal.

Machinalement, il reprit la route de Royal. Il retournerait à l'hôpital dès le lendemain matin. Il avait déjà pris beaucoup trop de libertés avec son planning. S'il continuait ainsi, la direction de l'hôpital finirait par regretter de l'avoir embauché.

Il était doué pour la médecine, mais pas pour l'amour. Autant se concentrer sur le domaine où il brillait.

Quand il finit par regagner Royal, la nuit était tombée. Il évita de regarder la villa de Simone quand il fut contraint de la longer. Une fois retranché chez lui, il arpenta les pièces de long en large. Il ne se sentait plus aussi bien dans cette maison, il aurait aimé pouvoir déménager à l'autre bout de la ville. Mais il n'avait aucune envie de donner cette satisfaction à Simone.

Le lundi matin, il se présenta au travail, frais et bien rasé. La fatigue physique lui avait permis de dormir relativement bien. Mais la douleur ne s'était pas atténuée dans sa poitrine. Il s'efforça pourtant de se concentrer sur ses patientes. Ses problèmes personnels ne devaient pas interférer avec la qualité de ses soins.

La journée lui parut durer une éternité. Des images de Simone lui revenaient en mémoire, sans qu'il parvienne à les chasser de son esprit. Il devait faire une croix sur elle, passer à autre chose.

Une demi-heure avant la fin de son service, il tomba par hasard sur Janine.

— Tu as une mine horrible. Tu es malade ? Rentre chez toi, Hutch. Va te reposer.

— Je ne suis pas malade. Juste fatigué. Et je ne vais pas tarder à partir.

— Simone va bien ?

Surpris par cette question, il resta figé sur place.

— Je ne sais pas.

L'air décontenancé, elle fronça les sourcils.

— Je croyais que tu étais resté avec elle depuis son départ de l'hôpital et que c'était pour cette raison que tu t'étais absenté ce week-end.

— Je ne l'ai pas vue depuis plusieurs jours, répondit-il prudemment. Que lui est-il arrivé ?

— Elle s'est évanouie au bal, vendredi soir. L'un des invités l'a retrouvée dans le parking. Comme personne n'a pu mettre la main sur toi, on a appelé une ambulance.

Il sentit son sang se glacer.

— Une ambulance ?

— Elle a fait une crise d'hypertension. Une sorte d'attaque de panique. Et comme elle était déjà affaiblie par ses nausées, on a dû la remettre sous perfusion. Elle m'a assuré que tu la rejoindrais chez elle. Et c'est là la seule raison pour laquelle je l'ai laissée partir.

— Je n'étais pas au courant, dit-il, le cœur battant. Mais j'y vais sur-le-champ. Merci, Janine.

Ça ne pouvait pas se produire à nouveau. Il n'allait pas perdre une autre femme à laquelle il était attaché. Simone n'était peut-être pas parfaite, mais avec le recul, il lui semblait que son amour pour ses bébés était réel et sincère.

Peut-être en avait-il un peu trop fait. Et à bien y réfléchir, lui aussi avait commis des erreurs. Dont une tout aussi grave. De quel droit s'était-il permis de la juger ?

Lentement, cette vérité s'insinua en lui : s'il avait été aussi furieux contre elle à la soirée, c'était tout simplement parce qu'il était amoureux. Sa trahison l'avait touché droit au cœur, le blessant dans tous les sens du terme.

Craignant de la retrouver inconsciente, voire pire, il conduisit aussi vite qu'il le put. Mais heureusement, elle lui ouvrit la porte aussitôt qu'il eut frappé.

— Qu'est-ce que tu fais là, Hutch ? demanda-t-elle en le regardant d'un œil vide.

Elle ne recula pas, ne l'invita pas à entrer.

— Il faut qu'on parle, répondit-il d'une voix calme mais déterminée.

— Je ne crois pas.

Elle essaya de refermer la porte, mais il la coinça du pied.

— S'il te plaît, Simone, laisse-moi t'expliquer. Ensuite, si tu le souhaites, je partirai.

L'air désinvolte, elle haussa les épaules.

— Si ça peut te faire plaisir…

Après avoir refermé la porte derrière lui, il la suivit jusqu'au séjour. Elle s'installa sur une chaise. Il décida de rester debout.

— Je t'aime, annonça-t-il d'emblée.

Les paupières de Simone tressaillirent, mais l'expression de son visage ne changea pas.

— Ah.

— Je me moque que ces bébés ne soient pas mes enfants biologiques. Je veux être un père pour eux.

— C'est impossible.

Une lueur était enfin venue illuminer ses beaux yeux bleus, lui rendant un peu d'espoir. C'était toutefois une lueur de colère, ce qui n'était pas bon signe. Mais c'était toujours mieux que son attitude froide et distante.

Nerveusement, il se passa une main dans le cou.

— J'ai beaucoup réfléchi au cours des trois derniers jours. J'ai été stupide de penser que tu avais voulu tomber enceinte pour des motifs vénaux. C'était une réaction mue par la colère. Mais sache que je regrette infiniment de ne pas avoir eu confiance en toi.

— Tu m'as larguée, Hutch !

— Je sais. Mais à ma décharge, je te rappelle que j'étais tombé sur la tête. Quant à ton héritage, qui suis-je pour te juger ? L'argent n'est pas une mauvaise chose en soi.

— Surtout pour les femmes vénales comme moi…

Sa carapace avait disparu, et il n'eut aucun mal à voir à quel point elle avait été blessée.

— Simone, dit-il en s'agenouillant à ses pieds, je me suis conduit comme un imbécile. Je t'ai déjà perdue une fois. Je ne veux pas te perdre à nouveau. Je t'aime, et je suis presque sûr que tu m'aimes aussi. Épouse-moi, ma chérie. Fondons une famille, toi et moi. Pardonne-moi, ma petite chipie.

Du bout des doigts, elle effleura la cicatrice de sa tempe.

— Les gens vont jaser.

— Qu'ils jasent. Tout ce qui compte, c'est toi, moi et ces trois petits bébés.

Sans répondre, elle alla se poster à la fenêtre. Comme elle lui tournait désormais le dos, il ne pouvait pas lire sur ses traits.

— Il y a autre chose que tu dois savoir.

Il sentit son corps se crisper. Après un long silence, elle se retourna vers lui.

— Tu n'épouseras pas une héritière.

— Je ne comprends pas.

— Quand j'aurai mis au monde les bébés, je recevrai cinq millions de dollars. Ce sont les termes du testament. Je ne pouvais hériter de ma part du patrimoine que si je produisais un héritier. Dans le cas contraire, tout aurait été octroyé à mon père. Mais j'ai décidé de placer à ce moment-là trois millions de dollars. Un million pour chacun des enfants, qui pourront faire usage de cette somme à leur majorité.

— Deux millions de dollars, ce n'est tout de même pas rien.

— Ça, c'est la somme que je vais verser à Homes and Hearts pour les familles dans le besoin. Je ne veux rien garder. Pas après la façon dont tu m'as regardée vendredi soir. Et je veux que tu comprennes pourquoi j'ai agi comme je l'ai fait.

— Tu n'as pas à me rendre de compte, tu sais ? Ce sont tes choix.

Elle eut un petit rire dépourvu de gaieté.

— Mes erreurs, tu veux dire ? Voilà le tableau, Hutch. J'ai passé toute ma vie à mendier l'attention de mon père. Mon grand-père et lui n'ont jamais cherché à cacher que j'étais une déception pour eux. Ils voulaient un garçon, un Parker qui aurait perpétué le nom de la famille. Quand on m'a lu le testament, j'ai été blessée. Et furieuse. Je me suis dit que je ne serais jamais assez bien pour eux.

— Simone…

Elle leva une main pour lui intimer le silence.

— Je ne veux pas de ta pitié. Voilà les choses telles qu'elles sont. Mais je garde les terres. Ces terres, c'est mon patrimoine. Des générations de Parker y ont vécu, les ont retournées, labourées, cultivées. Je ne m'excuserai pas de désirer obtenir mon héritage, pour moi-même et mes enfants.

— Tu as terminé ?

— Je ne vois pas ce que je pourrais dire d'autre.

— Tu pourrais par exemple ajouter que tu m'aimes.

Il avait réussi à le sortir d'une voix légère, mais la peur menaçait presque de l'étouffer. Le silence de Simone était tout simplement terrifiant.

Il la vit porter une main à sa gorge, comme si elle avait du mal à respirer.

— Tu préférerais avoir tes propres enfants, affirma-t-elle.

— Je crois qu'il serait plus juste de dire que je voudrais avoir d'autres enfants. Mais j'aime déjà de tout mon cœur les trois petits êtres que tu portes. Et je me moque complètement que leur père biologique soit blond aux yeux bleus. Je veux fonder une famille au sein de laquelle nos enfants ne souffriront pas des préjugés. Nous allons la bâtir sur notre amour, Simone. Nous nous sommes beaucoup déchirés, mais tout est clair entre nous désormais. Dis-moi que tu es d'accord. Dis-moi que tu m'aimes. Dis-moi que je n'ai pas anéanti notre deuxième chance.

Des larmes se mirent à rouler sur ses joues trop pâles. Et elle vint enfin à lui. Après avoir passé les bras autour de sa taille, elle appuya la joue contre son cœur.

— Je t'aime, Hutch. Je n'ai jamais cessé de t'aimer. Oui, j'accepte de t'épouser et de fonder une famille avec toi.

— Quel bonheur ! s'exclama-t-il en la serrant contre lui. Je t'adore. Je te jure que tu ne le regretteras pas.

Après un long moment de tendresse, elle s'écarta de lui pour regarder ses yeux humides de larmes.

— Je suis désolée que ces bébés ne soient pas de toi, dit-elle d'un air sincèrement peiné. Si tu savais comme je regrette…

Ayant le sentiment que l'ordre de l'univers avait enfin été rétabli, il secoua la tête.

— C'est là que tu te trompes, mon amour. Ces bébés ne sont peut-être pas de moi, mais ils sont à moi. Je les aime, je t'aime, et c'est tout ce qui compte. Maintenant, tais-toi et laisse-moi te donner un baiser.

Elle lui adressa l'un de ses sourires malicieux.

— Un seul ?

— Oh non, répondit-il en la hissant dans ses bras. Ce ne sera qu'un début.

Sa future femme eut un sourire radieux.

— Alors dépêchons-nous de commencer, docteur Hutchinson. Ça fait longtemps que j'attends ça.

Chargé de son précieux fardeau, il se hâta de gravir les marches qui conduisaient à la chambre.

— Moi aussi, ma belle Simone. Moi aussi…

WENDY WARREN

# Mariage à Thunder Ridge

*Traduction française de*
MARIE-JOSÉ LAMORLETTE

Passions

HARLEQUIN

*Titre original :*
KISS ME, SHERIFF !

# - 1 -

Willa Holmes venait tout juste d'ouvrir les portes de Something Sweet, la boulangerie-pâtisserie qu'elle tenait depuis quelques mois seulement. Il était tôt, à peine 6 h 30 du matin, mais la petite ville de Thunder Ridge, Oregon, était toujours debout aux aurores.

Les lumières clignotantes qui brillaient toute la nuit étaient encore allumées dans Warm Springs Road. À côté de son magasin, à l'épicerie fine-traiteur-salon de thé The Pickle Jar, le comité de décoration pour la Saint-Valentin était réuni dans une ambiance amicale pour un petit déjeuner matinal et un débat animé : accrocherait-on des Cupidons ou des cœurs rouges géants aux réverbères ?

Elle poussa un soupir de satisfaction. Elle adorait cette petite ville tranquille. Une autre journée de travail l'attendait, suivie d'une autre soirée tranquille chez elle. Que pouvait-elle vouloir de plus ?

Maintenant, à 6 h 32 précises, elle savait que ses premiers clients ne tarderaient pas à arriver, comme la toute petite femme aux boucles blanches qui poussait déjà la porte avec un sourire.

— Bonjour madame Wittenberg, comment allez-vous ? Puis-je vous tenter ce matin avec un pain aux raisins tout frais ? Ils sortent du four et sont encore chauds.

Aux fourneaux depuis 3 heures du matin, elle appréciait les horaires matinaux de son travail. Autrefois, elle consacrait les petites heures de la nuit à dormir ou, quand elle était mariée, à faire l'amour. Mais, à présent, elle trouvait que c'étaient les moments les plus pénibles de sa journée. Il y avait trop de temps creux pour réfléchir. Et pour se souvenir.

Avoir des pains à surveiller, des biscuits à mettre en forme et des prix de revient à calculer la soulageait des pensées qui la tenaient éveillée chez elle. Son seul collègue de travail le matin était Norman Bluehorse, qui avait entre quarante et soixante ans, difficile à dire, et qui travaillait avec des bouchons dans les oreilles. Il ne parlait que lorsqu'il avait à poser une question directe ou à y répondre. Quelques années plus tôt, ça ne lui aurait peut-être pas convenu, mais aujourd'hui elle appréciait la règle tacite de Norman : « Occupez-vous de vos affaires et je m'occuperai des miennes. »

Une règle qu'elle trouvait particulièrement indiquée après une nuit agitée. Seigneur, elle manquait tellement de sommeil qu'elle allait s'endormir debout. Réprimant un bâillement, elle sourit à Mme Wittenberg qui la scrutait avec attention.

— Mon chou, j'espère que vous ne prendrez pas mal ma question, mais est-ce que vos cheveux rouges sont naturels ? Je songe à me faire faire une couleur. Autrefois, j'avais de beaux cheveux longs, moi aussi. Avez-vous cuit quelque chose de nouveau, ce matin ?

*En fait, je pense que mes cheveux sont auburn clair... Oui, ils sont naturels... Vos cheveux sont très bien comme ils sont... Le pain à la grenade et à l'orange est une nouveauté.* Elle avait juste le temps de formuler ses réponses dans sa tête que Mme Wittenberg posait déjà une autre question ou faisait un autre commentaire. C'était leur rituel six matins sur sept. Son adorable cliente bavardait d'un ton enjoué, examinait tous les choix possibles dans le présentoir, puis prenait la même chose que la veille et l'avant-veille — deux choux à la crème et au citron et un gros croquant à la mélasse.

— J'ai ajouté une pincée de gingembre aux choux au citron, aujourd'hui, dit-elle à Mme Wittenberg, dont les lèvres minces étaient soigneusement dessinées et couvertes d'un rose onctueux, même à cette heure matinale. Je pense que ça devrait vous plaire.

Mme Wittenberg secoua sa tête bien coiffée.

— Je ne sais pas, ma chère. Je pense que je devrais peut-être choisir quelque chose de différent, ce matin. C'est un jour très spécial.

— Ah oui ?

Mais avant qu'elle puisse demander pourquoi, la porte s'ouvrit pour livrer accès à son deuxième client de la journée. Et là, son cœur fit un bond dans sa poitrine. Pendant que Mme Wittenberg tapotait sa lèvre supérieure, essayant de se décider, son attention était déjà tournée vers le shérif de Thunder Ridge, qui faisait un bon mètre quatre-vingt-dix.

Elle n'avait pas eu de relations dignes de ce nom avec Derek Neel au cours des derniers mois. Parfois il passait à la pâtisserie, mais elle l'avait aussi croisé en ville, bien sûr — il était difficile de ne pas le remarquer quand il arpentait les trottoirs en planches de Thunder Ridge ou faisait des rondes dans les rues avec sa voiture de patrouille.

Il ne faisait pas que travailler en ville, il y vivait aussi. Deux semaines plus tôt, un lundi soir à 9 heures, elle était tombée sur lui dans l'allée des céréales du supermarché. Impossible de s'ignorer quand on était épaule contre épaule, en train de réfléchir à son petit déjeuner. Il avait souri spontanément, et demandé si elle pensait que les « flocons d'avoine instantanés aux trois baies » étaient bons. Puis il avait jeté la boîte dans son chariot quand elle avait répondu que ça valait sûrement la peine d'essayer. Ce qui était un parfait mensonge, parce que les flocons d'avoine instantanés étaient une abomination par rapport aux vrais. Pendant qu'il s'éloignait d'un pas nonchalant, elle était restée clouée sur place dans l'allée, comme le fameux lapin traqué par des phares de voiture, les pensées en déroute, les émotions chamboulées.

Les faits : le beau shérif et elle en étaient presque… *presque…* venus à se connaître plus intimement lors d'une soirée aussi folle que mal inspirée plusieurs mois plus tôt. C'était l'un de ces soirs où rester seule avec ses propres pensées lui semblait trop dur, quasiment impossible. Elle remplaçait une serveuse malade au Pickle Jar, à côté, et quand deux autres serveurs avaient annoncé qu'ils allaient à la White Lightning Tavern prendre une bière et un hamburger, elle s'était invitée.

Derek était là, en train de dîner avec Izzy Lambert Thayer, propriétaire à la fois du Pickle Jar, où elle avait travaillé comme serveuse à son arrivée en ville, et de la boulangerie-pâtisserie Something Sweet. Le mari d'Izzy, Nate, était arrivé peu après. Quand Izzy et lui s'étaient levés pour danser sur les morceaux de The Louisiana Lovers, un orchestre country de passage, Derek s'était approché de sa table. Il lui avait demandé si elle voyait un inconvénient à danser avec quelqu'un qui lui marcherait probablement sur les pieds.

Ses yeux brillaient, ses lèvres s'incurvaient en se moquant avec bonne humeur de lui-même, sa paume ouverte restait tendue vers elle, ferme comme un roc. Avec lui, cela lui avait été si facile de dire « oui ». Si facile de rire, tandis qu'ils dansaient (et il n'avait pas marché une seule fois sur ses pieds). Si facile de franchir la porte avec lui plus tard dans la soirée et si facile — elle en avait même été choquée — de tout oublier à part la sensation de bras forts noués dans son dos pendant qu'il l'embrassait.

Mais les choses n'étaient pas allées plus loin.

Maintenant, alors qu'il se tenait derrière Mme Wittenberg, il emplissait le petit magasin de sa présence impressionnante, beau dans un uniforme beige bien repassé, ses épais cheveux noirs encore humides de sa douche. Ses yeux d'un noir de charbon croisèrent les siens.

Juste pour prouver qu'elle n'était absolument pas du genre décontracté ou sophistiqué, ses joues s'enflammèrent aussitôt.

Non, ça n'allait pas du tout, il fallait qu'elle se ressaisisse. En baissant la tête, elle se recentra sur la vieille dame face à elle.

— Alors, quelle est cette occasion spéciale, madame Wittenberg ?

— Oh ! Nous célébrons nos cinquante ans de mariage.

Le visage de Mme Wittenberg rayonnait de bonheur. Une bouffée de pure et simple envie la prit de court.

— C'est…

*Stupéfiant. Un cadeau. Un rappel que la vie ne traite pas également tout le monde.*

— … merveilleux. Vraiment, vraiment merveilleux. Le célébrez-vous par une fête ?

— Non, ma chère. Nos enfants le voulaient, mais M. Wittenberg et moi avons décidé de le passer tranquillement à la maison. Rien que nous deux. Nous irons nous promener de bonne heure le long de la rivière. C'est là que nous nous sommes fiancés. Ce matin, nous allons revoir cet endroit précis. Il y a un petit rocher en forme de fauteuil. J'y étais assise pendant que M. Wittenberg mettait un genou à terre et me demandait de l'épouser.

Il était impossible de ne pas se laisser gagner par la joie et le plaisir anticipé de Mme Wittenberg.

— Allez-vous rejouer la demande en mariage ?

Elle eut un grand sourire quand Mme Wittenberg hocha la tête avec vigueur.

— C'est ce qui est prévu, dit-elle en gloussant comme une petite fille. Ensuite, nous rentrerons à la maison, prendrons notre petit déjeuner tout à loisir… Puis j'emmènerai cet homme dans la chambre à coucher et je le séduirai.

Willa sentit son sourire se figer sur son visage. Son regard alla vivement au shérif. Il l'observait. Un sourcil, du même noir de jais que ses cheveux, se haussa avec un humour espiègle.

— Avez-vous quelque chose de… sexy que je pourrais lui servir ? poursuivit Mme Wittenberg. Le Food Network dit que le petit déjeuner peut être un puissant aphrodisiaque.

La malice qui se lisait dans l'expression du shérif s'épanouit en un grand sourire. Un grand sourire à couper le souffle.

*Bon.* Willa regarda les pâtisseries qu'elle avait confectionnées d'un œil neuf. Jusqu'ici, la question la plus intéressante qui lui avait été posée était : « Faites-vous du strudel sans gluten ? »

— Un petit déjeuner sexy, avons-nous dit ? J'ai un baba aux copeaux de chocolat qui pourrait plaire à M. Wittenberg.

Elle désigna un gâteau moelleux qui débordait de copeaux de chocolat et de sucre à la cannelle.

Mme Wittenberg le regarda.

— Il paraît bon… Toutefois, je ne sais pas s'il est assez sexy.

Elle se tourna alors pour demander l'avis du personnage le plus important de Thunder Ridge.

— Shérif Neel, pensez-vous qu'un baba aux copeaux de chocolat soit sexy ?

Semblant accorder sa considération la plus sérieuse à la question de la vieille dame, il répondit d'une voix traînante :

— Je ne regarde pas trop les émissions culinaires, madame Wittenberg, mais j'aime à penser que je juge assez bien ce qui est désirable ou non. Si le Food Network pense que vous avez besoin d'un aphrodisiaque, c'est que ces gens sous-estiment vos charmes.

Comme il la dominait de plus de trente centimètres, il dut se pencher pour lui murmurer assez fort à l'oreille :

— Vous êtes déjà irrésistible. Prenez juste le gâteau au chocolat comme une mise en appétit.

Mme Wittenberg se tourna de nouveau vers Willa avec un sourire qui semblait trop grand pour son visage, et roucoula :

— Je vais prendre le baba ! Pouvez-vous mettre un arc de Cupidon sur la boîte ?

— Bien sûr.

Son regard se posa sur Derek, qui cligna de l'œil. De nouveau, son visage s'échauffa. *Comme si j'étais une adolescente*, pensa-t-elle avec dépit, en se secouant mentalement tandis qu'elle emballait le gâteau.

Apparemment, le shérif Neel envisageait de continuer à la voir, de façon occasionnelle bien sûr, après leur séance de flirt très poussé. Après tout, on était au XXIe siècle. Mais elle rêvait, sûrement : ce n'étaient pas les femmes qui manquaient en ville, et, franchement, aucune ne rechignerait à ramener le shérif de Thunder Ridge chez elle pour une nuit — ou pour toujours. Ce qui s'était passé entre Derek et elle à la fin de l'été précédent lui était sans doute arrivé maintes fois.

Enfin, voilà, excepté la partie où elle l'avait repoussé en s'écriant : « Je ne peux pas faire ça ! » avant de s'enfuir comme si elle avait le diable aux trousses. Là, l'expérience avait probablement été nouvelle pour lui.

— Tenez.

Elle tendit à Mme Wittenberg une boîte blanche avec des lettres rouges et un brillant arc doré, et dit :

— J'ai ajouté deux croquants à la mélasse. Pour plus tard.

— Oh ! merci beaucoup, mon chou ! Je vous tiendrai au courant.

Montrant ses fossettes, la vieille dame serra la boîte contre elle tandis qu'elle sortait du magasin.

Ce qui la laissa seule avec Derek.

La pâtisserie était trop calme, trop silencieuse. Elle prit note mentalement de demander à sa patronne si elle pouvait mettre de la musique pendant la journée. Même le grand ventilateur qui chassait la chaleur de la cuisine ne semblait émettre qu'un léger bourdonnement.

Il ne paraissait pas dérangé par la tranquillité ambiante. Il était très calme lui-même, l'observant, attendant patiemment. Il était venu la trouver chez elle le lendemain de leur début de dérapage, l'air soucieux plus que contrarié. Il lui avait demandé pourquoi elle était partie en courant, bien sûr, et n'avait pas été satisfait de sa réponse. Et pour cause. Elle avait prétexté une mauvaise nuit l'avant-veille, bafouillé qu'elle avait pensé qu'une sortie lui ferait peut-être du bien, mais n'avait jamais eu l'intention de laisser les choses aller aussi loin.

Il avait froncé les sourcils en la fixant, attendant une explication plus claire, et elle s'était sentie très coupable, parce qu'il était un homme bien. Quand elle était serveuse au Pickle Jar, elle le voyait presque tous les jours. Sa patronne, Izzy, était sa meilleure amie et il venait régulièrement prendre une tasse de café, faire de petites réparations ou garder un œil très méfiant sur l'avancée des relations entre Izzy et Nate Thayer avant que ce dernier devienne son mari. Derek avait tout d'un homme qui aimait protéger, et c'était bien. *Très* bien. Hélas, il y avait certaines choses dont aucun pouvoir humain ne pouvait vous protéger, elle était bien placée pour le savoir.

Alors elle avait campé sur ses positions, déclarant que ce qui s'était passé entre eux était une erreur et ne se reproduirait pas. « Je suis vraiment, vraiment désolée pour le… » Elle avait marmonné, ne sachant plus que dire. « Enfin, de vous avoir laissé croire que j'étais… Je veux dire, si je vous ai induit en erreur d'une façon ou d'une autre. » Elle n'était *tellement* pas faite pour les sorties en amoureux.

Avec le sourire sexy et spontané qui était sa marque de fabrique, il s'était tenu sous le porche de la petite maison qu'elle louait et avait balayé ses excuses d'un haussement d'épaules.

— Il n'y a pas de mal. Je voulais juste m'assurer que vous alliez bien.

— Moi ? Très bien.

Elle avait hoché la tête avec vigueur, comme si se montrer emphatique changerait son mensonge en vérité. Car elle n'allait pas bien depuis deux ans, mais cela n'avait rien à voir avec lui.

Soudain, sa voix profonde la ramena au présent.

— Vous avez quelque chose pour me tenter, moi ?

Ces mots ne semblaient pas totalement innocents, mais son ton l'était, alors elle les prit au pied de la lettre. Passant la main dans la vitrine, elle en retira un grand rectangle doré en pâte feuilletée.

— Notre friand au fromage, dit-elle.

Il plissa les paupières pour mieux examiner la pâtisserie recouverte d'un glaçage.

— Où est le fromage ?

— À l'intérieur. Le friand est fourré d'un mélange de ricotta, de fromage blanc et de miel. Avec une touche de zeste d'orange et de cannelle.

— Un chausson aux charmes cachés.

Il hocha la tête.

— OK, je vais l'essayer. Avec un grand café noir.

Sortant son portefeuille, il en tira quelques billets.

— Je vais avoir besoin de caféine pour rester en alerte maximale, maintenant que je connais les plans de Mme Wittenberg.

Il la regarda sans rire, mais avec des yeux mutins d'un brun si foncé qu'ils paraissaient noirs.

— M. Wittenberg a dix ans de plus que sa femme, vous savez. Si ce baba est vraiment un aphrodisiaque, il ne passera peut-être pas la matinée. J'espère que je ne devrai pas vous arrêter pour avoir été complice d'un homicide aggravé.

Ce commentaire la fit sourire et elle se souvint qu'il l'avait beaucoup fait sourire, ce soir-là à la taverne.

— Ce n'est pas ma recette, rétorqua-t-elle, alors je ne pense pas que je devrais être tenue pour responsable.

Elle haussa les épaules.

— D'un autre côté, une femme avertie en vaut deux, alors merci. Je vais rentrer chez moi à l'heure du déjeuner et préparer un sac pour le cas où je devrais fuir la loi.

Elle pivota, la courbe sensuelle de ses lèvres lui offrant une image plaisante à évoquer pendant qu'elle lui servait un grand café à emporter et glissait le friand dans un sachet.

Il la paya, l'expression de ses yeux teintée de ce mélange fascinant de sincérité et d'humour.

— J'espère que vous ne fuirez pas la loi. Je suis là pour aider.

Il lui adressa un bref signe de tête.

— Bonne journée.

Elle le regarda partir, et échanger en sortant quelques mots avec un monsieur plus âgé qui entrait.

— Bonjour, monsieur Stroud.

Elle salua le nouvel arrivant qui s'approchait du comptoir.

— Une couronne grillée avec du fromage à la crème ?

Elle lui servit le petit pain rond savoureux, garni en son centre, qu'il prenait chaque matin. Bientôt, Jerry Ellison, qui possédait l'agence immobilière un peu plus haut, arriva et s'assit avec Charlie Stroud à l'une des six petites tables de la pâtisserie. Plus le temps passait, plus les affaires marchaient, et elle fut occupée toute la matinée.

*Je suis là pour aider.*

Plusieurs heures après le départ de Derek, ses derniers mots continuaient à lui trotter dans la tête. Elle avait déjà entendu ces paroles, ou des variantes.

*N'essaie pas de traverser cette épreuve toute seule.*

*Tu as tellement supporté. Laisse-nous t'aider.*

Les gens ne savaient-ils pas que leur aide était parfois le plus cruel des cadeaux ? Ce qu'ils voulaient réellement, c'était l'aider à « aller de l'avant », à « lâcher prise », à être de nouveau heureuse comme elle l'était autrefois. À oublier. Et elle ne pourrait jamais tolérer que cela arrive.

— Je ne veux pas d'aide. Je n'ai pas besoin d'aide, marmonna-t-elle pour elle-même tandis qu'elle glissait une plaque de cookies au chocolat dans le four.

Kim Appel, employée à mi-temps à la pâtisserie, était maintenant au comptoir pendant qu'elle travaillait à la cuisine. Ce qui lui donnait pas mal de temps seule pour se livrer à ses obsessions.

Son esprit gambadait, son cœur battait trop fort, son estomac était chaviré. Que lui arrivait-il ? *Tu es fatiguée et tu as besoin de sommeil, voilà tout.*

Essuyant ses paumes moites sur son tablier, elle rassembla des récipients et des ustensiles pour les mettre dans le lave-vaisselle. Elle devrait peut-être rentrer chez elle une heure ou deux. Kim pouvait s'occuper de tout, ici ; c'était une bonne travailleuse. Elle pourrait revenir après une sieste et faire la fermeture.

Oui, sauf que… De qui se moquait-elle ? Elle ne dormirait pas. Elle allait entendre les mots de Derek, encore et encore, elle verrait son visage sincère, elle imaginerait ses bras forts autour d'elle.

*Je suis là pour aider.*

Depuis plusieurs mois maintenant, elle l'avait surpris à l'observer et avait senti tout ce temps qu'il était intéressé. Intéressé d'une façon qui lui donnait des picotements sur la peau et mettait tout son corps en ébullition.

Il avait toujours été parfaitement poli, courtois, gentil — jamais insistant —, presque comme s'il sentait qu'il devrait y aller doucement s'il espérait arriver à quelque chose avec elle. Et cette envie folle de se perdre dans ses bras, d'oublier pour une nuit, pour une heure… cette envie la submergeait parfois comme elle l'avait fait à la taverne. Son cœur s'emballait et elle s'imaginait s'abandonner à son étreinte et à son sourire, au rire insouciant des amants.

En poussant un soupir, elle régla l'horloge du four pour ne pas laisser brûler les cookies pendant qu'elle nettoyait le plan de travail en marbre.

Elle rêvait parfois de *vraiment* aller de l'avant.

Car elle n'était pas venue s'installer à Thunder Ridge, à huit cents miles de sa famille, de ses amis et d'une brillante carrière comme chef et professeur en arts culinaires, pour pouvoir tout oublier. Non. Elle avait déménagé pour pouvoir vivre de la façon qu'elle voulait — tranquillement, loin de tout. Elle avait déménagé pour pouvoir s'accrocher à la seule chose qui faisait encore tenir ensemble les morceaux de son cœur brisé : ses souvenirs.

Jusqu'ici, elle ne voyait aucune raison de changer.

Quand Derek passa la porte du bureau du shérif à 7 h 20, le soleil essayait de faire sa première apparition de la matinée. Mais les lampes dans la grande pièce étaient allumées et émettaient une lumière chaude et accueillante.

Son adjoint, Russell Annen, ôta ses pieds du large bureau qu'il occupait et se leva. C'était un homme robuste, d'un mètre quatre-vingts et cent kilos.

— Salut, patron.

— La nuit a été calme ?

— Oui. Le matin aussi.

— Vous pourriez aussi bien partir, alors.

— Il me reste quarante-cinq minutes à tirer.

— C'est bon, allez-y. Vous pourrez revenir plus tôt.

Russell ne bougea pas, et Derek sentit ses épaules se crisper. S'asseyant derrière le grand bureau en chêne, il fit mine de se concentrer sur son écran d'ordinateur. Chaque matin après avoir vu Willa à la pâtisserie, il avait besoin de quelques minutes tout seul pour faire le point. Willa occupait ses pensées plus que n'importe qui ou, dernièrement, n'importe quoi d'autre. Se recentrer lui demandait un effort et il aimait le faire en privé. Sa vie amoureuse — ou, pour l'instant, son absence de vie amoureuse — était son affaire et celle de personne d'autre.

Dans cet esprit, il dit à dessein avant que Russell puisse se rasseoir :

— Profitez de votre temps libre.

— J'en avais l'intention, répondit Russell avec un gros soupir. Avant.

*Non, ne t'avise pas de mordre à l'hameçon,* se dit Derek. Mais Russell avait l'air d'un gros chiot à qui on avait volé son os à mâchonner. *Donnez-moi de la patience*, ajouta-t-il en lui-même, résigné.

— OK, fit-il en croisant ses avant-bras sur le bureau. Avant quoi ?

Franchissant la distance qui le séparait du bureau, Russell se laissa choir sur la chaise en face de lui.

— Eh bien, voilà. J'avais réservé pour dîner au Summit Lodge. Demain soir. Leur spécialité est une super côte de bœuf, dit-il en gémissant presque. Et à 11 heures hier soir,

LeeAnn m'annonce que sa cousine sera en ville aujourd'hui et pour le week-end.

— Et alors ?

— Alors LeeAnn refuse d'aller où que ce soit à moins que Penelope ait quelque chose à faire aussi. Et quelqu'un avec qui le faire.

— Elle ne peut pas trouver quelque chose à faire toute seule ?

Russell abattit sa paume sur le bureau.

— C'est bien ce que j'ai dit ! Mais Penelope et LeeAnn sont des femmes, vous voyez ? Elles ne pensent pas comme nous.

Derek attendit la suite.

— D'accord. Et alors ?

— Alors la seule façon dont je peux sortir avec LeeAnn ce week-end, c'est si nous sortons à quatre.

Il lui fallut deux ou trois secondes — pas plus — pour comprendre.

— Non.

Avec un rire sec, il secoua la tête.

— Pas question.

— Ce serait juste pour deux ou trois sorties…

Bon sang, il ne manquait plus que ça.

Prenant son café, il se pencha en arrière, sa chaise en équilibre sur deux pieds.

— Non.

— Trois sorties au plus.

Les pieds de devant de la chaise se reposèrent par terre avec un bruit sourd.

— Peut-être que vous ne savez pas ceci à mon sujet, Russell : je ne sors pas avec une femme que je ne connais pas. Jamais.

Il but une gorgée de café.

— Bonne chance. Je suis sûr que vous trouverez quelqu'un.

— LeeAnn pense que Penelope et vous…

— Quelqu'un *d'autre.*

— Bon.

Soufflant de frustration, Russell se leva, se tourna et fit plusieurs pas vers la porte. Derek commença à se détendre, mais manifestement tout n'était pas réglé, car Russell fit volte-face.

— Ce n'est pas que vous ne sortez pas avec des filles que vous ne connaissez pas. Vous ne sortez pas *du tout.*

Seigneur, il n'avait vraiment pas besoin qu'on lui fasse la morale. Plissant les paupières, il l'avertit :

— Russell…

— Pas depuis cette soirée au White Lightning où vous êtes parti avec la femme qui travaille à la boulangerie…

— … Vous devriez vous en aller *maintenant.*

— J'ai vu l'air que vous aviez quand vous êtes parti avec elle. Tout le monde l'a vu. LeeAnn m'a fait vivre un enfer pendant une semaine, après ça. Elle voulait savoir pourquoi je ne le regardais pas *elle* de cette façon-là.

Il fut sur ses pieds avant de s'en rendre compte. Il ne se souvenait même pas d'avoir posé son café. *Prends-le à la rigolade,* se dit-il, mais il ne se sentait pas tellement porté à l'humour. Se couvrant les yeux, il inspira à fond et se passa la main sur le visage.

— Où voulez-vous en venir ?

— Je m'attendais à ce que vous me disiez que vous étiez allés à Las Vegas, cette nuit-là, et que vous vous étiez fait marier par Elvis. Mais depuis ce moment-là, vous vivez comme un moine. Vous ne voulez pas parler de ce qui s'est passé avec elle, mais apparemment ça n'a pas marché, alors pourquoi ne pas sortir avec quelqu'un d'autre ? Pourquoi pas Penelope ? LeeAnn dit qu'elle est marrante, et elle n'est même pas végétarienne. Je le lui ai demandé.

Derek baissa les yeux sur le bureau. Ses sentiments pour Willa le déconcertaient lui-même ; la dernière chose qu'il avait envie de faire ce matin était de tenter de les expliquer à son adjoint.

— Je vais faire du café, pendant que vous partez.

Russell releva la tête.

— Si vous ne partez pas sur-le-champ, je pourrais

décider de prendre quelques jours de repos et vous flanquer des permanences supplémentaires.

Le téléphone sonna avant que l'un ou l'autre puissent en dire plus, et il décrocha brusquement. Il écouta un moment.

— Ne faites rien. Je serai là dans dix minutes.

Il raccrocha.

— Le gros verrat de Jerry Ellison a encore renversé la clôture de Ron Raybold, dit-il à Russell, et Ron menace de le tuer et de le faire rôtir à l'hawaïenne. J'y vais.

Se résignant à suivre son patron jusqu'à la porte, Russell demanda :

— Jerry est célibataire, non ?

— Oui.

— Quand vous lui parlerez, demandez-lui s'il veut sortir avec Penelope.

Pendant que Russell rejoignait sa voiture, il mit sur la porte la pancarte « En service. De retour plus tard. » et partit régler ce litige de voisinage. Être le shérif de Thunder Ridge consistait pour neuf dixièmes en des opérations de médiation et pour un dixième en de vraies tâches de police. En vérité, la plupart du temps, il ne souhaitait pas qu'il en soit autrement. Il n'était peut-être pas né ici, mais il avait trouvé pour la première fois un lieu où il se sentait chez lui, dans cette petite ville où, cochons virulents mis à part, les gens s'occupaient des affaires des autres surtout parce qu'ils se souciaient les uns des autres.

Il avait une bonne vie, et il n'avait pas pensé qu'il y manquait grand-chose jusqu'à ce que Willa Holmes vienne s'installer ici.

Pendant qu'il se rendait en voiture chez Ron, il pensa à la femme qui lui avait fait briser l'une de ses règles cardinales : si une femme ne voulait pas se laisser séduire d'emblée, PASSER À LA SUIVANTE.

Comme toute leçon qui laissait des traces durables, il avait appris celle-là à la dure. C'était peut-être dû à la malchance d'avoir dû s'élever pratiquement tout seul jusqu'à l'âge de dix-neuf ans, mais pendant un certain temps il avait couru après des femmes qui n'étaient pas disponibles. Une tentative, supposait-il, pour se prouver qu'il pouvait amener quelqu'un à rester avec lui. Il s'était juré de ne plus tomber dans ce genre de panneau depuis belle lurette.

Jusqu'à Willa.

Quand il était près d'elle, il n'avait qu'une seule envie : goûter de nouveau à ses lèvres délicieuses. Elle s'était détournée de lui si vite après ce qui devait être l'une des meilleures séances de baisers qu'il avait connues. Non, *la* meilleure. Et il savait qu'elle avait éprouvé les mêmes sensations, car lorsqu'il se laissait aller à y repenser, il pouvait encore sentir ses doigts s'agrippant à ses épaules… puis remonter comme des ailes de papillon sur sa nuque… se glisser dans ses cheveux… Plus ils s'étaient embrassés, plus son corps aux courbes irrésistibles s'était fondu dans le sien, et plus il avait eu l'impression qu'il allait s'enflammer.

Juste comme il était certain de vivre le moment le plus exquis de sa vie, elle avait coupé court à leurs effusions et s'était sauvée. Sans donner de véritable explication. Depuis ce moment-là, il avait été sans arrêt en train de lui courir après, même s'il n'avait aucun but en vue.

Mais quelque chose dans ses yeux fascinants, des yeux qui contenaient tous les orages et tout le soleil d'une journée de printemps dans l'Oregon, lui disait de continuer sa course-poursuite. Lui disait qu'elle avait *besoin* qu'il la rattrape, même si elle ne le savait pas encore.

Avait-il perdu la tête ? En se conduisant exactement comme il s'était juré de ne pas le faire ? Oui. Et il se disait qu'il n'y avait que deux issues logiques possibles. Ou bien il allait devenir un jour l'homme le plus heureux de la Terre, ou bien il se rendrait compte qu'il avait été l'imbécile du siècle. Il espérait juste qu'il pourrait supporter les retombées si la dernière hypothèse se vérifiait.

# - 2 -

Willa étouffa un bâillement et Kim la regarda avec des yeux inquiets.

— Vous êtes sûre que vous voulez rester et faire la fermeture ?

— J'en suis sûre. Rentrez retrouver vos enfants.

Elle poussa gentiment sa collègue vers la porte.

Tandis que Kim partait, elle se remit au travail. Elle n'était pas rentrée chez elle, finalement, mais elle avait pris une longue pause déjeuner et était allée en voiture jusqu'à Long River pour se promener au bord de la rivière et profiter de cette belle journée d'hiver ensoleillée. Maintenant, à 4 heures de l'après-midi, elle était fatiguée, mais plus elle serait harassée, plus elle aurait de chances de dormir cette nuit.

Elle se mit à envelopper les gâteaux qui restaient dans le présentoir pour les porter à côté, au salon de thé. Izzy vendrait ce qu'elle pourrait ce soir à moitié prix, et demain elle porterait le reste à l'établissement de soins de longue durée pour que le personnel et les résidents en profitent.

La ruée qui suivait la sortie de l'école avait déjà eu lieu et l'avait délestée de ses cookies les plus prisés, mais il restait encore des roulés à l'abricot, des sablés au beurre et des massepains au chocolat. Les gens qui viendraient avant la fermeture voudraient surtout du pain et des gâteaux pour le dîner, aussi commença-t-elle à emballer les derniers cookies. En travaillant elle mit la radio, choisissant une station rétro, et elle ne vit pas son prochain client jusqu'à ce qu'il se tienne juste devant le comptoir.

— Oh !

Elle chassa de son bras une mèche qui lui tombait dans les yeux et sourit.

— Bonsoir. Tu arrives bien. Tous les cookies, bagels et petits pains sont vendus par deux pour le prix d'un.

Le jeune garçon — dix ou onze ans, estima-t-elle — pinça les lèvres en une sorte de sourire et hocha la tête. Il portait un manteau bleu foncé qui peluchait sur le devant et sur les manches et un bonnet qui avait lui aussi connu des jours meilleurs. Sa peau avait une belle couleur caramel, ses yeux étaient noirs comme de l'onyx. Il avait l'air timide et elle ne se souvenait pas de l'avoir déjà vu à la pâtisserie ou au salon de thé.

— Tu aimes le chocolat ? demanda-t-elle.

Il fit signe que oui et elle lui tendit un brownie.

— Goûte ça. Offert par la maison. Ensuite, tu pourras regarder et voir si tu en veux un autre ou changer.

Il la fixa sans bouger. Elle l'encouragea de la tête.

— Vas-y, prends-le. C'est bon. J'aime me dire que c'est un mélange entre une truffe et un brownie. Je devrais peut-être l'appeler « bruffe » ou « trownie ».

L'enfant ne sourit pas.

— C'est gratuit ?

Il prononça ces mots d'un ton doux, teinté d'un peu de méfiance.

— Oui ! Les pâtisseries donnent tout le temps des échantillons, tu sais ?

Avec hésitation, il accepta le biscuit.

— Je serai occupée par-là, dit-elle en indiquant le plan de travail derrière elle. Si tu décides de prendre autre chose, appelle. Nous avons aussi du chocolat chaud et du cidre, offerts par la maison le soir.

Les boissons n'étaient pas vraiment gratuites, mais quelle importance ? Elle mettrait un dollar cinquante dans la caisse. Sentant que son regard observateur rendait le jeune garçon nerveux, elle tourna le dos et mit d'autres cookies dans des sacs en plastique.

L'inauguration de Something Sweet avait eu lieu en septembre et Izzy avait déjà organisé des promotions auprès des écoles locales. Maintenant, elles avaient des écoliers et des collégiens qui passaient chaque après-midi, mais elle n'avait jamais vu ce gamin auparavant. Elle s'en souviendrait. Son attitude craintive contrastait avec son visage d'une beauté exotique.

Tout le monde, les enfants compris, avait une histoire. Quelle était la sienne ? Tandis que sa curiosité croissait, elle secoua la tête. Ce n'était pas son affaire ; elle était là juste pour vendre des pâtisseries. C'était ce qu'elle avait voulu en arrivant à Thunder Ridge — un métier simple, sans responsabilités stressantes.

Plusieurs minutes s'étaient écoulées quand elle prit conscience qu'elle n'avait pas entendu un bruit de son jeune client. Jetant un coup d'œil par-dessus son épaule, elle le vit traîner près d'un grand bocal en plastique qu'elle gardait sur le comptoir, près de la caisse. Il y avait une fente dans le couvercle et une grande photo collée sur le devant. « Aidez Gia ! » Gia avait quinze ans et avait passé dix mois dans l'établissement de soins de longue durée, après un accident de voiture qui avait coûté la vie à sa mère. Son père croulait sous les factures médicales et les jours de travail perdus. Par bonheur, le bocal était plein de pièces et de billets. Chaque vendredi, elle déposait le contenu sur un compte en banque ouvert pour Gia et sa famille.

Le jeune garçon avait mangé son brownie et regardait le bocal en fronçant les sourcils. Il paraissait anxieux, hésitant. Songeait-il à donner son argent au lieu de s'acheter quelque chose ? Son cœur se serra. Eh bien ! Les enfants de son âge accordaient rarement un coup d'œil au bocal, et elle le comprenait. Mais peut-être que ce garçon-là éprouvait une rare empathie pour Gia. Elle lui offrirait une boîte de cookies et un chocolat chaud même s'il ne mettait qu'un cent dans le bocal.

Lorsqu'il leva les yeux et vit qu'elle l'observait, elle sourit. Il parut surpris. Embarrassé. Oh ! pensa-t-elle, elle allait le régaler rien que pour avoir *pensé* à…

— Hé !

En un éclair, les mains du jeune garçon se posèrent sur le bocal et le fourrèrent sous son manteau. Il pivota et détala si vite qu'elle était encore figée par le choc quand la porte se referma derrière lui. Pendant une seconde, elle regarda simplement droit devant elle. Puis une vague de colère la submergea. La famille de Gia avait besoin de cet argent ! Du soutien qu'il représentait ! L'adrénaline fusant dans ses veines, elle abandonna son commerce et courut à toutes jambes après le garçon. Le crépuscule était tombé et du brouillard entravait sa vision, mais elle l'aperçut devant elle.

— Arrête-toi ! Arrête-toi tout de suite ! hurla-t-elle.

Des piétons se tournèrent pour suivre la scène. Brièvement, le garçon regarda derrière lui, les yeux écarquillés. Elle mit ses mains en porte-voix.

— Je t'avertis, espèce de petit imbécile !

Elle s'était tellement trompée sur cet enfant…

— Arrête-toi. Tout. De. Suite !

— Qui poursuivons-nous ?

Elle jeta un coup d'œil sur sa droite et vit Derek Neel qui courait à côté d'elle, sans son uniforme. L'espace d'une seconde, elle fut déstabilisée. Elle l'avait déjà vu en vêtements civils, bien sûr, mais ce soir il paraissait encore plus grand et beau.

— Il a volé mon bocal de dons ! dit-elle, haletante.

— Qui ?

— Ce gamin !

Elle pointa un doigt accusateur devant elle.

— Ce petit combinard qui… Attendez ! Où est-il passé ?

Elle fouilla du regard les rues qui s'assombrissaient. Le garçon avait disparu.

— Zut !

Elle s'arrêta, le souffle court, la peau à la fois brûlante

d'avoir couru et glacée par la fraîcheur de la soirée. Elle était épuisée et frustrée.

— Vous me l'avez fait perdre ! reprocha-t-elle en mettant les mains sur ses cuisses et en se courbant pour reprendre son souffle. Il a pris l'argent d'une semaine ! Savez-vous ce que cela représentait ?

— Je ne suis même pas sûr de savoir de quoi vous parlez.

Son calme avait sans doute pour but de détendre la situation, mais il produisit l'effet contraire sur elle lorsqu'il demanda :

— Qui, pensez-vous, a pris votre bocal ?

— Je ne *pense pas* qu'il l'ait pris. Je le *sais* !

Sa soudaine fureur contre le jeune garçon était hors de proportion, mais elle s'en moquait.

— J'étais là !

— D'accord. Et vous dites qu'il avait l'air d'un enfant.

— *C'est* un enfant !

Elle se remit à marcher, scrutant les rues latérales, exaspérée.

— Un enfant qui a pris l'argent destiné à quelqu'un d'autre.

— OK. Écoutez, pourquoi ne venez-vous pas à mon bureau ? Vous pourrez me fournir une description, me dire ce qui s'est passé et quelle somme il a prise, d'après vous.

— Non.

Elle n'avait pas voulu être aussi sèche, aussi ajouta-t-elle, d'un ton plus doux :

— Merci. Je vais le retrouver.

Il lui prit le bras.

— Il va faire nuit. Il a pu se réfugier chez lui, maintenant.

— Alors j'irai de porte en porte.

Elle tourna dans Ponderosa Avenue, en direction du quartier résidentiel, scrutant les alentours. Quand elle sentit des larmes perler au coin de ses yeux, elle les essuya et continua à avancer. Il resta à côté d'elle le long de deux pâtés de maisons. Puis il lui reprit le bras et refusa de la lâcher quand elle voulut se dégager.

Bon sang, mais que lui arrivait-il ? Pourquoi cette réaction totalement irrationnelle ?

Il la regardait d'un air soucieux.

— Willa, de quoi s'agit-il réellement ?

Ses yeux plongèrent dans les siens comme s'il essayait d'y lire ce qu'elle ne voulait pas lui dire.

Elle sentit le chagrin et la fureur monter en elle comme une rivière en crue. *Je croyais que j'avais dépassé ça. Je croyais que je m'étais débarrassée de cette part de moi,* pensa-t-elle, amère. Deux ans et demi plus tôt, cette colère aveugle avait pris possession d'elle et ne l'avait plus lâchée. Elle avait lutté pour l'arracher. En vain : ce soir elle avait l'impression qu'elle pourrait hurler — très fort et assez longtemps pour creuser un trou dans le ciel nocturne.

Cela n'avait rien à voir avec Derek. Il était juste le rocher qui se trouvait sur la route de son torrent de rage. Elle pensait à Gia — qui n'avait pas récupéré l'usage de la parole depuis l'accident et qui pouvait à peine marcher. Quinze ans, elle n'avait que quinze ans… Et à son père, son pauvre père, qui se sentait probablement responsable et terriblement impuissant. Les traumatismes psychologiques étaient cruels. Elle avait tellement voulu lui montrer que l'on pensait tous les jours à sa famille !

— Aucune importance, répondit-elle enfin.

Elle tourna dans Warm Springs Road. Elle mettrait un nouveau bocal le lendemain, le remplirait elle-même et le porterait à l'établissement de soins. C'était bien sûr la meilleure solution. Le gamin n'était pas son affaire. Elle n'aurait pas dû lui courir après, pour commencer.

Il lui fallut un moment pour comprendre que Derek tenait toujours son bras.

— Je dois y aller. J'ai laissé le magasin sans surveillance.

Ce qui était une façon d'agir stupide et une chose encore plus sotte à avouer au meilleur ami de la propriétaire. Super ! « UNE FEMME DEVENUE FOLLE PERD SON TRAVAIL. » Cela ferait probablement les gros titres de la prochaine *Gazette de Thunder Ridge*.

— OK. Allons-y.

— Quoi ? Non ! Vous alliez sûrement quelque part, et j'ai retrouvé mon calme. Vraiment. J'ai grossi les choses. Désolée.

*Combien de fois pouviez-vous vous excuser d'une conduite anormale ?* se demanda-t-elle, agacée.

— La journée a été longue. Tout va bien, maintenant.

Elle se força à sourire.

— Et je ne suis pas folle.

Il ne prit pas la peine de répondre. Et ne lâcha pas non plus son bras. La mâchoire serrée en mode « shérif efficace », il la raccompagna dans Warm Springs Road, l'artère principale de la ville. *Pour plus tard*, se dit-elle, *ne dis jamais à quelqu'un que tu n'es pas folle. Ça donne l'impression que tu l'es.*

Ils continuèrent à marcher jusqu'à ce qu'ils arrivent à la pâtisserie. Se tenant devant la porte vitrée, avec le magasin illuminé, elle espéra qu'elle trouverait la caisse intacte et se dit que ce serait sûrement le cas. Les délits étaient relativement rares à Thunder Ridge. Avant d'ouvrir la porte, elle déclara :

— Tout a l'air d'aller.

Quelle chance avait-elle de le persuader de ne pas entrer ? Elle avait besoin d'un moment seule pour se ressaisir.

— Merci de m'avoir raccompagnée. J'apprécie votre aide. J'ai du travail maintenant et je dois faire la fermeture, en plus je vous ai pris assez de votre temps, alors…

— Il va falloir que vous fassiez une déclaration et donniez une description du suspect.

— Non. J'ai réagi trop vivement. Franchement, je suis embarrassée. Pouvons-nous juste oublier cette histoire ?

Il fronça les sourcils. D'un air réprobateur.

— Il s'agit du garçon, maintenant. Je dois parler à ses parents.

— Oui. Bien sûr. Mais vous n'êtes pas en service, en ce moment.

Elle parcourut du regard sa tenue — un jean noir bien

ajusté et un sweat à capuche avec une fermeture Éclair — et se demanda s'il fréquentait quelqu'un. Un homme aussi beau, après tout… Se forçant à penser à autre chose, elle suggéra :

— Je pourrais peut-être passer au poste plus tard ce soir et parler à la personne de garde.

Il tendit le bras pour lui ouvrir la porte et attendit.

Estimant rapidement les conséquences de faire encore plus d'histoires qu'elle n'en avait déjà fait, elle passa devant lui. Elle ne se donna pas la peine d'aller derrière le comptoir ou dans la cuisine. Il n'allait pas partir, elle le savait, alors elle se tourna face à lui au milieu du magasin. Sous son sweat, elle aperçut le haut d'un pull à col roulé noir qui était exactement de la couleur des mèches ondulées qui lui tombaient sur le front. Oui, il avait carrément l'air d'un homme qui avait mieux à faire ce soir que de résoudre le puzzle de sa conduite écervelée.

— Apparemment, je ne cesse de vous devoir des excuses.

Haussant légèrement les épaules, il répondit :

— Non. Je me moque assez des excuses. Mais une explication sur ce qui est arrivé ici serait bien, néanmoins.

Dieu savait qu'elle lui en devait une, mais cela impliquerait trop de révélations personnelles. Aussi haussa-t-elle à son tour les épaules, espérant que l'ironie détendrait la situation.

— Je ne suis pas douée en explications.

— Il y a un problème, alors.

Il enfila ses pouces dans les poches arrière de son jean et plissa les paupières.

— Qu'est-ce que vous pensez des *baos* ?

— Des quoi ?

— Des *baos*. Des raviolis chinois farcis à la viande. Ou aux haricots.

— Je sais ce que c'est, merci.

Autrefois, elle avait enseigné la cuisine asiatique.

— Bon. Que diriez-vous d'en manger avec moi ? proposa-t-il. Êtes-vous déjà allée aux Deux Dragons ? Ils servent les meilleurs *baos* d'ici à Shanghai.

— Êtes-vous allé à Shanghai ?

— Seulement dans mes rêves.

— Eh bien, peut-être qu'un jour vous irez pour de bon, murmura-t-elle.

Elle était allée en Chine. Un merveilleux voyage.

— J'attendais le moment adéquat.

— Vous ne devriez pas. Si vous avez envie de voyager, vous devriez juste le faire. Sans attendre.

Il la regarda avec curiosité, et elle se rendit compte qu'elle avait parlé d'un ton emphatique.

— Je réfléchirai à votre conseil, dit-il.

Il fit un signe de la main vers la rue, au-delà de la vitrine.

— Le monde est grand. J'aimerais le voir avec quelqu'un. Partager rend la visite plus belle, vous ne pensez pas ?

— Si.

Se sentant mal à l'aise de ne pas avoir répondu à son invitation à dîner, elle noua les mains devant elle.

— Je préférerais vraiment que l'on ne poursuive pas ce garçon, dit-elle en évitant de le regarder. Je pense qu'il a juste agi… sur une impulsion. Je ne crois pas qu'il soit un voleur.

— Il se montrera de nouveau impulsif.

— Peut-être, mais…

— Je ne vais pas l'envoyer en maison de correction. Je veux lui parler et parler à sa famille. Voir s'ils ont conscience de ce qu'il est capable de faire. En supposant qu'il n'ait jamais fait ce genre de chose auparavant, j'aimerais m'assurer qu'il ne recommence pas.

Raisonnable. Il était très raisonnable. Elle ne pouvait discuter son point de vue sans expliquer ses réticences.

— Entendu. Quand j'aurai fermé, j'irai à votre bureau pour faire une déposition et je rentrerai chez moi.

Le haussement de son sourcil, la lueur qui s'éteignit dans ses yeux et la façon dont ses lèvres s'incurvèrent imperceptiblement lui dirent qu'il avait capté le message. Pas de *baos* ; et pas d'explications, non plus.

— Mon adjoint, Russell, est de permanence toute la

nuit. Je vais lui envoyer un texto pour l'informer que vous allez passer.

Son cœur se serra : elle voulait lui assurer que son refus n'avait rien de personnel, mais il était déjà en train de gagner la porte. S'arrêtant la main sur la poignée, il se tourna pour la regarder.

— J'aurais peut-être dû être détective. J'aime les énigmes. En voici une que j'essaie d'élucider : une belle femme, jeune, intelligente, capable de mener sa propre affaire, s'installe dans une petite ville de l'Oregon où elle ne connaît personne et ne semble pas vouloir lier connaissance. Elle prend un travail comme serveuse dans un salon de thé. Quelle pourrait être sa motivation ?

— Pour accepter un travail de serveuse ? Je trouve votre attitude assez condescendante.

— Il faut considérer la question dans son contexte, dit-il d'un ton plaisant. Cette femme est visiblement surqualifiée.

— Elle a peut-être pensé qu'un travail de serveuse lui permettrait d'avoir de l'avancement ?

— C'est possible.

Il hocha la tête.

— Mais je doute qu'elle y ait pensé au départ. Il n'était pas évident que ce serait le cas.

— Eh bien, tout ça ne constitue guère un mystère. Plein de gens viennent dans l'Oregon parce qu'ils veulent moins de stress et un beau cadre de vie. Quant à ne pas fréquenter constamment les autres, certaines personnes sont introverties de nature.

— Peut-être.

Il la considéra un long moment.

— Mais d'un autre côté, peut-être qu'elle a peur.

— De quoi ?

Elle secoua la tête.

— C'est agaçant, shérif, votre façon de parler de moi à la troisième personne, ajouta-t-elle en plaquant un sourire sur ses lèvres pour détendre un peu l'ambiance.

— Excusez-moi. J'ai pris des cours d'art oratoire au

lycée. Laissez-moi réessayer. Quand je vous regarde, Willa, je vois quelqu'un qui a envie de tendre la main, mais qui ne le fait pas. Ou ne le peut pas. Je vois quelque chose au fond de vos yeux. Quelque chose que vous voulez dire ou faire, mais vous n'osez pas. Et je ne peux m'empêcher de me demander ce que c'est. Et pourquoi c'est si dur.

Il ouvrit la porte, faisant entrer une bouffée d'air froid, et lui décocha un dernier regard.

— Je ne suis pas votre ennemi.

Là-dessus, il sortit dans les rues qu'il devait surveiller et protéger.

Elle resta seule dans le magasin, frissonnant même une fois la porte refermée. L'image de ses yeux noirs, profonds, fixés sur elle l'accompagna longtemps après qu'il eut disparu.

# - 3 -

— Tu dois laisser mon employée tranquille, lui permettre de se concentrer sur son travail et chercher une femme qui veuille de toi, parce que là, tu aboies au pied du mauvais arbre.

Izzy mordit dans son sandwich au pastrami et au coleslaw et continua, la bouche pleine :

— Mince, j'espère que je n'ai pas été trop dure !

— Mince, si.

Derek déballa le sandwich qu'elle lui avait préparé. Une fois par semaine, Izzy et lui se retrouvaient au Doc Howard Memorial Park. Elle apportait le repas, il venait avec tout son appétit, et assis au bord de la rivière ils bavardaient et mangeaient. Mais, ce jour-là, il n'avait pas faim.

— Il y a de la moutarde ?

— Bien sûr.

— Et de la mayo ?

Elle parut offensée.

— Derek, s'il te plaît, tu manges le même sandwich depuis… Quoi ? Dix ans ? Je sais comment tu l'aimes et je respecte tes choix de condiments. Même si je pense qu'ils sont erronés.

De la poitrine de bœuf dans du pain blanc au levain était son sandwich préféré depuis son premier repas au Pickle Jar. Il l'aimait avec de la mayonnaise, de la moutarde épicée et — à la grande consternation d'Izzy — du ketchup.

Étendant les jambes et croisant les chevilles, elle fit jouer ses pieds dans ses bottines doublées de fausse fourrure.

— Bon, reprit-elle, récapitulons. Willa t'a planté pour les *baos*, ce qui est dommage, mais au moins tu as demandé. Ce qui est un progrès sur l'an dernier où tu avais si peur d'être rejeté que tu osais à peine lui parler.

— Je n'avais pas peur d'être rejeté !

Il lui jeta un regard noir.

— Je ne voulais pas me montrer insistant ou nous mettre tous les deux dans une situation inconfortable.

— Ooh ! Bien pensé.

— Je ne voulais pas avoir l'air de lui courir après, OK ?

— Mmm. Et maintenant ?

— Maintenant, c'est différent. À la taverne, j'ai vu qu'elle *était* intéressée.

Elle le regarda, ses yeux pétillants à la fois sérieux et pleins de chaleur.

— Derek, était-elle intéressée par *toi ?* Ou bien, disons, par un homme en général ?

Essayant visiblement de ne pas le blesser, elle se hâta d'ajouter :

— Willa est ici depuis plus d'un an. Elle ne se lie avec personne au travail. Peut-être qu'elle se sentait seule et que… tu tombais bien ?

Elle posa une main sur son bras.

— Je ne te blesserais pas pour tout l'amour du monde, tu le sais. Je sais combien tu as à donner et je veux te voir heureux. Tu as dit que tu ne sortirais plus avec des femmes inaccessibles. Tu te rappelles ? Tu as dit que dorénavant tu allais avoir des relations sensées. Contrairement à moi.

Elle eut un grand sourire.

*Elle peut se permettre d'en sourire, maintenant,* pensa-t-il, sentant son humeur s'adoucir un peu devant le bonheur d'Izzy. À son annulaire gauche brillaient une bague de fiançailles et l'alliance que Nate Thayer lui avait offertes en symbole d'amour éternel.

L'histoire entre Izzy et Nate était longue et compliquée. Déclarer qu'il n'avait pas apprécié Nate quand il l'avait rencontré pour la première fois… c'était peu dire. Thayer avait fait souffrir Izzy bien avant. Après avoir entendu les détails de leur relation et étant devenu le meilleur ami d'Izzy pendant toutes ces années, il avait mené la vie dure à Nate quand celui-ci avait brusquement reparu l'année précédente, après avoir disparu pendant quatorze ans. Mais finalement l'ex-petit ami d'Izzy s'était révélé un type bien — difficile à intimider, en outre — et elle en était dingue. Alors, malgré les problèmes de confiance qui lui venaient de son passé, il avait donné sa bénédiction au couple qui semblait heureux. Très heureux, même.

— Ce soir-là, reprit-il lentement en regardant la rivière, j'ai senti émaner de Willa ce que j'éprouve pour elle depuis que je l'ai croisée la première fois. Ce n'était pas seulement physique.

Elle secoua la tête.

— Même après avoir travaillé avec Willa pendant un an, je ne sais pratiquement rien sur elle, à part le fait qu'elle est très droite dans son travail et que l'on peut absolument lui faire confiance.

Elle prit un petit légume mariné dans du vinaigre.

— Tu sais, si j'avais gagné un dollar chaque fois que quelqu'un m'a demandé de lui arranger un rendez-vous avec toi — ou d'en arranger un pour sa fille, sa cousine ou la cousine de sa cousine —, je pourrais prendre ma retraite. Alors pourquoi cette femme, cette fois ? Je veux dire, oui, elle est charmante et je sais que tu as craqué pour elle, mais vraiment, pourquoi Willa ?

Le tronçon de Long River au bord duquel ils étaient assis coulait paisiblement, mais il était magnifique, mystérieux, et offrait les multiples facettes de l'eau vive. Il lui rappelait Willa. Ses yeux argentés pouvaient être doux, observateurs, profonds, tristes — tout dépendait de l'heure et de la journée. Il pouvait l'étudier sans fin et ne pas voir tout ce qu'il y avait à voir, il le savait.

— Quand nous étions à la taverne, je lui ai raconté une blague. Une blague vraiment idiote.

— Et alors ?

— Elle a aimé. Elle a ri. Vraiment ri. Pour la première fois, son sourire éclairait ses yeux, aussi, et j'ai entrevu…

Il leva une main.

— Ne dis rien. Pas de vanne. J'ai entrevu ce que l'avenir pourrait être avec elle. Et pendant un instant, là, je pense qu'elle s'est demandé la même chose.

Elle le regardait sérieusement. Il prit une grande inspiration.

— Quelque chose dans mes tripes me dit depuis longtemps qu'avec elle c'est différent. Spécial. Alors, même quand je l'ai raccompagnée chez elle, je savais que nous ne ferions pas plus que nous embrasser.

Il vit une lueur sceptique dans ses yeux.

— Bon. Je lui ai peut-être un peu peloté les seins. C'est tout. Quand nous…

Il s'arrêta. Il donnait trop d'informations. Mais alors qu'il fixait la rivière, il laissa dériver son esprit et pensa : *je veux Willa pour plus qu'une nuit.*

— Tu ne sais pas grand-chose d'elle. Personne ne la connaît bien. Il n'y a pas beaucoup de renseignements à trouver, apparemment. Beaucoup de gens l'ont cherchée sur Google.

— Quoi ?

— Oui. Allons, tu ne l'as pas fait ?

— Non.

Pour être honnête, il avait été tenté, mais…

— Non. Un jour, elle me dira elle-même ce que j'ai besoin de savoir.

En réalité, il ne trouvait pas louche de vouloir échapper aux radars d'internet.

— Certains disent qu'elle fuit une relation qui a mal tourné. Marcy Anneting pense…

— Depuis quand es-tu devenue la pipelette de la ville, Izzy ?

Il vit que ses mots l'avaient piquée au vif à la façon dont elle cligna des yeux, mais elle tint bon.

— Depuis que mon meilleur ami a commencé à

s'amouracher d'une femme qui à mon avis ne l'aimera jamais en retour.

Elle relâcha bruyamment son souffle.

— Je ne pense pas qu'elle *puisse* t'aimer. J'ignore quelle est la vérité, si elle a perdu tragiquement son premier amour et ne s'en remet pas ou si elle est seulement très réservée, mais de toute façon elle n'est pas la femme que je te souhaite. Derek, tout le monde pense que tu as tout pour toi et c'est vrai, *maintenant.* Mais je te connais depuis que tu étais un rebelle sans cause. Nous venons du même passé, toi et moi.

— C'était il y a longtemps. Quand je suis parti de chez mon oncle, je ne savais même pas ce que je fuyais.

— Je crois que tu essayais plutôt de courir *vers* quelque chose. Comme moi. Depuis que je t'ai rencontré, tu as toujours cherché une famille aimante qui soit tout à toi. Je ne veux pas que tu sois blessé.

— Et tu crois qu'une femme comme Willa pourrait me faire du mal ?

Il sourit, espérant lui faire oublier son inquiétude en la taquinant, mais elle refusa de se laisser distraire.

— Je pense qu'elle le pourrait, oui. Je veux te protéger, parce que je t'aime énormément. Comme tu as essayé de me protéger quand Nate est revenu.

— Izzy, je t'aime beaucoup aussi. Mais il faut que je suive mon instinct, dans cette affaire.

Elle ne le regarda pas.

— Oui. Mais je l'ai engagée, tu vois ? C'est moi qui l'ai amenée dans nos vies, alors je me sens responsable.

Il lui tapota le menton.

— D'accord, tu pourras être témoin à notre mariage.

Quand elle essuya une larme, il comprit combien elle était sérieuse et en fut un peu surpris. Mais il avait déjà envisagé toutes les possibilités. Il savait où il allait et il ne changerait pas de direction.

— Izzy, je sais que ça peut n'aboutir à rien. Je le sais. Je l'accepte. Je m'en arrangerai.

— Tu as envie de te marier. Tu désires une famille.

— Oui, admit-il. J'ai emprunté la tienne assez longtemps.

— Derek ! Ne dis jamais une chose pareille !

Il sourit.

— Hé, je suis toujours collé à Eli et à toi.

Ces dix dernières années, il avait passé presque toutes les vacances, chaque anniversaire et pas mal de jours fériés avec Izzy et son fils, qui avait maintenant quinze ans et apprenait tardivement à connaître son père. Eli n'avait pas besoin d'avoir « oncle Derek » toujours au milieu.

— Je suis prêt à élargir un peu le cercle, c'est tout.

— D'accord, je comprends, mais tu fais partie de la famille, et le fait que je sois avec Nate ne change rien.

Il se leva.

— Je devrais retourner au poste. Russell pense qu'il a la grippe, alors je suis de garde pour le reste de la journée. J'emporte le sandwich.

— Oui, il faut que j'y aille aussi.

Elle rassembla les affaires. Elle prit son sac à dos, puis regarda derrière lui et fronça les sourcils.

— Que font ces enfants ?

Il se tourna. Sous un cèdre à une centaine de mètres de là, deux garçons, l'un adolescent et l'autre un peu plus jeune, semblaient être engagés dans une sorte de transaction où de l'argent changeait de main. C'était un jour de classe ; aucun des deux n'aurait dû être dans le parc, pour commencer.

Gardant les yeux fixés sur le duo, il dit au revoir à Izzy et se mit à marcher dans leur direction. À mi-chemin, il vit le plus petit lui jeter un coup d'œil. Leurs regards se croisèrent. Dans une main, il tenait une liasse de billets qu'il était sur le point de donner à l'autre. Le gamin blêmit. Et avant qu'il puisse crier un mot, les deux garçons détalèrent.

Une décharge d'adrénaline l'envahit. Il partit aussitôt après le plus jeune, ses pieds foulant l'herbe, certain qu'il avait devant lui un autre après-midi ordinaire à Thunder Ridge.

*
* *

Pouvez-vous revenir à la boulangerie ? Désolée, mais c'est important. Merci. Izzy.

D'ordinaire le SMS de sa patronne ne l'aurait pas contrariée, mais Willa n'avait pratiquement pas dormi la nuit précédente. Elle était rentrée chez elle après sa confrontation avec Derek Neel et avait fait la pire chose qu'elle pouvait faire avant d'essayer de dormir, *la* chose qu'elle s'était juré de ne plus faire. Elle avait regardé une série de DVD, chacun portant simplement sur son étiquette son nom de famille et l'année où la vidéo avait été tournée. Elle les rangeait à part de sa modeste collection de films et ne les partageait jamais avec personne. Ils étaient à elle seule.

Elle s'était finalement endormie vers minuit, après avoir usé la moitié d'une boîte de mouchoirs en papier et pris deux aspirines pour calmer la migraine qui avait suivi sa crise de larmes. Son réveil avait sonné à 2 h 30 et, après l'avoir arrêté plusieurs fois, elle s'était traînée sous la douche, puis jusqu'à la pâtisserie pour prendre son travail à 3 h 30. Il lui avait fallu une cafetière entière pour tenir jusqu'à midi, moment où elle avait baissé les bras et était rentrée chez elle.

Avant le SMS d'Izzy, elle avait fait une machine de linge, déjeuné, puis, vaincue par la fatigue, elle avait décidé de faire une petite sieste. C'est alors que son portable avait émis un signal. Elle retournait souvent travailler sans que sa patronne le lui demande, mais là, elle se dit qu'elle allait s'effondrer rien qu'à la pensée de retourner au magasin. Elle répondit pourtant :

Bien sûr. J'arrive dans quelques minutes.

Au moins, elle serait plus près de son heure de coucher habituelle lorsqu'elle reviendrait. Peut-être que ce soir-là serait miséricordieux, qu'elle s'endormirait facilement et dormirait jusqu'au matin.

Elle s'était déjà changée, quittant son jean maculé de farine pour un pantalon d'intérieur en flanelle, un haut gris confortable et ses chaussettes les plus épaisses. Attachés en un demi-chignon, ses cheveux n'étaient plus coiffés pour le travail, mais elle n'avait *vraiment* pas l'énergie de se rhabiller et de se recoiffer. Alors, pour la première fois depuis qu'elle travaillait à Thunder Ridge, elle enfila des boots, attrapa son manteau et partit rejoindre son poste sans se changer. Elle devait avoir l'air d'une mère au foyer dépassée par les événements, pensa-t-elle en soupirant.

Les mains dans les poches de son manteau, elle courba la tête pour se protéger du vent glacial qui s'était levé. Mais en approchant de Warm Springs Road, elle la releva afin de répondre aux habitants qui la saluaient. Il était plus facile de préserver son intimité, avait-elle constaté, si elle souriait et paraissait heureuse.

Elle arriva au magasin en espérant régler en un temps record l'affaire quelconque dont Izzy voulait discuter. Notant rapidement que Something Sweet semblait tranquille, elle poussa la porte vitrée et chercha sa patronne des yeux.

— Willa ! cria Izzy.

Elle était assise à la table la plus proche de la cuisine. En compagnie de trois autres personnes. *Et zut !* Une réunion. Cela voulait dire écouter un argumentaire de vente pour un nouveau mixer ou une meilleure marque de farine, et honnêtement elle ne savait pas si elle pourrait supporter ça aujourd'hui. Elle se sentait ivre de fatigue. Et c'était sans doute pour cela qu'elle n'avait pas reconnu tout de suite l'homme assis près d'Izzy.

Derek. Les mains posées sur les cuisses, ce n'était pas elle qu'il regardait, pour une fois, mais les personnes en face de lui. Un jeune homme brun d'une vingtaine d'années et un jeune garçon.

— Merci d'être venue, Willa.

Izzy se leva et lui laissa sa place.

Derek la salua d'un signe de tête, mais garda son attention rivée sur les deux inconnus. Le jeune homme avait l'air furieux et lui jeta un regard noir quand elle s'assit. Le jeune garçon s'abstint de la regarder.

— Le shérif Neel m'a demandé de vous appeler, expliqua Izzy, étant donné que vous avez assisté au vol du bocal de dons.

— Merci de vous être dérangée, dit Derek. Gilberto — il désigna le jeune garçon — reconnaît avoir pris le bocal. Hélas, l'argent a déjà changé de mains. Gilberto s'en est servi pour acheter un vélo. Quand je l'ai pris en chasse, l'ado qui vendait le vélo a filé dans une autre direction. Jusqu'ici, Gilberto n'a pas voulu me donner son nom.

— Tu ferais mieux de le donner !

Le jeune homme se pencha au-dessus de la table, ses yeux sombres brillant dangereusement.

— Tu veux te faire coincer pour un nul qui t'a laissé tout seul face à un flic ? Tu apportes le déshonneur à notre famille, Gilberto. Tu as intérêt à choisir à qui tu veux être loyal, et à choisir vite !

Elle vit la poitrine de Derek se soulever en une grande inspiration.

L'enfant se tassa sur lui-même. « Tu apportes le déshonneur à notre famille. » Ainsi, le jeune homme et lui étaient parents. Et en effet, ils se ressemblaient par la couleur de leurs cheveux et de leurs yeux. Mais Gilberto avait une attitude timide, nerveuse ; au contraire, l'autre respirait le ressentiment et l'agressivité.

— Je te le dis, Gilberto, si tu causes encore des problèmes à la maison, je…

S'interrompant, il frappa la table de son poing serré.

Derek se tendit tout entier.

Gilberto détournait les yeux, comme un chiot essayant d'échapper à la colère de son maître. Il battit plusieurs fois des cils. Elle reconnut cette expression : un enfant qui essayait désespérément de ne pas pleurer en public. Un enfant qui souffrait.

— Excusez-moi, dit-elle au jeune homme. Je ne connais pas votre nom.

— Roddy.

— Roddy. Et êtes-vous… le père de Gilberto ?

— Sûrement pas ! J'aurais eu quinze ans à sa naissance. Mais il vit chez moi, alors tout ce que quelqu'un a à lui dire passe par moi. S'il vous a volée, c'est moi qui réglerai cette histoire.

— S'il a volé, la *loi* s'en occupera, monsieur Lopez, intervint Derek, la voix calme, mais tous les muscles tendus.

— C'est mon cousin, je l'aiderai, insista Roddy.

— J'apprécie que vous preniez vos responsabilités, mais la loi est concernée, maintenant. Nous allons tenir la situation à l'œil. La situation *dans son ensemble.*

— Qu'est-ce que ça veut dire ?

— Ce que j'ai dit, rien de plus. Nous continuerons à nous intéresser de près à Gilberto.

Clairement, Derek informait Roddy que des mauvais traitements ne seraient pas tolérés. Mais Roddy Lopez avait l'air d'une petite brute et elle savait que Derek ne pourrait pas intervenir dans la vie quotidienne des deux cousins. La tristesse l'envahit. Elle regarda Gilberto.

— Il ne m'a pas volée. Il ressemble beaucoup au garçon qui était ici hier, mais… ce n'est pas lui.

Gilberto, visiblement surpris, écarquilla les yeux.

Derek la regarda.

— Il a acquiescé quand je lui ai demandé s'il avait pris le bocal.

— Ce n'est pas lui.

Derek se tourna vers le jeune garçon.

— Pourquoi as-tu hoché la tête ?

Evitant tous les regards, Gilberto haussa les épaules.

— Peut-être qu'il a eu peur, suggéra-t-elle, et a pensé que les choses iraient mieux s'il vous disait ce que vous vouliez entendre.

— C'est ce qui s'est passé ? demanda Derek.

Gilberto haussa de nouveau les épaules. Roddy se laissa

glisser sur sa chaise, les mains sur les cuisses, la tête en arrière.

— Je n'y crois pas ! Tu es fou ? Tu cherches les ennuis ? Les flics adorent les suspects stupides, comme toi.

Il regarda Derek.

— Mes excuses.

Derek le fixa assez longtemps pour qu'il se redresse sur sa chaise. Puis il ramena son attention sur Gilberto. La prochaine question, évidente, était : « Où as-tu pris l'argent pour te payer un vélo ? » Mais il ne la posa pas. Au bout d'un moment, il se leva.

— Assure-toi d'être à l'école quand tu dois y être. Je vérifierai auprès de ton maître et du directeur. Ne m'oblige pas à venir te chercher.

Gilberto hocha la tête. Il avait toujours l'air piteux, mais paraissait soulagé. Était-ce fini ?

Elle se leva, le cœur serré.

— Raccompagnez-moi à la porte, mademoiselle Holmes, ordonna Derek d'un ton officiel.

Izzy, visiblement perplexe, secoua la tête.

— Je retourne à côté. Je suis désolée pour la confusion, monsieur Lopez. Commandez ce que vous voudrez aux frais de la maison.

Izzy sortit la première, suivie rapidement par Roddy qui, poussant Gilberto devant lui, déclinait son invitation.

Après ce moment de tension, Willa se sentit de nouveau épuisée et alla d'un pas lourd jusqu'à la porte. Derek la lui tint ouverte et elle passa sous son bras. Il commençait à pleuvoir ; elle se blottit dans son manteau. Ils firent quelques pas, puis s'arrêtèrent.

— Merci d'être passée au poste hier soir pour donner la description de l'enfant qui a volé le bocal.

Sans se soucier du froid ni de la pluie, il la dominait de sa haute taille.

— Et d'être venue au magasin. J'ai pensé que ce serait plus facile pour tout le monde si nous réglions cette affaire hors de mon bureau. De manière officielle, mais moins intimidante.

Elle sentait qu'il l'étudiait, mais elle gardait son regard las fixé sur la rue, et sur les voitures qui passaient.

— Ce que je n'imaginais pas, poursuivit-il, c'était d'en sortir avec une claque. Je n'avais pas prévu votre revirement.

Elle lui jeta un coup d'œil et vit qu'il était pour la première fois en colère contre elle. Posant les deux mains sur son ceinturon, il secoua la tête.

— Je juge bien les gens, en général. Dans ma profession, il le faut. Mais cette fois, je me suis fait avoir. Je n'aurais jamais pensé que vous étiez une menteuse.

# - 4 -

— Une menteuse ?

Willa vit rouge. Derek la traitait de menteuse ?

D'accord, elle avait bien menti. Mais la raison devait être évidente. Il fallait protéger Gilberto de son cousin.

Ses poings étaient enfoncés dans les poches de son manteau. Elle les serra.

— Comment osez-vous ?

Sa voix tremblait.

— Je vous ai dit que je ne voulais pas être impliquée dans cette histoire, mais il a fallu que vous persistiez. Si vous étiez capable d'accepter que l'on vous dise « non », il n'y aurait aucun problème.

Ce que sous-entendaient ses mots les frappa au même instant. Il n'avait pas accepté son « non » à propos de Gilberto, et ne l'avait pas accepté non plus à leur sujet.

— Le problème était déjà là ! Si vous pensez autrement, vous êtes bien naïve.

Parlait-il de Gilberto, maintenant, ou d'elle ?

Elle désigna la boulangerie.

— Cet homme — Roddy, dit-elle. Il allait faire de la vie de ce pauvre gosse un cauchemar.

— Ce « pauvre gosse » va faire de sa propre vie un cauchemar s'il prend ce qu'il lui faut en volant. Roddy est un beau parleur, mais il a un casier, aussi. Les délits sont une affaire de famille.

— Je suis sûre qu'il y a des moyens d'aider Gilberto qui n'impliquent pas l'intervention de la loi. Son école…

— « La loi » est un ensemble de limites destinées à établir et à maintenir l'ordre. C'est exactement ce dont Gilberto a besoin et exactement ce qu'il n'aura pas si des cœurs de guimauve lui trouvent des excuses.

— Des cœurs de guimauve ! Je ne peux pas croire que vous ayez dit ça !

Elle secoua la tête.

— La vie ne respecte pas les règles et les lois. Elle arrive, c'est tout, et elle ne vous demande pas la permission avant de déraper, même si c'est difficile à admettre pour vous, shérif. J'ai vu la façon dont vous parcourez la ville, essayant de persuader les gens qu'ils sont tous des personnages de séries des années 1950.

— De quoi parlez-vous ? demanda-t-il d'une voix étouffée.

— De vos réunions ici ou là, pour dire aux gens qu'à partir du moment où ils se conduiront bien ils seront en sûreté, heureux, et que le monde sera meilleur. Et à présent, allons tous manger des donuts pour fêter ça ! Fin.

— Je suis navré que vous n'appréciiez pas ce message. Moi, j'ai constaté que c'était vrai.

— Vous avez de la chance.

Elle ne l'avait jamais vu comme ça, jusqu'ici. Furieux, tous les muscles de son corps tendus, il semblait prêt à exploser. Elle ferait mieux de laisser tomber, elle le sentait, mais il était si sûr de lui, si satisfait de la façon dont marchait le monde qu'elle ne pouvait pas se taire. Surtout depuis qu'il l'avait traitée de « cœur de guimauve ».

— Si vous pensez que Gilberto va avoir une meilleure vie parce que je le dénoncerai à sa brute de cousin, c'est vous qui êtes naïf, pas moi.

L'allée qu'ils avaient rejointe n'était pas éclairée, sauf par les lampes au-dessus des portes de derrière des magasins de Warm Springs Road, mais elle voyait clairement son expression — fermée et distante — et elle savait qu'il pouvait voir la sienne.

Dans la nuit glaciale, son souffle formait de la buée.

Mais elle n'avait pas froid. Son visage et ses mains lui semblaient assez brûlants pour cuire un œuf.

Se confronter à quelqu'un et le critiquer ne lui ressemblait pas. Elle souhaitait qu'il riposte. Qu'il s'entête et se montre intraitable, pour qu'elle puisse s'en aller en pensant : *je le savais. C'est juste un type qui a eu de la chance jusqu'ici et qui pense qu'il peut diriger son destin. Il va avoir un choc, un de ces jours !*

Ses traits, taillés dans du granit, ne changèrent pas quand il la salua d'un signe de tête.

— Merci d'être venue, mademoiselle Holmes. Il fait nuit. Voulez-vous que je vous raccompagne, ou est-ce que ça va ?

À ses mots, toute sa colère s'évanouit comme la rosée au soleil du matin. Cette distance, cette froideur ! Il était de nouveau le shérif. Juste le shérif. Une boule se forma dans sa gorge.

— Je peux rentrer seule.

— Très bien. Bonsoir, mademoiselle Holmes.

Et il se détourna. Elle le regarda marcher jusqu'au bout de l'allée et tourner au coin sans un regard en arrière.

Willa se réveilla comme d'habitude une bonne demi-heure avant que son réveil sonne. Ayant pris sa douche la veille, elle n'avait qu'à se brosser les dents, se coiffer, enfiler un jean, un T-shirt « Something Sweet » et ses chaussures avant de partir travailler. De nouveau, elle avait à peine dormi, après la scène avec Derek, et par ce sombre matin d'hiver, elle but du thé noir pour s'éclaircir les idées en attendant que son réveil affiche 2 h 45.

Ce matin, elle avait le cœur lourd et les événements de la veille ne cessaient de la tourmenter. Elle décida d'appeler Daisy, sa meilleure amie. Chef renommé à New York, Daisy possédait deux restaurants fabuleux et était juge dans une émission culinaire très regardée. En vérité, c'était une star, mais elle la connaissait depuis l'école d'Arts culinaires et elles étaient surtout le soutien l'une de l'autre.

Daisy répondit à la quatrième sonnerie.

— Flûte, quelle heure est-il ?

Elle semblait plus endormie que d'habitude.

— 5 h 45 dans ton coin du bois, l'informa Willa. Ton réveil n'a pas sonné ?

— Il allait sonner.

Il y eut un bruit de draps froissés.

— Qu'est-ce qui se passe, ma belle ? Comment va la vie au fin fond de l'Oregon ?

Elle sourit. Rien qu'à entendre la voix de Daisy, elle se sentait déjà mieux.

— J'ai envoyé balader le shérif, dit-elle sans détour, en mettant un pain au levain qu'elle avait apporté du magasin dans un panier de pique-nique.

— Le shérif Trop-Beau ?

Venue à Thunder Ridge pour un week-end au printemps précédent, Daisy avait tout de suite remarqué Derek.

— Est-ce qu'il te court toujours après ?

— Il ne me court pas après.

— Il le fait du regard. *J'adorerais* être poursuivie par des yeux aussi sombres et brûlants de désir. Alors comment l'as-tu planté ?

Ignorant le commentaire sur les yeux de Derek (Seigneur, ces yeux si profonds à la couleur du chocolat !), elle répondit d'un ton aussi décontracté que possible :

— Nous n'étions pas d'accord sur le règlement d'un petit vol à la boulangerie. Un enfant a pris quelques dollars. Le shérif Neel voulait faire quelque chose à ce sujet et moi non. L'affaire aurait dû s'arrêter là, mais… j'ai dit des choses que je n'aurais pas dû dire, et maintenant je me sens coupable. Tu sais si bien dire ce que tu penses en te moquant des conséquences, poursuivit-elle. C'est comme ça que je veux être.

Elle eut un rire forcé.

— C'est comme ça que je *vais* être ! Je suis si contente

que tu aies décroché. Je me sens toujours mieux quand nous avons parlé.

Le silence à l'autre bout du fil fut assourdissant. Finalement, Daisy commenta les faits avec une douceur inaccoutumée.

— Tu te remets à éprouver des émotions.

Willa reçut la remarque en plein dans le plexus solaire. Elle fut prise de nausée, de douleur et de colère.

— Je ne vois pas ce que tu veux dire, murmura-t-elle, offusquée. Je n'ai fait que ça depuis deux ans et demi.

— Non, dit Daisy d'une voix calme. Chérie, tu as ressenti de la douleur et du chagrin plus que personne ne devrait avoir à le faire, pendant plus longtemps que quiconque ne devrait avoir à le supporter. Puis tu es partie pour ce trou perdu et tu t'y es enterrée avec…

— Arrête ! Ne le dis pas. Ne…

Des sanglots obstruèrent sa gorge. *Non, elle ne voulait pas retomber là-dedans. Elle n'avait pas à le faire.* Elle balaya sa douleur.

— Il faut que j'aille travailler.

— Willa, reprit Daisy, je ne voulais pas dire…

— C'est bon. Tout va bien.

— Non, tout ne va pas bien ! Tu devrais faire plus que te disputer avec ce shérif. Il faut que tu vives de nouveau. Que tu vives vraiment.

Elle se mordit la lèvre inférieure, douloureusement. Elle ne pouvait même pas se rappeler à quoi ressemblait le désir. Désirer quelqu'un, être désirée en retour. S'abandonner à ses sentiments, à la passion…

— Ce n'est pas une façon géniale de commencer ta journée, hein ?

— Non, ça va, dit-elle en s'efforçant de prendre un ton positif. Tout va bien, je t'assure. Mais il faut que j'y aille. Je suis désolée de t'avoir appelée en vitesse.

— Pas de problème, dit Daisy d'une voix ferme. Fais-moi juste une faveur, tu veux ?

— Quoi ?

— Arrête de dire que tout va bien.

Une gorgée de café noir brûlant aida Derek à se tenir éveillé. Il n'était pas en patrouille cette nuit-là, mais il s'était levé avant 3 heures, s'était habillé et avait pris une thermos de café pour chasser la froideur de la nuit. Maintenant, assis dans son pick-up, attendant, il sentait le manque de sommeil le rattraper.

Il n'était pas debout de si bonne heure pour surveiller les rues de sa ville, mais pour surveiller… quelqu'un.

Willa était en retard. D'habitude, elle tournait au coin de Pine Street avant que sa montre n'indique 3 h 05. L'heure était déjà passée de dix minutes.

— Tu es un idiot.

S'enfonçant dans sa grosse veste, regardant la buée qui se formait sur les vitres, il songea au soir précédent. La frustration l'envahit de nouveau.

Elle le trouvait nul. Hors d'atteinte. Agaçant. Insensible vis-à-vis des enfants. Digne d'une série télé des années 1950.

Le cynisme dans sa voix et la colère sur son visage, la veille, l'avaient surpris.

*Mais après tout, tu ne la connais pas vraiment.*

C'était le problème, non ? Il avait fait de Willa un fantasme, pas une vraie femme. Il pensait seulement savoir tout ce qu'il avait besoin de savoir. Izzy avait raison.

Malgré sa fatigue et son irritabilité, tous ses sens se mirent en alerte dès qu'elle apparut, silhouette solitaire engoncée dans une doudoune qui couvrait à peine son joli postérieur moulé par un jean. Elle portait un bonnet de laine sur ses cheveux aux reflets cuivrés qui, l'automne dernier, lui avaient fait souvent penser à la chevelure d'une fée. Restant dans son pick-up, il la regarda monter les marches du porche de Belleruth Hudson, une veuve qui souffrait d'insomnies depuis la mort de son mari. Elle l'avait connue au Pickle Jar et lui apportait des provisions chaque matin depuis l'ouverture de Something Sweet. Là, elle se contenta de déposer le panier devant la porte et se remit en marche.

Il avait mis des tennis, ce matin, pour étouffer le bruit de ses pas. Quand elle fut assez loin dans la rue pour qu'il puisse la voir sans être entendu d'elle, il sortit de son véhicule.

Comme il n'y avait pas de trottoirs dans cette partie de la ville, il rasa les pelouses des maisons entourées de verdure qui formaient le quartier résidentiel de Thunder Ridge. Au coin, elle tourna à gauche vers le parc. Il s'arrêta en se cachant à moitié. Il savait qu'il faudrait un moment à Willa pour accomplir son autre rituel nocturne, alors il souffla dans ses mains glacées et attendit.

Un chat ne tarda pas à arriver. Elle mit dans une écuelle de la pâtée qu'il dévora avec voracité. Puis elle tendit une main vers l'animal, s'accroupit et lui parla doucement jusqu'à ce qu'il se laisse caresser. À ce moment-là, un chien aboya et le chat s'enfuit. Elle le suivit des yeux, avant de se relever et de ramasser l'écuelle vide.

Et c'était là la femme cynique qui l'avait accusé de vouloir recréer un monde où tous étaient beaux et gentils !

Tandis qu'elle continuait sa route vers la boulangerie, il partit derrière elle. Mais il glissa sur du verglas, se rattrapa de justesse à un vélo rangé dans un râtelier et fit tomber le tout dans un fracas épouvantable. Aussitôt, des lampes s'allumèrent dans les maisons voisines et les habitants sortirent en vêtements de nuit, affolés.

— C'est le grand tremblement de terre ! Le Big One ! cria quelqu'un.

Il s'empressa de calmer tout le monde et regarda dans la direction que Willa avait prise. *Zut !* Elle avait disparu et devait marcher seule dans les rues en pleine nuit sans personne pour la protéger. Un peu plus tard, il irait demander à Izzy de changer ses horaires pour qu'elle n'ait pas à traverser la ville dans l'obscurité.

Une autre voisine ouvrit sa porte, demanda ce qui se

passait et offrit à tout le monde du café et des petits pains à la cannelle.

— Vous vous joindrez à nous, n'est-ce pas, Willa ? ajouta-t-elle.

*Willa ?* Regardant autour de lui, il aperçut une petite silhouette qui se tenait tranquillement à l'arrière. Il sentit bondir son cœur. Elle le fixait.

— Je me rends à mon travail, en fait, répondit-elle.

— Oh ! bien sûr, dit Denise Newman. Je pensais bien que vous n'habitiez pas par ici.

— J'habite à quelques rues au sud.

Les yeux de Willa étaient toujours braqués sur lui. Quel idiot il faisait, maintenant.

— Et vous, shérif ? Habitez-vous par ici ? Vous n'avez pas l'air d'être en service.

Elle inclina la tête sur le côté, les sourcils haussés.

L'attention générale se concentra sur lui. Il sentit grimper sa tension artérielle.

— Je ne suis pas en service, non.

— Que faisiez-vous près de mon hangar à vélos ? demanda un certain Rand. Filiez-vous quelqu'un de suspect ?

Il regarda autour de lui.

— Non, Rand. Tout va bien. Je faisais… une ronde à pied.

— Sans être en service ? demanda un autre homme.

Denise serra ses bras sur sa poitrine.

— C'est exactement pour cela que je suis venue m'installer ici. Le souci que l'on a des autres, la sollicitude. Shérif, je dors mieux quand vous êtes à proximité.

— Tout le monde dort mieux ! s'exclama Patty Moser.

À la lumière de la lampe qui brillait au-dessus du garage des Moser, il était facile de voir la courbe amusée des lèvres de Willa.

Il poussa un soupir. Vraiment, la journée commençait bien.

— Merci, répondit Derek. C'est agréable d'être apprécié.

— Entrez prendre un petit pain à la cannelle, insista Patty. Il ne faudra qu'une minute pour les réchauffer.

— Allez-y, vous tous, dit-il. Moi, je vais accompagner Mlle Holmes jusqu'à la boulangerie. Il fait trop sombre pour être dehors seule.

Il prit son bras tandis que les voisins s'engouffraient chez les Moser. Il l'escorta le long du pâté de maisons. Quand ils furent à une certaine distance, elle demanda avec curiosité :

— Est-ce que vous m'espionniez, shérif ?

— Vous espionner ?

Elle s'arrêta et se tourna vers lui.

— Pourquoi me suiviez-vous ?

# - 5 -

— Je ne vous espionnais pas, Willa. Espionner implique chercher des informations. Ce n'est pas ce que je faisais.

Il traversa une rue, écoutant le bruit de ses pas derrière lui. Il s'arrêta et attendit qu'elle le rejoigne.

Sous le bord de son bonnet, les sourcils de Willa — si soyeux et si parfaits qu'on aurait dit ceux d'une enfant — étaient froncés d'un air à la fois troublé et impatient.

Le désir le frappa en plein estomac. Et le submergea tout entier. Toute sa vie, il avait attendu de sentir ce qu'il éprouvait quand il la regardait, était près d'elle, pensait à elle. C'était un sentiment d'espoir si vaste et si profond qu'il lui embrasait l'imagination. Il les voyait ensemble, leurs corps emmêlés, leurs cœurs battant au même rythme. Il se représentait la vie dans un vrai foyer, pas dans une simple maison, avec un enfant qui ressemblait à Willa. Il pouvait envisager pour la première fois d'apaiser la soif qui lui desséchait l'âme.

Et là il comprenait, pour finir, que c'était juste un mirage.

— Vous nourrissez des chats errants, dit-il, la voix rauque.

Elle le regarda, perplexe.

— Et alors ?

— Vous portez des provisions à des gens seuls.

Elle battit des cils avant d'ouvrir de grands yeux.

— Depuis quand me suivez-vous ?

— Depuis la semaine où la boulangerie a ouvert. J'étais en patrouille la première fois où je vous ai vue traverser la ville à pied. Je sais que vous travaillez tôt, mais 2 h 30 ou 3 heures du matin ? Personne ne devrait être dans les rues à des heures pareilles. Et peu importe à quel point vous croyez cette ville sûre.

— J'ai vécu à Los Angeles, shérif. J'ai pris des cours d'autodéfense et je porte sur moi un atomiseur au poivre. Je peux prendre soin de moi.

Il hocha la tête.

— Content de l'entendre. Mais il m'appartient de protéger Thunder Ridge. De surveiller ses habitants.

— Alors vous m'avez suivie ce matin-là. Et tous les matins depuis ?

Il fit signe que oui.

— Même quand vous n'êtes pas en service ?

Les mains dans les poches, il fixait un point au-dessus de sa tête. Que devait-il dire ? Est-ce que cela importait ? Il n'essayait plus de la « gagner ».

— Je vous l'ai déjà dit, j'aime bien les énigmes.

Abaissant son regard sur son visage, il ajouta :

— En voici une que j'ai essayé de résoudre : une très jolie femme, généreuse et aimable, veut qu'on la laisse tranquille, mais s'occupe de veuves esseulées et de chats errants. Elle ne demande rien à personne. En fait, quand vous tendez la main vers elle, elle s'envole comme un oiseau sauvage.

À la faible lumière du réverbère, il la vit tiquer.

— Vous essayez de m'analyser.

Il hocha la tête et se retint de justesse de toucher les douces vagues auburn qui sortaient de son bonnet pour caresser ses épaules.

— C'est vrai. Et, en réalité, c'est moi que je devrais analyser. Pourquoi ne puis-je cesser de penser à vous ?

L'espace entre eux crépita comme de l'eau sur une plaque brûlante. Elle aurait pu s'éloigner, alors, mais elle ne le fit pas. Il savait qu'après ce moment il s'obligerait à penser à tout sauf à la femme qu'il avait devant lui. Il se forcerait à accepter qu'elle ne soit jamais à lui. Mais là, il voulait juste goûter une fois — une fois seulement — au paradis qu'il avait convoité.

Soudain, ils furent plus près l'un de l'autre. Sa main sortit de sa poche malgré lui et toucha son bonnet en laine rêche, ses cheveux auburn doux comme le plumage d'une colombe.

*Souviens-toi de tout*, se dit-il, sachant qu'il ne retomberait pas amoureux à ce point avant très, très longtemps.

Les lèvres de Willa s'entrouvrirent et son souffle s'échappa en une bouffée hivernale. Il pouvait voir ses dents blanches et régulières et souhaita, pas pour la première fois, avoir été capable de la faire sourire ou rire plus souvent.

— Qui avez-vous aimé ?

Il se rendit compte qu'il avait posé la question à voix haute quand ses yeux, d'un gris de brume et d'une beauté poignante, s'emplirent de larmes.

— Non, murmura-t-il, ne voulant surtout pas être la cause de sa peine.

Levant sa main libre, il essuya du pouce la première larme qui tomba, et une force aussi puissante que la gravité s'empara de lui. C'était l'attraction de la lune, le ciel descendant vers la Terre.

Juste cette fois…

Sa bouche était douce et chaude sous la sienne. Il comptait s'arrêter à un frôlement de lèvres, mais le désir lui enflamma les veines lorsqu'elle s'appuya contre lui. Il posa une main sur sa joue, de l'autre il s'empara de sa nuque. Il laissa son baiser exprimer ce qu'il n'avait pas été en état de dire jusqu'ici.

Il embrassa le coin de sa bouche, inhala son suave parfum féminin. Elle le laissa faire. Sa peau ressemblait à de la soie.

— Désolé, je ne me suis pas rasé, murmura-t-il. Ça pique ?

Au lieu de répondre, elle chercha de nouveau ses lèvres, et il eut l'impression que son corps se dilatait au point de remplir toute la petite ville. Légères comme des papillons, ses mains se posèrent sur son torse tandis qu'elle l'embrassait. Il sut qu'elle commençait à s'abandonner à l'intensité du désir et au besoin qu'elle avait de lui, mais alors il se rendit compte de quelque chose : si lui était vraiment là, dans cet instant, tout son être dans ce baiser, Willa, il le sentait, essayait en revanche de s'y perdre, de s'oublier, d'échapper pour un instant à la douleur dont elle refusait de parler.

La déception eut l'effet d'atténuer son désir. Sur un dernier baiser plein de douceur, il s'écarta. Elle semblait étourdie. Ils restèrent immobiles, la vapeur de leur souffle se mêlant dans le froid, tandis qu'il attendait qu'elle se ressaisisse.

— Il est presque l'heure pour vous d'être au travail, dit-il, comme pour expliquer le fait qu'il mette un terme à l'une des sensations les plus délicieuses qu'il avait jamais éprouvées.

Elle ne dit rien, visiblement troublée.

Vers la fin de ses turbulentes années d'adolescence, il avait appris à se maîtriser pour réfléchir d'abord et réagir ensuite. Mais à la voir si perdue, il eut le plus grand mal à ne pas l'embrasser pour dissiper sa confusion.

Sachant qu'il valait mieux qu'il ne la touche plus, il enfonça ses mains dans les poches de sa veste.

— Venez, dit-il avec une légèreté qu'il n'éprouvait pas. Je vais vous coller aux basques jusqu'à la boulangerie. Une dernière filature en souvenir du bon vieux temps.

Son ironie ne la détendit pas. Hochant machinalement la tête, elle se mit en marche à côté de lui. Aucun d'eux ne parla tandis qu'ils longeaient les rues tranquilles de Thunder Ridge. La frustration faisait vibrer son corps et son esprit était en déroute. Il se demanda si elle ressentait la même chose.

Willa était en train de coller des étiquettes sur des sachets de petits pains, lorsque Izzy entra en trombe par la porte de communication entre la pâtisserie et le Pickle Jar.

— Le gâteau à la cannelle et au chocolat chaud a fait un tabac ! Nous avons tout vendu pour le déjeuner et les gens demandent s'ils peuvent acheter des gâteaux entiers !

Elle hocha la tête.

— Oh ! c'est bien.

Izzy la rejoignit derrière le comptoir et chipa un petit pain encore chaud.

— Je dévore, ces derniers temps. C'est toujours comme ça en hiver.

Toujours pleine d'énergie, Izzy trempa un bout du petit pain dans le café qu'elle avait apporté.

— Alors, que diriez-vous de faire régulièrement de gros gâteaux ? Nous engagerions d'autres personnes, évidemment, afin de vous libérer du temps. Parce que, si vous êtes d'accord, je pense que nous pourrions agrandir la pâtisserie pour proposer aussi des gâteaux destinés à des occasions spéciales.

— Ah oui ?

Izzy acquiesça, faisant tressauter ses boucles blondes.

— On peut trouver des gâteaux de mariage, par ici, mais si vous voulez quelque chose de vraiment fabuleux, il faut le commander à Portland et le transporter vous-même.

— Des gâteaux de mariage ?

— C'est juste une idée, pour l'instant.

Visiblement, Izzy dut ressentir son hésitation car elle refréna un peu son enthousiasme.

— C'est juste que vous vous y connaissez si bien en saveurs et décorations. Et si cette partie de l'affaire décollait, vous pourriez devenir une sorte de directrice artistique. Réfléchissez-y. En outre, cela voudrait dire que vous ne seriez plus obligée de venir travailler si tôt. Vous pourriez commencer… après le lever du soleil.

Quelque chose dans le ton de sa patronne éveilla ses soupçons.

— Après le lever du soleil ? Je ne pense pas. Je commencerais probablement à la même heure.

— Oh. Vraiment ? Je ne sais pas. Il n'y aurait peut-être

pas assez de place dans la cuisine pour vous et quelqu'un qui ferait le pain et les viennoiseries. Ils resteraient une priorité, au début. En fait, maintenant que j'y pense, nous devrions peut-être changer votre emploi du temps dès à présent. Faire commencer Norman le premier. Il adore se lever tôt.

— Izzy, est-ce que le fait que je vienne plus tard est *votre* idée ?

L'expression faussement candide d'Izzy lui tira un sourire. C'était presque comique !

— Oui, je me disais, il y a un nouveau cours de yoga qui commence à 6 heures au centre communal. Vous ne voulez pas y aller ? C'est très relaxant.

Toute la journée, elle avait essayé de comprendre comment Derek avait pu commencer à l'embrasser de cette façon, puis s'arrêter aussi abruptement. Elle avait essayé de décider si elle était contente qu'il ait accepté de ne plus la « filer » le matin. Et elle s'était efforcée de dominer l'agitation qui l'avait saisie quand il n'était pas venu chercher son bagel et son café habituels pour la première fois depuis l'ouverture de la pâtisserie.

— Le shérif Neel a-t-il suggéré ce changement ?

— Quoi ? s'exclama Izzy, paniquée. Nooon ! Pourquoi aurait-il fait cela ? Il ne parle jamais de vous. Du tout. Enfin… Sauf pour dire des choses gentilles. Et impersonnelles.

Son rire sonna affreusement faux.

— Je pensais juste que nous, les femmes, avons besoin de sommeil pour rester belles, et que ce n'est pas bon de contrarier nos rythmes naturels.

Soudain, ses épaules s'affaissèrent et elle avoua :

— OK, c'était Derek. Mais seulement parce qu'il est un shérif très consciencieux. Pas pour une autre raison.

Elle posa son café sur le comptoir et se prit le visage entre les mains.

— Je suis tellement nulle pour ce genre de chose ! Il m'a dit de ne surtout pas vous laisser entendre qu'il m'avait parlé, alors s'il vous plaît, ne dites rien.

Un étrange et doux soulagement se lova dans son ventre. La veille, la pensée qu'il la suivait et l'observait l'avait alarmée, mais après ce baiser…

— Je ne dirai rien, assura-t-elle.

— Merci.

Izzy sembla se détendre.

— Mais j'étais sérieuse pour lcs gâteaux de mariage. Vous êtes une pâtissière hors pair. Et quand je pense à tous les gens qui louent le Summit Lodge pour des fêtes…

Tandis qu'Izzy rêvait tout haut à son agrandissement, l'esprit de Willa dérivait vers des yeux de jais, de larges épaules, une peau chaude et un baiser qui lui faisait tout oublier hormis les lèvres qui brûlaient sur les siennes. Elle ne voyait toujours pas pourquoi il avait cessé de l'embrasser. À moins que l'expérience l'ait déçu ? Elle n'avait embrassé personne depuis longtemps, elle manquait sûrement de pratique. Et il l'avait prise de court. Même si, soyons francs, au creux de la nuit, dans des moments de vulnérabilité, elle avait revécu une fois ou deux leur premier baiser et s'était demandé si un autre serait aussi bon. Et il l'avait été, en ce qui la concernait. Regardant sans cesse la pendule toute la matinée, elle avait souhaité qu'il vienne chercher son bagel. Car elle voulait le voir, deviner d'après son comportement ce qu'il désirait faire après leur dernier baiser. Quand il ne s'était pas montré, son esprit avait refusé de cesser de penser à lui.

— Je m'emballe, non ?

Soudain contrite, Izzy interrompit son soliloque.

— Peu importe. Je vais faire une petite étude de marché et nous en reparlerons une autre fois. Si ça ne vous convient pas…

— Non, non.

*Pour l'amour du ciel, concentre-toi. Tu es au travail*, se dit-elle.

— C'est une bonne idée. Formidable.

— Vous le pensez vraiment ?

— Absolument. C'est un projet avec beaucoup de potentiel.

— Tout à fait ! Regardez Cake Boss !

— Oui. Et imaginez les possibilités au niveau communication et publicité. Nous pourrions porter des T-shirts avec des pièces montées faisant des claquettes !

Les inventions saugrenues d'Izzy pour ses T-shirts du Pickle Jar — comme des cornichons dansant la samba — étaient réputées. Dernièrement, elle avait eu si peu d'occasions de plaisanter que cela lui faisait du bien de taquiner sa patronne.

Izzy hocha la tête d'un air entendu.

— Vous vous moquez de moi. Comme Derek. Il critique à tout va mes sweats Pickle Jar, mais j'en ai vendu un paquet pour Noël.

Entendre le nom de Derek la fit rougir.

— Derek a pris son petit déjeuner à côté, ce matin, dit Izzy en regagnant la porte de communication.

Elle jeta un coup d'œil en arrière, l'air sérieux.

— Je le connais depuis ses dix-neuf ans. Il est bon comme du bon pain. Je ne sais pas très bien ce qui se passe entre vous, mais s'il n'y a aucune chance que vous ayez une relation, s'il vous plaît, dites-le-lui clairement. Très clairement. Sa vie n'a pas toujours été facile et parfois je pense qu'il…

Izzy fit une grimace.

— OK. Laissez tomber. Je me mêle de ce qui ne me regarde pas. Comme si j'avais des leçons à donner en matière de relations amoureuses ! Désolée, vraiment. Oubliez ce que j'ai dit.

Willa la regarda, laissant ses mots pénétrer en elle. *Ne blessez pas mon ami,* voilà ce qu'elle avait dit. Pour la première fois, elle prit conscience que Derek n'était peut-être pas l'inébranlable rocher de Gibraltar qu'elle imaginait. Oh ! quelle égoïste elle était ! Elle souffrait depuis si longtemps que parfois elle oubliait combien il était facile de faire du mal aux autres.

— Vous vous êtes plutôt bien débrouillée, il me semble ! commenta-t-elle sincèrement, ce qui fit rosir les joues d'Izzy.

Ayant retrouvé le père de son fils, Izzy était maintenant au centre d'un trio plein d'amour. Mais avant le retour de Nate, elle avait déjà fait une famille de ses amis et de ses employés.

Se mordant l'intérieur de la joue, Willa se demanda ce que les gens de cette petite ville si soudée pensaient du fait qu'elle se tenait à l'écart de tout le monde. Elle aurait peut-être dû rester dans une grande ville anonyme, finalement.

— Hé ! s'exclama soudain Izzy. N'est-ce pas le gamin qui a volé le bocal de dons ? L'avez-vous engagé pour faire les vitres ?

Willa regarda dans cette direction. Armé d'un flacon de liquide bleu et de papier journal, Gilberto fixait les lettres dorées qui formaient « Something Sweet ».

— Oui, c'est lui. Mais je ne l'ai pas engagé. Que fait-il ?

— Je me demande s'il veut gagner de l'argent, dit Izzy. Si c'est ça, payez-le et dites-lui qu'il peut venir à côté, aussi.

Quand Izzy fut partie, elle sortit. Gilberto sursauta en la voyant. La culpabilité s'afficha sur son visage.

— Bonjour, Gilberto.

— Bonjour, marmonna-t-il.

— Que fais-tu ?

— Je vais nettoyer votre vitrine.

— Merci, mais je l'ai faite ce matin. Tu cherches à gagner de l'argent ?

Le jeune garçon secoua la tête.

— Je ne peux pas gagner de l'argent pour ça. Je dois le faire gratuitement.

— Tu dois ?

— Quand vous ne m'avez pas dénoncé, le shérif a dit que vous aviez sauvé ma peau, et que je ferais mieux de vous montrer que j'en vaux la peine. Après la vitrine, je balaierai la boulangerie.

Elle s'étonna.

— Tu as autant de temps ? En quelle classe es-tu ?

— CM2.

Il devait donc avoir dix ou onze ans. Un souvenir précis la transperça comme une flèche.

— Je suis sûre que tu dois avoir des devoirs à faire…

— Le shérif va m'aider. Après. Je viendrai ici chaque après-midi après l'école, et ensuite il m'aidera pour les math et autres trucs. En plus, il me ramènera à la maison en voiture. La voiture de patrouille !

— Tous les jours ? C'est ce qu'il t'a dit de faire ?

— Il dit qu'un gamin s'enfuit, mais qu'un homme paie ses dettes. Alors je suis ici pour les payer.

Elle sentit son cœur se contracter.

— J'apprécie tes efforts, et le shérif a raison quand il dit que tu dois rendre ce que tu as pris, mais… Est-ce que ton cousin est d'accord ?

Gilberto baissa les yeux.

— Il n'est pas au courant, marmonna-t-il.

— Gilberto…, commença-t-elle prudemment.

Soudain, il releva la tête et écarquilla les yeux.

— Le shérif est là pour vérifier que je travaille ! Je ferais mieux de m'y mettre !

Il vaporisa la vitrine avec vigueur et la frotta avec son tampon de papier journal. Elle se retourna et vit Derek qui arrivait, remontant la rue avec son assurance habituelle. Son visage était neutre, indéchiffrable. Quand son regard croisa le sien, elle sentit ses jambes se dérober.

Il était beau à couper le souffle. Elle était tout à fait sûre que durant le reste de sa vie, lorsqu'elle penserait à Derek Neel, elle se le représenterait d'abord dans son uniforme. Sa couleur sable allait à merveille avec son teint mat et ses cheveux noirs. Toujours parfaitement repassé, il mettait en valeur sa silhouette mince et musclée. À le voir, on aurait dit qu'il pouvait châtier les malfaiteurs d'un geste du poignet.

*Il avait exactement l'allure qu'il fallait.*

Pourquoi l'avait-elle traité de shérif de série télévisée ? C'était si blessant. Ça lui ressemblait si peu, de dire une chose pareille. Et en vérité, s'il lui rappelait un shérif de cinéma, c'était par tous les bons côtés. Il était honnête et rigoureux, et grâce à lui les gens se sentaient mieux. Plus en sécurité.

— Shérif, dit Gilberto.

— Bonjour. Tu es juste à l'heure.

— J'étais en avance.

Elle vit les yeux de Derek briller.

— Bon gars, approuva-t-il.

Gilberto hocha la tête, ses cheveux noirs lui tombant dans les yeux. Se tenant plus droit, plus fier, il se mit à frotter la vitrine à deux mains.

Elle fut frappée par leur ressemblance. Ils avaient tous les deux une peau dorée, des cheveux très épais et des yeux si sombres qu'il était difficile d'en distinguer la pupille.

— Shérif, dit-elle, puis-je vous parler ? Dans le magasin, s'il vous plaît.

Il consulta sa montre.

— J'ai deux minutes.

« Pas plus », signifiait son ton.

— Bien.

Elle rentra la première et se frotta les bras à la différence de température. Ici, l'air était chaud et sentait bon le pain.

— Voudriez-vous une tasse de café ?

— Non, merci.

D'accord. Droit au but.

— Shérif, je pense que ce que vous faites avec Gilberto est admirable. Votre influence sur lui est certainement positive. Mais je préférerais que vous me laissiez… Que vous laissiez la boulangerie en dehors de cette affaire.

— Oui, vous avez été très claire.

— Vous pouvez donc comprendre que s'il vient tous les jours ici, alors que j'essaie de me tenir en marge, la situation pourrait devenir embarrassante.

Il parut soupeser ce qu'elle disait.

— Non, je ne vois pas. Pourquoi embarrassante ? C'est juste un gamin qui rend des services.

Pour elle, il n'existait pas de « gamin qui rendait juste des services ». Pas dans son monde. Et surtout pas quand l'enfant recherchait visiblement une figure parentale.

— Il pourrait aller au salon de thé. Izzy disait qu'il lui faudrait quelqu'un pour faire les vitres. Moi, j'ai largement le temps de les faire le matin.

— Gilberto a commis un vol à la boulangerie. Il se rachètera vis-à-vis de la boulangerie.

— Il a juste pris le bocal de dons…

— C'est pareil.

Son attitude et son ton restaient calmes, mais il était aussi inébranlable que la montagne qui dominait la ville.

Elle déglutit, gênée d'être une fois de plus en train de faire des histoires devant lui.

— Bien sûr, bien sûr. Je n'ai rien contre le fait de ne pas faire les vitres pendant quelques jours.

— Le bocal contenait presque cent dollars. Ce sera plus que quelques jours. Et je vous suggérerais de retirer l'argent plus souvent.

Il adoptait un ton impersonnel. Elle ne dit rien.

— Y a-t-il autre chose dont vous vouliez discuter ? demanda-t-il.

*Oui. Pourquoi avez-vous cessé de m'embrasser la nuit dernière ?*

— Non. C'est tout.

— Très bien.

Il lança un coup d'œil à la vitrine, où Gilberto s'escrimait sur une tache.

— Je le surveillerai. S'il se passe quoi que ce soit, appelez-moi.

Elle hocha la tête. *Ne le laisse pas partir. Découvre pourquoi il n'est pas venu à la boulangerie ce matin. Dis-lui… Dis-lui que ne pas le voir t'a manqué.* C'était vrai. Elle n'avait pas réussi à se concentrer sur son travail, tellement il occupait ses pensées. Tellement son baiser lui brûlait encore les lèvres. Sa routine de la matinée en avait été bouleversée.

— Shérif ! appela-t-elle alors qu'il se dirigeait vers la porte.

Il regarda en arrière.

— Je ne vous ai pas remercié, la nuit dernière. De m'avoir suivie tout ce temps jusqu'à mon travail. Je me suis habituée à prendre soin de moi-même, alors… Enfin, je voulais juste vous dire merci. J'aurais dû le faire cette nuit.

L'expression de son visage s'adoucit. Après l'avoir regardée pendant un moment sans rien dire, il fit un petit signe de tête.

— C'est un soulagement, dit-il enfin. Maintenant, je ne serai plus obligé de trouver sans cesse de nouvelles façons de rester hors de vue.

— Vous voulez dire que vous allez continuer à me suivre ?

— Il n'est pas sûr de traverser la ville à 3 heures du matin. Je dois vous surveiller. À moins que vous n'envisagiez un changement d'emploi du temps ?

Son intention de continuer à la protéger, au lieu de l'agacer, la troubla. Elle eut envie de le provoquer, de sentir l'air vibrer entre eux.

Elle feignit la candeur.

— Vous voulez dire si mon travail changeait ? Si je me mettais à décorer des gâteaux de cérémonie, par exemple ?

Il se frotta le front, l'air ennuyé.

— Je vois qu'Izzy a vendu la mèche.

— Ne la blâmez pas. De toute façon, je continuerais probablement à venir travailler tôt. Je suis déjà réveillée à cette heure-là, alors…

Elle s'arrêta, mais elle avait déjà suscité sa curiosité.

— Vous êtes réveillée avant 3 heures ?

Elle s'attendit à ce qu'il lui demande pourquoi, mais à la place il fit un commentaire :

— Le petit matin est censé être une période créative. Dans le temps, les gens se réveillaient très tôt. Ils travaillaient ou allaient voir leurs voisins. Ou bien ils faisaient l'amour.

Il hocha la tête.

— C'était un moment fort.

Son ton n'avait absolument rien de suggestif, mais une chaleur intense monta en elle alors que de délicieux frissons lui picotaient la peau.

— Vous pouvez regarder sur Google, ajouta-t-il.

— Je le ferai, dit-elle d'une voix enrouée.

— Bon après-midi, mademoiselle Holmes.

— Bon après-midi, shérif.

# - 6 -

Derek commençait à perdre patience. Holliday Bailey, la bibliothécaire, n'avait visiblement aucune envie de l'aider.

— Je vous l'ai dit, shérif, pour établir une carte de bibliothèque, il me faut deux courriers avec le nom et l'adresse du demandeur.

— Et moi, je vous ai dit que je ne les ai pas. Alors pouvez-vous faire une exception pour Gilberto ?

Holliday réprima une exclamation.

— Quoi ? Vous me demandez de contourner le règlement de la bibliothèque ? Vous, un shérif censé faire appliquer la loi ?

Elle posa une main ornée de multiples bagues sur sa poitrine.

— Je suis choquée. Je… Je me sens mal. Y a-t-il un médecin dans le coin ?

— Très drôle, répondit-il. À présent, pouvez-vous me donner la carte de bibliothèque, s'il vous plaît ?

Elle fut sur le point de répondre, puis regarda au-delà de lui.

— Bonjour, Willa ! Que puis-je faire pour vous ?

Se tournant de nouveau vers lui, elle ouvrit de grands yeux qui signifiaient : « Regardez qui est là ! »

Il serra les dents. Holliday était l'une des meilleures amies d'Izzy. Du coup, elle et lui avaient passé plus de temps ensemble qu'ils ne l'auraient fait autrement. Au cours de la dernière année, elle s'était mis dans la tête qu'il avait un faible pour Willa et qu'il fallait l'encourager.

— Bonjour, répondit Willa en s'approchant du bureau. Bonjour, shérif.

— Mademoiselle Holmes.

Holliday rit.

— Vous êtes si solennels, tous les deux ! Laissez-moi vous présenter. Derek, voici Willa. Willa, voici Derek.

Les douces ondulations auburn de Willa cascadaient sur ses épaules, évoquant l'or et le cuivre des feuilles d'automne, tandis qu'elle lui souriait.

— Shérif, dit-elle en soutenant son regard.

— Mademoiselle Holmes, répéta-t-il, et il eut l'impression que la terre entière disparaissait, les laissant seuls, l'un face à l'autre.

— Vous êtes vraiment désespérants, fit Holliday en secouant la tête. Willa, j'ai le livre que vous avez retenu. *Décorations avec des boules de gomme*. Cela paraît fascinant.

— Oui, mais si vous vous occupez du shérif Neel, je peux attendre.

— J'essaie d'obtenir une carte de bibliothèque pour Gilberto, l'informa-t-il. Il n'en a jamais eu.

— Jamais ?

Elle fronça les sourcils.

— J'aurais pensé qu'il lui en fallait une pour l'école, au moins.

Gilberto travaillait à la boulangerie depuis près d'une semaine. Quand il avait fini, Derek passait le prendre avec la voiture de patrouille ou son pick-up — ce qu'il adorait — et le conduisait en dehors de la ville, jusqu'à la maison qu'il partageait avec son cousin. Invariablement, le gamin déclarait que Willa lui avait donné un sandwich. Il disait aussi qu'elle corrigeait sa grammaire, et quand il restait tard en demandant d'autres tâches à faire, elle lui répondait qu'il ferait mieux de faire ses devoirs ou de pratiquer un sport. Il semblait aimer qu'elle lui parle ainsi.

— Il a vraiment besoin d'une carte de bibliothèque.

Il regarda Willa, se demandant si elle resterait toujours une énigme pour lui. Elle s'était farouchement opposée à ce que Gilberto travaille à la boulangerie au début, mais maintenant elle se souciait de lui. Elle avait protesté en découvrant qu'il la suivait jusqu'à son travail le matin, ce qui ne l'avait pas empêchée de lui rendre son baiser. Avidement.

— Voici le formulaire de demande, capitula Holliday en poussant un document imprimé vers lui. Remplissez-le de votre mieux. Je vais chercher votre livre, Willa.

Elle se leva et s'éloigna sur des talons hauts vacillants.

Il y avait peu de ressemblances entre Willa et Holliday, pensa-t-il. Le sex-appeal insolent d'Holliday évoquait un orage ; la douce sensualité de Willa lui rappelait une pluie légère. Ce qui ne signifiait pas qu'elle était moins excitante. Loin de là.

— Alors, dit-il. Du nouveau ?

— Oui. Je songe à décorer des gâteaux de mariage.

Elle eut un grand sourire, puis ouvrit sa doudoune blanche et défit son écharpe framboise.

— Gilberto m'a dit que vous l'aidiez à faire ses devoirs. On dirait qu'il est en retard dans la plupart des matières, non ?

— Dans toutes. Deux ans de retard en math. J'ai parlé à son professeur. Il n'a pas de problèmes pour apprendre, simplement beaucoup d'absences depuis le cours préparatoire.

— Que s'est-il passé cette année-là ?

Il jeta un coup d'œil autour d'eux. Gilberto vivait hors de la ville, mais allait en classe à Thunder Ridge. Il avait droit à de la discrétion.

— Ça vous intéresse vraiment ? demanda-t-il.

Elle parut offusquée, d'abord, puis sembla comprendre pourquoi il lui posait la question.

— Oui, dit-elle gravement. Ça m'intéresse.

— Si vous avez deux minutes, je peux vous mettre au courant une fois que nous aurons fini ici.

Elle hocha la tête. Quand il eut la carte au nom de Gilberto et elle son livre, Holliday leur proposa de les raccompagner.

— À nous deux, je pense que nous nous en sortirons, merci, répondit-il.

— Oui, à deux c'est toujours mieux que tout seul.

Holliday eut un sourire innocent, mais il savait qu'elle téléphonerait à Izzy dès qu'ils seraient dehors.

C'était une froide journée d'hiver. Willa remontait déjà la fermeture Éclair de sa doudoune.

— Trouvons un endroit chaud et discret, et je vous dirai ce que je sais au sujet de Gilberto, dit-il.

— Un endroit discret, ça n'existe pas à Thunder Ridge.

Elle sourit en s'emmitouflant dans son écharpe.

— Faut-il que vous alliez quelque part ? demanda-t-il.

— Non, c'est mon jour de congé.

— Je sais. J'ai dormi plus tard ce matin.

Il vit le sourire s'élargir sur ses lèvres appétissantes.

— Vous vous débrouillez bien.

— Pour quoi ?

— Pour vous cacher quand vous me suivez. Je ne vous ai pas vu une seule fois de toute la semaine.

Ce qui indiquait qu'elle l'avait guetté.

— J'ai de l'entraînement.

Dernièrement, il avait le plus grand mal à ne pas la rejoindre à 3 heures du matin sur le banc où elle nourrissait ses maudits chats et à lui faire une déclaration sous les étoiles. Pourtant, quelque chose avait changé. Il ne voulait pas d'une relation qui soit une mosaïque de secrets.

— Venez.

L'escortant jusqu'à son pick-up restauré de 1957, il ne put réprimer une bouffée de fierté et de plaisir lorsqu'elle passa les doigts sur le brillant capot rouge.

— Il est magnifique. Depuis quand l'avez-vous ?

— Depuis mes dix-neuf ans. J'ai mis deux ans à le restaurer avec mon meilleur ami, Walt. Il fera bon si je mets le chauffage et ce sera discret, si ça ne vous ennuie pas d'être assise dans une camionnette sur un parking.

— Ça ne m'ennuie pas du tout.

Ouvrant la portière, il eut une impression de déjà-vu

quand elle grimpa dans la cabine. Combien de fois l'avait-il imaginée blottie contre lui dans son pick-up ?

Il mit la clé de contact et enclencha le chauffage.

— Il devrait faire chaud dans une minute.

— Comment avez-vous rencontré ce Walt ?

— Il a été le shérif de Thunder Ridge pendant près de trente ans. Nous nous sommes connus peu après mon arrivée dans la ville. Je vivais chez un oncle et une tante. Je ne m'entendais pas très bien avec eux et je suis parti à dix-sept ans. À l'époque, mon sport favori était de me battre avec ceux qui voulaient.

Elle en resta bouche bée. C'était presque comique.

— J'ai traîné dans Portland, poursuivit-il. Puis je suis venu ici, parce que je voulais trouver un nouvel endroit où chaparder en paix.

Cette fois, il faillit rire aux éclats devant son expression.

— Il me plaît de penser que j'ai changé en mieux.

— Et quelles sortes de combines vous ont conduit à Walt ?

— J'étais un cambrioleur vraiment maladroit. Je déclenchais les alarmes, j'alertais les chiens. En fait, je n'ai jamais réussi à rentrer complètement chez quelqu'un, mais j'ai effrayé pas mal de gens. En tant que shérif, Walt a décidé que plutôt que de m'arrêter il me prendrait sous son aile. Mais il m'a fait payer. Cher. J'ai dû faire des excuses à tous ceux que j'avais essayé de voler. Il m'a sauvé la vie.

Ses superbes yeux gris brillèrent de sympathie et cela lui réchauffa le cœur.

— Et vous vous rachetez encore avec Gilberto.

Il n'avait pas besoin de son admiration pour savoir qu'il faisait ce qu'il fallait, mais ses mots lui faisaient du bien, c'était sûr.

— Walt vous a-t-il donné le pick-up quand vous avez fini de le restaurer ? demanda-t-elle.

— D'une certaine façon. Il a offert de me laisser l'acheter, mais pour beaucoup moins que son prix. Il savait que ça signifierait plus pour moi si je pouvais me dire : « Je l'ai gagné. » Bien sûr, à l'époque, j'ignorais qu'il me faisait un énorme rabais. Tout ce que je savais, c'était que c'était la première chose que j'avais jamais possédée, et je me sentais comme un roi. Plus tard, j'ai voulu le payer davantage, mais il a toujours refusé. Il disait que je pouvais payer le pick-up en étant l'homme qu'il savait que je pouvais être.

— Alors vous êtes devenu shérif, comme lui.

— Je serais heureux de lui arriver à la cheville. Mais oui, j'ai voulu être shérif, parce que j'avais vu tout ce qu'il donnait à la communauté. À quel point il en faisait partie, et à quel point la communauté faisait partie de lui.

Le coup d'œil qu'elle lui jeta était d'une sincérité à faire fondre le cœur, et soudain, dans son véhicule, la froide journée d'hiver ressembla à l'été. Il aurait eu du mal à compter le nombre de fois où il s'était imaginé avec elle, roulant le long de River Loop par un jour de congé, ou garé derrière les balles de foin pour le cinéma en plein air à la ferme de Gold Meadow. Être assis ensemble sur un parking était loin d'approcher les scénarios qu'il avait concoctés dans sa tête, mais s'il ne devait jamais avoir plus, eh bien, il s'en contenterait volontiers.

Il prendrait une photo mentale d'elle, cette femme fascinante et secrète à qui il avait pensé nuit et jour, et il garderait ce souvenir dans son cœur, pour le ressortir quand il aurait besoin de réconfort pendant les périodes solitaires qui l'attendaient.

Willa ne parvenait pas à croire qu'elle avait critiqué un homme de cette qualité.

— Je regrette vraiment d'avoir fait ce commentaire sur les shérifs des années 1950 à la télé, commença-t-elle.

Il l'interrompit en riant.

— Je suis un fan d'Andy Griffith. J'aime les westerns, aussi.

Son expression — amusée, moqueuse et irrésistiblement jeune — la fit frissonner.

— Vous savez, reprit-il, je pense que Gilberto me ressemble beaucoup. Il a besoin de se sentir chez lui quelque part. Je ne me suis jamais senti faire partie de quelque chose jusqu'à ce que Walt me démontre que je pouvais faire partie de Thunder Ridge. Ça m'a changé définitivement.

Il toucha le bouton du chauffage.

— Vous avez assez chaud ?

Elle hocha la tête. Il était impossible d'avoir froid en étant assise aussi près de lui.

— Les parents de Gilberto ne font pas partie du tableau, poursuivit-il, revenant au sujet pour lequel ils étaient montés dans le pick-up, au départ.

La bouffée de frustration qui l'envahit la surprit. Elle aurait préféré l'entendre encore parler de lui. Faisant un effort pour se concentrer, elle lui fit signe de continuer.

— D'après son dossier scolaire, il a grandi chez une tante qui élevait seule ses propres enfants. Quand le fardeau est devenu trop lourd pour elle, Gilberto est allé vivre avec un cousin ou un autre jusqu'à ce qu'il atterrisse chez Roddy. Ses profs disent qu'il est intelligent et toujours avide d'apprendre au début de l'année scolaire, mais quand les leçons deviennent plus difficiles, il décroche et ses absences augmentent. C'est un cercle vicieux. Depuis le CP, il a manqué presque cinquante pour cent des cours.

Elle étouffa une exclamation.

— Nous allons changer tout cela, poursuivit-il.

— L'école peut-elle lui fournir un soutien ? demanda-t-elle.

— Il ne rentre pas dans ce cadre. L'absentéisme n'est pas considéré comme une difficulté d'apprentissage.

Il tambourinait des doigts sur le volant.

— Les études n'étaient pas mon fort, mais je vais l'aider de toutes les manières que je pourrai.

Quand il parlait ainsi, les paupières plissées, la mâchoire crispée, il avait à la fois l'air d'un guerrier et d'un père décidé à sauver son fils.

Regardant pensivement à travers le pare-brise, elle croisa le regard de Jeanne Frank et de Myra Newsome qui traversaient le parking pour aller à la bibliothèque. Elles montrèrent une surprise manifeste en la voyant dans le pick-up avec Derek. Elle poussa un soupir. Voilà déjà que Jeanne lui faisait des signes frénétiques ! Et Myra était une pipelette invétérée… Tentée de se tasser dans son siège, elle leur fit quand même un geste rapide de la main, puis regarda Derek pour voir sa réaction. S'il remarqua les curieuses, il ne parut pas se soucier du fait qu'ils étaient sur le point de faire les gros titres de Thunder Ridge.

— J'ai pensé que vous deviez en savoir plus au sujet de Gilberto, disait-il. Je veux que vous compreniez l'impact que son petit job à la boulangerie va avoir sur sa vie. Je sais, ou crois savoir, qu'il a été difficile pour vous de le prendre avec vous.

— Non, répondit-elle prudemment. Il est amusant. Il chantonne et danse quand il travaille, maintenant.

Elle vit la surprise et le contentement illuminer son sourire et eut envie de glisser les doigts dans ses cheveux de jais.

— Vous feriez un bon père, déclara-t-elle sans prendre le temps de réfléchir.

Mais que lui arrivait-il ?

Elle tendit la main vers le tableau de bord, faisant courir ses doigts sur le métal lisse, d'un rouge brillant.

— Je fais des bagels au blé complet, à présent, dit-elle trop fort pour combler le vide laissé dans la conversation par sa maladresse. Ils sont bons, pas trop lourds.

Ses yeux étaient toujours rivés sur le tableau de bord.

— Nous avons aussi un nouveau friand à la crème et au fromage. Pour le cas où vous songeriez à revenir chercher votre petit déjeuner. Un jour ou l'autre.

*Seigneur ! Des bagels et des friands ? Sérieusement ?* Pourquoi ne pouvait-elle pas dire simplement ce qu'elle avait dans la tête ?

— Vous n'êtes pas venu depuis un certain temps, voilà, et… Vous manquez. À tout le monde. Tous les clients réguliers, tous ceux qui passent le matin, disent que ça leur manque de ne pas vous voir.

*Lâche.*

L'expression sur le visage de Derek n'avait pas l'air de signifier « Cette fille est folle », mais c'était ce qu'il devait penser. Tant pis. Il fallait qu'elle soit honnête. Qu'elle exprime ce qui lui faisait envie. Et ce qu'elle voulait, c'était… qu'il la touche. Que sa chaleur dissipe le froid de son âme. Elle voulait éprouver de nouveau la sensation que ses bras et ses lèvres lui avaient donnée — une impression d'été au milieu d'un hiver personnel affreusement long.

Sa gorge menaça de se serrer, mais elle se força à parler.

— À moi aussi, vous avez manqué.

Une seconde s'écoula. Puis deux. Tandis qu'elle comptait jusqu'à cinq, elle commença à s'inquiéter, cessa de tripoter le tableau de bord et se risqua à le regarder.

Ses sourcils étaient froncés. Au lieu de s'adoucir, ses traits étaient de nouveau taillés dans du granit.

— Je dois aller au bureau. J'ai des papiers à faire.

*Génial.* Pour la première fois depuis qu'elle s'était fiancée, il y a si longtemps, elle avait dit à un homme qu'il lui plaisait. Et quelle était sa réponse ? « Je dois aller au bureau. »

Tentative de flirter avec le shérif : échec total.

— Voulez-vous que je vous dépose quelque part ? demanda-t-il, voulant clairement se montrer poli.

— Non. Non, non, dit-elle d'un ton faussement enjoué, sa main allant déjà à la portière. La journée est si belle. Je vais marcher. En vérité… — elle était prête à dire n'importe quoi pour s'extirper de cette situation embarrassante, à présent — … je ne marche plus du tout le matin, désormais. Je vais travailler en voiture. Je dors un peu plus longtemps. Je sors quand les gens sortent. Vous n'aurez donc plus à me suivre.

Elle émit un rire qui résonna dans l'habitacle. Creux et légèrement hystérique.

— Vous pourrez dormir plus tard, vous aussi. À moins que vous ne soyez en service, bien sûr, pour filer des suspects. Mais plus *moi.*

Il avait l'air très sombre, maintenant, en la regardant. Elle ouvrit la portière et se glissa dehors.

— Au revoir.

Elle fit un rapide signe de main, referma la portière et s'en alla, marchant aussi vite qu'elle le pouvait.

Il l'avait embrassée, elle lui avait rendu son baiser, il avait changé d'avis. Fin de l'histoire. Ce n'était ni flatteur, ni encourageant, mais ce n'était pas la fin du monde. Peut-être qu'elle croyait seulement être prête pour les bras d'un homme, pour sa compagnie, pour l'abandon physique qui apportait l'oubli en même temps qu'il lui rappelait qu'elle était très, très vivante.

— Il faut que je me trouve un hobby, marmonna-t-elle.

Pourtant, elle devait reconnaître qu'elle désirait que le shérif l'embrasse de nouveau. Pour la première fois depuis plus de deux ans, elle était disposée à admettre qu'elle avait besoin de plus qu'une vie figée dans le temps et le souvenir. L'espace d'un instant, elle avait aperçu le dégel du printemps, et cela lui avait donné des ailes.

# - 7 -

Willa manipula délicatement le DVD comme s'il s'agissait d'un bibelot fragile et précieux, souffla dessus pour en ôter des poussières éventuelles, l'inséra dans le lecteur et referma le clapet. Puis elle s'assit au bord de son canapé.

Elle n'avait pas regardé ce film ces deux dernières années, contrairement à ses autres vidéos familiales, et quand une jeune mariée apparut à l'écran dans sa robe de satin et de dentelle, son cœur s'arrêta un instant de battre. Décochant un sourire radieux à la caméra, la mariée se tenait au milieu d'un petit groupe de demoiselles d'honneur.

Le souffle coupé, elle regarda celles-ci aider la mariée à enfiler une jarretière. Ses cheveux auburn étaient retenus d'un côté par une barrette brillante et cascadaient sur une épaule. Pour s'amuser, elle se tourna vers la caméra en faisant une grimace avant d'éclater d'un rire joyeux.

Elle sentit les larmes lui monter aux yeux.

C'était vraiment elle, cette jeune femme en blanc au comble du bonheur ?

Avait-elle vraiment pu être si heureuse, un jour ? Une éternité la séparait désormais du plus beau jour de sa vie.

La scène suivante la montrait marchant vers son futur époux, qui souriait en lui tendant les bras. Les images de la cérémonie et de la réception témoignaient toute la passion, l'amour et la sincérité de deux jeunes gens qui avaient à peine plus de vingt ans et qui étaient fous amoureux, sûrs d'avoir trouvé leur partenaire pour la vie.

Puis la vidéo du mariage s'acheva, l'écran devint noir

avant de s'éclairer de nouveau. Un an plus tard, la mariée était devenue maman et, affichant un sourire de béatitude, tenait un bébé endormi entre ses bras. La toute petite fille avait une bouche en forme de cœur, une jolie peau rose et des cils auburn qui frôlaient ses joues rondes quand elle éternuait. Elle serrait son bébé contre elle et regardait la caméra, articulant sans bruit pour ne pas réveiller sa fille : « Je nous aime. »

La vidéo s'arrêta, puis reprit. Cette fois, elle était derrière la caméra et son mari, Jason, tenait la petite Sydney qui dormait. Le visage de Jason rayonnait de contentement. Il regarda la caméra et proclama : « Je suis l'homme le plus chanceux du monde ! » La fierté et la gratitude qui se lisaient dans ses yeux ne laissaient aucun doute sur sa sincérité.

C'était trop pour elle : trop de souvenirs, trop de rêves brisés, trop de douleur.

Prenant la télécommande, elle appuya sur « Arrêt ». Comme elle se souvenait de ce jour-là ! Elle avait pris son mari en gros plan pour que, des années plus tard, leur fille lise dans ses yeux qu'elle était aimée complètement, totalement.

Elle jeta la télécommande sur la table basse, se leva et s'entoura de ses bras. Elle avait adoré cette vie-là. S'était sentie reconnaissante pour chaque jour, même les moins bons. Jamais, au grand jamais, elle n'aurait pensé qu'elle se terminerait si vite.

Elle alla à la fenêtre et regarda dehors. Après la matinée ensoleillée, le ciel de l'après-midi était devenu gris. Maintenant, Thunder Ridge était recouverte d'une fine couche de neige. Les enfants d'en face, rentrés plus tôt de l'école, se tenaient sur leur pelouse. Vêtus chaudement, les bras écartés, ils avaient la tête en arrière et la bouche ouverte pour attraper des flocons sur leur langue. Leur joie était vibrante, bien réelle. La sienne, celle de la mariée, de la jeune maman, n'était plus qu'une image. Elle ne pouvait plus la ressentir.

Et cela lui faisait un mal fou.

Elle se détourna brusquement, puis attrapa sa veste au portemanteau, l'enfila, mit ses bottines et sortit. Il fallait qu'elle prenne l'air, qu'elle se change les idées. Qu'elle pense à autre chose.

Au début elle ne savait pas où elle allait mais, tandis qu'elle marchait, des bribes de sa conversation avec Derek lui revinrent et elle se laissa guider par elles. D'après le shérif, Gilberto avait besoin d'aide pour se rattraper en classe. Derek ne pensait pas être capable de lui donner ce soutien scolaire et les professeurs particuliers coûtaient cher. Mais elle, elle connaissait bien le programme du CM2.

Une idée commença à prendre forme dans son esprit.

Consultant sa montre, elle vit qu'il n'était pas tout à fait 4 heures. Le maître de Gilberto serait peut-être encore à l'école. Elle avança d'un pas plus résolu.

La neige fondait dès qu'elle touchait le sol, et le simple fait d'être dehors par ce temps la faisait se sentir plus vivante. Lorsqu'elle atteignit Vista Road, qui menait à l'école primaire, elle savait exactement ce qu'elle voulait faire.

— Je vous le dis, shérif, c'est son anniversaire et elle fait rien !

— Elle *ne* fait rien.

Gilberto grogna.

— Vous faites comme elle. Elle me corrige toujours quand je parle. Ce n'est pas le problème.

— C'est exactement le problème.

Derek se détourna de la fenêtre d'où il contemplait plus ses pensées que la vue que l'on avait de son bureau.

— Ton éducation est la raison pour laquelle Willa a commencé à te faire travailler. Elle veut que tu aies un avenir.

— Ouais, et c'est bien pour ça que je veux qu'elle ait un cadeau pour son anniversaire. Vous pigez, shérif ? Elle se soucie de mon futur, et moi je veux qu'elle ait un cadeau.

Depuis le soir où Gilberto avait détalé avec le bocal de dons, il était passé d'un gamin qui paraissait maussade et mal à l'aise avec les adultes à un jeune garçon ouvert et bien plus sûr de lui. Et le changement qui s'était produit en lui, en deux semaines, depuis que Willa avait commencé à le faire travailler, était encore plus profond. Il n'aurait su dire ce qui avait provoqué ce déclic chez elle, mais le fait qu'elle soit disposée à aider Gilberto avait fait sauter un verrou.

Gilberto pouvait encore se montrer détaché vis-à-vis de son travail à l'école. Mais maintenant qu'il commençait à saisir certaines choses, il paraissait plus heureux et discutait davantage, comme il le faisait en ce moment au sujet de l'anniversaire de Willa, qui apparemment avait lieu le lendemain.

— Izzy, elle a passé au magasin…

— Izzy *est* passée au magasin.

— Je sais, shérif ! OK. Elle est venue au magasin pour faire remplir des papiers à Willa et elle a dit, je l'ai bien entendue : « Hé, c'est votre anniversaire demain ! » Et Willa a dit : « Oui, j'ai des plans pour après le travail. » Mais elle en a pas, shérif. Je veux dire : elle n'en a pas.

— Comment le sais-tu ?

— Je lui ai demandé si elle pourrait m'aider à faire mes devoirs demain et elle a dit : « Bien sûr. »

— Elle a probablement des plans pour la soirée, Gilberto.

Il se força à ne pas se demander quels étaient ces plans, ni avec qui elle les partagerait.

Deux semaines plus tôt, elle lui avait dit qu'elle souhaitait qu'il revienne à la boulangerie. Oui, ce jour-là dans son pick-up, elle avait semblé lui dire qu'elle était intéressée, finalement. Mais il savait qu'elle n'était pas prête pour tout ce qu'il désirait. Et il savait qu'il n'était pas prêt à se contenter de moins.

— Elle n'a pas de plans ! insista Gilberto. C'est ce que j'essaie de vous dire ! ajouta-t-il d'un ton impatient. Je lui ai dit que j'avais un contrôle lundi, et qu'il faudrait qu'elle m'aide un peu plus longtemps demain soir, et elle a répondu : « D'accord, j'ai tout mon temps. » Vous voyez ? Elle a oublié ce qu'elle a dit à Izzy.

— Ou peut-être qu'elle te donne la priorité, dit-il.

Gilberto pivotait de droite à gauche dans son fauteuil.

— Je vous le répète, elle fait rien… Elle ne fait rien pour son anniversaire. Et ce n'est pas bien, parce que, vous savez, elle est chouette. Elle est gentille avec les gens.

Il acquiesça. Gilberto était un bon petit gars, lui aussi. Il avait passé du temps avec lui les deux derniers week-ends. Ils étaient allés à la patinoire provisoire de Trillium Park. Puis ils étaient allés au cinéma, où le petit avait mangé du pop-corn et des caramels au chocolat à s'en rendre malade. Ses journées de congé étaient plus remplies et plus distrayantes qu'elles ne l'avaient été depuis que Nate Thayer était arrivé en ville, accaparant sa meilleure amie.

Et maintenant son nouveau copain voulait faire quelque chose pour l'anniversaire de Willa. Son instinct de préservation l'avertissait de changer de sujet. Rapidement. Mais il ne pouvait pas chasser de son esprit l'image de Willa célébrant son anniversaire seule. Il regarda Gilberto.

— Bon. À quoi pensais-tu ?

Willa faisait ses courses le vendredi soir. Le grand supermarché en dehors de la ville était plutôt tranquille dans la soirée et elle pouvait se promener dans les allées, passant les produits en revue et se demandant ce qu'elle pouvait essayer pour la boulangerie. Elle ne vit pas de raison de changer ses habitudes ce vendredi-là.

Elle avait déjà eu des appels de ses parents, de sa tante Esther et de sa cousine Nancy. Daisy avait téléphoné, aussi, chantant sur son répondeur : « Je ne peux pas croire que nous soyons si vieilles, joyeux anniversaire à toi ! » Puis elle avait demandé : « Que fais-tu ce soir ? Tu as intérêt à ce que ce soit bien, et que ça comprenne un homme ! » Elle avait répondu par texto :

Trente-quatre ans n'est pas vieux. De grands projets pour la soirée. Plein d'hommes concernés. Bises.

Au supermarché, elle eut une conversation agréable avec le boucher, qui était bel et bien un homme. Puis elle discuta avec le caissier, un autre homme, et avec le garçon qui aidait à ranger les courses dans des sacs. Donc elle n'avait pas exactement menti.

Après avoir mis ses achats dans le coffre de sa voiture, elle monta, tourna la clé de contact et espéra que le chauffage fonctionnerait rapidement. Ayant passé la fin de la journée à aider Gilberto à préparer un contrôle de math, elle n'avait pas dîné et avait faim. Elle projeta de se faire quelque chose de très simple, un panini grillé accompagné de fromage avec un peu de confiture de figue. Puis elle mangerait devant la télévision en regardant un épisode de sa série préférée. Il n'y avait rien de mal à passer son anniversaire de cette façon, même si sa famille et Daisy étaient d'un autre avis.

Conduisant vers chez elle, elle roula moins de cinq cents mètres avant de voir trois lumières clignotantes dans son rétroviseur. Un véhicule de police. Elle se rangea sur le côté, se demandant ce qu'elle avait fait de mal. Elle baissa sa vitre et sourit, espérant éviter une énorme amende le jour de son anniversaire.

— Bonjour, qu'ai-je fait pour… Oh ! salut !

Derek hocha la tête, l'air très sérieux dans son uniforme et arborant un chapeau qu'elle le voyait rarement porter.

— Bonsoir. Savez-vous qu'il y a des étincelles sous la caisse de votre voiture ?

— Des quoi ? Sous quoi ?

— J'ai vu des étincelles sortir de sous votre voiture. C'est très dangereux. J'ai alerté les pompiers qui arriveront bientôt, j'en suis sûr. Dans l'immédiat, je dois vous demander de quitter le véhicule par sécurité.

Il parlait vite, semblait inquiet, cela voulait sans doute dire que la situation était dangereuse.

— Si vous voulez bien prendre votre sac et toutes vos autres affaires, je demanderai à Dan Bowman de venir remorquer votre voiture et d'y jeter un coup d'œil. Il vous préviendra quand ce sera fait. Voulez-vous ouvrir votre portière ?

Nageant en pleine confusion, elle ouvrit. Aussitôt, il la prit par le bras pour l'aider à sortir.

— Faisons vite, dit-il. Voulez-vous prendre autre chose ?

— J'ai des courses dans le coffre.

— OK, montez dans la voiture de patrouille, je m'occupe du reste.

Elle fit ce qu'il demandait, et réalisa en s'installant sur le siège qu'elle lui faisait risquer sa vie pour des provisions. Elle l'observa, grand, fort et sûr de lui, et elle allait lui crier d'oublier ses courses quand il revint avec les sacs. Il mit tout sur le siège arrière et prit place au volant. La voiture fut aussitôt emplie de sa présence et son parfum masculin, aux notes boisées et épicées, l'enivra. Au prix d'un suprême effort, elle reporta son attention sur sa propre voiture.

— Où sont les étincelles ?

— Elles ont cessé quand vous avez coupé le contact. C'est bon signe.

Il jeta un coup d'œil vers elle.

— Alors, vous avez des plans pour le week-end ?

La soirée commençait à paraître vraiment surréaliste. Il ne lui avait pas autant parlé depuis des semaines. Ces temps-ci, elle le voyait surtout en passant ou l'apercevait par la vitrine quand il venait chercher Gilberto. Il n'entrait pas. Elle en était venue à accepter que, s'il avait éprouvé de l'attirance pour elle, c'était terminé, et elle essayait de ne pas chercher à savoir pourquoi.

— Je travaille dimanche, répondit-elle. Demain, je pensais faire un peu de cuisine. Congeler quelques dîners.

*Waouh ! Voilà de quoi lui faire tourner la tête d'excitation,* pensa-t-elle.

— J'irai peut-être faire un tour à Portland, ajouta-t-elle.

La ville était à une bonne heure et demie de voiture.

Et elle paraissait même encore plus éloignée du point de vue du style de vie. Très peuplée, moderne, animée, elle ne pouvait être plus différente de Thunder Ridge, avec son charmant côté « western ».

— Qu'est-ce que vous allez faire à Portland ?

*Euh, rien. Parce que je viens juste de l'inventer.*

— J'irai peut-être chez Powell.

La grande librairie à plusieurs étages était célèbre.

— Et j'adore la 23e Rue.

Cela, au moins, était vrai. La 23e Rue offrait les plus belles boutiques et les meilleurs restaurants de la ville. Elle devrait vraiment y aller. Sortir de sa routine.

— Avez-vous déjà mangé au El Gaucho ?

Elle fit signe que non.

— Il est au centre-ville, dans l'hôtel Benson. On y trouve les meilleurs steaks d'ici jusqu'au Texas.

— Vous êtes allé au Texas ?

— J'en suis originaire.

— Je pensais que vous aviez grandi dans la région.

À la lumière du tableau de bord, elle le vit sourire d'un air désabusé.

— J'ai « grandi » ici. Je suis devenu un homme au lieu d'une petite frappe. Mais je suis né à Lubbock, au Texas, et j'y ai vécu jusqu'à dix-sept ans, ou presque. Là, l'oncle chez qui je vivais m'a dit de redresser la barre ou de partir. J'ai choisi de partir. J'ai fait du stop et j'ai atterri à Portland, puis je suis venu ici, heureusement.

Il ne cessait de la surprendre.

— Vous avez vraiment eu une jeunesse difficile.

Il haussa les épaules.

— J'ai eu des défis à relever.

Ils roulèrent un moment en silence avant qu'il reprenne la parole.

— Gilberto est perturbé, parce que les seules personnes auxquelles il se sent attaché sont celles avec qui il ne peut pas avoir de vraies relations. Il ne veut pas devenir comme ces gens, qui sont loin d'être aimants. Mais ne pas rester attaché à eux le panique. Il est ballotté comme un bateau au milieu de l'océan. Il souhaite s'amarrer quelque part, et il le fera là où il peut.

Une vague d'émotion la submergea. Il était sensible et généreux, elle adorait le voir prendre à cœur l'avenir de ce pauvre gamin.

— Vous lui offrez une chance de trouver sa place quelque part, murmura-t-elle. Vous faites tout ce que vous pouvez pour l'aider.

Il lui lança un coup d'œil.

— Vous aussi. Chaque fois que vous travaillez avec lui.

— Mais mon aide est temporaire.

Soudain, elle se sentit malade d'inquiétude.

— Peut-être que la dernière chose dont il a besoin est quelqu'un qui soit juste de passage dans sa vie. Si ça rendait les choses encore pires ?

— Ce que vous lui donnez n'est pas temporaire, Willa. Le temps que vous passez avec lui est quelque chose qu'il emportera partout, désormais. Et votre relation avec lui n'a pas de date d'expiration !

Ils approchaient de Thunder Ridge. Les lumières clignotantes qui décoraient toute la ville depuis le week-end suivant Thanksgiving devenaient visibles. Il avait cessé de parler, et le silence était le bienvenu tandis qu'elle essayait d'y voir clair dans ses sentiments.

Toute sa vie, elle avait eu un endroit à elle et des gens qui l'entouraient. Alors pourquoi le fait de parler d'appartenance et même juste d'y penser la mettait dans cet état ? Hésiter à planter ses racines à Thunder Ridge ne voulait pas dire qu'elle n'était pas chez elle… quelque part. Et s'il advenait que la seule chose de bien qu'elle ferait ici était d'aider un jeune garçon à s'installer, lui donnant les repères qui lui permettraient de grandir, cela devrait être suffisant.

Alors qu'ils arrivaient au centre-ville, il tourna dans Warm Springs Road. La plupart des commerces étaient déjà fermés, à part le General Store et une animalerie qui avait ouvert l'année précédente. Comme il approchait de la 4e Rue, elle le prévint :

— Vous pouvez tourner ici pour moi.

Son portable sonna et il répondit, dépassant la rue.

— Salut, Izzy ! dit-il. Ah oui ? Eh bien, je ne suis pas loin du salon de thé. Bien sûr, je peux vérifier pour toi. À plus tard.

Il la regarda.

— Octavio pense qu'il a oublié de fermer les brûleurs, cet après-midi. Izzy est à une réception avec Nate et m'a demandé de passer voir. Est-ce que cela vous ennuie de venir avec moi ?

— Non. Mais c'est bizarre. Octavio est la minutie même. À la limite de l'obsession.

— Nous avons tous un jour sans, de temps à autre.

— Je suppose.

Il tourna au coin et s'engagea dans l'allée derrière le Pickle Jar.

— Accompagnez-moi, dit-il. Vous pourrez me montrer comment fermer les brûleurs.

Comme ils arrivaient à la porte, elle demanda :

— Depuis quand avez-vous les clés du salon de thé d'Izzy ?

— Pratiquement depuis toujours.

Ouvrant la porte qui donnait sur une réserve, il lança d'une voix forte qui résonna dans la pièce vide :

— Nous y voilà !

Il s'écarta, la laissant entrer la première. Elle éclaira, puis se dirigea vers la cuisine. Des arômes délicieux — falafels aux pommes de terre et aux oignons, corned-beef — lui taquinèrent les narines, réveillant son appétit.

— Octavio a dû cuisiner à l'avance pour la semaine prochaine. À moins qu'ils ne soient engagés comme traiteur pour une réception ?

D'ordinaire, dans ce cas, Izzy lui demandait de préparer des gâteaux et des biscuits, mais là, elle ne lui avait parlé de rien.

— Je ne sais pas, mais ça me donne faim. Je n'ai pas dîné.

— Moi non plus.

Elle lui jeta un coup d'œil. Un sourire — vraiment adorable, pour être honnête — jouait aux coins de sa bouche. Elle se mit à imaginer un pique-nique en tête à tête dans le salon de thé fermé. Ils pilleraient le réfrigérateur, allumeraient une bougie sur une table et elle lui mettrait elle-même dans la bouche un morceau d'une crêpe fourrée au fromage blanc et à la confiture.

*Pourquoi pas ?* se dit-elle. *Fais-le. Ne réfléchis pas.*

— Vous savez, lança-t-elle avant de pouvoir faire marche arrière, si nous avons faim tous les deux, nous sommes au bon endroit.

Son cœur battait très fort.

— Je parie que nous pourrions trouver quelque chose…

— Surprise !

Elle sursauta. Des dizaines de visages connus surgirent de derrière les tables du Pickle Jar.

Une grande main chaude se posa sur son dos. Derek se pencha vers elle.

— Bon anniversaire, Willa.

Son murmure la fit frissonner tout entière. Il lui fallut plusieurs secondes pour retrouver sa voix.

— Tout ceci est pour moi ?

Elle vit son sourire s'attendrir.

— Tout est pour vous.

Abasourdie, elle se tourna vers la foule de personnes qui criaient « Bon anniversaire ! » et demandaient à Derek :

— Elle ne s'y attendait vraiment pas ?

En les parcourant du regard, elle vit Izzy avec Nate et leur fils, Eli ; Holliday Bailey, la bibliothécaire ; Kim, qui travaillait avec elle à la boulangerie et tenait la main de son mari ; plus une trentaine d'autres personnes. Et devant eux tous, brandissant une pancarte écrite à la main qui proclamait « Bon anniversaire, Willa, mon professeur préféré ! », se tenait Gilberto. Son grand sourire avait perdu toute timidité. Il semblait excité et rempli d'importance.

La main toujours au creux de son dos, Derek la poussa doucement en avant.

Tandis qu'elle se dirigeait vers le comptoir autour duquel la plupart des invités s'agglutinaient, elle s'aperçut que les bavardages et les vœux laissaient peu à peu la place au silence. Des dizaines de visages la regardaient d'un air chaleureux, la rendant soudain très consciente que parmi tous ces gens venus fêter son anniversaire, la fêter, elle, elle n'en connaissait bien aucun, et qu'ils ne la connaissaient… pas du tout. Sa réticence à laisser pénétrer ces personnes dans son univers privé la mit mal à l'aise et la fit se sentir toute petite tandis qu'ils espéraient qu'elle dise quelque chose.

— Merci, commença-t-elle d'une voix tremblante d'émotion. C'est une telle surprise ! Je veux dire, je n'avais vraiment, vraiment aucune idée de cette fête. Je ne peux pas croire que vous vous soyez donné tout ce mal.

Elle secoua la tête, des larmes lui montant aux yeux.

— Les mots me manquent, conclut-elle piteusement.

Son soulagement fut grand quand Derek prit le relais.

— Il paraît qu'il y a à manger dans cette popote ! lança-t-il. L'héroïne de la fête n'a pas dîné. Mangeons !

Des applaudissements enthousiastes montèrent dans la salle.

Izzy, Octavio et des serveuses — apparemment, tout le personnel avait renoncé à son soir de congé pour elle — se jetèrent dans l'action. Des plats de nourriture furent sortis. Une ligne se forma devant le comptoir et l'on remplit les assiettes.

Mais avant de profiter du festin, elle voulait parler à Gilberto.

— C'est toi qui as fait cette pancarte ? demanda-t-elle.

Il hocha la tête et se rengorgea.

— Et j'ai tout bien écrit. Elle vous plaît ?

— Je l'adore ! Merci. Et merci de passer ton vendredi soir avec moi. Je sais que d'habitude tu regardes un film avec tes cousins.

Il détourna le regard.

— On ne le fait plus beaucoup.

Elle fronça les sourcils. Deux semaines plus tôt seulement, il lui avait dit : « Moi et mes cousins, on fait un tas de trucs amusants. »

— Tu sais, les gens sont occupés, parfois. Les emplois du temps peuvent changer momentanément.

Gilberto haussa les épaules, mais un peu de sa joie parut s'évanouir.

— Si tu es libre demain, dit-elle spontanément, il y a un cinéma à Portland qui passe de vieux films. En ce moment, ils passent *Hotel Transylvania* 1 et 2. J'adore ces films. Et à côté, il y a un glacier qui vend des glaces au sang de vampire et aux cafards pilés. Je te mets au défi d'en manger.

Gilberto fit la grimace, mais son visage montrait tout son enthousiasme.

— Beurk ! Mais je goûterai, si vous voulez.

Elle rit. Derek apparut à côté d'eux, et son corps réagit aussitôt à sa proximité. Une vague de frissons lui picota la peau.

— Ai-je entendu quelqu'un parler de glaces ?

— Des glaces aux cafards, croassa Gilberto en frappant du poing le bras de Derek. Willa m'a mis au défi d'en manger.

Tandis qu'il continuait à bavarder, Willa s'aperçut qu'elle enviait sa décontraction vis-à-vis de Derek.

— Ma grand-mère mangeait des fourmis cuites dans du beurre, au Guatemala, dit ce dernier.

— Ce n'est pas vrai ! s'exclama Gilberto, fasciné.

Elle l'était tout autant.

— Vous avez des origines guatémaltèques ?

— Ma grand-mère était métisse, mi-indienne, mi-espagnole. Sa fille, ma mère, a épousé un Irlandais.

Voilà pourquoi sa peau avait ce hâle doré qu'elle aimait tant.

Elle toucha son poignet — un geste inconscient qui, paradoxalement, la rendit hyper consciente de, oh, mon

Dieu, tous les détails de sa personne. Consciente des poils sur son bras et de la douceur de la peau dessous. Consciente de son parfum, mêlé à la fragrance du savon et à la subtilité de son after-shave. Son odeur à lui. Chaude, réconfortante, attirante, troublante… Derek.

Il jeta un coup d'œil à ses doigts, posés aussi légèrement que des papillons sur son poignet. Son regard sembla électriser leur point de contact, mais lorsqu'il haussa un sourcil, elle écarta sa main avec gêne.

La grande main de Derek se posa sur l'épaule de Gilberto.

— Trouve de quoi manger et des banquettes libres. Nous te rejoignons tout de suite.

Le jeune garçon ne se le fit pas dire deux fois. Il lui donna la pancarte et partit rejoindre la file où plusieurs personnes le firent passer devant elles.

— Il fait vraiment partie de la communauté, maintenant, observa-t-elle doucement.

Elle leva les yeux vers lui et s'aperçut qu'il l'observait avec attention. Il la débarrassa de la pancarte, qu'il appuya contre un tabouret du bar, puis la rejoignit. Il faisait bien trente centimètres de plus qu'elle et elle se sentait légèrement intimidée.

— Je suppose que ma voiture marche bien ? s'enquit-elle.

— Tout à fait. Je vous emmènerai la chercher demain matin. Ou ce soir, si vous en avez besoin.

L'idée de passer plus de temps seule avec lui lui plut, ou lui aurait plu si elle n'avait pas senti cette distance entre eux.

— C'est incroyablement gentil à vous de vous être donné tout ce mal pour m'amener ici, dit-elle en regardant autour d'elle.

Quelqu'un avait mis de la musique, ce qui réchauffait l'ambiance, et pour la première fois elle remarqua les ballons.

— Je ne peux pas croire qu'Izzy ait organisé tout ceci, occupée comme elle est.

— Elle en est capable, mais l'idée ne vient pas d'elle. C'est Gilberto qui y a pensé. Elle l'a assisté.

Il s'arrêta et secoua la tête.

— En fait, elle s'inquiétait un peu que toute cette attention vous mette mal à l'aise, mais Gilberto a insisté.

— Et je suppose que vous l'avez aidé à organiser tout ça ?

— Un peu.

Il croisa les bras sur sa poitrine dans la posture classique du shérif qu'elle commençait à trouver plus attendrissante qu'impressionnante.

— Les fêtes ne sont pas mon fort, mais il avait raison. Vous le méritez.

À ces mots, elle fronça les sourcils.

— Je n'ai rien fait pour mériter cette fête…

Il la fit taire en posant son index sur ses lèvres, et si toucher son poignet suffisait à l'électriser, ce n'était rien à côté de son doigt frôlant sa bouche.

— Vous êtes importante.

Sa voix était rauque, sourde.

— Pour cette ville. Pour Gilberto.

Ses yeux, profonds, sombres et aussi brûlants que le cratère d'un volcan, lui dirent ce qu'il n'exprimait pas à haute voix. « Pour moi. Vous êtes importante pour moi. »

— Je pensais que je ne vous plaisais plus !

Elle s'efforça de prononcer ces mots avec humour, mais elle entendit le ton d'espoir qui faisait de sa phrase une question. Elle aurait souhaité ravaler ses paroles, mais elle vit ses lèvres s'incurver en un petit sourire qui l'éblouit.

— Ce serait beaucoup, beaucoup trop facile, dit-il en secouant la tête. Et jusqu'ici, rien n'a été facile avec vous.

— Je sais. Je suis désolée.

— Ne le soyez pas.

Au bout d'un moment pendant lequel il sembla perdu dans ses réflexions, il annonça :

— Je vous ramènerai chez vous ce soir. Votre voiture aurait-elle besoin d'une vidange ?

Elle fit signe que oui.

— Dan Bowman s'en occupera et vous la ramènera dans la matinée.

C'était fait. Son ton était sans réplique. Un frisson d'excitation parcourut ses bras.

Sur ce, Izzy vint leur dire de se rapprocher du buffet. Elle donna une tape sur l'épaule de Derek.

— Tu monopolises l'héroïne de la fête. Laisse-la manger et se mêler aux autres.

Il lui jeta un regard noir. Willa sourit de savoir qu'il avait vraiment envie de passer plus de temps avec elle. Alors qu'elle se glissait dans la file devant lui, elle s'imagina l'inviter chez elle plus tard dans la soirée. Le plaisir anticipé monta en elle et elle se sentit comme l'une des bouteilles de cidre pétillant que Jax Stewart ouvrait à la table des boissons. Un peu plus de pression intérieure, et elle se répandrait partout en une myriade de bulles.

Non. C'était une comparaison bien trop terne. Elle ne se sentait pas comme une bouteille de cidre. Elle se sentait comme une femme qui savait exactement ce qu'elle voulait. Et ce qu'elle voulait était le shérif Derek Neel — sans uniforme, merci beaucoup.

Un millième de seconde après cette pensée, il posa une main sur sa taille et le désir explosa en elle, comme un ami perdu depuis longtemps qu'elle ne s'attendait pas à revoir. *Tourne-toi. Fais-lui savoir ce que tu ressens. C'est comme ça que l'on s'y prend.*

Elle regarda derrière elle et, dès que leurs yeux se croisèrent, l'espace entre eux crépita. Soudain elle se sentit affamée, mais pas de nourriture. Cette sensation était terrifiante, jubilatoire et merveilleuse.

Puis une serveuse s'adressa à elle et la main de Derek retomba, laissant un vide qui la glaça. Elle répondit, et s'efforça de faire la conversation. Quand elle regarda de nouveau vers Derek, il écoutait Ray, le coiffeur.

Il lui rendit son regard avec une expression impassible. Avant de lui décocher un clin d'œil. C'était tout ce dont elle avait besoin pour commencer à compter les minutes jusqu'à la fin de sa fête d'anniversaire et le début du principal événement de la soirée.

# - 8 -

La pleine lune pointait le bout de son nez dans un ciel couvert quand Derek aida Willa à descendre de sa voiture de patrouille. La vapeur de leur souffle se mêla et plana entre eux sous le réverbère tandis que les premiers flocons de la soirée commençaient à virevolter jusqu'au sol.

Lorsqu'elle leva le visage, il vit son sourire. On aurait dit une petite fille émerveillée.

— Je ne me lasse jamais de la neige, dit-elle. Nous n'en avons pas eu assez cet hiver.

— Ce n'est pas habituel par ici, répondit-il, touché par sa joie et les flocons qui s'accrochaient à ses cheveux. Certaines années, nous en avons jusqu'aux chevilles, à cette époque.

Et pour lui, c'était bien suffisant.

Ils restèrent debout sur le trottoir, regardant la neige qui tourbillonnait dans le cercle de lumière. Le soupir heureux et détendu qu'elle poussa se lova dans son cœur.

— Franchement, ça ne me ferait rien d'aller chercher ma voiture maintenant, déclara-t-elle. Nous devrions probablement le faire avant que les routes deviennent trop glissantes.

Et mettre fin à ce moment ?

— Pas question. Il est tard et vous n'avez pas de pneus neige. En outre, Dan veut vraiment faire une vidange. C'est son cadeau d'anniversaire.

— On est obligé d'aimer une petite ville comme celle-ci,

dit-elle avec un sourire. Je ne peux vous remercier assez de m'avoir organisé une fête d'anniversaire aussi splendide.

— De rien. Je suis content que vous ayez passé un bon moment. Gilberto était si heureux que nous ayons réussi à vous surprendre qu'il veut organiser des fêtes pour gagner sa vie, maintenant.

Ils l'avaient ramené chez son cousin avant de revenir chez Willa.

— Je sais. Il était si excité, je me demande s'il va dormir cette nuit !

Il toucha un flocon qui s'était posé sur le bout de son nez. Il eut le plus grand mal à se retenir d'enfouir les doigts dans ses magnifiques cheveux auburn.

— Et vous ? murmura-t-il. Êtes-vous fatiguée ?

Elle ouvrait de grands yeux, son sourire était un peu intimidé.

— Non. Pas du tout.

Il lui prit le coude et ils gravirent les marches de son porche. Sa maison était l'une des constructions édifiées après la Deuxième Guerre mondiale, typiques de ce quartier. Le toit était pentu et la large véranda courait sur trois côtés. De chaque côté de la porte, des pensées violettes ornaient des bacs en bois. Sur la droite, il y avait une balancelle flanquée d'un réchaud à gaz.

Il la désigna d'un geste.

— Vous vous en servez beaucoup ?

— Tout le temps.

— Même en cette saison ?

— Surtout en cette saison !

— Vous me faites marcher.

— Non. J'adore regarder les étoiles par une nuit claire. Cela me fait me sentir plus proche de…

Elle haussa les épaules et regarda le ciel avec nostalgie.

— … La nature, je suppose.

Il observa son visage levé. Qu'est-ce qui la rendait si pensive ?

S'ébrouant, elle alla brancher une guirlande de lampes

clignotantes en forme d'étoiles et alluma le réchaud. Soudain, une lumière chaude et orangée transforma son porche en une pièce confortable.

— Attendez une minute, dit-elle avec malice en ouvrant la porte d'entrée.

Comme il n'était pas invité à l'intérieur, il regarda autour de lui. Il remarqua un livre posé sur une petite table à côté de la balancelle, alla le prendre et passa son pouce sur le titre. *Sortir du chagrin.* Un marque-page dépassait au tiers du volume.

Il ne fallait pas être fin limier pour comprendre qu'elle essayait de guérir. Mais de quoi ? Reposant le livre, il gagna l'autre côté du porche et contempla la rue, son humeur prenant un rude coup. Se sentirait-elle jamais suffisamment en sécurité pour se confier à lui ? Il suspecta que certaines des réponses à l'énigme Willa se trouvaient dans la maison. Était-ce pour cela qu'elle ne l'avait pas invité à entrer ? Brièvement, il songea à la rejoindre, mais elle revint avant, en portant deux serviettes de plage et une grande couverture.

L'invitation tacite à rester lui remonta un peu le moral.

— Des serviettes de plage ? demanda-t-il. En hiver ?

— Touchez, dit-elle en les lui tendant.

— Elles sont chaudes.

— Je les suspends devant un radiateur.

Lorsqu'elle eut étalé les serviettes sur les coussins de la balancelle, elle s'assit et lui fit signe de la rejoindre sous la couverture de laine. La balancelle craqua quand ils s'installèrent.

Bordant la couverture autour de leurs épaules, il pressa délibérément la cuisse contre la sienne. Elle ne s'écarta pas. En fait, elle s'appuya à son bras tandis qu'elle arrangeait la couverture sur leurs genoux. Il haussa un sourcil en la regardant.

— C'est ce qu'on appelle être aussi bien qu'un coq en pâte.

— Oui. C'est magique, non ?

Illuminée par la guirlande et la flamme du réchaud, sa peau vibrait d'un doux éclat qui évoquait une crème glacée à la pêche, et ses yeux brillaient de plaisir, libérés pour une fois des ombres du passé.

— *Vous* êtes magique, dit-il.

Sa voix résonna à ses propres oreilles, aussi chaude et épaisse que la couverture qui les enveloppait dans un cocon. Par-dessous, il lui prit la main et entremêla ses doigts aux siens. Il vit son sourire s'élargir.

La neige tombait plus dru, blanchissant sa pelouse. Ce moment était parfait.

Autour d'eux, le monde était silencieux à part le bourdonnement du réchaud et le sifflement d'un train dans le lointain. Lentement, il sortit une main de la couverture pour écarter une mèche mouillée de sa joue. Il rêvait d'elle chaque maudite nuit depuis un an. Il inspira tandis que son désir le réchauffait tout entier.

*Doucement. Vas-y doucement.*

Un soupir, si léger que seule la vapeur de son souffle lui prouva qu'il ne l'avait pas imaginé, le fit se pencher plus près. Sa résolution s'écroula comme les murailles de Jéricho. Elle l'enivrait. Cédant à la montée entêtante d'adrénaline qui le secouait, il lâcha ses doigts, prit son visage entre les mains et attira fermement sa bouche sous la sienne.

Il s'était promis que ce soir-là serait sa dernière tentative de la courtiser. Oui, il se l'était déjà juré auparavant, mais cette fois… Si elle le repoussait maintenant, il se forcerait à changer d'objectif même s'il était absolument convaincu que cette femme était son destin.

Immédiatement, il sentit que ce baiser était différent — plus ardent et plus pressant que les précédents. Le soulagement l'envahit tout entier tandis qu'elle l'embrassait avec la même passion que lui. Et bientôt, comme une porte s'ouvrant sur un incendie, ils furent tous les deux consumés. Nez froids, lèvres et langues chaudes, poumons haletants — il avait l'impression qu'ils avaient cessé d'être deux personnes distinctes pour devenir un seul cœur qui battait de désir. De besoin.

Ce premier baiser fut suivi d'un deuxième, puis d'un troisième. Il l'enlaça, le bas de son dos reposant sur ses genoux, ses épaules nichées au creux de ses bras. Leurs baisers firent place à des murmures qui résonnaient dans la nuit silencieuse.

— Je ne vous ai pas rendu les choses faciles, n'est-ce pas ? demanda-t-elle en levant les yeux vers lui.

— En effet !

Elle dessina doucement ses lèvres des doigts, ce qui le rendit presque fou.

— Je suis désolée.

Il embrassa le bout de son nez, sa mâchoire et cet endroit si sensible sous son oreille.

— Vous êtes pardonnée.

Elle passa les bras autour de son cou.

— Merci de vous en tenir là avec moi. Je veux dire, de vous montrer si patient et si endurant.

— Vous valez que l'on vous attende.

— Vous aussi.

Il s'autorisa à se réjouir de cette victoire. L'attirant plus fermement contre son torse, il murmura dans ses cheveux :

— Je pourrais rester assis ici, comme ceci, pour toujours.

Elle se pencha en arrière, serrant les lèvres.

— Je ne suis pas sûre du « pour toujours ».

— Il fait trop froid, c'est ça ?

— C'est juste que je suis plus encline à vivre le moment présent.

*Oh ! oh.* Il prit une grande inspiration et la retint. Élevait-elle de nouveau des barrières ? Comme s'il essayait de capturer un oiseau prêt à s'envoler, il noua les doigts dans son dos.

— Dites-vous ça comme ça, ou essayez-vous de me faire comprendre quelque chose ?

Elle poussa un gros soupir, suivi d'un gémissement à

peine audible. Elle tira sur un fil rouge vif qui s'échappait de la couverture.

— Toutes ces histoires de promesses éternelles… C'est simplement que je n'y crois pas.

— Me faites-vous assez confiance pour me dire pourquoi ?

— C'est à moi que je ne fais pas confiance, pas à vous.

Elle était toujours blottie sur ses genoux. Douce, chaude et totalement à sa place dans ses bras, une position à son avantage lorsqu'elle passa les doigts sur la barbe qui ombrait sa joue et demanda :

— Voulez-vous vraiment interrompre ce que nous faisons pour avoir une conversation philosophique ? Est-ce que « pourquoi » importe, ce soir ?

Ça importait pour lui. Mais il savait que cette conversation ne changerait rien à ce moment.

Au-delà d'eux, le monde était ouaté d'une blancheur étincelante. Une ardoise propre. Il savait que les réponses qu'elle était réticente à donner étaient toutes dans la présence du livre sur le chagrin. Est-ce qu'il restait dans son cœur de la place pour un nouveau début, malgré ses mots qui affirmaient le contraire ? Ses baisers promettaient tellement plus que ce qu'elle voulait admettre !

— Quoi qu'il en soit, reprit-elle, ceci… Ce que nous partageons… Nous devrions le laisser être ce que c'est.

— Que pensez-vous que c'est ?

— Quelque chose de merveilleux. Et de temporaire.

— Une liaison.

Elle plissa le nez.

— Ce mot a un côté vulgaire.

En vérité, son sang s'embrasait à cette idée, mais tandis qu'il l'embrassait de nouveau, il ne put se résigner tout à fait à croire qu'elle pensait vraiment ce qu'elle disait.

Comme si elle lisait dans son esprit, elle l'avertit d'une voix essoufflée :

— Je suis sérieuse. Ce genre de moment ne mènera jamais à quelque chose de permanent.

— Entendu.

Il hocha solennellement la tête.

— Bien sûr, c'est vous qui y perdrez. Vous avez dit vous-même que je ferais un père formidable, un jour.

— Vous le serez, répondit-elle avec précaution. Mais pas avec moi comme mère.

Elle l'observait, attendant visiblement qu'il montre qu'il comprenait. Ce qui n'était sûrement pas le cas, parce que tout ce qu'il savait d'elle — la moindre chose — disait « amour, famille, pour toujours ». Mais pour l'instant il décida de lui donner ce qu'elle recherchait, car il restait encore tellement à découvrir.

— D'accord, Willa. Nous allons suivre vos règles. Pour le moment, murmura-t-il, l'attirant à lui pour lui donner d'autres baisers afin de la distraire.

Lorsqu'elle fut hors d'haleine, il demanda :

— C'est donc une aventure. Vous voulez m'en dire un peu plus ?

L'air délicieusement chiffonné et un peu étourdie, elle secoua la tête.

— Non. C'est simplement une aventure : excitante, clandestine, secrète, avec des rendez-vous au milieu de la nuit. Ça fera l'affaire.

— Secrète, dites-vous ? Devrai-je sortir par votre fenêtre, ou me laisserez-vous utiliser la porte d'entrée ? Ou bien projetez-vous de circonscrire cette aventure à votre porche ?

L'image la mit de bonne humeur et son rire fit osciller la balancelle.

— Absolument pas. Souvenez-vous, ma voisine Belleruth est insomniaque. Si elle nous voyait, tout le pâté de maisons serait au courant avant le petit déjeuner.

— Petite ville, grands potins.

Il lui massa le dos.

— On ne peut pas risquer ça.

Même s'il s'en moquait complètement.

— Non, chuchota-t-elle contre sa bouche. On ne peut

pas risquer ça. L'information se retrouverait dans la *Tribune* avant la fin de la semaine.

— Bon. Il s'agit donc d'une simple liaison.

Il l'embrassa jusqu'à ce qu'il soit sûr qu'elle aurait du mal à aligner deux mots.

Puis, juste comme elle était complètement amollie dans ses bras, il rassembla toutes ses forces et se leva avec elle.

— Bonne nuit, Willa.

Son expression ébahie fut impayable. Manifestement, elle s'était attendue à ce que leur aventure commence cette nuit-là. Mais il n'était pas partant pour un succès à court terme. Il était partant pour gagner.

— Comme toute liaison devrait commencer par un vrai rendez-vous, lui dit-il, je passerai vous prendre demain soir à 6 heures. Pour aller au Hooligans. Dîner, danse, etc. Habillez-vous en conséquence.

Et sur ces mots il se dirigea à grands pas vers sa voiture, sifflotant dans l'obscurité.

*Il était parti !* Sidérée, elle restait debout, fixant les traces laissées par les pneus de Derek dans la neige fraîche. Une minute plus tôt, elle avait cru qu'ils se dirigeaient vraiment quelque part. Pour tout dire, vers sa chambre. Et puis ? Il s'était levé et était parti. L'esprit en ébullition, elle ramassa la couverture et les serviettes et rentra dans la maison, fermant la porte derrière elle.

Elle avait sûrement été claire. Elle n'avait pas besoin d'être « sortie » au restaurant. Ils pouvaient se passer de toute la phase initiale, celle où ils étaient censés apprendre à se connaître.

Elle ne voulait pas de liens. Pas d'attaches. Pas de regrets.

Les liens pouvaient mener à l'amour, et l'amour finissait par causer du chagrin. Or elle en avait assez eu pour une vie entière. Lentement, elle replia les serviettes et la couverture, puis alla jusqu'au manteau de la cheminée.

— Hé, murmura-t-elle à une photo dans un cadre, en

traçant le visage du bout du doigt. Que voudrais-tu que je fasse ?

Tandis qu'elle scrutait les yeux vifs et brillants qui la regardaient avec une telle adoration, elle commença à percevoir la réponse.

— Suis-je vraiment prête ? chuchota-t-elle. Je sais que ça fait plus de deux ans, mais je suis juste si… fatiguée.

Son soupir couvrit le verre de buée. Elle l'enleva afin que les yeux éternellement souriants redeviennent nets, la pressant toujours d'aller de l'avant.

— Je ne pense pas pouvoir, reconnut-elle. Le manque de toi m'a usée.

Pourtant, ses souvenirs l'encourageaient à se remettre à vivre. Mais à aimer ?

Prenant le cadre, elle le serra contre elle et alla se coucher.

Tandis que Derek tournait au coin d'une rue menant à la mairie, il aperçut une petite silhouette solitaire qui bataillait pour avancer sur le trottoir. La neige tombait avec force, maintenant, et malgré ses essuie-glaces il avait du mal à voir. Mais que faisait un enfant tout seul dans la rue par cette nuit glaciale ? Il s'arrêta à côté du piéton et baissa sa vitre.

— Tout va bien ? lança-t-il.

L'enfant s'arrêta et plissa les yeux dans la lumière de ses phares.

— Gilberto ? C'est toi ? Que fais-tu ici, bon sang ? Il est plus de 11 heures du soir !

La tête rentrée dans les épaules, Gilberto vint de son côté.

— Je vous cherchais.

— Eh bien, tu m'as trouvé.

Déverrouillant les portières, il lui fit signe de monter à l'arrière. L'enfant se précipita à l'intérieur et referma.

— Ceinture, dit-il en revenant dans Ponderosa Avenue.

C'était une chance qu'il ait décidé de faire une dernière tournée en ville avant de rentrer chez lui.

— Tu peux me dire ce que tu fais dehors à cette heure, en pleine tempête de neige ?

— Je ne voulais pas appeler le 911.

— Pourquoi aurais-tu eu besoin d'appeler les secours ?

— Oh ! Roddy et ses potes commençaient à être vraiment soûls. La musique était trop forte, je ne pouvais pas dormir. Roddy était K-O sur le canapé. Les autres faisaient n'importe quoi, ils le maquillaient en fille et tout ça. Avant qu'ils s'en prennent à moi, j'ai préféré partir.

Derek lui lança un coup d'œil et hocha la tête.

— Tu as bien fait, mon gars. Mais la prochaine fois, tu ferais mieux de m'appeler pour que je vienne te chercher, au lieu de te geler à mort.

— Je n'ai pas votre numéro.

— Il faudra arranger ça.

Il appuya sur un bouton de la radio et appela :

— Russell, vous êtes là ?

Il y eut des craquements, puis Russell répondit :

— Je suis là, patron. Qu'est-ce que je peux faire pour vous ?

— J'ai besoin que vous alliez faire un tour chez le cousin de Gilberto.

Il donna l'adresse.

— Il paraît que Roddy est ivre mort, mais pour le cas où ce serait plus sérieux…

— J'y vais tout de suite.

— Super. Pendant que vous serez là-bas, faites savoir à Roddy que Gilberto est avec moi et voyez s'il faut baisser la musique.

— Entendu.

— Merci. Je continue ma tournée.

Il jeta un nouveau coup d'œil à Gilberto.

— Tu veux faire quelques rondes avec moi ?

Les yeux d'obsidienne de l'enfant étincelèrent dans le noir.

— Waouh ! Ouais !

— Bien. Quand nous aurons fini, nous rentrerons chez moi. Tu pourras passer la nuit dans mon ranch.

— Génial ! Alors vous avez un ranch ? Avec des vaches ?

— Non, mais j'ai plusieurs chevaux. Tu pourras m'aider à les nourrir demain matin.

Gilberto frappa sa main de son poing, surexcité.

— Super !

— Bon. Puisque c'est le week-end — et seulement pour ça — tu pourras te coucher très tard, pour une fois.

— Oh ! c'est en train de devenir le meilleur week-end de tous ! s'exclama Gilberto.

En souriant, Derek secoua la tête. Ce gamin était facile à contenter. Il songea à ce qu'il avait commencé sous le porche de Willa, au fait qu'il la verrait le lendemain et au plaisir qu'il avait d'être en compagnie de cet enfant de onze ans assis dans sa voiture. Il était loin d'être satisfait de la conduite de Roddy. Très loin. Néanmoins, il était assez de l'avis de Gilberto : ce week-end commençait sous les meilleurs auspices.

# - 9 -

Willa frémissait d'impatience à l'idée de sa soirée avec Derek, de telle sorte que, quand le moteur de son pick-up se fit entendre, elle se précipita sur le perron.

Mais il n'était pas seul.

— Est-ce bien Gilberto à l'arrière de votre pick-up ? lui demanda-t-elle, surprise, tandis que l'enfant, le visage fendu d'un grand sourire, lui faisait des signes par la vitre.

Il devait y avoir un malentendu. N'avaient-ils pas rendez-vous en tête à tête, à cette heure-ci ?

— Oui, c'est bien lui, répondit-il. Il y a eu un léger changement de plan. Enfin, un peu plus que léger.

Elle sentit son visage se défaire sous l'effet de la déception, mais se reprit et s'efforça de plaquer un sourire sur ses lèvres.

— Oh. Ce n'est pas grave. Vraiment. Une autre fois, alors ?

Il parut déconcerté.

— Quoi ? Non, non, je veux passer la soirée avec vous ! Je veux dire, si vous êtes toujours d'accord. Mais ce sera un rendez-vous… euh… collectif.

Il se passa une main dans les cheveux.

— Le gosse passe quelques jours avec moi.

Elle fut parcourue d'un frisson d'inquiétude.

— A-t-il des problèmes ?

— Lui, non. Mais vous vous rappelez son cousin Roddy ?

— Qui pourrait l'oublier ?

L'attitude agressive du jeune homme lors de leur réunion lui avait laissé une forte impression.

— Il a atterri à l'hôpital avec une intoxication alcoolique sérieuse. Et il a servi à boire à des mineurs. Inutile de dire qu'il a eu une petite visite des services sociaux, ce matin. L'assistante sociale l'a informé qu'elle a décidé d'enlever provisoirement Gilberto à sa garde, jusqu'à ce qu'ils puissent enquêter sur sa capacité à prendre soin de lui. Alors j'ai le gamin avec moi jusqu'à nouvel ordre.

Elle était déçue pour leur soirée, certes, mais comment rester insensible face à la générosité de cet homme qui n'hésitait pas à accueillir chez lui un enfant en difficulté ?

— Il a tant de chance de vous avoir. Vous avez tout de suite pris la relève.

— J'ai un certificat d'éducateur. Nous allons aviser au fur et à mesure.

— Pourquoi avez-vous un certificat d'éducateur ?

— Je l'ai depuis que j'ai commencé dans ce métier. Walt en avait un et m'a suggéré de postuler, moi aussi. Il disait qu'on ne savait jamais quand on pouvait faire une différence dans la vie de quelqu'un. Je prolonge ma licence chaque année, mais je ne m'en suis jamais servi auparavant. Quoi qu'il en soit, quand j'ai dit à Gilberto que j'étais censé dîner avec vous, il a eu une chouette idée. Hélas, et je déteste vous le dire, vous feriez mieux de troquer cette robe renversante contre quelque chose de plus adapté aux grands espaces.

Elle ravala sa frustration. À l'heure du déjeuner, elle avait acheté une robe sexy spécialement pour cette occasion. Et le regard approbateur de Derek valait bien le prix exorbitant qu'elle l'avait payée. Comptant les secondes jusqu'à son arrivée, elle était même sortie sous le porche avec son manteau sur le bras, au lieu de s'emmitoufler dedans.

— Pourquoi ne rentrez-vous pas pendant que je me change, Gilberto et vous ?

Elle vit la surprise qui passa sur son visage avant qu'il se tourne pour faire signe au jeune garçon.

— Vous pourriez songer à mettre une tenue de ski, suggéra-t-il pendant qu'elle ouvrait la porte.

— Nous allons faire du ski ?

Pas étonnant qu'il ait l'air d'une pub pour la station de sports d'hiver de Summit Lodge, avec son pull irlandais chocolat qui faisait superbement ressortir son teint mat.

— Pas exactement. Mais je pense que vous allez vous amuser. Gilberto et moi avons réfléchi et… vous verrez. J'aurais dû vous appeler pour vous informer du changement de plan, mais je ne voulais pas risquer que vous changiez d'avis.

— Je ne l'aurais pas fait.

Le petit pli satisfait qu'elle vit apparaître au coin de sa bouche lui donna la chair de poule.

— Vous avez une balançoire ! s'exclama Gilberto, de la porte. Je peux l'essayer ?

— Bien sûr ! répondit-elle en riant.

Fréquenter Gilberto lui avait fait retrouver l'énergie débordante de l'enfance. Cela faisait longtemps qu'elle ne l'avait pas expérimentée de près.

— Mais ferme la porte si tu restes dehors, d'accord ?

— Oui !

Peu après, ils entendirent grincer les chaînes de la balancelle. Elle secoua la tête.

— J'avais oublié que les choses les plus simples sont souvent les plus amusantes, quand on est petit.

Lorsqu'elle regarda Derek, il était en train de contempler le manteau de la cheminée. Aussitôt, son cœur s'emballa. Elle avait bien enlevé la photo la veille, non ? Examinant elle-même la lourde poutre en chêne, elle ne vit qu'un cliché de Daisy et elle à New York et un autre de ses parents à Paris. Sinon, il n'y avait que sa petite collection de chandeliers.

Le soulagement l'envahit. Le temps qu'elle passait avec Derek devait être une échappatoire. Elle n'était pas prête pour des questions qui la ramèneraient brutalement au passé.

— Je vais me changer. J'en ai pour une minute.

Dans sa chambre, elle chercha dans l'armoire un gros pull et un pantalon de ski en lycra. D'abord, elle enfila un caleçon long rose vif et de grosses chaussettes. C'était loin de l'effet séduisant qu'elle avait recherché avec sa robe et ses dessous raffinés, mais il faudrait que ça aille. C'était un homme rare, ce shérif, pour placer les désirs d'un enfant qui n'était même pas le sien au-dessus de ses propres souhaits. Il se souciait vraiment des autres.

En quelques minutes, elle avait ôté ses boucles d'oreilles, enfilé ses vêtements de ski et était venue à bout de l'électricité statique qui faisait se dresser ses cheveux sur sa tête.

— Alors, voulez-vous prendre un billet pour plus tard, pour la soirée dansante ? lui demanda-t-il de la salle de séjour.

Elle regarda son reflet dans le miroir et faillit ne pas se reconnaître. La femme qui lui souriait paraissait à la fois excitée et heureuse.

— Bien sûr !

— Et… Remettrez-vous cette robe pour moi ?

Le rire monta dans sa gorge. Elle lança un coup d'œil au fourreau moulant, couleur jade, qu'elle avait jeté sur son lit.

— Elle vous plaît, n'est-ce pas ?

— Ooooh oui !

Depuis quand ne s'était-elle pas sentie aussi bien ? se demanda-t-elle.

— Je suis presque prête. Voulez-vous prendre mon anorak dans le placard à côté de la porte ?

Lorsqu'elle sortit de la chambre, il l'aida à enfiler le blouson. Une paire de gants, un bonnet et une écharpe framboise qu'elle prit dans la commode de l'entrée complétèrent sa tenue.

— Parée ! annonça-t-elle.

— Pas encore.

Saisissant les deux bouts de son écharpe, il l'attira à lui pour un baiser qui mit aussitôt son sang en ébullition et lui donna envie de quitter sa doudoune.

— Je ne peux pas le faire devant le gamin, murmura-t-il, et je n'avais pas envie d'attendre.

— J'aime votre façon de penser, shérif Neel.

Sa propre voix lui parut rauque et charmeuse. Son cœur se mit à battre si fort qu'elle pouvait l'entendre, et elle se demanda s'il l'entendait aussi. Oh ! comme elle aurait souhaité qu'ils puissent rester là, ce soir…

Alors que les choses commençaient à devenir intéressantes, Gilberto cogna à la porte d'entrée.

— Il faut y aller, maintenant !

— Gilberto est un peu excité, remarqua-t-elle avec une ironie désabusée.

— Pas autant que moi, grommela-t-il en posant un autre baiser sur ses lèvres entrouvertes.

Une fois qu'ils furent sur la route, Gilberto lui raconta les événements de la nuit précédente.

— J'étais un vrai adjoint ! J'avais même un insigne ! Là !

Il gonfla la poitrine et désigna l'endroit au-dessus de son cœur.

— Et après, on est rentrés à la maison et on a mangé un petit déjeuner au milieu de la nuit ! Et ce matin, j'ai nourri les chevaux de Derek. Quand on leur donne une carotte, ils mordent pas, ni rien.

— Ils *ne* mordent pas, corrigèrent en chœur Derek et elle.

Laissant Gilberto continuer son récit sur le siège arrière, il prit sa main. Il la porta à sa bouche et lui taquina doucement la paume de ses lèvres.

Le plaisir l'envahit tout entière. *Oh ! bonté divine !*

— Hé ! s'écria Gilberto. Qu'est-ce que vous faites ?

— Je montre juste à Willa comment mangent les chevaux, répondit-il.

— Oh ! fit Gilberto, qui parla sans arrêt jusqu'au ranch.

Derek habitait à un quart d'heure seulement au sud de Thunder Ridge, mais la neige ralentit un peu le trajet. Lorsqu'ils tournèrent dans sa longue allée, elle aperçut une charmante construction en rondins nichée dans un bosquet de sapins géants. Sur la gauche de la maison, il y avait une écurie et un paddock. Juste derrière, on voyait une colline enneigée ornée de deux rangées de torches enflammées. On aurait dit un tableau ayant pris vie.

Incapable de réprimer un grand sourire, elle regarda rapidement Gilberto et Derek.

— Au nom du ciel, qu'est-ce que c'est ?

— C'est de la luge cosmique, l'informa Gilberto qui paraissait ravi.

— Ou notre version de la luge cosmique, précisa Derek en lui rendant son sourire. Nous n'avons pas les grands traîneaux et les lumières colorées, mais nous avons fait de notre mieux.

Alors qu'ils approchaient de la colline, elle put voir quantité de traces entre les torches, où la neige était damée. La jubilation monta dans sa gorge, et fit couiner sa voix.

— Nous allons faire de la luge ?

— Oui, dit Gilberto en enlevant sa ceinture. Le cheval va nous tirer jusqu'en haut dans le traîneau, puis nous descendrons avec nos luges. On a déjà essayé, c'est super !

Croisant ses yeux, Derek haussa un sourcil d'un air suggestif.

— Je peux penser à une chose ou deux qui pourraient être meilleures, mais *c'est* vraiment fantastique.

À ces mots, une délicieuse sensation de chaleur se répandit en elle.

— Nous avons décidé de faire des descentes pour nous mettre en appétit, puis nous rentrerons manger un bout.

— On a fait du poulet au barbecue ! annonça Gilberto en ouvrant sa portière dès que Derek s'arrêta devant la maison.

— Je ne suis pas un chef comme vous, Willa, mais je me suis dit que vous devez aimer que quelqu'un d'autre cuisine, de temps en temps.

— C'est ce qui sent si bon ? Vous cuisinez dehors ?

— Oui, je me suis offert un gril à Noël dernier.

Elle inhala profondément.

— Mmm ! Je sens de la sauge. Et du romarin.

Il rit doucement.

— Bravo. Le poulet devrait être prêt dans une heure environ. Allez choisir une luge avec Gilberto et moi je vais harnacher Automne.

Une fois que Gilberto et elle eurent piétiné dans la neige jusqu'au bas de la colline, elle se retourna pour regarder la maison de Derek. Elle était spectaculaire, dotée d'immenses baies vitrées qui, face à la montagne, allaient du rez-de-chaussée jusqu'au sommet du premier étage. À l'intérieur, des lampes jetaient une lumière dorée à travers les vitres et sur la neige, et tout le paysage boisé était baigné par le clair de lune. Des glaçons pendaient au toit du porche et de la fumée montait par la cheminée en galets. Elle pouvait facilement s'imaginer apprécier la vue en savourant une tasse de café de bon matin, assise dans l'un des fauteuils à bascule placés devant les baies de la salle de séjour.

Gilberto était déjà sur la luge et mimait le bruit de la descente. En réponse à son amusement, elle ressentit une bouffée de joie pure avant que la culpabilité la frappe en plein cœur — pas parce qu'elle était chez Derek ni qu'elle prévoyait de faire de la luge, mais parce que, un instant, elle n'avait éprouvé que du bonheur et du plaisir anticipé. Elle venait de faire un pas de géant dans un avenir qui était à elle. À elle seule. Sans penser à…

Se ressaisissant, elle inspira par deux fois, renonçant à se faire des reproches, s'efforçant de rester dans l'instant.

— Tout est prêt ?

Perdue dans ses pensées, elle n'avait pas remarqué que Derek était arrivé derrière elle. Guidant la jument nommée Automne, il semblait tout droit sorti d'une affiche de western. Son regard était attentif, concentré. Automne renâcla et secoua la tête, faisant tinter son harnais.

Elle les regarda, tandis qu'il caressait le front de l'animal de ses grandes mains douces. Des mains qu'elle rêvait de sentir sur elle. Non, elle ne voulait pas retourner se tapir dans la grotte où elle avait vécu ces deux dernières années. C'était une jolie grotte, qui s'ouvrait sur le monde extérieur, mais maintenant qu'elle en avait franchi le seuil, elle savait qu'elle ne pouvait plus faire marche arrière. Pas tout de suite, en tout cas, pas pendant que cet homme se tenait juste devant elle.

— Tout va bien.

Avec un grand sourire, elle caressa aussi le large front de la jument.

— Contente de faire ta connaissance, Automne.

Il avait attelé un long traîneau aux traits de l'animal.

— Tu vas nous tirer en haut de cette colline, ma fille ? demanda-t-elle.

— Elle est prête si vous l'êtes.

Elle frotta ses gants l'un contre l'autre, hochant la tête.

— Autant que je le serai jamais, je suppose. Ça fait un peu peur !

— C'est ce qui rend la chose excitante.

Il la fixa longtemps, profondément, d'une façon qui la captiva.

— Je ne laisserai rien vous arriver, ni à vous ni à Gilberto. Le truc avec la luge, c'est que pour faire une bonne descente il faut laisser aller. Complètement. Vous vous en sentez capable ?

Elle ne put détourner les yeux.

— Je peux essayer.

— Bien.

Il leur donna quelques conseils et des consignes de sécurité, après quoi Gilberto et elle grimpèrent derrière lui à bord du traîneau. Tenant leur luge par une corde, ils gravirent la forte pente jusqu'en haut. De là, la vue était encore plus stupéfiante. La double rangée de torches brillait, leur promettant une belle aventure.

— Venez, Willa, allons-y ! dit Gilberto en se dirigeant vers le départ, sa luge en plastique rebondissant derrière lui.

Elle jeta un coup d'œil à Derek.

— C'est bien plus raide que vu d'en bas.

— Tenez-vous bien et ça ira. Vous dirigez la luge avec les pieds. Comme ceci.

Il lui fit une démonstration pendant que Gilberto se lançait dans la descente, poussant des cris de joie. Soudain, en regardant la pente enneigée, elle ne se sentait plus très sûre d'elle. Elle avait carrément peur.

— Bon. Je vais aller avec vous la première fois.

Après avoir attaché Automne à un petit arbre, il l'attira à lui, la fit s'asseoir entre ses genoux et passa les bras autour de sa taille. Ensuite, il mit la luge en position.

— Ça va ?

— Maintenant, oui.

Et c'était vrai. L'étreinte de Derek fit s'évaporer sa peur. Pas étonnant que tout le monde semble se fier au shérif de Thunder Ridge, pensa-t-elle en s'agrippant à lui.

L'air quitta ses poumons tandis qu'ils s'élançaient derrière Gilberto. Des glapissements lui emplissaient les oreilles, et il lui fallut un moment pour comprendre que c'étaient les siens. Ils volaient ! De temps en temps, ils passaient sur une bosse et son estomac se soulevait. Les flammes des torches se brouillaient en deux murs orange. Ils arrivèrent en bas bien trop tôt, se plantant dans un tas de neige et haletant de rire.

Son visage était presque gelé et son bonnet de laine lui tombait sur les yeux. Elle se sentait *vivante,* une sensation qui était à la fois familière, étrange et fantastique. La mettant sur ses pieds, Derek remonta son bonnet, embrassa le bout de son nez et partit chercher Automne pour une deuxième montée.

Pendant plus d'une heure, elle s'entendit rivaliser avec les cris de Gilberto dans les descentes, avant de discuter avec lui lorsque la jument les remontait. Et comme le petit, elle fut déçue quand Derek annonça qu'il était temps de rentrer et de manger — même si les bonnes odeurs qui venaient de son porche lui faisaient gargouiller l'estomac. En outre, il neigeait de nouveau et la visibilité n'était pas bonne.

Elle suivit Derek qui ramenait la jument à l'écurie.

— Vous aviez raison, c'était si excitant ! Bien mieux que de danser.

Il feignit de la regarder d'un œil noir.

— Je vais prendre ça comme un défi !

Passant un bras autour de sa taille, il l'embrassa sur la tempe.

— Je suis content que vous ayez passé un bon moment.

— C'était mon idée ! s'écria Gilberto derrière eux.

— File devant et ouvre la porte de l'écurie, petit.

Ils le regardèrent patauger dans la neige.

— Il semble vraiment aimer être ici. Avec vous, observa-t-elle.

Le ranch était un endroit idéal pour un enfant comme Gilberto. Et Derek… Il était drôle, rassurant et encourageant. Un modèle paternel parfait.

— Pensez-vous qu'il retournera un jour vivre avec Roddy ?

Sa réponse fut rapide et tranchée.

— J'espère bien que non.

— A-t-il d'autres parents qui peuvent le recueillir ?

— Je l'ignore. Apparemment pas. Mais parfois les services sociaux retrouvent un parent éloigné disposé à aider.

— Que se passe-t-il quand ils n'en trouvent pas ?

À voir sa sombre expression, elle sentit qu'il s'était déjà profondément attaché à l'enfant.

— Quand aucun parent n'est disponible, ou capable de prendre soin d'un gamin, l'État devient son tuteur.

— En le confiant à un éducateur spécialisé ou à un foyer d'accueil.

Tenant la bride d'Automne d'une main, il enleva de l'autre son bonnet mouillé et le fourra dans sa poche.

— Il faudra du temps avant qu'une décision définitive soit prise.

Il secoua la tête.

— Cette soirée a été parfaite, jusqu'ici. Je ne veux pas m'inquiéter des problèmes de demain. Et c'est quelque chose, pour moi !

Elle prit sa main libre et ils continuèrent à marcher, passant un accord tacite pour que la soirée reste légère.

Malgré tout, elle s'inquiétait pour lui. Parce que, en ce qui concernait Gilberto, il n'était pas simplement un shérif s'occupant d'une affaire. L'avenir de cet enfant était devenu une question personnelle, pour lui. Elle voyait les signes éloquents d'une véritable affection, peut-être même d'un début d'amour paternel. Sans y penser, elle serra sa main. Avec un sourire en coin, il répondit à son geste.

*Faites qu'il ne souffre pas,* pria-t-elle. Mais alors même qu'elle envoyait cette prière vers le ciel, elle savait qu'elle serait sans effet s'il franchissait la ligne entre affection et amour.

Une bouffée d'air chaud les accueillit quand Derek leur tint ouverte la porte de la cuisine. Aussitôt, elle fut conquise. Sa cuisine était superbe. Les murs et les placards en pin allaient parfaitement avec les plans de travail en granit brun. Les accessoires étaient en acier brossé ; il avait même une cuisinière à huit feux qui lui donna des démangeaisons dans les doigts, tant elle avait envie de prendre une casserole et de se mettre à cuisiner. Sous leurs pieds, le plancher en bois était adouci par des tapis colorés.

— C'est une magnifique rénovation, déclara-t-elle. Elle devrait faire la couverture de *Maisons et jardins.* Cela a dû être un chantier important.

— La maison le méritait. J'avais quelques économies. La restauration m'a paru être un bon investissement pour l'avenir.

Un aboiement bref ponctua son explication, et elle se tourna dans sa direction. Dans un coin de la cuisine, un vieux chien de berger était allongé sur une couverture et frappait le sol de la queue pour dire bonjour.

— Salut, Captain, murmura Derek tandis qu'ils rejoignaient le chien. Willa, dit-il, voici Captain. Il a l'équivalent de quatre-vingt-dix ans environ. Il n'y voit plus très bien, alors il faut toujours le laisser vous sentir avant de le toucher.

Ayant toujours adoré les chiens, elle tendit la main en souriant. Finalement, le vieil animal décida de l'adopter et la lécha lentement, avec une douceur qu'elle n'avait jamais connue.

— Quel amour ! roucoula-t-elle.

— Racontez-lui l'histoire de Captain, Derek, demanda Gilberto.

— Plus tard, mon garçon. Va te laver les mains à l'évier et installe Willa à table pendant que je finis de préparer les plats.

— Puis-je vous aider ? demanda-t-elle.

— Non. Tout est sous contrôle. Détendez-vous.

— Je veux allumer les bougies.

Déjà familier de la maison, Gilberto alla chercher les allumettes dans un tiroir.

— OK. Willa, assurez-vous qu'il ne mette pas le feu à la maison.

— Hé, j'ai onze ans, quand même !

Elle croisa le regard de Derek et lui rendit son sourire.

Gilberto la conduisit à la salle à manger. Tirant la langue, il gratta les allumettes. Bientôt, les bougies brillèrent gaiement, donnant un air de fête à la soirée.

— Derek, vous êtes sûr que je ne peux pas vous aider ? offrit-elle de nouveau, tandis qu'il allait et venait entre le porche et la cuisine avec des monceaux de nourriture.

— Non, Gilberto va le faire. Vous êtes notre invitée.

Pendant que Gilberto trottait derrière lui, elle profita de l'occasion pour faire un tour dans la grande pièce ouverte. Tout comme le propriétaire de la maison, le décor respirait l'assurance, la virilité, mais une femme pouvait s'y sentir chez elle, aussi. En sécurité. Isolée du monde extérieur et de ses soucis. Protégée. C'était peut-être ce qu'il avait voulu dire en indiquant qu'il avait rénové la maison en pensant à l'avenir — pas seulement pour l'investissement que cela représentait, mais parce qu'il voulait que le ranch soit moins un refuge de célibataire qu'une demeure familiale.

Le séjour était meublé de grands fauteuils et canapés en cuir brun, recouverts de plaids ivoire et beiges à l'air si doux qu'on avait envie de se pelotonner dedans. Des tapis et des objets indiens ornaient les murs, leur donnant de la couleur et du caractère. Une musique douce tombait des haut-parleurs insérés dans le plafond de bois ciré, et des bibliothèques encastrées trahissaient un bon lecteur. Un feu pétillait dans une cheminée de galets.

Posant le dernier plat sur la table de ferme qui séparait la cuisine du séjour, il annonça :

— Le dîner est servi.

Affamée, elle s'assit en face de lui, tandis qu'il emplissait son assiette de poulet grillé, de pommes de terre et de légumes fumants.

— Je meurs de faim ! s'exclama Gilberto. Mais je ne veux pas de ces trucs de végétarien. Je déteste les légumes verts !

— Très bien, mais si tu n'en manges pas tu n'auras pas de dessert.

Le ton de Derek, bien que placide, n'admettait pas de réplique, et elle cacha son sourire derrière son verre d'eau. Il était vraiment né pour être père. Un jour, un enfant chanceux en profiterait sans doute. Hélas, elle ne serait pas la mère de cet enfant.

Comme cette idée menaçait de l'attrister, alors que l'ambiance de la soirée était si douce et joyeuse, elle repoussa toute pensée du lendemain et se contenta de savourer la délicieuse nourriture et la conversation enjouée. Gilberto leur raconta une foule de blagues et Derek et elle rirent de bon cœur. Quand ils eurent fini de manger, Gilberto alla donner des restes à Captain.

— Comment vous êtes-vous retrouvé à vivre dans un ranch ? demanda-t-elle en buvant son café.

Il posa sa serviette et s'adossa à sa chaise.

— J'en ai hérité de Walt et de sa femme, Julie, qui

n'avaient pas pu avoir d'enfants. Ils sont malheureusement morts trop tôt, elle d'une maladie de cœur et lui d'un cancer du poumon. Ils étaient une famille pour moi.

— Je suis… désolée. Je sais combien il est dur de perdre quelqu'un qu'on aime.

Les yeux baissés, elle tritura sa serviette, et battit des cils pour s'empêcher de pleurer.

— C'est ainsi que je suis entré en possession de ce petit coin de paradis.

— Walt devait être quelqu'un de bien, dit-elle doucement.

— Il l'était. Tout le monde à Thunder Ridge l'aimait. Je suppose que c'est à cause de Walt que je me soucie de ce qui arrive à ce gamin.

# - 10 -

Après avoir débarrassé la table ensemble, ils s'étaient installés sur des coussins devant la cheminée. Derek avait posé sur un plateau des crackers au blé complet, des carrés de chocolat et des marshmallows géants.

— Zut !

Gilberto s'affaissa tandis qu'un autre marshmallow tombait de sa pique dans les flammes.

— Willa y arrive mieux que moi !

— Et que moi aussi ! grommela-t-il en jetant un regard noir à tous les marshmallows brûlés qui s'accumulaient près de lui.

Se sentant plus que jamais détendue et heureuse, elle rit.

— Maintenant, vous voulez que je vous apprenne comment faire les parfaits marshmallows « super plus » ?

— Je ne peux pas croire que j'aie besoin d'une leçon pour ça, bougonna Derek en s'efforçant de nettoyer sa pique.

— L'humilité est le premier ingrédient de toute recette réussie.

— C'est de votre invention ?

— Pas du tout, dit-elle en souriant. Dans ma vie précédente, j'enseignais dans un institut culinaire. Les meilleurs chefs étaient toujours ceux qui écoutaient le mieux.

— Où était cet institut ?

— À South Pasadena. J'enseignais au Cordon bleu. J'ai aussi été chef pâtissière dans un restaurant de Lake Boulevard. L'équivalent de Rodeo Drive à Beverly Hills ou de… la 23e Rue à Portland.

— Très chic et très cher ?

Elle rit.

— Un paradis pour les épicuriens. L'endroit de la ville où l'on fait la cuisine la plus créative.

— Votre assurance me plaît.

C'était vrai : quand il s'agissait de sa carrière, elle avait rarement des doutes.

— L'assurance est très… *sexy*, dit-il, prononçant le mot à mi-voix, même si Gilberto était trop occupé à mordre dans un marshmallow brûlé pour écouter.

— Oh ! je suis bien d'accord.

Une connexion instantanée crépita entre eux.

— Ainsi, vous aviez une brillante carrière, observa-t-il. Pourquoi l'avez-vous quittée ?

*Flûte*. Elle s'était jetée dans la gueule du loup, et la réponse ouvrirait à coup sûr l'écluse de son passé. Cela finirait par arriver, elle le savait, mais elle voulait contrôler quand, où et jusqu'où elle ferait ses révélations. Cette soirée avait été légère et drôle, avec des instants de bonheur inattendus. Elle avait été, jusqu'ici, bien plus que ce qu'elle avait escompté. Parler de son passé changerait tout ça.

Elle secoua la tête.

— Je ne l'ai pas quittée. Je fais toujours ce que j'aime, mais maintenant je le fais à Thunder Ridge. Et je n'ai pas besoin de vous dire pourquoi vivre à Thunder Ridge est si séduisant.

Elle considéra qu'elle s'en était magnifiquement sortie. Hélas, elle vit ses yeux se plisser. Il savait qu'elle éludait sa question.

Serrées autour de sa pique, ses grandes mains semblaient tendues. Risquant le tout pour le tout, elle les couvrit de sa paume.

— Où je suis maintenant me plaît. J'aime être ici, avec vous et Gilberto. Et cette soirée a été parfaite.

*Faites que l'on en reste là,* implora-t-elle en silence, et elle poussa un soupir de soulagement quand ses mains se détendirent sous la sienne.

— *Grrrrr...*

Le grognement frustré de Gilberto appela leur attention. Il leur tendit sa pique.

— Je n'y arrive pas. Willa, pouvez-vous me le faire ?

— Bien sûr. Je vais te montrer quelques trucs spéciaux pour réussir le parfait « super plus ».

Elle décocha à tous les deux un sourire affable.

— Et puis-je ajouter que la volonté d'apprendre montre une vraie force de caractère ?

Tandis qu'elle se penchait pour prendre la pique de Gilberto, Derek lui murmura :

— Je m'en souviendrai quand ce sera mon tour de vous montrer quelques trucs très spéciaux.

Ses paroles l'emplirent d'une bouffée de plaisir anticipé. S'ordonnant de se concentrer sur le dessert, elle s'éclaircit la gorge.

— Très bien. Leçon 1. Chauffez légèrement — très légèrement — les crackers et le chocolat pour les préparer à recevoir le marshmallow.

Elle mit les crackers et le chocolat dans le panier métallique qu'il avait acheté spécialement pour ce soir-là et elle le tint haut au-dessus des flammes.

— Nous n'essayons pas de les toaster ou de faire fondre le chocolat. Il s'agit juste de les ramollir.

Elle sursauta quand la main de Derek remonta le long de son dos. Doucement, il massa les muscles à la base de son cou.

— Que faites-vous ? demanda-t-elle du coin de la bouche.

— Je vous prépare.

Aussi lisse que de la soie, sa voix s'accordait aux mouvements de sa main — apaisants, assurés, sensuels. Sa vision se troubla un peu.

— Maintenant on passe au marshmallow ?

La question de Gilberto la ramena à la réalité.

— Oui ! Comme ceci. Tu tiens le marshmallow juste assez loin de la flamme pour qu'elle ne fasse que le taquiner.

— Ça se tient, agréa Derek d'un ton qui évoquait un ronronnement.

Ses doigts remontèrent vers un endroit — oooh, un endroit très, très sensible — sous son oreille droite.

— Juste assez de chaleur pour taquiner…

Elle ferma les yeux une seconde — franchement, pas plus d'une milliseconde, même — avant que Gilberto s'écrie :

— Attention !

— Ouille ! s'écria-t-elle, alors que son marshmallow s'enflammait.

— Un peu trop chaud pour vous, là ? Elle montre comment il ne faut pas faire, ajouta Derek à l'intention de Gilberto.

— C'est exact.

Elle renfila un marshmallow sur sa pique.

— Je me suis laissé distraire. Ce n'est pas bien.

Avec une totale sérénité, elle tint le marshmallow au-dessus de la flamme, fière de sa main ferme.

— Voilà ! Vous voyez comme il est légèrement brun partout ? C'est ce que nous recherchons. Il est *parfait !*

Criant presque la dernière syllabe, elle se redressa en sursaut. Était-ce la main de Derek qui se glissait sous la ceinture de son pantalon ?

Tandis qu'elle restait assise là, stupidement immobile, il la lâcha, prit la piquc de ses doigts inertes et se mit à confectionner le « super plus » pour Gilberto exactement comme elle le lui avait montré. Il l'offrit à l'enfant, qui déclara peu après :

— C'est le meilleur « super plus » que j'ai jamais goûté !

— Ce n'est pas ton premier ?

— Si, mais c'est le meilleur !

Derek rit.

Il se comportait comme si rien ne s'était passé. Plusieurs « super plus » plus tard, dont certains fièrement fabriqués et servis par Gilberto, elle commença à se détendre de nouveau.

— C'est fini pour moi. Je te proclame top chef, dit-elle à Gilberto.

— Petite nature ! dit Derek avec bonne humeur en se reculant aussi.

— J'ai sans doute pris trois kilos, ce soir !

— Ça ne se voit pas. Il faudra que vous me montriez où.

Il recommençait. Prenant un ton innocent, mais lui décochant un regard qui fit grimper sa tension artérielle vers des sommets. Elle plissa les paupières. C'était là un jeu qui se jouait à deux.

Elle profita d'un moment où Gilberto était occupé à fabriquer un autre « super plus ». Se rapprochant de Derek, elle pressa son épaule contre son bras et lui prit la main. Mais au lieu de mêler ses doigts aux siens, elle fit glisser son index sur sa paume… sur son poignet… Puis elle passa les doigts sous la manche de son pull et explora son bras, adorant sa force. Lorsqu'elle sentit ses muscles se crisper et sa peau se couvrir de chair de poule, elle eut un sourire satisfait.

*Maintenant, nous dialoguons pour de bon*, se dit-elle. Elle pouvait sentir l'énergie qui emplissait son corps musclé et puissant et elle reconnut la sensation victorieuse que lui donnait son propre pouvoir sexuel. Cela faisait des siècles qu'elle ne l'avait pas éprouvée.

— Je ne veux pas ce « super plus », annonça Gilberto en se laissant retomber sur ses talons. Je ne sais pas pourquoi je l'ai fait. J'en ai déjà mangé au moins six.

— Si tu montais prendre ta douche, vu que l'heure de te coucher est déjà passée ? J'irai te dire bonsoir quand tu seras prêt, d'accord ?

— D'accord.

Gilberto lança son « super plus » dans les flammes et le regarda flamber, puis il dit bonsoir à tout le monde.

— Bonsoir, Captain. Bonsoir, Willa.

— Bonsoir, mon chou.

— N'oublie pas de te brosser les dents, sinon elles vont tomber avec tout ce sucre ! dit Derek.

— Si elles tombent, vous serez obligé de mettre de l'argent sous mon oreiller, mon pote, pour que je croie à la petite souris. Vous voulez pas… euh… détruire mon innocence, hein ?

Derek et elle rirent si fort qu'aucun d'eux ne se soucia de corriger sa grammaire.

Visiblement satisfait de son effet, Gilberto se leva, rayonnant.

— Vous êtes bizarres, tous les deux, dit-il, l'air content, en se dirigeant vers l'escalier fait de bûches coupées en deux, polies et cirées.

Depuis le palier, il lança :

— Bonne nuit, les rigolos !

Puis il disparut.

Se tournant vers Derek, qui lui tenait toujours la main, elle remarqua :

— Considérant qu'il n'est pas ici depuis longtemps, Gilberto semble se sentir remarquablement chez lui. Vous êtes bon, pour ce genre de chose.

Il haussa les épaules.

— Je suppose que n'importe quoi vaut mieux que de crécher avec Roddy et sa bande d'idiots.

— Peut-être, mais ne vous rabaissez pas. Je reconnais à peine ce garçon, comparé à celui qui traînait à la boulangerie, cherchant comment me voler. Je me demande si Roddy veut le reprendre ?

Sa main chaude se resserrait sur la sienne, et elle se sentit chérie, protégée, apaisée. C'était si agréable…

— Je ne sais pas. Gilberto ne parle pas beaucoup de lui, mais il m'a relaté deux ou trois incidents qui me font suspecter une longue négligence.

Son expression s'assombrit.

— Hélas, les familles peuvent devenir possessives. Il arrive qu'elles se battent pour le droit d'élever l'un des leurs même quand elles ne sont pas enclines à bien le faire.

Elle regarda la main libre de Derek qui caressait doucement la tête de Captain.

— Si vous aviez le choix, seriez-vous intéressé par le rôle de parent de substitution ?

Il réfléchit un long moment, tandis que de l'autre côté des grandes baies la neige continuait à tomber. Dans l'attente de sa réponse, elle eut la sensation que des flocons voletaient dans son estomac, comme au-dehors. Il était un homme fait pour avoir une famille ; n'importe qui le voyant avec Gilberto pouvait s'en rendre compte. Bien sûr, être doué pour une tâche et vouloir l'accomplir chaque jour, peut-être jusqu'à la fin de votre vie, étaient deux choses différentes. Avait-il une idée de ce qu'impliquait élever un enfant, bien au-delà de ses besoins quotidiens ?

Il prit une longue inspiration, et relâcha lentement son souffle avant de lui répondre.

— J'essaie de ne pas trop m'impliquer affectivement.

— Je suis désolée de vous l'apprendre, mais vous êtes *déjà* impliqué affectivement.

Il parut sur le point de le nier, puis ses épaules s'affaissèrent.

— C'est évident à ce point ?

— C'est ce que vous êtes. Affectueux. Gentil. Optimiste.

Il l'attira à lui.

— Je ne suis pas un boy-scout.

— De certaines manières, si. Les gens ont confiance en vous. Ils sont attirés vers vous.

— En cet instant, il m'intéresse juste de savoir si une certaine personne est attirée par moi.

Elle put sentir la chaleur de sa peau.

— N'est-ce pas évident ? dit-elle dans un souffle. Je ne serais pas ici si je n'étais pas attirée. Très attirée.

Ils échangèrent un baiser, chacun d'eux s'efforçant de le faire durer encore et encore. Elle s'attendait à être interrompue par Gilberto, criant qu'il était prêt à se mettre au lit, mais finalement le coupable fut Captain. Se mettant debout, il leur tourna autour jusqu'à ce qu'il se retrouve entre eux deux, les obligeant à se séparer. Puis le vieux berger lui donna des coups de truffe dans la main, la poussant à la tendre vers lui et à glisser les doigts dans son pelage étonnamment doux.

Elle sourit à Derek, qui grogna de frustration.

— J'aurais dû te trouver une autre famille quand j'en ai eu l'occasion, mon vieux.

— Comment pouvez-vous dire une chose pareille ? Ne l'écoute pas, roucoula-t-elle dans l'oreille du vieux chien. Il est juste jaloux.

— Complètement.

Tandis qu'elle grattait le dos de Captain, celui-ci s'allongea par terre en agitant la queue.

— Il se fie rarement aussi vite à quelqu'un.

— Vraiment ?

En haut, ils entendirent Gilberto qui allait se coucher.

— Qu'est-il arrivé à sa patte ? demanda-t-elle, en remarquant la prothèse que le chien portait.

— Il l'a perdue dans un piège.

— C'est affreux ! Il y a longtemps ?

— Environ dix ans, à peu près au moment où Walt est mort. C'est moi qui l'ai trouvé en sortant en forêt avec un de mes chevaux, un jour. Je l'ai entendu gémir.

*Tu as une triste histoire, toi aussi,* pensa-t-elle en caressant la tête intelligente du chien.

— Le véto n'a pas pu sauver sa patte, mais a réussi à mettre au point une prothèse satisfaisante. Captain a vite repris du poids et s'est remis à gambader comme un chiot.

— Tu as de la chance, dit-elle à Captain.

De nouveau, elle fut frappée par la profondeur des sentiments de Derek. Pas seulement pour son chien. Pour tous les êtres en difficulté.

— Ça va être dur, quand il partira, dit-elle, avant de mesurer son manque de tact. Pardon. Je n'avais pas l'intention de le dire à voix haute.

— C'est bon. J'y ai déjà pensé, bien sûr. Et je l'ai déjà vécu. J'ai eu une chienne, lorsque j'étais à l'académie de police. Quand je l'ai adoptée, elle me suivait partout. Les gens riaient parce que je lui parlais comme à un bébé.

— Comme à un bébé ? Comment ça ?

— Vous savez bien… Des trucs pour lui donner l'estime d'elle-même.

— Ah. Et elle vous comprenait ?

— Evidemment !

Il eut un grand sourire.

— C'est adorable.

Comme l'homme qui racontait cette histoire.

Ils étaient allongés tous les deux sur le flanc, se regardant par-dessus Captain qui ronflait doucement. Il passa doucement le revers de son doigt sur sa joue.

*Il a les yeux les plus doux et les plus délicieux que j'aie jamais vus.*

Elle avait l'impression d'avoir été dans le désert pendant des années, et qu'il était un grand verre d'eau fraîche. Elle s'abreuvait à lui de toutes les cellules de son corps. Elle avait soif de son contact, de ses baisers, et elle se pencha en avant…

— Je suis prêt !

Gilberto bondit dans l'escalier et sauta trois marches en se tenant des deux mains à la rampe.

— Vous pouvez monter, maintenant.

Aussi gênée que si elle avait été surprise toute nue, elle recula vivement.

Il posa une main sur son bras pour la rassurer.

— J'arrive ! cria-t-il à Gilberto.

Et il ajouta, pour elle :

— Pouvez-vous rester là ? Je n'en ai pas pour longtemps.

Elle hocha la tête. Du moins, elle pensa le faire. Son cœur battait si fort qu'elle en avait le vertige. Et il ne tambourinait pas parce qu'ils avaient été surpris. Oh ! non ! Il s'emballait parce qu'elle comprenait qu'elle avait besoin du contact de cet homme, de ses regards, de ses paroles, de la même façon qu'elle avait besoin de manger, de boire, de dormir. Il lui insufflait la vie.

Elle le regarda gravir les marches quatre à quatre pour rejoindre Gilberto, puis lui ébouriffer les cheveux tandis qu'ils finissaient de monter ensemble, à l'aise l'un avec l'autre.

S'éveillant de sa brève sieste, Captain leva la tête, chercha son maître des yeux et, voyant qu'il était parti sans lui, émit un gémissement de protestation.

— Oui, je te comprends, dit-elle.

Elle lui frotta le ventre pour le retenir. Avec un soupir, le chien se rallongea par terre, se laissant caresser.

Si seulement elle pouvait être apaisée aussi facilement. Néanmoins, pour elle, une chose était claire : aucun contact venant d'un homme, aucune présence d'homme ne lui suffiraient, sauf si cet homme était Derek. Pour la première fois depuis des lustres, elle savait exactement ce qu'elle voulait : davantage. Plus de baisers, plus de murmures dans la nuit. Plus de ces sensations qui l'habitaient quand il la regardait, les paupières alourdies par le désir.

Soulevant l'oreille de Captain, elle chuchota :

— Peux-tu garder un secret ? Cette nuit, c'est *La Nuit*. Je vais séduire le shérif. Et l'échec n'est pas une option envisageable. C'est OK pour toi ?

Le vieux berger agita sa queue poilue. Il haleta, tirant la langue, la gueule étirée comme s'il souriait.

Elle lui tapota le ventre.

— Bon chien. Je vais prendre ça pour un oui.

# - 11 -

Il fallut plus de temps à Derek pour coucher Gilberto qu'il ne l'escomptait. Le pauvre petit n'avait jamais connu cette routine du soir, auparavant, et il adorait passer sa journée en revue — avec force détails. Ils lisaient également ensemble *Le journal d'un froussard*, une grande affaire étant donné que Gilberto avait toujours pensé qu'il détestait lire. Qu'on lui lise une histoire pour la première fois de sa vie avait été le déclic, pour lui, et il ne voulait pas rompre le charme. Il avait eu beau essayer de raccourcir leur rituel, ce soir-là, il lui avait quand même pris une demi-heure.

Il était redescendu, inquiet que Willa ait pu s'ennuyer ou être irritée, parce qu'un autre moment qui lui revenait de droit avait été accordé à Gilberto, à la place. La plupart des femmes célibataires qu'il connaissait ne le supporteraient pas, à moins qu'elles soient mères. Ou aient envie de l'être.

Lorsqu'il arriva dans la salle de séjour, il la vit pelotonnée sur les coussins, par terre, avec Captain. Elle avait enveloppé le vieux chien dans un châle et sa main était posée sur son flanc. Sa silhouette se découpait sur le feu et les courbes de sa taille et de sa hanche lui donnaient des picotements dans les doigts, tant il avait envie de les caresser. Ses cheveux luisaient de flammes cuivrées et dorées.

Il s'arrêta sur la dernière marche, ne sachant pas très bien que faire, ce qui lui était arrivé plus souvent depuis qu'il l'avait rencontrée qu'en toute autre période de sa vie. Toutefois, savoir ce qu'il voulait ne voulait pas dire savoir comment l'obtenir. Il avait passé une soirée si proche de la vie dont il rêvait qu'il pouvait en sentir le goût suave dans sa bouche.

Lorsqu'elle tourna la tête et lui sourit d'un air rêveur, il sut qu'il ne pouvait pas se fier à lui-même pour aller la rejoindre et l'embrasser ; la nuit se terminerait très vite dans son lit. Et il avait beau en avoir envie, il refusait de s'en tenir à ça. Il n'accepterait rien de moins que tout ce qu'elle avait à donner.

Alors, au lieu de s'approcher d'elle, il alla dans la cuisine pour renfoncer sa détermination et revint quelques instants plus tard avec un mug de cidre chaud qu'il lui tendit.

Se réinstallant sur le canapé, elle prit le mug, respira les arômes de pomme et d'épices et lui lança un petit coup d'œil.

— Ce cidre a un parfum incroyable.

— Je l'achète chez les sœurs Springer. Y êtes-vous déjà allée ?

Elle secoua la tête.

— C'est un verger sur la Highway 35. Quatre sœurs le cultivent. Elles ont aussi un magasin et un restaurant.

Il se tapota l'estomac.

— J'ai mangé pas mal de leurs tartes, avant votre arrivée.

— Ça ne se voit pas, le complimenta-t-elle, et il sentit les muscles de son abdomen se contracter involontairement.

Il y avait quelque chose de différent chez elle, ce soir. Son ton était presque charmeur. Son regard était plus hardi. Lorsqu'elle tapota le coussin du canapé à côté d'elle, son self-control lui fit l'effet d'une mauvaise blague.

Lui prenant le mug des mains, il le posa sur la table basse et saisit sa nuque dans une main, l'attirant à lui pour un baiser. Chaudes et aussi douces qu'un oreiller de duvet, ses lèvres avaient un goût de pommes et de cannelle. Lorsqu'il l'incita à les ouvrir, elle obéit avec avidité, changeant leurs petits baisers taquins en quelque chose de plus profond et de plus pressant. *Oh ! mon gars, cette femme sait embrasser.*

S'agrippant à ses épaules, elle s'écarta et jeta un coup d'œil vers le haut de l'escalier.

— Est-ce que Gilberto dort ? demanda-t-elle dans un souffle.

— Il était endormi avant que je quitte sa chambre.

Appuyant son front contre le sien, elle hocha légèrement la tête.

— Il se fait tard.

— Je ne pensais pas que la soirée serait si longue. Je ne peux pas laisser Gilberto. Comment vais-je vous ramener chez vous ?

— Hum.

Feignant de froncer les sourcils, elle murmura :

— C'est un problème. Laissez-moi réfléchir. Je suppose que si c'était nécessaire je pourrais rester pour la nuit. Juste pour vous arranger…

Ses yeux étaient agrandis et brillants.

— J'apprécie cette offre plus que je ne peux le dire.

Il sentait le désir monter en lui, de plus en plus fort. Il y avait une chambre d'amis au rez-de-chaussée, loin de Gilberto qui dormait en haut. Ce serait parfait.

Mais il avait appris depuis longtemps que les rêves exigeaient du temps et de la patience pour se réaliser.

Bon sang, elle le mettait au supplice, comment faire pour résister à l'envie qu'il avait de la prendre dans ses bras, de la porter jusqu'au lit, de lui faire l'amour toute la nuit ? Et pourtant, il le fallait.

Lui prenant la main, il se mit debout et la tira doucement vers l'escalier. Il allait prendre un risque calculé.

Lorsqu'ils atteignirent le palier du premier étage, il dit :

— J'ai toujours une brosse à dents neuve en réserve.

— Pour vos nombreuses petites amies ? le taquina-t-elle.

— Je n'en ai qu'une.

Il planta un baiser ferme et rapide sur ses lèvres souriantes. La bouffée de plaisir qui rosit ses joues lui rendit presque impossible de faire ce qu'il devait faire. Résister.

Au bout du couloir, une large double porte donnait sur sa chambre. L'invitant dans l'espace le plus intime de sa maison, il guetta sa réaction. La verrait-elle comme il l'avait vue le jour où le ranch était devenu sien ? Plus qu'aucune autre pièce de la demeure, celle-ci l'incitait à se représenter un avenir ici, avec une femme pour le partager.

Lentement, elle pivota pour contempler son grand lit king-size garni d'une couette aux dessins aztèques dans des tons ocre et bruns. Les murs étaient constitués de demi-rondins sablés et cirés, avec des joints blancs, ce qui donnait à la pièce une ambiance chaleureuse. Mais sa partie préférée était la paroi en verre qui faisait face aux montagnes de Thunder Ridge, maintenant dans le noir.

— C'est saisissant, murmura-t-elle.

— J'aime beaucoup cette chambre. Et encore plus avec vous dedans.

Il la voulait dans ce vaste lit, ouvrant ses splendides yeux tourmentés sur la vue qui s'offrait à eux. Il voulait un amour fort, aussi inébranlable que ces montagnes.

S'ils faisaient l'amour cette nuit, ce serait sans nul doute incroyable. Mais dangereux, aussi, car cela aurait signifié une simple aventure ; or, il n'avait aucune envie de se satisfaire seulement des morceaux de sa vie qu'elle était disposée à partager avec lui.

Les paramètres qu'elle avait fixés pour leur relation se fondaient, il en était sûr, sur un traumatisme qu'elle se refusait à dévoiler. Un jour, ce serait différent, il le savait. Il attendrait. Il attendrait aussi longtemps qu'il faudrait.

— J'ai un T-shirt que vous pouvez mettre, dit-il.

— Aurai-je besoin de quelque chose pour dormir ?

Le temps s'arrêta. Leurs regards se croisèrent et se soutinrent. Prenant une grande inspiration, il fit passer ses cheveux cuivrés derrière ses oreilles.

— Il y a quelques années, je suis rentré à la maison après une journée vraiment dure et j'ai fait cuire une fournée de brownies. Je n'ai pas pu attendre qu'ils soient prêts, alors je les ai sortis trop tôt du four. Dès la première bouchée, j'ai su que j'avais tout gâché. Ils étaient comme du pudding à l'intérieur. J'ai pensé que je pouvais les remettre au four, mais ils n'ont jamais été bons après ça, et j'ai compris qu'il était possible de gâcher quelque chose qui aurait dû être formidable en voulant le précipiter. Vous voyez ce que je veux dire ?

Elle fronça les sourcils.

— Je vois que vous avez besoin de leçons de cuisine. Et c'est vraiment un drôle de moment pour parler de brownies.

— Vous avez raison sur les deux points. Je suis très mauvais pour les paraboles.

Prenant son visage entre ses mains, il la regarda dans les yeux.

— Je ne veux pas de brownies. C'est nous deux, que je veux. Je veux que nous nous en sortions bien, Willa. Je pense que ça va prendre encore un peu de temps.

Elle entrouvrit les lèvres. Deux taches rouges apparurent sur ses joues.

— Mais nous nous connaissons depuis plus d'un an !

Il pouvait voir sa confusion. Elle essayait de comprendre son soudain revirement. Bon sang ! Il avait envie de se donner des coups de pied aux fesses pour ne pas avoir mieux géré ce moment. Réprimant sa culpabilité, il alla à sa commode, en sortit le T-shirt et le lui tendit.

— Il y a des serviettes propres dans la salle de bains attenante et la brosse à dents est dans l'armoire à pharmacie. Télévision, radio, téléphone sont à votre disposition. Servez-vous de tout ce que vous voulez.

Elle baissa les yeux sur le T-shirt qu'elle serrait dans ses mains.

— Je serai dans la chambre d'amis, au rez-de-chaussée, deuxième porte à gauche dans le couloir, si vous avez besoin de quoi que ce soit. Est-ce que ça ira ?

Elle hocha la tête sans lever les yeux.

— Faites de beaux rêves, dit-il doucement.

Il quitta la chambre, très conscient du fait qu'elle n'avait pas répondu.

*
* *

Deux matins plus tard, la clochette de la porte de Something Sweet tinta, avertissant Willa qu'un client venait d'entrer. Elle faillit lâcher un plateau entier de tartelettes aux oignons quand Derek s'encadra sur le seuil. Aussitôt, son pouls s'emballa, désobéissant de façon flagrante à son cerveau qui disait : *il a intérêt à s'expliquer.*

La nuit précédente, elle avait dormi dans son propre lit, même si « dormir » était beaucoup dire. Elle s'était surtout tournée et retournée, bataillant avec ses couvertures qu'elle trouvait trop chaudes et trop lourdes même s'il neigeait toujours dehors.

Elle n'avait pas cessé de penser à Derek pendant plus de deux ou trois minutes d'affilée au cours des trente-deux dernières heures, car elle n'avait pas réussi à dormir chez lui, non plus. Pour la deuxième fois, il avait appuyé sur la pompe comme un homme mourant de soif, puis il s'était éloigné du puits. Que mijotait-il ? Ses histoires de gratification immédiate et de brownies mal cuits n'étaient pas une explication.

En souriant, il s'avança, posant les bras sur le présentoir en verre. Il avait le regard clair et semblait plein d'énergie, frais comme une pâquerette. *Je le déteste.* Elle, elle avait des cernes sous les yeux et, ayant dépensé son énergie mentale à se ronger les sangs, elle avait juste eu le courage de mettre un peu de gloss sur ses lèvres et de relever ses cheveux en chignon.

— Bonjour.

Sa voix lui rappela le café qu'il faisait, riche et onctueux.

Comme Gilberto était là quand elle s'était levée chez lui, elle n'avait pas pu exprimer sa confusion sur la façon dont la soirée s'était terminée. Maintenant qu'il était debout devant elle, elle sentait la chaleur envahir son cou et ses joues. Et elle n'avait toujours aucune idée de la manière de lui demander : *pourquoi ne voulez-vous pas me faire l'amour ?*

Des larmes lui montèrent aux yeux rien que d'y penser. Baissant la tête, elle s'adressa une mise en garde sévère pendant qu'elle rangeait les tartelettes dans la vitrine. *Reste calme. Ne laisse pas voir que tu te sens rejetée. Je t'interdis de paraître pathétique. Il se conduit comme si rien ne s'était passé, alors c'est exactement ce que tu feras aussi.*

— Bonjour ! répondit-elle d'un ton léger. Je suis contente de vous voir ce matin. Aimeriez-vous un café ? J'en ai du tout frais.

Elle finit rapidement sa mise en place.

— Non pas que vous ayez l'air d'avoir besoin de caféine, précisa-t-elle. Vous paraissez très en forme. Je vais ranger ce plateau et je reviens.

Elle se rendit d'un pas martial dans la cuisine, fit claquer le plateau dans l'évier et, ignorant le regard inhabituellement curieux de Norman, retourna au front.

De retour derrière le comptoir, elle refusa de regarder Derek en face. Mais elle remarqua qu'il avait posé une feuille de papier jaune fluo sur le haut du présentoir.

— Qu'est-ce que c'est ? demanda-t-elle en la pointant du doigt.

Baissant les yeux comme s'il la remarquait seulement, lui aussi, il avait l'air si superbement viril et déterminé qu'elle faillit lui pardonner sur-le-champ.

— C'est une affiche. Pour le bal dans la grange de Rudy Gunnerson.

Il paraissait aussi mal à l'aise qu'elle.

— Ce vendredi.

— J'en ai entendu parler. Voulez-vous que je la colle sur ma vitrine ?

Son expression indiqua que c'était la dernière chose à laquelle il aurait pensé.

— Non. Je suis venu demander si vous voudriez y venir avec moi.

— Oh ! je vois.

Elle entendit son propre pied qui frappait nerveusement le sol.

— En fait, non, je ne vois pas.

N'avait-il pas perçu les signaux qu'elle lui lançait ?

— Écoutez, j'apprécie nos sorties ensemble et cette façon que vous avez de me faire la cour, mais pour le cas où je n'aurais pas été parfaitement claire… Je suis une fille facile.

Son cœur tambourina contre ses côtes. Eh bien ! C'était la chose la plus directe qu'elle avait jamais dite depuis des années. Et peut-être même depuis toujours.

Il mit les mains sur les hanches et la dévisagea.

— Non, dit-il en secouant la tête. Vous ne l'êtes fichtrement pas.

— OK, je suis tombée dans le panneau. Je me rends compte que je ne suis pas la *personne* la plus facile à vivre. Nous en avons déjà parlé. Mais pour ce qui est des relations sexuelles, je vous ai invité chez moi sans limite de temps — ce qui est à mon avis un bel appel du pied — et l'autre soir, chez vous, je vous ai montré que je voulais passer la nuit avec vous.

— Vous pensez que ça fait de vous un pari gagnant ?

Elle le regarda, bouche bée.

— Euh… Oui, il me semble ! Derek, je vous ai dit carrément que je suis prête pour une aventure. Et vous vous êtes défilé. Deux fois. Qu'est-ce qu'une femme doit faire de plus pour vous convaincre qu'elle veut coucher avec vous ? Prendre une rose entre les dents et danser nue sur la table ?

— Voilà qui paraît prometteur, dit-il d'un air amusé. Mais vous venez de dire des choses très importantes. Je veux y répondre. Ailleurs qu'ici.

— Je n'aurais même pas dû aborder le sujet. Il y a trop d'oreilles qui traînent et j'ai trop à faire. Une chance, encore, que vous soyez arrivé à un moment creux !

— OK. Ce soir, alors ? Non, attendez…

Il fronça les sourcils.

— J'ai Gilberto, en ce moment, et je n'ai pas encore cherché de baby-sitter pour un gamin de onze ans. Je ne tiens pas à le laisser seul.

— J'offrirais bien de le garder, mais…

— Le plan tomberait à plat.

— En effet.

— Et je veux vous parler le plus tôt possible. Ce qui nous ramène à vendredi.

— Le bal à la grange ? dit-elle d'un ton dubitatif, en posant des assiettes sur un plateau. Pas vraiment intime.

— On pourrait trouver un endroit retiré. Je connais bien la ferme. Et Gilberto aura d'autres enfants avec qui s'amuser. À mon avis, nous n'aurons pas de mal à parler en privé de vos… soucis.

Son plus gros souci était de s'être trompée sur ses intentions. Mais il avait raison : elle ne voulait plus en faire une obsession, alors ils devaient en parler au plus tôt.

Alors que la clochette de la porte tintait, elle dit :

— La ruée du matin va commencer. Je ferais mieux de travailler.

— OK, dit-il en pointant son index sur elle. Vendredi. Gilberto et moi passerons vous prendre à 6 heures.

Se penchant vers elle, il murmura :

— J'aimerais vous embrasser.

*Vraiment ?* Elle se mordit la lèvre inférieure pour ne pas sourire comme une idiote.

— Ah oui ?

— Oui, mais ce serait comme mettre une annonce à la une de *La Gazette de Thunder Ridge*.

Elle hocha la tête. Il lui prit la main et la porta à ses lèvres. Elle en eut la chair de poule sur le bras. La lâchant avec un sourire, il regagna la porte, la tenant ouverte pour des mères de famille en survêtement et grottes bottes qui se hâtèrent d'entrer.

— Bonjour, mesdames, dit-il avec un signe de tête et en lui faisant un clin d'œil.

Elle le regarda s'éloigner dans la rue.

Aussitôt, elle refit du café, sachant qu'elle en servirait sans relâche pendant l'heure à venir. Les affaires reprenaient, Dieu merci.

*
* *

L'immense grange de Rudy Gunnerson était si bien éclairée que la lumière se répandait tout autour. Tandis qu'elle marchait avec Derek et Gilberto vers les portes grandes ouvertes, elle aperçut la moitié de la ville à l'intérieur. L'atmosphère était réchauffée par des lampes, des réchauds et la musique entraînante d'un groupe de violonistes femmes. Les participants se rassemblaient autour du buffet installé contre le mur du fond ou faisaient la queue devant les barils de cidre et de bière.

La main que Derek plaça dans son dos et le grand sourire qu'il lui adressa lui donnèrent l'impression qu'ils formaient un couple depuis des années. Ce n'était pas du tout une impression désagréable.

— Je vois mes copains ! dit Gilberto qui attendit l'accord de Derek pour courir les rejoindre.

Habillé en civil, ce soir-là, il était sans conteste le plus bel homme de la grange. Ou de la ville. Ou peut-être même de l'État, pensa-t-elle en le regardant. Il portait un pull en V lie-de-vin et un jean noir qui dessinaient ses muscles à merveille. Sur son pull, il portait un blouson en cuir aussi noir que ses cheveux.

Elle avait décidé de mettre des talons, en vue de danser plus facilement avec un homme qui la dépassait de trente centimètres. Mais même ainsi, il la faisait paraître toute petite par la largeur de ses épaules et de son torse. Néanmoins, son regard l'enveloppait, et elle se sentait protégée et chérie.

— À quoi pensez-vous ? demanda-t-il. En cet instant ?

Elle répondit immédiatement.

— Que vous n'êtes pas du tout mon type.

Renversant la tête en arrière, il partit du rire le plus sonore qu'elle lui avait jamais entendu. Elle adorait qu'il soit si bien dans sa peau, si à l'aise qu'il ne s'offensait pas facilement.

— Quel est votre type ? demanda-t-il.

Elle réfléchit.

— Intellectuel. Pas le classique héros macho.

La main dans son dos se mit à dessiner des cercles lents. Il baissa les yeux, les paupières lourdes, l'air charmeur.

— Désolé de vous décevoir.

Ce fut à son tour de rire, le plaisir l'envahissant tout entière. Elle était heureuse quand elle était avec lui. Simplement… heureuse.

— Voudriez-vous danser, shérif ?

Il la pressa contre lui.

— Pour sûr ! Si je me souviens bien, danser ensemble est quelque chose que vous et moi faisons très bien. Allons-y.

Lui prenant la main, il la conduisit sur la piste de danse, où ils dansèrent une marche, puis un slow. L'orchestre annonça une pause et les danseurs commencèrent à se disperser. Mais il la retint dans ses bras, en la regardant dans les yeux.

— Vous vouliez que je vous explique pourquoi nous n'avons pas encore fait l'amour.

Sa voix grave fit courir des frissons dans son dos. Partout où ils se touchaient, son corps était en feu.

— Ce serait un moment mal choisi pour m'annoncer que vous êtes gay, dit-elle d'une voix enrouée, soulagée quand le coin de ses yeux se plissa.

— Je ne le suis pas.

— Ouf !

Elle regarda la piste de danse presque vide.

— Ce n'est pas vraiment intime, ici. Vu la nature de notre conversation, je veux dire.

— Se cacher en pleine vue. La meilleure des tactiques.

— Si vous le dites…

La lueur malicieuse qui dansait dans ses yeux la captivait. Il pourrait lui dire n'importe quoi ou presque, en cet instant, elle le croirait.

— Je ne suis pas un homme d'une nuit, dit-il, devenant aussitôt plus sérieux. Et vous n'êtes pas non plus une femme d'une nuit.

Elle battit des cils, nageant en pleine confusion.

— Qui a parlé d'une nuit ?

— Une nuit, une semaine… Si vous fixez une limite dans le temps, c'est du sexe, pas une vraie relation.

— Vous parlez comme une fille, maintenant.

Le sourire charmeur qu'elle adorait s'épanouit.

— Je suis peut-être macho, mais je suis aussi profondément sensible.

— Cette fois, vous avez réussi à paraître sexy. Bravo. Alors comme ça, vous craignez que je vous considère comme acquis ? demanda-t-elle d'un ton facétieux.

— Je ne veux pas *vous* considérer comme acquise.

Cette fois, ce fut l'émotion qui la fit frissonner, et c'était bien plus dangereux qu'un trouble sexuel.

— Vous ne le feriez jamais, murmura-t-elle, sachant que c'était l'absolue vérité. Jamais.

Resserrant son emprise sur sa taille, il baissa la tête. Ils restèrent debout sur la piste, front contre front, le mince espace entre eux électrisé par l'anticipation. Juste un léger mouvement l'un vers l'autre et ils s'embrasseraient. Ils savaient tous les deux combien c'était bon.

Un flash l'aveugla un instant.

— Souriez ! Vous êtes si mignons, tous les deux ! Vous voulez une photo souvenir ?

Il leva les yeux au ciel.

— Je ne le crois pas ! Qui vous a donné cet appareil ?

Holliday Bailey avait fait son apparition, décochant à Derek son grand sourire sexy.

— Rudy. On vend les clichés pour financer sa campagne pour la mairie. Il a vu quelques-unes de mes photos à la bibliothèque. Il trouve que j'ai un talent naturel. Un talent parmi tant d'autres…

Elle battit des cils d'un air charmeur.

— Si on élisait un roi et une reine pour ce bal, vous auriez mon vote ! Oh ! c'est une super idée !

— N'y pensez même pas, dit-il, lui jetant un regard noir.

La belle rousse rit.

— En parlant de rabat-joie, vous feriez bien de vous

occuper du petit jeune homme, votre protégé. À l'instant, il ratiboisait la table des desserts.

— Oh ! Derek, c'est donc là qu'il était. Il va se rendre malade, intervint Willa. Nous ferions mieux d'aller voir.

— Si nous laissions Derek s'occuper du sale boulot ?

Holliday glissa un bras sous le sien et l'entraîna.

— Il n'a pas le droit de vous garder pour lui tout seul. Allons manger un morceau entre filles, avec Izzy et mon groupe de lecture du jeudi.

Willa s'efforça de ne pas regarder en arrière, pour appeler Derek au secours, et de ne pas penser au baiser qu'Holliday avait empêché. Elles rejoignirent le groupe dans lequel se trouvait Carly Levine, l'institutrice de Gilberto.

— Les progrès que Gilberto a faits depuis qu'il vit chez le shérif Neel sont stupéfiants, dit cette dernière, rayonnante. Et vous l'avez vraiment aidé en le faisant travailler, Willa. Il en parle tout le temps. Son estime de soi a grimpé en flèche et il ne manque plus jamais la classe. Tout le monde à l'école est ravi. Merci.

— Ne me remerciez pas, dit-elle. C'est Derek qui tient les rênes. Je pense que Gilberto est son projet spécial.

— C'est super, mais ne vous sous-estimez pas, Willa.

— C'est vrai, intervint Izzy. Vous faites tous les deux un travail formidable avec ce garçon.

— Derek fait la part du lion. Je l'assiste, c'est tout.

Elle chercha Derek du regard et le vit près du buffet des desserts, en train de faire rire Gilberto, le mari d'Izzy et son fils, Eli.

— Il a vraiment un don avec les enfants, murmura-t-elle.

— Il l'a toujours eu, observa Izzy avec affection.

Elle savait qu'il avait toujours joué un rôle très important auprès d'Eli jusqu'au retour de Nate.

— Je ne sais pas si vous vous souvenez, mais Derek a eu du mal à laisser sa place à Nate, quand il est revenu.

*Oh ! mon Dieu ! Ce que je suis bête !* pensa-t-elle soudain. Prendre soin de Gilberto représentait beaucoup plus pour lui qu'un acte de générosité. Au sens propre du terme, il avait perdu sa « famille » quand le père d'Eli avait réapparu. S'occuper de Gilberto comblait un énorme vide.

— Il souhaite avoir une famille à lui depuis longtemps, affirma Izzy. C'est ce que vous voulez aussi ?

Elle le demanda gentiment, mais son inquiétude était évidente.

— Derek connaît ma position, répondit prudemment Willa. J'ai été claire.

Mais alors les paroles de Derek lui revinrent à l'esprit. « Si vous fixez une limite dans le temps, c'est du sexe, pas une vraie relation. »

— Et, bien sûr, nous en parlons, bafouilla-t-elle tandis que l'inquiétude s'insinuait dans son esprit.

Il *savait* ce qu'il en était pour elle, non ?

Izzy la dévisagea un moment, puis hocha la tête.

— Vous avez goûté les friands à la poire et au gorgonzola ? demanda-t-elle.

Elle prit un des hors-d'œuvre sur la table à côté d'elles et mordit dedans.

— Délicieux ! Vous croyez que des friands à la poire et au gorgonzola feraient un tabac dans mon salon ?

Ayant changé de sujet, elles passèrent les minutes suivantes à discuter de nouvelles recettes qu'Izzy voulait introduire au Pickle Jar. Mais son attention ne s'écarta jamais de l'homme auquel elles étaient toutes les deux si attachées.

# - 12 -

Une fois que les applaudissements se turent et que les lumières furent rallumées dans le gymnase de l'école primaire de Thunder Ridge, Willa s'autorisa à relâcher son souffle. La pièce de théâtre historique jouée par les CM2 était terminée et Gilberto avait très bien campé le rôle du célèbre aventurier Daniel Boone. Derek et elle s'étaient tenus par la main, très fort, depuis que Gilberto était entré en scène.

— Je crois que j'aurais été plus calme pendant une course-poursuite après un malfaiteur, dit-il, adorablement sérieux.

Elle rit.

— Ça aurait été moins éprouvant pour les nerfs si nous avions été prévenus plus tôt qu'il tiendrait ce rôle, dit-elle. Vu les circonstances, je pense qu'un peu d'anxiété était justifié.

Ayant récemment remplacé un camarade pour tenir le rôle principal, Gilberto avait travaillé d'arrache-pied pour apprendre son texte. Alors qu'on lui offrait sa première chance de briller à l'école, il avait été déterminé à donner tout ce qu'il avait. Et l'institutrice l'avait sûrement choisi pour renforcer son estime de soi.

— Sans vous, il aurait dû porter une pancarte disant « Je suis Daniel Boone » en guise de costume. Merci. Et merci de ne pas vous plaindre que tous nos rendez-vous deviennent des sorties familiales. Le prochain sera rien que pour nous deux. Vous avez ma parole.

Il passa les doigts sur sa nuque et sur l'endroit juste au-dessous de son oreille.

— Vous ai-je dit combien je vous suis reconnaissant d'avoir été à mon côté dans cette affaire ?

— Au moins cent quarante-deux fois ces dix derniers jours, ce qui fait la cent quarante-troisième.

Secouant la tête d'un air de regret, il marmonna de sa voix grave :

— J'aurais dû le dire encore plus souvent.

Comment s'y prenait-il pour faire de la déclaration la plus banale quelque chose qui ressemblait à des préliminaires amoureux ?

— J'y ai pris plaisir, murmura-t-elle.

Et c'était la vérité.

L'enthousiasme de Gilberto était toujours contagieux et les essais maladroits de Derek pour lui coudre une tenue l'avaient attendrie. Elle avait fini par lui confectionner elle-même un costume de Daniel Bonne avec une veste à franges et un bonnet en faux raton laveur. Et quand elle ne cousait pas ou ne lui faisait pas répéter son rôle, elle s'était promenée avec lui sur les bords de Long River pour l'aider à se procurer des accessoires et se mettre dans l'ambiance.

Si Derek et elle n'avaient pas trouvé le temps de reprendre leur discussion sur le fait d'avoir une « aventure » ou une « relation », eh bien, c'était parfait pour elle. Tout allait si bien pour le moment, les choses étaient si simples et si naturelles. Ne pouvaient-ils pas en profiter un peu ?

— Je crois qu'il n'a pas détaché les yeux de vous pendant toute sa tirade, commenta-t-il.

— Parce qu'il avait peur d'oublier ses répliques !

— Venez, allons trouver M. Boone avant qu'il soit pris d'assaut par ses fans.

Son sourire plein de fierté lui alla droit au cœur.

— D'accord.

Tandis qu'ils se glissaient dans la file de parents, frères et sœurs qui s'étirait dans le couloir, il posa un léger baiser sur sa tempe. Elle inspira vivement. Quelquefois, elle se laissait emporter par le désir que cet état de choses dure. Tandis que la foule les propulsait vers les tables du buffet, elle essaya de se concentrer sur les arômes de café chaud, de pop-corn tout frais — sur tout, sauf sur la tentation de ne rien changer, de rester avec Derek et Gilberto, retrouvant sa place dans la vie en aimant un homme et un enfant.

— Comment je m'en suis sorti ?

Il lui fallut un instant pour se rendre compte que Gilberto s'était faufilé entre elle et Derek et les dévisageait d'un air avide.

— Sapristi, Daniel Boone ! C'est vraiment vous ?

Derek se pencha pour l'examiner.

— Vous avez été stupéfiant, Dan. Puis-je avoir un autographe ?

— Arrêtez, se plaignit Gilberto en regardant autour d'eux pour voir si quelqu'un écoutait, mais son grand sourire traduisait plus de fierté que de gêne. Vous en avez pensé quoi, Willa ?

Il paraissait si sérieux, si désireux d'avoir son approbation. Des souvenirs lui serrèrent le cœur. *Ignore-les. C'est une autre époque, un autre endroit. D'autres gens. Ce n'est pas du tout pareil.*

— Tu as été formidable ! Le public t'a adoré. Ton travail a payé, mon chou. Tout le monde t'a pris pour Daniel Boone.

— Vous le croyez vraiment ?

— Évidemment !

Il était si facile de faire plaisir à Gilberto. Il rayonna à ses compliments.

— Voici l'homme du jour ! s'écria Izzy en s'approchant pour le complimenter à son tour.

— Vous êtes venue me voir jouer ? demanda-t-il, ébahi.

— Je n'aurais manqué ça pour rien au monde.

Izzy lui tendit un sac en papier fermé par un ruban.

— Je t'ai apporté le smoothie que tu aimes. Cadeau pour la première.

— Super ! Merci. Je vais aller le boire avec Tyler !

Se reprenant, Gilberto regarda Derek.

— Je veux dire, je peux y aller ?

Derek hocha la tête.

— Cours vite retrouver ton copain.

Il se tourna vers Izzy pour lui demander où était Nate, mais à ce moment-là son portable sonna. Il regarda l'écran.

— Désolé, Izzy, il faut que je prenne cet appel. Je reviens dans une minute.

— Mignon comme tout, commenta Izzy.

Willa acquiesça.

— Oui, il était adorable avec ce bonnet de fourrure, non ?

— Je voulais parler de vous trois.

*Oh !* Le rouge lui monta aux joues. Au cours des deux dernières semaines, elle avait observé Derek qui jouait pleinement son rôle de père et elle pouvait dire honnêtement qu'il était l'un des meilleurs hommes qu'elle avait jamais connus, dévoué à son travail quand il était en service, mais aussi disponible pour Gilberto — et pour elle — lorsqu'ils étaient ensemble.

L'émotion enfla rapidement, lui nouant la gorge. Se sentant stupide, elle battit des cils pour retenir les larmes qui lui brûlaient les yeux.

— Hé ! fit Izzy, soucieuse, en la faisant sortir de la file. Tout va bien ?

Elle avait l'intention d'affirmer qu'il n'y avait pas de problème, mais à la place elle s'entendit s'exclamer :

— Je ne veux pas le blesser !

Et elle se mit à pleurer. *Oh ! par pitié !* Avait-elle gardé son précieux contrôle tout ce temps pour craquer maintenant ?

— Je suppose que vous voulez parler de Derek, dit doucement Izzy en lui tendant un mouchoir en papier.

— Oui.

— Alors jouez franc jeu avec lui.

Elle s'immobilisa. Elle n'avait jamais parlé de son passé avec Izzy.

— Que… Que voulez-vous dire ?

— Quoi que ce soit qui vous tracasse, il peut l'encaisser. Vraiment. Il a les épaules larges.

Pour la première fois depuis qu'elles se connaissaient, Izzy l'enlaça pour la réconforter.

— Je crois deviner que vous avez du mal à vous fier suffisamment à vous-même pour prendre soin de son cœur. Mais vraiment, tout ira bien, j'en suis sûre.

— Je… Je sais, murmura-t-elle, mais en réalité elle n'en savait rien du tout.

Izzy avait frappé juste. Pouvait-elle compter sur elle-même pour prendre soin du cœur de Derek ? S'ils devaient aller plus loin, elle n'avait pas le choix. Une voix dans sa tête disait très fort : *il mérite la vérité.*

Alors qu'elles arrivaient en haut de la file, il reparut, l'air bouleversé.

Elle lui tendit un café.

— Qu'est-ce qui ne va pas ?

Il prit la tasse et désigna un coin plus tranquille.

— Allons parler là-bas. Gilberto est toujours avec son copain ?

— Oui, répondit-elle en échangeant un regard soucieux avec Izzy.

— L'appel était de Jeanne, l'assistante sociale de Gilberto, expliqua-t-il quand ils furent au calme. Elle voulait me dire que Roddy est parti. Nul ne sait où. Il a emporté toutes ses affaires, avec une partie de celles de ses potes en prime.

Ses yeux lançaient des éclairs.

— Il a complètement abandonné Gilberto.

Sans se soucier d'Izzy, elle l'étreignit, sentant son corps robuste se détendre contre elle.

— Et maintenant ? demanda-t-elle.

— D'après Jeanne, Roddy est définitivement rayé de la liste des responsables potentiels de Gilberto, et il n'y a pas d'autres membres de la famille voulant s'occuper de lui.

Il la regarda dans les yeux.

— Elle m'a demandé si je serais partant pour une longue période de garde.

Il marqua une pause.

— Ou un rôle de tuteur permanent.

— Tu l'es ? demanda Izzy.

Willa sut sa réponse avant qu'il la donne.

— Oui.

Il la dévisageait toujours, scrutant sa réaction.

La vérité, c'était qu'elle aurait été déçue s'il avait pris une autre décision, car c'était là du pur Derek. Il était toujours prêt à donner de sa personne. Elle sourit et hocha la tête pour lui montrer son approbation. Mais en même temps, l'inquiétude la rongeait. Voilà qui compliquait les choses. Il avait besoin de gens qui le soutiendraient à fond, quels que soient les défis qu'il aurait à relever.

Maintenant, ils auraient encore plus de choses à discuter le vendredi suivant — le soir où ils projetaient d'avoir enfin un vrai tête-à-tête. Mais elle savait qu'elle devrait pas mal réfléchir d'ici là. Et une chose était certaine : il était temps de tout dire à Derek.

La semaine passa en coup de vent. Il avait cessé de neiger, et même si le froid perdurait, les routes étaient dégagées. Arrivée au vendredi, elle ne savait toujours pas comment elle allait aborder la question de son passé avec Derek. Ce passé qui, elle avait beau essayer de le nier, affectait toujours toutes les facettes de son présent.

Il n'allait pas tarder à arriver pour leur rendez-vous. Elle regarda autour d'elle, satisfaite. Sa maison avait belle allure. Des bougies à la flamme vacillante émettaient une subtile fragrance épicée, on entendait un léger air de jazz en fond sonore, les lampes étaient tamisées et le feu était prêt à être allumé dans la cheminée. Elle avait posé sur la table basse une élégante syrah d'Hudson Vineyard et les verres à vin de sa grand-mère. Il lui restait à mettre les fleurs dans des vases.

Dans la cuisine, une excellente côte de bœuf rôtie à la sauge et au thym emplissait la maison de son arôme succulent, et son Yorkshire pudding attendait d'être mis au four. Un menu qui disait : « Je tiens à toi et je veux que tu te sentes spécial. » Son plat fétiche, des épinards à la crème et au bourbon, devait encore être assaisonné, mais ça ne prendrait pas longtemps et elle voulait d'abord vérifier une fois de plus sa chambre à coucher.

Du seuil, elle parcourut l'espace des yeux, essayant de le voir à travers le regard de Derek. Si elle mettait des bougies ? Devrait-elle les allumer tout de suite, ou attendre qu'il arrive ? Allant jusqu'au lit, elle passa les mains sur la couette. Draps propres, fait. Oreillers bien retapés, fait.

Lingerie sexy ?

Elle caressa du doigt le peignoir en dentelle et la nuisette en satin qu'elle avait sortis. Elle avait acheté le séduisant ensemble la veille. La nuisette, avec son décolleté plongeant et son bas diaphane, lui avait paru si glamour et si excitante dans la vitrine ! L'idéal pour lui donner confiance en elle. Mais soudain, elle lui semblait dangereusement osée. Jouer les femmes fatales n'avait jamais été son genre, et pourtant ce soir elle avait envie d'essayer, et voulait le faire *avant* de lui parler de son passé.

*Parce qu'il est plus facile de dénuder son corps que son âme,* se dit-elle. Partager son histoire avec lui marquerait non seulement le début d'une nouvelle phase de leur relation, mais aussi la fin de quelque chose. Jusqu'ici, son chagrin avait été intime, ardent mais en même temps fragile, tel un papillon qu'elle devait protéger pour le garder en vie. Parce que le conserver intact gardait en vie les gens qu'elle pleurait. C'était l'impression qu'elle avait, en tout cas. Or, si elle voulait Derek, il allait falloir qu'elle desserre son emprise sur le passé. Qu'elle permette à d'autres d'entrer dans son intimité.

Elle jeta un coup d'œil à la pendule. Il serait là dans une heure. L'appréhension, l'impatience et le désir formaient un mélange explosif qui mettait tout son être en ébullition. Elle ne tenta même pas de se convaincre qu'elle était prête pour ce moment ; elle savait seulement qu'elle le voulait. *Séduire d'abord, parler ensuite. Tout ira bien.*

C'est alors que l'on sonna à la porte.

*Quoi ?* Derek devait venir à 8 heures, et il n'était que 7 heures ! Son pouls bondit follement. Le dîner n'était pas prêt et elle n'avait pas encore tranché pour le négligé.

— Une minute ! cria-t-elle avant de se jeter un coup d'œil dans le miroir, paniquée.

Zut, elle n'avait même pas eu le temps de se coiffer et de se maquiller ! Derek arrivait parfois en avance, et il avait appelé deux fois ce jour-là pour dire qu'il avait hâte de la revoir, mais *une heure* à l'avance ? Pour un tête-à-tête ? Ce n'était pas fair play.

Toutefois, sa panique ne dura pas. Elle avait décidé d'être nue à un moment donné de ce rendez-vous. Elle pouvait aussi bien commencer par un visage nu. Apparemment, elle était destinée à ne pas pouvoir se cacher derrière quoi que ce soit, ce soir. Prenant une grande inspiration, elle alla ouvrir la porte.

Bien qu'elle n'ait pas encore éclairé le porche, elle distinguait l'ombre d'un homme à travers les carreaux. En tirant le verrou, elle lança en plaisantant :

— Vous devez être aussi excité que moi à l'idée…

Sa voix se brisa. Le temps et son pouls parurent s'arrêter.

— Jason ? murmura-t-elle.

Ou crut-elle murmurer.

*C'est une illusion. Ton cerveau te joue des tours.*

Mais il sourit et c'était le sourire qu'elle se rappelait, celui qui lui avait donné l'impression autrefois que tout allait à merveille dans le monde. Elle porta une main tremblante à ses lèvres. Les yeux bleus qu'elle connaissait si bien s'emplirent de trop d'émotions pour les compter. Appréhension, culpabilité, gratitude…

— Bonsoir, Willa, dit-il d'un ton rauque. Je suis de retour.

# - 13 -

L'homme que Willa avait épousé quand elle était une toute jeune femme tendit les bras et l'enlaça étroitement, la serrant si fort qu'elle en perdit presque le souffle.

Jason… Comment était-ce possible ? Elle ne pouvait pas croire qu'il était là, vivant, après avoir disparu et être resté tant de temps sans donner de nouvelles. L'émotion qu'elle avait contenue si longtemps se libéra peu à peu, comme des pierres tombant d'une falaise avant une avalanche, et elle sentit ses bras l'entourer, le tenir contre elle. Ses pleurs mouillaient le devant de sa chemise et elle put sentir ses larmes à lui mouiller son cou tandis qu'il enfouissait le visage au creux de son épaule.

— Bon sang, Jase ! Je te croyais mort !

— Je suis désolé. Je suis tellement désolé.

Ils restèrent debout un long moment, lui juste devant la porte et elle sur le seuil. Ils s'accrochaient l'un à l'autre, essayant de se reprendre. Finalement, elle s'écarta pour le regarder à travers le brouillard de ses larmes.

Il avait minci. Il était presque maigre. Ses habits étaient bien plus décontractés que les chemises et les costumes de marque qu'il affectionnait autrefois. Le Jason qu'elle se rappelait aurait pu sortir d'un catalogue de mode pour hommes. Celui qui se tenait devant elle était négligé.

— Y a-t-il une chance que tu me laisses entrer ? demanda-t-il, avec une hésitation qui ne lui ressemblait pas.

Elle laissa échapper un petit hoquet.

— Oui… Oui, bien sûr, balbutia-t-elle en ouvrant la porte en grand. Entre.

Il passa devant elle pour pénétrer dans le confortable salon qu'elle avait si soigneusement arrangé pour une soirée de séduction et regarda autour de lui avec curiosité.

— Tu… Euh…

Il s'éclaircit la gorge et passa une main sur sa mâchoire ombrée de barbe.

— Tu attends quelqu'un ?

— Oui.

Elle rougit en refermant la porte.

— Mais pas avant une heure. Assieds-toi.

Elle désigna le canapé.

Il hocha la tête et prit place au bord d'un coussin.

— C'est un endroit plaisant, dit-il.

Elle haussa les épaules. La maison qu'ils avaient partagée en Californie, une villa de type méditerranéen qu'il adorait, faisait quatre fois la taille de celle-ci.

— C'est petit, mais ça me plaît. Je m'y sens chez moi, maintenant, dit-elle simplement.

Il opina. Ses longs doigts, parfaits pour un chirurgien, se nouèrent sur ses genoux.

— J'ai répété ce que j'allais dire. Et à présent que je suis là…

Il haussa les épaules et se leva, sa nervosité l'empêchant de rester en place. Elle le regarda aller jusqu'à la cheminée comme s'il savait exactement ce qu'il allait y trouver. Levant lentement une main, il toucha la photo encadrée qu'elle avait gardée dans sa chambre ces dernières semaines. Ce soir, elle l'avait remise dans la salle de séjour parce qu'elle voulait que Derek la voie.

— C'est la seule photo que j'ai emportée avec moi quand je suis parti, dit Jason. C'est ma préférée.

Elle sentit son ventre se nouer. Elle se força à inspirer.

— La mienne aussi.

Le cliché montrait leur fille, Sydney, à l'âge de dix ans

et demi, et avait été pris juste avant le gala de printemps de l'école.

— Tout avait du sens avant qu'elle meure. Rien n'en a plus eu après, dit Jason d'une voix enrouée. Je ne sais vraiment pas comment tu as traversé ça en restant sobre, Will. Tu étais la plus forte de nous deux.

Elle sursauta à cette déclaration. Est-ce que simplement survivre signifiait qu'elle était forte ? Se cacher dans une nouvelle ville, dans une maisonnette faite pour elle seule, évitant les relations avec les autres ? Elle ne s'était pas sentie forte du tout. Quand leur magnifique Sydney était décédée, le monde avait basculé et était resté de guingois, jusqu'à tout récemment.

Elle regarda ses bougies, sentit l'odeur de la côte de bœuf qui cuisait, se rappela sa nuisette. Sans qu'elle le veuille, la colère se joignit à la myriade d'émotions qui bousculaient son corps. Pendant si longtemps, elle avait rêvé de l'instant où il reparaîtrait de façon inattendue, et où elle constaterait qu'il était encore en vie. Mais cet instant n'était pas venu. Et maintenant, sans avoir appelé, sans le moindre avertissement, maintenant qu'elle s'apprêtait à aller de l'avant, il revenait dans sa vie.

— Où diable étais-tu, Jason ? Ces deux ans ont été une vraie torture. Je te croyais mort. Tout le monde le croyait. Tu m'as envoyé les papiers du divorce et une lettre qui ne disait pratiquement rien hormis que tu ne pouvais plus assumer notre mariage. Tu n'as même pas pris contact avec tes parents, durant tout ce temps. Après avoir perdu un enfant toi-même, comment as-tu pu…

Elle plaqua ses mains sur sa bouche. Pendant deux ans, elle avait relégué la fureur par-delà l'inquiétude et le chagrin. Maintenant elle était en plein dedans, prête à décocher une flèche droit dans le cœur de Jason pour l'avoir abandonnée, l'avoir laissée gérer tant de choses toute seule et leur avoir causé deux fois plus de chagrin.

— Vas-y, continue, dit-il lorsqu'elle s'arrêta. Quoi que

tu aies à dire, je le mérite. Et je me le suis probablement déjà dit.

Il reposa avec soin la photo de Sydney sur la cheminée et se tourna vers elle.

— J'étais un imposteur, Willa. J'adorais la médecine, mais j'aimais encore plus l'idée que je pouvais arranger tout ce qui n'allait pas, et quand je n'ai pas pu aider notre propre fille…

Il poussa un soupir frustré.

— La culpabilité m'a scié. J'ai failli…

L'émotion à vif lui tordit les traits.

— Je n'ai pas pensé en être capable. Quitter tout le monde m'a semblé être la seule chose à faire. Je ne pourrai jamais te dire à quel point je suis désolé de t'avoir fait traverser tout ça. Je ne m'attends pas à ce que tu me pardonnes. J'ai juste besoin que tu saches que je regrette.

Dehors, un chien aboya. Le bruit d'une sirène retentit, puis se dissipa dans le lointain. Une voiture passa trop vite dans la rue. La vie continuait à Thunder Ridge, indifférente à leur douleur.

Il y avait tant de questions, mais elle savait que l'on ne pouvait pas trouver de réponse aux plus importantes. Pas dans cette vie. Ils ne comprendraient jamais pourquoi ils avaient eu tant de chance, eu droit à la magie merveilleuse qu'avait été leur famille. Ni pourquoi il avait fallu que ce bonheur prenne fin. Jason eut un sourire tremblant.

— Merci d'avoir tenu mon avocat au courant de l'endroit où tu vivais.

Elle hocha la tête sans rien dire. Il regarda de nouveau autour de lui.

— Tu te construis une vie pour toi, ici.

— J'essaie.

— Je suis fier de toi. Tu fais partie de la race de ceux qui survivent.

À ces mots, les larmes qu'elle avait retenues à grand-peine coulèrent sur ses joues. Il était venu lui faire le dernier cadeau, celui qui clôturait à jamais leur mariage, le mariage pendant lequel elle était passée de jeune fille à femme, puis à mère. Il lui avait donné Syd, et la vérité était que tant qu'elle vivrait elle resterait la mère de sa petite fille adorée. En retour, elle pouvait offrir à Jason la seule chose qui pourrait apaiser sa souffrance.

— Tu es pardonné, murmura-t-elle. Crois-le, Jase. Tu es pardonné.

Elle n'aurait su dire qui fit le premier geste, mais soudain ils furent dans les bras l'un de l'autre pour une dernière étreinte. Les bras qu'elle connaissait si bien se resserrèrent brièvement sur elle avant qu'il se penche en arrière pour la regarder.

— Combien de temps t'a-t-il fallu pour croire que tu pouvais encore aller de l'avant ?

— Je pense que cela m'a pris… jusqu'à présent.

Ils partagèrent un long moment de silence, de compréhension profonde et tacite que ni l'un ni l'autre ne pourraient jamais connaître avec quelqu'un d'autre. Le coup de sonnette les fit sursauter.

À travers le panneau de verre coloré qui flanquait sa porte d'entrée, elle aperçut Derek qui se tenait tout près. Assez près pour qu'elle voie qu'il ne se contentait pas d'attendre sous le porche ; il regardait à l'intérieur, fixant Jason et elle.

Elle réagit aussitôt. Elle quitta les bras de Jason et courut jusqu'à la porte, l'ouvrant en grand.

— Derek ! Entrez.

Une bouffée d'air froid entra avec lui. Elle était si échauffée que la fraîcheur lui fit du bien.

— Je suis contente que vous soyez là, dit-elle, les mots sortant d'un jet.

Pourtant, ce n'était pas ainsi qu'elle voulait qu'il découvre sa vie passée d'épouse et de mère. Son esprit s'emballa tandis qu'elle essayait de deviner ce qu'il pensait.

— Je suis en avance.

La voix et l'expression sombres, il dévisagea Jason.

— Je tombe mal, Willa ?

— Non, mentit-elle en désignant Jason. Nous étions… *Oh ! mon Dieu. Que dire ?*

Derek la regarda. Il carra les épaules, ses sourcils se froncèrent, il avait l'air de se dire : *je donnerais volontiers un coup de pied aux fesses à ce type.* Mais, par-dessous, elle voyait une incertitude qui lui donnait envie de l'embrasser jusqu'à ce qu'il redevienne Derek, le Derek qu'elle avait appris à connaître. Le Derek qu'elle attendait ce soir.

— J'ai l'impression d'interrompre quelque chose, dit-il d'un ton impassible.

— Non, c'est moi.

Jason s'avança en tendant la main.

— Bonjour. Je suis Jason Holmes. Et vous êtes ?

— Derek Neel. Shérif de Thunder Ridge.

Avec méfiance, Derek prit la main tendue, cherchant visiblement la relation entre eux.

— Holmes ? Vous êtes apparenté à Willa ?

— Si l'on veut. Je l'ai épousée il y a quatorze ans, après le lycée.

Derek pâlit. Un long moment de silence s'écoula avant qu'il recouvre sa voix.

— Dans ce cas, je suppose que vous avez pas mal de temps à rattraper. Je vais vous laisser.

Il pivota et franchit la porte restée ouverte.

— Derek ! s'écria-t-elle en agrippant la poignée. Ne partez pas !

Il traversa le porche et descendit les marches pour rejoindre son pick-up.

— Derek, vous ne comprenez pas !

Elle lui courut après. Sa portière claqua.

— Je vous en prie, attendez !

Mais il ne put l'entendre avec le bruit du moteur et le crissement des pneus tandis qu'il démarrait en trombe.

Derek dut faire appel à toutes ses forces, physiques et mentales, pour rentrer calmement chez lui, congédier la baby-sitter sous le prétexte qu'il ne se sentait pas très bien, et passer le reste de la soirée à regarder des films idiots avec Gilberto. Chaque fois que le téléphone sonnait, il l'ignorait, grommelant contre les démarcheurs téléphoniques, et finalement il débrancha son fixe et mit son portable sur vibreur pour éviter les questions innocentes de Gilberto.

Willa avait appelé au moins six fois, mais il n'était pas d'humeur à parler à quiconque, et encore moins à elle. Pas encore.

Gilberto parut sentir que quelque chose n'allait pas et alla de lui-même dans la cuisine pour lui préparer une tasse de tisane sucrée au miel. Puis il s'assura que le plaid était bien bordé autour de ses jambes. Ses efforts maladroits et bien intentionnés pour s'occuper de lui furent la seule chose qui le retint de mettre sa maison à sac, pièce par pièce.

Gilberto se blottit contre lui et le regarda avec une telle tendresse et une telle adoration qu'il en eut une boule dans la gorge. Ce gamin était si gentil et il le regardait comme s'il pouvait décrocher la lune, alors qu'en réalité il avait l'impression que son monde s'écroulait autour de lui.

Elle était *mariée*. Mariée à son petit ami du lycée, mais elle n'avait pas jugé cela assez important pour lui en parler. Quel idiot il avait été ! Après toutes les occasions qu'il lui avait fournies pour lui dire la vérité sur son mystérieux passé, il découvrait qu'elle avait un mari. Un mari dont elle était manifestement encore très proche.

Et lui, le complet abruti, se présentait à sa porte, pensant que « pour toujours » était enfin au programme.

Le sang se rua dans ses veines comme de la lave brûlante. Les muscles tendus, les poings serrés, il marmonna un juron. Gilberto se tourna sous sa couverture et le regarda. Pauvre petit, il avait l'air inquiet.

Il inspira à fond et fit un effort pour le rassurer.

— Je pense que j'ai juste pris froid. Et tout va aller bien, tu sais pourquoi ?

Gilberto haussa les épaules.

— Non.

Il l'entoura d'un bras et l'attira à lui.

— Parce que tu es le meilleur docteur du monde entier. Ta tisane m'a presque remis d'aplomb. Je ne sais pas ce que je ferais sans toi pour m'aider à traverser cette mauvaise passe.

Gilberto se rengorgea, fier comme un paon. Il hocha la tête avec l'air d'un petit homme.

— OK. Je pense que vous devriez aller vous coucher, maintenant. Je peux vous border, quand vous serez prêt. Avant, j'éteindrai la télé et je sortirai Captain.

Il lui ébouriffa les cheveux. Si Willa lui avait fissuré le cœur, Gilberto était le ciment qui l'empêchait de se briser tout à fait.

— À tout de suite, gamin.

Un peu plus tard, ils se retrouvèrent en haut.

— Tu sais, mon pote, tu m'as complètement guéri. Je me sens assez bien pour te mettre au lit.

— Ben, vous savez, j'ai pensé à devenir docteur.

— Sans blague ? J'ai toujours rêvé d'avoir un docteur dans ma famille.

Il avait dit à Gilberto que Roddy était parti. Quand la colère et le chagrin du gamin s'étaient calmés, il avait mentionné que Jeanne essayait de trouver quelqu'un pour l'élever et le protéger jusqu'à ce qu'il soit adulte. Enfin, il avait révélé ce qu'il avait dit à Jeanne : qu'il voulait bien être ce quelqu'un.

Et là, quand Gilberto l'entendit dire « ma famille » en parlant d'eux, il en resta d'abord bouche bée, puis il se détourna avec un immense sourire. Tandis qu'il accompagnait le petit dans sa chambre, il sentit à quel point sa présence lui faisait du bien. Ils avaient presque fini leur rituel du soir, quand Captain se mit à aboyer sans arrêt.

Gilberto s'assit dans son lit.

— Captain a entendu quelque chose.

En effet, il avait entendu une voiture quelques minutes plus tôt, alors que Gilberto était sur le point de s'endormir. Il était sûr que c'était Willa.

— C'est sûrement une bestiole qui fouille dans les poubelles, dit-il. Dors et je vais jeter un coup d'œil dehors, d'accord ?

Gilberto se glissa sous ses couvertures.

— Si c'est un cambrioleur, appelle-moi et je lui donnerai un coup de pied dans les bonbons, d'accord ?

— Entendu.

Il avait bien noté que Gilberto l'avait tutoyé pour la première fois. Il se dit qu'ils se porteraient très bien tout seuls. Et si Willa était dehors ? Eh bien, qu'elle y reste ! Il n'était pas d'humeur à écouter une explication maintenant.

On frappait doucement, mais avec insistance, à la porte. Visiblement, les aboiements enroués de Captain et le porche éteint ne décourageaient pas Willa. Restant en haut de l'escalier, il la regarda s'approcher du panneau vitré. Elle mit ses mains de chaque côté de ses yeux et essaya d'apercevoir un mouvement.

Il resta immobile, en silence.

— Derek, je sais que vous êtes là. S'il vous plaît, ouvrez ! Il gèle, ici.

Elle frappa encore. Plus fort. Il hésita. Un peu.

— Derek ? appela la voix inquiète de Gilberto. Je crois que c'est Willa.

Il lâcha un soupir de frustration.

— Je descends lui parler. Tu dors, d'accord ?

— D'accord. Bonne nuit.

— Bonne nuit, camarade.

Captain grattait à la porte en gémissant. Bon… Il le faisait uniquement pour épargner son vieux chien, se dit-il.

Il descendit l'escalier d'un pas lourd, éclaira le porche et ouvrit la porte. Willa se pelotonnait dans son manteau et frottait ses mains nues. Aussitôt, il eut envie de l'attirer dans ses bras pour la réchauffer.

*Tu es vraiment naïf.* Se raidissant, il dit :

— Willa, rentrez chez vous. Je n'ai pas envie de parler.

— Derek, écoutez-moi, c'est tout ce que je demande. Je

comptais tout vous dire ce soir, mais Jason… Il est arrivé à l'improviste et m'a prise de court.

Ses cheveux auburn étaient lâchés, comme il l'aimait, tombant en vagues douces autour de son visage et sur ses épaules. Ses traits paraissaient tendus, et ses joues rougies indiquaient qu'elle avait pleuré. Il serra les dents comme un étau.

— Je suis glacée, poursuivit-elle. Laissez-moi entrer quelques minutes pour vous expliquer. S'il vous plaît.

Il hésita, et le visage torturé de Willa éveilla en lui toute sa tendresse.

*Je m'en moque,* se dit-il. Mais il ne s'en moquait pas et se maudissait pour ça.

Finalement, il fit un pas en arrière. Elle passa devant lui. Il ferma la porte, puis éclaira une lampe qui jeta une lumière jaune dans la pièce.

— Asseyez-vous.

Il désigna un fauteuil et alla ranimer le feu que Gilberto et lui avaient laissé s'éteindre. Timidement, elle prit le siège le plus près de la cheminée et s'assit, frissonnante.

— Vous auriez dû mettre des moufles.

— J'ai quitté la maison trop vite, dit-elle, claquant des dents. Je suis partie tout de suite après Jase.

*Jase.*

— Je vais me faire une tasse de thé. Vous voulez quelque chose ?

— Non, ça va. Merci.

— Bon. Ce sera du thé.

Il se tourna abruptement et se rendit dans la cuisine.

Quoi qu'elle dise, quelles que soient ses raisons de refuser de partager avec lui une fraction de ce qu'elle avait visiblement partagé avec *Jase,* il n'allait pas céder à son cœur, qui lui soufflait de nouveau de laisser passer, de l'écouter, de l'aimer. Chez lui, cet organe était un tel idiot ! Et il en avait plus qu'assez de prendre des coups dans l'estomac. Si la question était : « Quand cela te servira-t-il de leçon ? », la réponse était : « Tout de suite. »

*
* *

Willa savait que même si elle avait blessé Derek il se souciait encore d'elle.

Elle se pencha en avant, ses paumes glacées glissées entre ses genoux. Tandis qu'il remuait des ustensiles dans la cuisine, elle essaya de se rappeler tout ce qu'elle devait lui dire, pour ne rien oublier avant qu'il l'envoie promener. S'il le faisait, elle ne l'en blâmerait pas. Ce qu'il avait surpris plus tôt aurait stupéfié n'importe qui.

Après cinq minutes interminables, il revint avec deux mugs fumants. Il lui en mit un dans les mains et s'assit en face d'elle. *Normal,* se dit-elle. Un frisson la secoua et elle renversa un peu de son thé. Il se leva, jeta une couverture sur ses genoux et alla reprendre sa place.

— Bon.

Il poussa un soupir où se mêlaient l'impatience et la réticence.

— Qu'avez-vous besoin de me dire ?

— Tout. Depuis le début. Ce que j'avais prévu de faire ce soir, avant l'arrivée de Jason qui était totalement inattendue.

— Vraiment ?

Il ne croyait pas qu'elle comptait lui parler de son passé ou que l'arrivée de Jase avait été pour elle une surprise totale, mais la réponse était la même pour les deux.

— Oui.

Le regard ferme et impassible, il attendit simplement qu'elle commence. Ce qu'elle fit, maladroitement.

— Jase… Jason Holmes… était mon mari. Je dis bien « était ». Notre divorce a été prononcé il y a un an, même si notre mariage avait déjà pris fin plus tôt. Avant ce soir, je ne l'avais pas vu depuis deux ans. Nous avions connu une période très dure. Il s'était mis à boire et prenait des médicaments. Je n'étais pas vraiment moi-même non plus, à l'époque. Je ne voulais pas le mettre à terre alors qu'il allait mal, mais finalement il est parti et a demandé le divorce. Puis il a disparu. Personne, pas même ses parents ou sa sœur, n'a eu de nouvelles de lui. Franchement, jusqu'à ce que je le voie ce soir, je pensais qu'il était peut-être décédé.

Il haussa les sourcils.

— Pourquoi auriez-vous pensé ça ?

Elle but une gorgée de thé, désirant que sa chaleur pénètre les endroits de son corps habités d'une peur glacée.

— Laissez-moi remonter plus haut pour que ce soit plus facile à comprendre, dit-elle. Jason était un chirurgien très doué. En pédiatrie. Je suis tombée enceinte quand j'avais vingt ans. Sydney a été une surprise. Au début nous avons un peu paniqué, mais elle s'est révélée une enfant formidable — heureuse, drôle, en bonne santé. Nous n'avions donc pas à nous plaindre, même si c'était un peu prématuré.

Une boule se forma dans sa gorge.

— Nous étions aidés par nos parents respectifs. Jase est allé à l'école de médecine et moi dans une école de cuisine. La vie était frénétique, intense et merveilleuse. J'étais plus heureuse que je ne l'avais jamais été. Nous étions tous heureux.

Elle vit sa mâchoire se crisper, mais le temps était venu pour lui de comprendre et pour cela il fallait qu'elle dise la vérité.

— Vous savez, confia-t-elle doucement, j'avais beau adorer ma carrière culinaire, être la maman de Sydney constituait de loin la meilleure partie de moi.

Captain contourna la table basse et vint poser sa tête grise sur ses genoux. Elle aurait presque pu croire qu'elle lisait de la compassion dans ses yeux.

— Oh ! j'ai apporté une photo à vous montrer.

Prenant son sac, elle en sortit la photo encadrée et la lui tendit. Il l'étudia.

— C'est vous toute crachée. Très belle. Vraiment. Magnifique.

Elle sourit.

— Sydney était bien plus jolie que moi. Ses traits étaient plus hardis. Elle était plus hardie. Cette photo a été prise juste avant son premier récital de danse à l'école. Nous étions allées acheter une robe et avions passé des heures à la préparer.

Elle le regarda lire la dédicace signée au bas du cadre. « Pour Maman. De Syd. J'adore quand tu me coiffes. »

— Elle m'a offert cette photo pour la fête des Mères. Ce week-end-là, nous étions tous invités au lac de Big Bear avec deux ou trois amies de Syd et leurs familles. Jase travaillait à l'hôpital pour enfants de Los Angeles et j'étais chef pâtissière à South Pasadena. Il était libre, mais moi je ne pouvais absolument pas y aller. Le week-end de la fête des Mères est l'un des plus chargés de l'année, dans le secteur alimentaire. Alors j'ai insisté pour qu'ils partent sans moi. Syd m'a offert mon cadeau avant de partir.

— Quel âge avait-elle, sur cette photo ?

— Dix ans et demi.

— Presque le même âge que Gilberto, murmura-t-il.

— Oui.

— Parlez-moi plus d'elle.

L'air fermé qu'il avait eu depuis qu'il avait ouvert la porte avait laissé place à une attention intense. Elle prit une profonde inspiration.

— Syd était un grand cœur avec des bras et des jambes. Elle n'a jamais eu de « meilleure amie », parce qu'elle aimait tout le monde et pensait que les autres l'aimaient aussi. Sa chambre était toujours en désordre. Elle était très bonne dans la plupart des sports. Elle nageait comme un poisson. Rien ne l'effrayait. Pas même ce qui aurait dû lui faire peur.

Les mains tremblantes, elle porta le mug à ses lèvres et but une longue gorgée.

— Ce week-end-là, Syd, Jase et leurs amis campaient au bord du lac près d'un endroit connu pour la natation et la plongée. D'après ce que j'ai pu comprendre, Syd a vu quelqu'un faire un saut périlleux du haut des rochers et a décidé qu'elle voulait essayer. Jase avait vu de très graves blessures causées par ce genre d'imprudence et lui a dit non. Quand les pères se sont éloignés pour mettre le chauffage dans les mobile homes, Sydney a grimpé sur les rochers. Elle a dit à ses amies qu'elle voulait juste voir à quel point c'était haut. Nul ne sait si elle a plongé en dépit de l'interdiction de son père ou si elle a perdu l'équilibre et est tombée.

Il avait posé son mug sur la table basse et il semblait changé en pierre.

— Syd n'a pas refait surface. Les enfants se sont mis à hurler. L'une des mères s'est jetée dans l'eau pour la sauver pendant qu'une autre courait prévenir Jase. Le temps qu'il atteigne Sydney, elle était hors de l'eau, mais inconsciente. Et le temps que l'hélicoptère des secours la transporte à l'hôpital et que j'arrive, elle était maintenue artificiellement en vie.

Avait-elle vraiment survécu à tout cela ? Elle s'efforçait de raconter l'histoire comme une série de faits, mais chaque mot lui infligeait un coup de poignard et elle se plia sur ses genoux, comme pour se protéger, quand une vague de douleur faillit la submerger.

— Pendant que je restais près de Syd, Jase consultait tous les experts qu'il connaissait et même d'autres, espérant un miracle. Il n'a pas quitté l'hôpital pendant des jours et des nuits. Et j'étais assise seule dans la chambre de Syd, la cherchant en vain dans son lit d'hôpital.

Elle revit les murs verts de la chambre avec leurs décalcomanies outrageusement gaies, les tubes, tuyaux et autres machines qui permettaient à sa fille de respirer. Elle ferma les yeux.

— Je pensais que si j'y croyais assez fort elle se réveillerait. Qu'elle serait de nouveau ma Syd.

Rouvrant les paupières, elle scruta son visage, voulant qu'il comprenne.

— L'instant où vous cessez de vous raconter des histoires est le pire de tous.

— Vous ne vous racontiez pas d'histoires, dit-il d'un ton bourru. Vous espériez.

— Merci.

Elle se demanda s'il réalisait qu'il lui massait le dos. Elle ne voulait pas qu'il s'arrête.

— Que s'est-il passé ensuite ? demanda-t-il.

— Jason luttait toujours avec ses propres démons. Nous nous étions mis à rendre visite à Sydney séparément. Nous avions des disputes horribles, nous disant des choses que nous n'aurions pas pu imaginer avant l'accident.

— Au sujet de quoi vous disputiez-vous ?

— Jase refusait d'admettre ce que son expérience de médecin lui disait qu'il était temps d'admettre. Que notre fille était partie. Et j'ai commencé à penser que nous allions devenir fous si nous ne l'admettions pas. Je savais que je ne comprendrais jamais, jamais, jamais, mais il était temps de lâcher prise.

— Vous l'avez débranchée ? demanda-t-il doucement.

— Pas tout de suite. Jase s'est battu contre. Il s'est battu jusqu'à ce qu'elle commence à avoir des complications.

Un sanglot s'échappa de sa gorge.

— Après, sa culpabilité, son chagrin et sa rage l'ont consumé. Nous nous sommes retrouvés dans les limbes — incapables de revenir en arrière, incapables d'avancer.

Elle essuya une larme, puis le regarda.

— Je suis désolée de vous avoir caché tout ça. Vous avez toujours été merveilleux, et je déteste que vous ayez été pris par surprise ce soir. Ma seule excuse est que, dans mon esprit, garder mon chagrin pour moi gardait Sydney en vie, d'une certaine manière. Est-ce que ça vous semble avoir du sens ?

— Je ne peux pas prétendre que je le comprends comme toi, dit-il, la tutoyant pour la première fois, car toutes les barrières étaient tombées entre eux, à présent, mais oui, je pense que ça a du sens.

Il lui prit les mains et les tint entre les siennes. Elle put sentir leur merveilleuse chaleur réchauffer ses doigts.

— J'aimerais avoir pu te réconforter. J'aimerais avoir connu ta fille.

Ses yeux la brûlèrent.

— Moi aussi, j'aurais aimé les deux.

— Alors c'est vraiment fini entre Jason et toi ?

— Oui.

Maintenant qu'elle lui avait livré les faits et s'était excusée, elle voulait lui dire ce qu'elle avait prévu de dire avant l'arrivée de Jason, mais elle se sentait vidée et terriblement nerveuse. Son cœur bondissant dans sa poitrine, elle le regarda dans les yeux.

Et elle se lança.

— Je suis prête à aller de l'avant, maintenant. Avec toi.

# - 14 -

Willa retint son souffle. Derek lui lâcha les mains et, sans la regarder, se leva.

— Reste ici.

Il alla au portemanteau dans l'entrée.

Elle resta assise, glacée. Avait-elle tout gâché ? Usé sa patience jusqu'à la corde ? Attendu trop longtemps pour se rendre compte que ses propres sentiments allaient plus loin et qu'elle avait envie d'être plus, pour lui, qu'une simple partenaire sexuelle ou une amie ? Et attendu trop longtemps pour l'admettre ?

Sur les charbons ardents, elle le regarda mettre la main dans la poche de son blouson de cuir. Lorsqu'il trouva ce qu'il voulait, il revint auprès d'elle. En s'éclaircissant la gorge, il s'assit.

— Je savais que tu avais perdu quelqu'un. J'ai vu les livres sous ton porche, ceux sur le chagrin et le deuil. Mais je n'aurais jamais imaginé que tu avais perdu un enfant.

Il la regarda dans les yeux.

— Tu me rends humble. Je ne le dis pas à la légère, et je n'essaie pas de te passer de la pommade. Il ne fait pas de doute dans mon esprit que tu as été une mère formidable pour Sydney, parce que je t'ai vue avec Gilberto. Chez toi, c'est naturel.

Son cœur battait maintenant encore plus fort.

— En vérité, poursuivit-il, j'ai su dès le début, dès le moment où tu es venue travailler pour Izzy, que tu étais spéciale. Aimante et bonne d'une façon qui ne collait pas avec les distances que tu gardais. Je me suis dit que je ne devais pas te courir après. Je veux dire, si tu n'étais pas intéressée, à quoi bon te poursuivre ? Mais mon instinct me disait que tu étais la femme de ma vie.

— Derek, je pense… Je… Je devrais…

— Non, laisse-moi finir. C'est ce que j'avais l'intention de te dire quand je suis allé chez toi ce soir.

Son expression était à la fois ouverte et vulnérable et elle ressentit une envie furieuse de le prendre dans ses bras, mais se retint.

— Tu es l'amour que j'attendais, Willa. Ces dernières semaines — quand nous aidions Gilberto pour la pièce et que nous n'arrivions même pas à fixer une date pour un vrai rendez-vous — ont été les semaines les plus douces et les plus merveilleuses de ma vie.

Il baissa les yeux sur ses mains. Concentrée sur son visage, elle avait négligé de regarder ce qu'il tenait. Et là, elle le vit. *Oh. Oh ! mon Dieu. Oh ! non !* se dit-elle, atterrée.

— Je prévoyais de faire ceci plus tôt.

Il retourna sa main et révéla un petit écrin en velours bleu saphir.

Elle eut l'impression d'être dans un rêve, le genre de rêve dans lequel tout se déroule au ralenti et où l'on ne peut pas réagir assez vite en dépit de ses efforts.

— Je t'aime, Willa. Je ne veux pas perdre une minute de plus à vivre sans toi. Quoi que la vie apporte, je veux être à ton côté.

Il ouvrit l'écrin. Une magnifique bague de rubis et de diamants étincelait sur son lit de satin.

— Le rubis me fait penser à toi. Unique, rare.

Le premier vrai sourire de la soirée éclaira son visage.

— Et il va vraiment bien avec tes cheveux.

Se laissant glisser du canapé, il mit un genou à terre et demanda d'un ton humble :

— Veux-tu m'épouser ?

— Oh ! Derek !

Elle prit ses mains, sans prendre la bague. Des larmes lui montèrent aux yeux.

— Quand je disais que je voulais aller de l'avant avec toi, je… Je le pensais, mais… dans une relation qui reste ouverte. Je veux être là pour toi, mais comme une… une…

Elle eut du mal à trouver le bon mot.

— Une petite amie.

Dès qu'elle eut prononcé ces mots, elle vit son sourire s'éteindre.

— Une petite amie… régulière, assura-t-elle de manière précipitée.

L'intensité du regard qu'il dardait sur elle la troubla.

Un silence aussi lourd qu'une enclume mit fin à la conversation. Lentement, il reprit place sur le canapé. Il ferma l'écrin d'un coup sec et le laissa tomber sur la table basse. Les coudes appuyés sur les genoux, il se prit la tête dans les mains.

— Je comprends qu'après ce que tu as traversé il te soit difficile de t'engager de nouveau. Mais je ne suis pas Jason. Je ne m'en irai jamais.

— Ce n'est pas de ça qu'il s'agit…

— Bien sûr que si, insista-t-il. Si tu avais eu quelqu'un pour t'aider à surmonter ta douleur…

— Je me serais sentie moins seule, oui, mais ça ne me ferait pas changer d'avis pour aujourd'hui. Même si la vie était merveilleuse avec Syd, je…

L'angoisse lui serra la gorge.

— Je ne veux plus avoir d'enfant à moi, Derek. Je ne peux tout simplement pas.

— Tu es toujours sous l'emprise du chagrin. Tu ne sais pas comment tu te sentiras avec le temps.

— Je sais comment je ne *veux pas* me sentir de nouveau. Ça fait plus de deux ans. Il faut que tu acceptes ce que je te dis.

— Néanmoins, tu pourrais être ma petite amie, dit-il, son ton moqueur la faisant tressaillir. Alors, s'il ne s'agissait que de moi, tu envisagerais le mariage ?

Elle eut du mal à croiser son regard.

— Je ne sais pas comment tu as fait, mais tu as réussi à passer à travers toutes les bonnes raisons que j'avais de ne pas retomber amoureuse.

Battant des cils pour retenir ses larmes, elle éventa ses joues échauffées des doigts.

— Je fais tout foirer si lamentablement… Je suis désolée. Je sais combien tu souhaites être père. Le fait est que tu en es déjà un. Gilberto et toi, il faut vous prendre ensemble. Je sais combien ça compte pour toi de l'avoir ici. Je le sais vraiment, et j'en suis heureuse pour toi. C'est juste que je ne peux pas risquer… Je ne veux pas risquer d'éprouver de nouveau ce genre de douleur.

— Et tu penses qu'être une simple petite amie te gardera en sécurité ?

Soudain, elle se sentit stupide et perdit pied un instant.

— Peut-être pas complètement, mais…

La tension qui crépitait entre eux commençait à devenir inconfortable.

— Mais en tant que petite amie, tu pourrais t'en aller si tu sentais que tu t'enfonçais trop loin. C'est ça ? demanda-t-il d'un ton âpre, puis il leva une main avant qu'elle puisse répondre. Peu importe, j'en ai assez entendu.

Il se leva et recula d'un pas.

— Je suis désolée.

— Tu l'as déjà dit.

Son cœur se serra. C'était fini. Pourquoi n'avait-elle pas accepté ce fait avant de venir ici ce soir ? Elle avait été si égoïste ! Comment avait-elle pu croire pouvoir garder le contrôle de ses sentiments ? Pouvoir jouer avec ceux de Derek ? Nouant les mains sous son menton, elle dit :

— Je suis tellement désolée — oui, je sais, je me répète. Je ne sais pas quoi dire sauf que… je dois reconnaître mes limites.

Il se figea sur place, la fixant avec une expression incrédule.

— Tu continues à fuir. Comme Jason l'a fait. Tu es lâche, toi aussi.

Son sang ne fit qu'un tour.

— C'est injuste ! Jase s'était mis à boire. En fait, en partant, il essayait de me protéger !

— Non, Willa. Jason se protégeait *lui-même*. Il a fui la réalité qui veut que la vie vous apporte des crasses, parfois, et que c'est à nous de changer les crasses en quelque chose de supportable. Quelque chose qui a du sens, même si nous ne l'aurions jamais choisi pour nous-mêmes de notre propre gré.

Se levant, elle lui fit face.

— Tu ne comprends pas ! Tu ne peux pas comprendre !

Il fit un pas en avant et la prit par les bras.

— Je sais que je t'aime. Je sais que nous devrions être ensemble. Pas seulement quand c'est facile et pas seulement pour un moment. Pour toujours. Pour le meilleur et pour le pire.

— Derek.

Elle émit un soupir de frustration.

— Tu ne sais pas de quoi tu parles. Tu ne le sais pas ! Ne me parle pas de promesses éternelles !

— Tu as raison. Je n'ai jamais perdu d'enfant. J'ignore ce que c'est, totalement. Mais je sais une chose… — il s'arrêta et prit une grande inspiration — je veux une femme à aimer et une maison pleine d'enfants avec qui partager cet amour. Je veux des chiens, des chats, du bazar et toutes les corvées qui vont avec. Je le veux avec toi. Et je crois au fond de moi que si tu te le permettais tu le voudrais aussi.

*Non. Tout simplement… Non.* Même si elle désirait mieux s'expliquer, il n'y avait plus de mots pour le faire. Elle ne pouvait pas recommencer et il lui était impossible pour le moment de le lui faire comprendre.

Peu importait. Manifestement, il le lisait sur son visage.

Une bûche tomba dans la cheminée, faisant jaillir une gerbe d'étincelles tandis qu'il prenait la bague sur la table et la regardait. Il hocha la tête.

— Très bien.

Son menton tremblait lamentablement.

— Je suis…

Elle s'arrêta, mais il savait ce qu'elle allait dire et il leva les yeux vers elle.

— Non. Si tu étais vraiment désolée, tu ne ferais pas ça.

Elle ne put rien répondre.

Il haussa les épaules.

— Bon, je pense que nous en avons fini.

Il se dirigea vers l'entrée. Sans un mot, elle le suivit.

— Bonne nuit, Willa, dit-il en lui ouvrant la porte.

Elle fit un signe de tête, ne se fiant pas à elle-même pour forcer des mots à passer à travers la nouvelle crue de chagrin qui se dressait face à elle comme une haute vague.

L'air glacial lui brûla les poumons tandis qu'elle mettait le pied sous le porche. Le déclic de la porte qui se fermait derrière elle lui sembla le son le plus définitif que tout ce qu'elle avait jamais entendu.

Deux nuits plus tard, elle était complètement réveillée et fixait avec morosité le plafond au-dessus de son lit quand le téléphone sonna. Elle alluma sa lampe de chevet et chercha son portable.

C'était Derek.

S'adossant à la tête de lit, elle retint son souffle. Ils ne s'étaient ni parlé ni vus depuis qu'il avait fermé sa porte derrière elle. Elle avait traversé les deux derniers jours comme un zombie, le chagrin qu'elle essayait d'éviter toujours là, quoi qu'elle fasse. Maintenant, rien que de voir son nom affiché sur l'écran l'emplissait d'adrénaline. Avait-il changé d'avis ? N'insisterait-il plus pour le mariage ? Appelait-il pour dire qu'il voulait essayer une relation sans engagement, finalement ? Cela importait-il ?

Depuis qu'elle était sortie de chez lui, elle s'était peu à peu convaincue d'une chose : il avait été absurde de croire qu'elle pourrait être sa « petite amie » et garder des distances prudentes vis-à-vis de Gilberto. Ou de lui. Son esprit et ses émotions étaient déjà sens dessus dessous. Et s'ils avaient une longue relation et qu'ils rompaient ? Ou s'ils étaient ensemble, amoureux, et qu'il était tué dans son travail ? Dieu veuille que non. Cette seule pensée la rendait malade. À quoi avait-elle pensé, en se liant à un homme qui faisait un métier dangereux ?

Pendant qu'elle se rongeait les sangs, le téléphone cessa de sonner. Avant qu'elle puisse décider si elle était soulagée ou déçue, il retentit de nouveau, et cette fois elle regarda l'heure : 1 h 18 du matin. Épuisée, elle se demanda si elle avait assez d'énergie pour une autre discussion épique.

Se mordant la lèvre, elle regarda l'écran. La curiosité était une tentation à laquelle il était difficile de résister, dans ces circonstances. Elle prit l'appel.

— Salut, murmura-t-elle en se calant contre son oreiller.

— Willa ?

Aussitôt, elle eut l'impression que son cœur battait dans sa gorge. Une fois déjà, elle avait répondu à un appel où son interlocuteur prononçait son nom avec une telle urgence. Et c'était pour lui annoncer la nouvelle qui avait bouleversé sa vie. Se redressant, elle serra très fort l'appareil.

— Qu'est-il arrivé ?

— Désolé si je te réveille.

— Derek, qu'est-ce qui ne va pas ?

— Gilberto est parti.

— Comment ça, parti ?

— Je suis allé le voir dans sa chambre il y a une heure environ, et il n'était pas dans son lit.

Elle essaya de déglutir, mais sa gorge était soudain aussi sèche que du papier émeri.

— Est-ce qu'il s'est enfui ?

— Je ne sais pas.

On aurait dit que Derek faisait les cent pas en parlant.

— Je ne vois pas pourquoi il l'aurait fait. Tout allait superbement bien.

— Tu as fouillé la maison et le terrain ?

— J'ai cherché dans tous les coins et crié son nom à en

être enroué. Si je t'appelle, c'est que j'ai pensé qu'il avait pu aller en ville et venir jusque chez toi.

— Non. Et s'il l'avait fait, je t'aurais appelé immédiatement.

Elle se rendait compte qu'il se raccrochait au moindre fétu de paille. Avec la tête qui lui tournait, elle sauta dans un jean.

— Où es-tu, en ce moment ?

— Dans ma voiture de police, dans l'ancien quartier de Roddy. J'ai mis tous les hommes à la recherche de Gilberto, nous avons lancé une opération et une alerte à toutes les patrouilles.

— Tu penses vraiment que Roddy pourrait avoir quelque chose à voir là-dedans ?

— Je l'ignore. Je dois explorer toutes les possibilités.

— Bien sûr. Roddy sait-il où tu habites ?

— Je n'en sais rien. C'est possible. Mais Captain n'a pas aboyé, et il m'avertit toujours quand quelqu'un arrive.

— Si Roddy est revenu, penses-tu que Gilberto soit parti avec lui de son plein gré ?

L'autre possibilité lui glaça le sang.

— Je n'en suis pas sûr. Je n'ai pas accordé assez d'importance au lien familial, répondit-il d'un ton où se mêlaient le remords et la panique. Il y a eu tant de changements pour ce pauvre gosse. À quoi je pensais, de m'attendre à ce que son passé disparaisse comme par magie, seulement parce que je le demandais ? J'ai été aveugle…

— Non, arrête, le coupa-t-elle. Derek, cet enfant t'adore. Il veut vivre avec toi, pas avec Roddy. Il me l'a dit plusieurs fois pendant que nous préparions la pièce. S'il est parti avec Roddy, c'est parce qu'il était partagé entre vous, pas parce qu'il n'était pas heureux avec toi.

Il resta silencieux, soupesant ses paroles. Puis il lança un juron.

— Reste en ligne.

À l'arrière-plan, elle l'entendit communiquer par radio. La conversation était brouillée.

Le cœur serré par l'angoisse, elle attendit qu'il revienne à elle.

— Écoute, je vais te laisser pour me concentrer ici.

— D'accord. Juste une question rapide : a-t-il emporté quelque chose ?

— Son sac à dos. Je parierais qu'il a pris son costume de Daniel Boone. Je ne sais pas quoi d'autre. Bon. Il faut que je te laisse.

— Préviens-moi dès que tu sais quelque chose.

Elle raccrocha et s'assit sur le bord de son lit. Son instinct lui disait que Roddy n'était pas revenu, mais pourquoi Gilberto se serait-il enfui ? Quelque chose avait dû se passer. Quelque chose qu'il ne pouvait pas affronter. Mais quoi ? Et où serait-il allé s'il se sentait bouleversé ?

Son esprit travaillait à toute vitesse. Pourquoi aurait-il emporté son costume ? À moins que…

Elle se rappela leur promenade au bord du fleuve, dans le parc national de Winter Forks, pour qu'il se mette dans l'ambiance de la vie de pionnier.

« Je pourrais vivre ici, lui avait-il dit, exalté. Je pourrais me servir de mon arc et de mes flèches pour chasser des lapins. Je ferais du feu pour cuisiner et me tenir chaud. Et je pourrais me construire un abri. Ça ne serait pas si difficile que ça. »

Elle avait trouvé ses vantardises attendrissantes, sur le moment, mais maintenant ? Avait-il pu être sérieux ? Cet endroit se trouvait à deux miles environ de chez Derek. Il aurait pu s'y rendre en moins d'une heure, même de nuit.

Une intuition qui grandissait au creux de son ventre la pressait d'aller dans cette direction. Sans réfléchir davantage, elle se mit en mouvement. Vite, elle prit un sac à dos et fit réchauffer de la pizza au micro-ondes, puis elle attrapa une couverture et la fourra dans un sac.

Avant de tourner dans la rue, elle prit son portable et envoya un texto à Derek.

Je vais à Winter Forks pour des recherches. On ne sait jamais. Je t'avertirai tout de suite si je le trouve.

Le trajet lui parut interminable. Que s'était-il passé ? Elle sentait l'inquiétude la tenailler. Si quoi que ce soit arrivait à Gilberto, Derek ne se le pardonnerait jamais, elle le savait.

Elle dut lutter pour contrôler sa respiration tandis qu'elle trouvait le bon chemin. Le gravier crissait sous ses pneus. Elle avança lentement dans la forêt. Les arbres jetaient de longues ombres sinistres et le parc paraissait très différent en pleine nuit. Son regard allant d'un côté à l'autre de la piste, elle scrutait les bois en quête d'un petit Daniel Boone près d'un feu de camp. Enfin, elle arriva au parking où elle s'était garée la dernière fois, s'arrêta et coupa le moteur.

*Je vous en prie, mon Dieu, faites que je ne sois pas venue ici pour rien. Ou alors, faites que Derek trouve Gilberto rapidement.* Rangeant ses clés et son portable dans son sac, elle prit tout ce qu'elle avait apporté, verrouilla les portières, alluma sa lampe de poche et partit sur le sentier, la colère commençant à remplacer la peur qui la consumait.

*Ça ne va pas recommencer. Il ne va rien arriver de mauvais à Gilberto. Je ne le permettrai pas.*

Avec l'intuition d'une mère, elle suivit le chemin que son cœur lui disait de prendre.

# - 15 -

Il faisait un froid glacial. Gilberto s'était plaint que sa veste de Daniel Boone lui tenait trop chaud, mais à présent elle était contente de l'imaginer bien emmitouflé. L'écho de sa jeune voix tandis qu'ils exploraient ce chemin pour la première fois s'insinua dans son esprit.

— Je pourrais vivre ici tout seul. Je n'aurais pas peur.

— Tout seul ? Je pense que les gens ont besoin des autres, pour vivre.

— Vous, vous vivez seule. Et vous n'avez peur de rien.

Quelle ironie qu'en cet instant précis sa rage soit sous-tendue de la terreur de perdre Gilberto — avant qu'elle ait eu l'occasion de lui dire combien elle l'aimait.

À distance, elle entendait le fleuve qui courait sur des rochers. Un coyote lança un cri qui fut repris sur plusieurs hauteurs. Plus près, un hibou hulula. Le sentier qu'ils avaient pris quelques semaines auparavant était difficile à distinguer dans le faible faisceau de sa lampe de poche, mais elle continuait à aller de l'avant.

— Gilberto ? appelait-elle en éclairant les deux côtés de la piste. Gilberto ? Tu es par-là ? Si oui, réponds-moi !

Elle s'arrêta pour écouter. Rien. Elle se remit en marche, répétant ses appels tous les vingt pas. Finalement, elle atteignit l'endroit où Gilberto avait déclaré qu'il pourrait très bien mener la vie d'un pionnier, mais il n'y avait aucun signe de lui.

— Gilberto !

Luttant contre une autre vague de panique, elle allait

admettre que son intuition l'avait trompée, quand elle aperçut un sac à dos. Son cœur bondit. C'était celui de Gilberto. Mais où était-il ?

— Gilberto, réponds-moi, s'il te plaît !

Elle s'enfonça dans les bois en l'appelant toujours. Elle approchait du bord du fleuve lorsqu'elle entendit un gémissement devant elle. Tandis qu'elle se précipitait dans cette direction, sa lampe éclaira la silhouette d'un enfant qui tremblait dans ses bottes.

— Gilberto ? Oh ! Dieu merci !

Elle courut jusqu'à lui.

— Tu vas bien ? Es-tu blessé, mon chou ?

Comme il ne répondait pas, elle suivit son regard en braquant sa torche de ce côté. Son soulagement fut de courte durée. À une dizaine de mètres d'eux se dressait un ours noir. *Seigneur.* Le printemps approchait, et la faim avait dû le faire sortir de son hibernation. Avec frénésie, elle essaya de se rappeler tout ce qu'elle savait sur les ours.

*Rien.*

— Je… Je crois qu'il veut mon sandwich, bredouilla Gilberto.

Elle n'en était pas du tout sûre, mais elle n'allait pas discuter. Elle poussa l'enfant figé de peur derrière elle.

— Oui, il a probablement faim, mais j'ai de la pizza dans mon sac, nous allons la sortir tout doucement et la lui lancer pour le distraire, d'accord ? Et ensuite nous courrons à toute vitesse.

Du coin de l'œil, elle vit Gilberto hocher la tête.

— Bien. Maintenant, défais la fermeture de…

Leurs légers mouvements semblèrent encourager l'ours à se dresser encore plus et à émettre un grognement d'impatience.

— Changement de plan, chuchota-t-elle en ôtant son sac de ses épaules.

Avec une force digne d'un lanceur de tronc d'arbre écossais, elle le lança sur l'énorme animal. Puis elle prit Gilberto par la main.

— *Cours !* hurla-t-elle.

Derrière eux, l'ours ne mit pas longtemps à déchirer le sac et à trouver la pizza. Hélas, dans le sac se trouvaient aussi son portable et ses clés de voiture, mais elle s'en soucierait plus tard. Bien plus tard. Quand Gilberto et elle seraient sortis de cette maudite forêt et atteindraient la route principale.

Le temps qu'ils arrivent à sa voiture, son souffle lui lacérait les poumons. Plié en deux, Gilberto essayait de reprendre sa respiration. Ils devaient être en sécurité maintenant, l'ours ne les avait pas poursuivis. Elle n'attendit pas longtemps avant de serrer le jeune garçon dans ses bras.

— Que fais-tu ici ? Tu m'as fait une peur bleue ! Ne t'enfuis plus jamais comme ça, tu m'entends ?

Elle l'écarta pour vérifier qu'il était entier et qu'il n'avait rien. Puis elle le reprit contre son cœur et lui chuchota farouchement à l'oreille :

— Je t'aime. Si quelque chose t'arrivait, je ne pourrais pas le supporter.

Gilberto se mit à pleurer, se cramponnant à elle. Quand le déferlement d'émotion se calma un peu, elle songea à la couverture qu'elle avait emportée dans le deuxième sac et s'avisa qu'elle l'avait lâché pendant qu'ils fuyaient à travers bois.

— Je pense que l'ours a englouti mes clés de voiture et mon portable, dit-elle d'un ton léger pour le rassurer. Nous sommes livrés à nous-mêmes pour le moment, mais tout va bien. J'ai dit à Derek où je pensais te trouver et, le connaissant, il sera là bientôt. Il faut juste bouger pour nous réchauffer, ajouta-t-elle, voyant qu'il claquait des dents. Et rejoindre la route, d'accord ?

Il hocha la tête et la suivit docilement. Elle avança d'un bon pas, pas seulement pour qu'ils se réchauffent, mais aussi parce que l'idée qu'il y avait d'autres prédateurs tapis dans l'ombre la terrifiait. Lorsqu'elle aperçut la route principale devant eux, elle sut qu'ils étaient à deux miles de chez Derek.

— Comment ça va ?

— Bien.

— Bon. Alors tu veux me dire ce qui t'a fait quitter ton lit douillet en pleine nuit pour aller camper avec les ours ?

Gilberto prit une voix malheureuse.

— J'ai entendu ce que Derek et vous disiez, l'autre soir.

Elle déglutit.

— Je t'ai réveillé, c'est ça ?

— Non. J'étais déjà réveillé. Mais je savais que quelque chose n'allait pas entre vous, alors j'ai écouté.

Il haussa les épaules et lui lança un regard coupable.

Une honte brûlante lui noua le ventre. Qu'avait-il pu penser de cette conversation ? Elle avait dit à Derek qu'elle ne voulait plus jamais aimer un enfant.

— Tu es parti à cause de ce que j'ai dit ?

— Un peu. Je suis parti parce que Derek était très triste. Je savais qu'il ne se sentirait pas mieux jusqu'à ce que tu te maries avec lui, et que tu ne voudrais pas te marier avec lui tant que je serais là, ajouta-t-il, la tutoyant spontanément.

— Non !

Elle le prit dans ses bras.

— Non, ce n'est pas vrai. Oh ! mon cœur, écoute-moi…

Le tenant à bout de bras, elle fixa son visage dans le clair de lune.

— Si tu as tout entendu, tu sais que j'ai eu une fille. Et que je l'ai perdue. Je t'en parlerai davantage quand nous ne mourrons plus de froid, mais pour le moment, il faut que tu comprennes que je n'ai pas refusé la proposition de Derek à cause de toi. Je l'ai refusée à cause de moi. Parce que j'ai très peur de me remarier.

Gilberto fronçait les sourcils.

— Pourquoi ?

Elle secoua la tête.

— J'ai peur d'un tas de choses, je crois. Et je dois travailler là-dessus. Mais c'est mon problème, pas le tien. Ni celui de Derek. Il est… Il est formidable, et il t'aime.

Sais-tu qu'il deviendrait fou s'il t'arrivait quelque chose ? Alors tu ne dois plus jamais t'enfuir ainsi, d'accord ?

Une larme glissa sans bruit sur la joue lisse de l'enfant. Sa lèvre inférieure trembla tandis qu'il s'essuyait les yeux et hochait la tête, et elle l'étreignit de nouveau, le serrant si fort qu'il finit par se débattre pour se dégager.

Avant qu'ils puissent dire autre chose, le bruit d'un moteur qui ralentissait et de pneus qui s'engageaient dans le chemin fut suivi par la lumière aveuglante de phares. Des lumières bleues et rouges tournaient sur la voiture qui approchait et rebondissaient sur les arbres.

*Derek !*

Vivement éclairés, Gilberto et elle se tenaient au milieu du chemin tandis que la voiture de patrouille les rejoignait et s'arrêtait en dérapant. Derek bondit hors du véhicule et saisit Gilberto dans ses bras. Il y avait des larmes dans sa voix tandis qu'il l'attrapait elle aussi, l'incluait dans son étreinte.

— Merci. Merci énormément, murmura-t-il dans ses cheveux.

Elle hocha la tête. Ils se cramponnaient les uns aux autres comme si chacun d'eux craignait que l'un des autres puisse disparaître. Elle enfouit le visage contre le torse de Derek.

Pourtant, quelque chose l'empêchait de ressentir le soulagement qui aurait dû tout balayer. Gilberto s'était enfui à cause d'elle. Le magnifique petit garçon blotti entre eux avait cru qu'il n'était qu'un obstacle entre Derek et elle, et c'était sa faute. Quant à l'homme qui avait offert de l'aimer dans les bons moments comme dans les épreuves…

Un frisson la parcourut. Son cœur douloureux l'avait conduite à en briser deux autres, et ça n'allait pas. Ça n'allait pas du tout.

Il était plus de 3 heures du matin lorsqu'ils franchirent ensemble la porte d'entrée, 4 heures le temps que Derek ait mis Gilberto au lit. Lorsqu'il redescendit enfin à la cuisine, elle put voir son épuisement dans ses yeux.

— Quelque chose sent bon, dit-il.

La proximité qu'ils avaient partagée dans la forêt avait laissé place à de l'incertitude. Elle indiqua la poêle posée sur la cuisinière.

— Des saucisses et des œufs brouillés. J'ai pensé que tu aurais faim.

— J'ai faim.

— Assieds-toi. C'est prêt.

Il obéit et, se passant une main sur le visage, lui dit :

— Gilberto a entendu notre conversation.

— Je sais.

Elle le servit et disposa des triangles de toast beurré sur le bord de l'assiette.

— Il me l'a dit avant que tu arrives.

Les jambes tremblantes, elle se laissa enfin choir lourdement sur la chaise en face de lui.

— J'ai tout fait foirer.

Tendant le bras par-dessus la table, il posa une main sur la sienne.

— C'est un gosse. Il ne pouvait pas comprendre le contexte.

— Moi non plus, apparemment. Tout était clair dans mon esprit jusqu'à ce que tu appelles pour dire qu'il était parti. Et quand je l'ai vu devant cet ours…

— Rien de tout ça n'a été ta faute.

— Il voulait que nous ayons une chance de construire une relation. Je dirais que c'était une attitude plus mature que la mienne.

Elle vit la trace d'un sourire apparaître sur son visage.

— Aussi fou, inconscient et dangereux que ça ait été pour lui de s'enfuir ainsi, sa fugue a sans doute été la chose la plus chouette que quelqu'un ait jamais faite pour moi.

— Les enfants sont comme ça. On croit qu'ils ne pensent qu'à eux-mêmes, puis ils nous surprennent par tout ce qu'ils remarquent. Par tout ce qu'ils sont prêts à donner pour nous rendre heureux.

— Oui.

Il baissa les yeux sur ses mains, croisées maintenant sur la table.

— Tu avais raison. Gilberto fait partie de moi. Je ne pourrais pas le perdre maintenant.

Elle demeura silencieuse, comparant mentalement les deux grands amours de sa vie, Jason et Derek. Ils étaient tous les deux des hommes merveilleux, mais fondamentalement si différents !

Pendant une crise, Jase se repliait sur lui-même, s'écartant si totalement d'elle que c'était comme s'ils vivaient dans des mondes différents alors qu'ils partageaient le même lit. Tandis que les attentions dont Derek pouvait l'entourer étaient aussi sûres et constantes que la marée.

Soudain, il leva les yeux.

— Je n'ai pas pensé à ça. Tu es bloquée dehors, non ?

Elle battit des cils. Elle n'y avait pas pensé non plus.

— Oui, je suppose.

— Tu as un double de clé caché quelque part ?

— Non.

Il la regarda sans ciller.

— Reste ici.

C'était une invitation toute simple, mais qui faisait miroiter une myriade de possibilités.

— Je veux bien, murmura-t-elle.

— Bon. Je vais te préparer la chambre d'amis.

— Non. Tu es crevé. Je peux…

— Tu peux décider de ne plus discuter. Je te ferai couler un bain, aussi.

— Certainement pas !

L'air sévère, il haussa un sourcil.

— Se chamailler à 4 heures du matin *est* crevant.

Cette remarque la calma aussitôt. En outre, un bain était plus que tentant.

— Merci.

— Je t'en prie.

Il prit une bouchée d'œufs brouillés et ajouta :

— Que je me montre hospitalier ne signifie pas que je ne suis pas toujours fâché contre toi d'être partie toute seule dans les bois.

— Je ne pouvais pas ne pas y aller.

— Si. Tu aurais pu attendre…

— Non, dit-elle en secouant la tête. Une mère n'attend pas.

Se penchant en avant, elle scruta son visage.

— Je crois que j'ai finalement compris certaines choses.

Il abaissa lentement sa fourchette.

— J'écoute.

— Quand Gilberto et moi étions dans la forêt, je savais que tu nous cherchais et que tu ne t'arrêterais pas avant de nous avoir trouvés, et j'ai compris que tu avais raison. Croire en la personne que l'on aime, être sûr à cent pour cent de pouvoir compter sur elle… Ça change tout. Ça te fait tenir la distance.

Elle prit ses mains. Immobile, il était suspendu à ses paroles.

— Avant de te rencontrer, je pensais qu'il serait mal de laisser partir mon chagrin. Je pensais que, si je le lâchais, ce serait une trahison vis-à-vis de Sydney.

— Je ne vais pas te demander d'oublier, Willa.

Les doigts serrés autour des siens, elle sentait sa réserve.

— Tu avais raison, reconnut-il. Je ne peux pas comprendre ce que tu as traversé. Mais après cette nuit, je crois que je le comprends un peu mieux. J'étais terrifié à l'idée de perdre un être qui compte plus pour moi que ma propre vie.

— Gilberto.

Des larmes lui montèrent aux yeux.

— C'est exactement ce que ressent un père.

— Oui. Je me sens comme son père. Mais je ne parlais pas que de Gilberto.

Son regard farouche se planta dans le sien.

— Le premier jour où je t'ai vue au Pickle Jar, j'ai commencé à désirer une chose dont je m'étais dit longtemps auparavant qu'elle n'existait pas. Je n'avais pas dix-huit ans quand j'ai décidé que croire en « pour toujours » était une idiotie. Tout ce que je savais de l'amour, c'était comment lui tourner le dos avant qu'il me lâche le premier. Après t'avoir vue avec Jason, j'ai été furieux. Plus que je n'avais le droit de l'être. Je savais que tu avais eu tout ce que tu désirais avec lui et Sydney. Je savais que c'était censé être vos retrouvailles pour un nouveau bonheur sans fin. Ça aurait dû l'être.

Son cœur se serra. Une seconde, elle souhaita presque que Derek ait rencontré une femme avec un passé plus simple. Lâchant ses mains, elle contourna la table pour se tenir face à lui.

— Écoutez-moi bien, shérif. Vous n'êtes pas mon prix de consolation, compris ? Je n'ai jamais, jamais pensé : « Bon, j'ai déjà eu le meilleur dans la vie, alors maintenant je peux me contenter de moins. » Vous êtes un cadeau.

Elle repoussa doucement les mèches noires qui lui tombaient sur le front.

— Le truc, c'est que quand un homme se présente — un homme formidable — et vous rappelle que votre cœur est peut-être brisé mais qu'il n'a pas cessé de battre… on ne sait pas forcément que faire avec ça. J'ai du mal à croire que tu aies été aussi patient avec moi aussi longtemps, mais je t'en suis reconnaissante.

Elle passa un doigt sur ses sourcils froncés.

— Si tu es prêt à me donner une deuxième chance, je te promets que c'est la dernière dont j'aurai besoin.

La tension émanait de tout son corps musclé. Son expression était indéchiffrable, et elle commença à paniquer.

— Dis-moi ce que tu penses ! implora-t-elle.

Lentement, il hocha la tête.

— Je pense que tu ferais mieux de prévoir de faire un honnête homme de moi. Parce que si tu parles encore d'une liaison…

Elle lui jeta les bras autour du cou.

— Je parle de vous enfermer avec moi et de jeter la clé, shérif. En ce qui me concerne, c'est pour de bon.

— Oh ! ce sera mieux que bon.

L'attirant sur ses genoux, il l'embrassa à lui marquer l'âme au fer rouge. Lorsqu'ils reprirent leur souffle, elle avait la tête qui tournait.

— Waouh ! Tu embrasses de mieux en mieux !

Pinçant ses lèvres qu'elle trouvait magiques, il prit un air sombre.

— Et zut ! Je savais que ça allait arriver.

— Quoi ?

— Maintenant, tu me veux juste pour mes stupéfiantes prouesses sexuelles.

Elle savait qu'il plaisantait. Elle avait l'impression que son cœur était assez léger pour flotter, et c'était une sensation très, très agréable. Elle tapota son torse.

— Ne te vends pas au rabais. Tu es un homme aux multiples facettes, et je compte bien toutes les explorer.

Un sourire plein de joie éclaira son visage.

— Autant commencer tout de suite, alors.

Après un autre baiser incendiaire, il recula pour la contempler, passant le pouce sur ses lèvres avec la douceur d'une pluie d'été.

— Nous allons prendre cette histoire de bonheur sans fin un jour après l'autre, promit-il.

Il était fort et rassurant, capable de protéger ceux qu'il aimait des coups les plus durs de la vie. Le havre parfait pour une femme vraiment prête à se remettre à vivre.

— Devrait-on réveiller Gilberto ? demanda-t-elle en se nichant contre lui. Pour lui dire qu'on s'est embrassés et réconciliés ?

— Non, laisse-le dormir. Je veux qu'il soit bien réveillé demain quand je te demanderai en mariage.

Cette fois, son cœur bondit d'excitation, pas de peur. Levant la tête, elle le regarda, adorant le pli de ses sourcils noirs.

— Tu as besoin de renforts pour y arriver, c'est ça ?

— Absolument. Comme tu l'as dit, on ne va pas l'un sans l'autre.

Lui prenant la main, il la leva et posa un baiser sur son annulaire qui ne portait pas encore de bague.

— Pour le meilleur et pour le pire, à dater de ce jour. Je t'aime de tout mon cœur.

— À dater de ce jour, répéta-t-elle dans un souffle. Je t'aime aussi, Derek.

Enlaçant sa taille des bras, elle murmura :

— Vous pouvez m'embrasser de nouveau, shérif. Quand vous serez prêt.

Elle n'eut pas à attendre longtemps.

Par la fenêtre derrière eux, le ciel commençait à rosir.

Avec lui, elle n'avait plus peur de rien. Un avenir magnifique et plein de promesses, même s'il restait toujours incertain, s'offrait à eux.

# Épilogue

— Qu'en penses-tu ? demanda Willa au chat qu'elle nourrissait autrefois dans le parc et qu'elle avait décidé d'adopter le jour où il l'avait suivie jusqu'à la boulangerie.

Ensemble, Derek, Gilberto et elle avaient décidé qu'il s'appellerait Harold.

— C'est pas mal, non ? ajouta-t-elle en le prenant dans ses bras pour qu'il voie mieux le gâteau qu'elle avait mis des heures à décorer.

Il se mit à ronronner.

— Vraiment ? Tu trouves que je suis un génie ?

Il frotta la tête contre son menton.

— D'accord, si tu insistes…

En vérité, elle était satisfaite à cent pour cent de ses efforts.

Un coup frappé à la porte vitrée de Something Sweet la fit sursauter. Le magasin était fermé et on avait beau être au début de l'été, le soleil était couché depuis une heure. Elle n'attendait personne aussi tard.

À mi-chemin de la porte, elle reconnut son visiteur et poussa un cri de joie. Posant Harold par terre, elle tira de sa poche la clé du verrou et ouvrit. Aussitôt, elle jeta les bras autour du cou de Derek.

— Que fais-tu ici ? Je pensais que Gilberto et toi savouriez votre dernière soirée de célibataires. Il est avec toi ?

Se penchant de côté, elle essaya de voir derrière son futur mari. Ce dernier l'embrassa ardemment sur la bouche avant de répondre.

— Izzy, Nate et Eli l'ont invité au bowling. La question est : que fais-tu si tard au travail, jeune mariée de demain ? Tu es censée être chez toi, dormant pour préserver ta beauté.

— Et toi ? Si tu es seul ce soir, pourquoi n'es-tu pas chez toi, à rêver de moi ?

Une main plaquée sur ses hanches, il la pressa contre lui.

— Je le fais tous les jours, les yeux grands ouverts.

— Voilà qui mérite un autre baiser.

Avec un grand sourire, elle l'embrassa.

— Bon, maintenant, tu t'en vas, dit-elle en faisant un signe de la main.

— Je viens d'arriver ! protesta-t-il. Et où est le gâteau ? Je veux le voir.

— Avant le mariage ?

Elle croisa les bras.

— Pas question.

Le lendemain, elle allait épouser le shérif Derek Neel lors d'un mariage qui au départ était prévu en petit comité, pour rester intime, et était devenu un événement où tout le monde était convié. Après tout, il était un membre très apprécié de la communauté. Gilberto aussi.

Tout comme elle.

Après plus de deux ans d'errance, elle avait trouvé sa Terre promise ici, à Thunder Ridge. Ce qui méritait un gâteau extraordinaire.

— Il est temps pour toi de dégager, dit-elle.

Il prit son expression têtue qu'elle commençait à bien connaître.

— Izzy m'a dit que je ne pouvais pas te voir dans ta robe de mariée, mais elle n'a rien dit pour le gâteau. Montre-le-moi !

Après un instant de réflexion, elle haussa les épaules. Il valait peut-être mieux qu'il le voie avant leurs invités. Après tout, elle avait prévu une surprise rien que pour lui.

Le précédant dans la cuisine, elle fit un grand geste du bras.

— Tadam !

— C'est incroyable, dit-il en regardant d'un air appréciateur la pièce montée de six étages au chocolat blanc recouvert de crème.

Elle l'avait garnie avec les fleurs, les feuilles et les branches en sucre filé qu'elle avait confectionnées ces dernières semaines pendant son temps libre.

— Attends une minute ! Est-ce que c'est…

Elle l'observa tandis qu'il scrutait avec attention l'étage supérieur du gâteau. Il se mit à rire, d'un rire sonore et empli de plaisir qui lui donnait toujours l'impression que le soleil brillait dans son cœur.

— Oui, c'est bien un baba aux copeaux de chocolat, dit-elle. Il a fait des miracles pour M. et Mme Wittenberg. Elle ne passe plus le matin, tu sais ? Maintenant, ils font la grasse matinée…

Elle lui fit un clin d'œil.

— Alors je me suis dit que dans un an, quand les flammes de la passion seraient éteintes…

— Tu crois que j'aurai besoin d'un baba aux copeaux de chocolat pour les ranimer ?

— Eh bien, tu ne rajeunis pas… Et le chocolat au petit déjeuner peut être un puissant aphrodisiaque.

— Ah oui ?

L'emportant dans un baiser si brûlant qu'il aurait pu incendier la boulangerie, il prit son temps pour lui faire ravaler ses paroles.

— Toujours inquiète ? murmura-t-il contre sa bouche.

— Mmm, un peu moins.

Elle se sentit délicieusement étourdie quand il la lâcha.

— Je t'ai apporté quelque chose, dit-il en brandissant une petite boîte carrée qu'elle n'avait pas remarquée.

L'ouvrant lui-même, il en sortit trois objets enveloppés dans des mouchoirs en papier qu'il lui tendit. Lorsqu'elle découvrit les trois figurines en céramique, elle rit de plaisir.

— C'est nous trois ! À mettre sur le gâteau ! Elles sont magnifiques. Je les adore !

Elle planta les trois petits personnages dans la crème.

— Maintenant, il est parfait.

— Pas encore.

Il sortit une autre figurine de la boîte. Cette fois, quand elle la déballa, elle prit une vive inspiration. Aucun mot ne pouvait franchir sa gorge nouée.

— Ça va ? demanda-t-il, sa voix trahissant sa nervosité. Tu as été si heureuse dernièrement que je ne voudrais pas t'attrister, surtout pas, mais c'est important et… J'espère que j'ai bien fait, conclut-il d'un ton inquiet.

— Tu as plus que bien fait, murmura-t-elle. Tellement plus.

Touchant avec vénération l'adorable figurine, elle leva les yeux vers lui.

— Mais comment… ?

— J'ai pris une photo dans un de tes albums pour que l'artiste puisse créer une figurine ressemblant à Sydney.

C'était Syd au récital de danse de l'école, quand elle était si ravie de sa robe et de sa coiffure, si excitée de se sentir « grande ».

— Gilberto et moi, on était d'accord pour que toute la famille soit sur le gâteau, dit-il.

Toute la famille…

Gilberto avait commencé à appeler Derek « papa » depuis deux ou trois mois. Souvent avec un grand sourire. Puis la semaine précédente, il lui avait demandé timidement s'il pourrait l'appeler « maman ou quelque chose comme ça » après le mariage.

Cela faisait trop longtemps que personne ne l'avait appelée ainsi, et elle s'était rendu compte qu'un cœur pouvait se briser et se réparer en un seul instant de bonheur. Derek lui avait donné un fils, et tous deux avaient décidé qu'elle ne devrait jamais perdre sa fille.

— Je t'aime, dit-elle à son futur mari, sachant qu'elle ne dirait jamais quelque chose de plus sincère.

Lui prenant des doigts la statuette de Sydney, il la plaça avec soin sur le gâteau avec les autres, puis il recula et la serra contre lui, tandis qu'ils admiraient leur création.

En sécurité dans les bras de son shérif, elle songea au mariage, à leur avenir et à tout le bien qui l'avait précédé, aussi.

L'espace d'une seconde, elle crut que la figurine de Sydney souriait.

Retrouvez en juillet 2018,
dans votre collection

Passions

**Fiancée par surprise, de Maureen Child - N°731**

*Je suis le père de l'enfant et je vais épouser votre fille.* À ces mots de Toby – son plus proche ami –, Naomi est frappée de stupeur. Lorsqu'elle lui a demandé de l'accompagner pour annoncer sa grossesse à ses parents, elle pensait juste à un soutien moral, pas à se retrouver faussement fiancée à celui qu'elle aime en secret depuis des années. Mais lorsque Toby surenchérit en précisant qu'elle va emménager chez lui, au Paradise Ranch, Naomi chancelle. Peut-elle encore reculer et révéler la vérité, au risque de décevoir sa famille ou doit-elle sauver les apparences… quitte à y perdre son cœur ?

**Une mère pour Rose, de Judy Duarte**

Quand Kieran Fortune, le plus proche ami de son ex-fiancé qui vient de disparaître dans un terrible accident, lui demande de veiller avec lui sur la petite Rosie dont il est devenu le tuteur légal, Dana hésite. Bien sûr elle chérit cette enfant comme si elle était la sienne et veut lui offrir le meilleur maintenant qu'elle est orpheline. Mais est-ce une raison suffisante pour supporter la présence, beaucoup trop troublante, de Kieran à ses côtés ?

---

**Le retour de Jack Buchanan, de Maureen Child - N°732**

SÉRIE : PETITS SECRETS, GRAND AMOUR 1/4

*Jack Buchanan, vivant ?* Impossible. Rita est totalement sous le choc en voyant l'homme qu'elle a tant aimé pousser la porte de sa petite boulangerie. L'homme qui ne lui a plus donné signe de vie depuis leur brûlante étreinte et que tous pensaient disparu en mission. Mais surtout l'homme qui toise son ventre arrondi d'un air réprobateur avant de faire volte-face sans prononcer un mot. Le cœur battant, Rita se lance à sa poursuite. Puisque Jack est vivant, il est à présent temps d'avoir la conversation qu'elle redoute… et espère la fois.

**Impossible idylle, de Rochelle Alers**

Si Sawyer est revenu à Wickham Falls c'est uniquement pour prendre soin de son père souffrant, même si celui-ci l'a toujours rudoyé. Pas pour tomber sous le charme de Jessica Calhoun, une amie de sa sœur, aussi intelligente qu'ensorcelante. Ne s'était-il pas promis de ne plus jamais regarder une femme depuis la rupture qui a brisé son cœur et ses espoirs de fonder une famille ? De toute façon, d'ici quelques semaines il oubliera ce coup de cœur à tout jamais, lorsqu'il repartira loin de sa Virginie natale…

**Le secret de Las Vegas, de Katherine Garbera**

SÉRIE : L'EMPIRE DES CARUTHERS 1/2

Si certains sont heureux de retrouver leurs racines, pour Kinley c'est au contraire un véritable cauchemar. Que fait-elle ce matin à Cole's Hill, face au troublant Nate Caruthers avec qui elle a partagé une nuit sans lendemain à Las Vegas? Pourquoi diable n'a-t-elle pas regardé le nom des futurs époux avant d'accepter d'organiser le mariage du frère de son amant d'une nuit ? Mais, surtout, peut-elle encore faire demi-tour et emporter avec elle le secret qu'elle cache à Nate depuis près de cinq ans ?

**Le piège des sentiments, de Katherine Garbera**

SÉRIE : L'EMPIRE DES CARUTHERS 2/2

Bianca doit se rendre à l'évidence, elle est tombée amoureuse de Derek Caruthers, son plus proche ami. Au point que chacun de ses gestes, chaque sourire, provoque en elle un trouble nouveau, qu'elle pensait ne plus jamais éprouver depuis la perte de son époux. Pourtant elle n'a pas le droit de se laisser tenter par un homme au détriment de son rôle de mère. À moins que ce ne soit qu'une fausse excuse pour protéger son cœur meurtri ? Car son fils, lui, semble déjà attaché à Derek comme s'il était un père.

---

**Sous le charme de son rival, de Teri Wilson - N°734**

SÉRIE : PASSION À MANHATTAN 3/3

Quand une riche héritière et un champion de polo sont réunis sur un panneau publicitaire dominant Times Square pour mettre en valeur les diamants Drake, tout New York se prend à croire que le couple de papier est en réalité un couple d'amants sulfureux. Et bientôt, pour Diana Drake et Franco Andrade, il n'est plus temps de démentir. Voilà comment ils en viennent à jouer les faux fiancés lors de tous les galas de Manhattan. Voilà comment un homme et une femme qui se détestent se rapprochent malgré les mensonges, jusqu'à succomber à un désir tout ce qu'il y a de plus réel…

**Seconde chance pour un mariage, d'Andrea Laurence**

À l'instant où Mason lui demande s'il peut réaménager chez eux, Scarlet sent son cœur battre à tout rompre. A-t-il oublié que s'ils sont en instance de divorce c'est sur sa demande à lui, ou prend-il simplement plaisir à la tourmenter ? Bien sûr, il s'agirait d'offrir un foyer à la petite fille de son frère mourant. Mais est-ce une raison suffisante pour cohabiter de nouveau avec Mason alors qu'elle s'efforce de toutes ses forces de préserver ce qui reste de son cœur meurtri ?

## Pour devenir père, de Karen Booth - N°735

Une croqueuse de diamants au corps de rêve et au regard incandescent. Voilà ce qu'est Sarah Daltrey. Rien de plus. Si elle croit être la première femme à tenter de lui faire endosser une paternité pour s'approprier sa fortune, elle se trompe lourdement. Aussi, Aiden est-il bien décidé à les mettre à la porte, elle et son fardeau endormi. Mais à l'instant où le petit Olivier ouvre les yeux, des yeux du même bleu profond que les siens, Aiden sait : cet enfant est son fils. Et il sait aussi qu'il doit convaincre Sarah, la meilleure amie de la mère disparue du petit, de rester à ses côtés le temps qu'il se familiarise avec son rôle de père…

## Un odieux dilemme, de Silver James

*Vous hériterez de la fortune de Cyrus Barron à la condition de prendre son nom.* Fou de rage, Kaden Waite craint d'avoir mal entendu. Est-il possible que, comme le notaire vient de le lui révéler, Cyrus – son défunt patron – ait en réalité été son père biologique ? Pourquoi lui avoir menti toutes ces années ? Et, surtout, pourquoi le soumettre aujourd'hui à cet odieux chantage, en le forçant à renoncer au nom qu'il a toujours porté ? La décision de Kaden est prise : jamais il ne cédera. Pourtant, lorsque Pippa, sa petite amie, lui apprend qu'elle est enceinte, Kaden se retrouve face à un terrible dilemme. Car, s'il refuse toujours d'abandonner son identité, prendre le nom des Barron ne lui permettrait-il pas d'assurer l'avenir de son bébé ?

---

## Notre secret…, de Maureen Child - N°736

Rick est de retour… Lorsque la rumeur parvient enfin jusqu'à elle, Sadie sent son cœur se serrer d'angoisse. Le moment qu'elle redoutait depuis trois ans est enfin arrivé : elle va devoir affronter Rick, son amour de jeunesse. Car il ne fait aucun doute que dans une ville aussi petite que Royal, où tout le monde se connaît, ils seront bien obligés de se croiser et même de se fréquenter. Comment, dans ces conditions, va-t-elle faire pour lui cacher le secret qu'elle préserve depuis trois ans maintenant ?

## Un jeu irrésistible, de Christine Rimmer

Travis Bravo est désarçonné, troublé. Le jour où il a demandé à Samantha de jouer, auprès de sa famille, le rôle de sa fiancée, il n'imaginait pas que sa meilleure amie se transformerait soudain, pour lui faire honneur, en une créature de rêve. Comment a-t-il pu être aussi aveugle, toutes ces années et ignorer quelle beauté se cachait en elle ? Une chose est sûre : il est aujourd'hui en bien mauvaise posture. En effet, comment pourrait-il lui-même jouer cette comédie amoureuse, alors qu'il ne songe plus qu'à une chose : succomber au désir que Samantha éveille déjà en lui… ?

Composé et édité par HarperCollins France.

Achevé d'imprimer en mai 2018.

BLACK PRINT

Barcelone

Dépôt légal : juin 2018.

Pour limiter l'empreinte environnementale de ses livres, HarperCollins France s'engage à n'utiliser que du papier fabriqué à partir de bois provenant de forêts gérées durablement et de manière responsable.

*Imprimé en Espagne.*